MEESTERWERK

Miranda Glover

Meesterwerk

Oorspronkelijke titel *Masterpiece*
Oorspronkelijke uitgave Transworld Publishers, London
This edition is published by arrangement with Transworld Publishers,
a division of The Random House Group Ltd. All rights reserved.
© 2005 Miranda Glover
© 2005 Nederlandse vertaling Kees Mollema en Uitgeverij Sirene bv,
Amsterdam
Omslagontwerp Mariska Cock
Foto voorzijde omslag courtesy of The Bridgeman Art Library
Foto achterzijde omslag © Jonathan Ring
Auteursfoto achterzijde omslag © Charles Glover
Zetwerk Stand By, Nieuwegein
Druk De Boekentuin, Zwolle
Alle rechten voorbehouden
www.sirene.nl

ISBN 90 5831 359 X
NUR 302

Voor Charlie

Een goede schilder moet twee belangrijke dingen schilderen, dat wil zeggen: de mens en wat er in zijn gedachten
speelt. Het eerste is gemakkelijk, het tweede moeilijk.

Leonardo da Vinci over schilderen

In de kamer komen en gaan de vrouwen
Sprekend over Michelangelo.

T.S. Eliot, *The Love Song of J. Alfred Prufrock*

1

'Het is géén kunst,' zei ik, terwijl ik de krant op Aidan's bureau smeet.

Mijn galeriehouder keek ernaar en het lukte hem niet een grijns te onderdrukken. Op de voorpagina was een tekening van een jongen afgedrukt, naakt liggend in het gras, met een joint in zijn mond. 'Zuigen, schatje, zuigen' stond onder aan de tekening geschreven in mijn eigen, niet te imiteren, handschrift.

'Wie was dat, Esther?'

'Maakt 't wat uit?'

'Natuurlijk niet.'

'Hij heette Kenny. Ik kan niet geloven dat-ie me dit heeft geflikt.'

Aidan grinnikte. 'Je kunt 't hem moeilijk verwijten, hij heeft zojuist drieduizend pond gevangen voor een tekening. Heb je er nog meer?'

Ik gaf geen antwoord.

'Wedden dat je moeder er een paar te voorschijn kan toveren?' Hij trok zich niets aan van mijn gefrons, probeerde me over te halen. 'Je moet het zien als een pensioenfonds – onze toekomst. Als iemand gek genoeg is om een pubertekening van Esther Glass te kopen...'

'Welk ander deel van me zou je ook nog willen verkopen?' vroeg ik opstandig.

'Nou, we zouden kunnen beginnen met je benen.' Aidan vouwde lachend zijn handen achter zijn hoofd. Vanaf de muur

9

boven hem staarde een doos vol kattenogen me aan: het laatste kunstwerk van Billy Smith, zojuist opgehangen in de galerie. De opening van zijn nieuwe expositie zou over drie uur beginnen.

'Denk je dat Billy jou zijn vieze ondergoed zou laten veilen?'

'Nu je het er toch over hebt... hij is op dit moment net zijn oude moedertje aan 't bellen, om te horen wat ze nog op kan diepen.'

'Ik dacht dat het bij ons ging om kunst omwille van de kunst. Niet om het prijskaartje eraan.'

'Daar gaat het ook om, Est. Maar je moet realistisch blijven, we hebben allemaal geld nodig om te kunnen leven.'

Ik hield een lucifer bij mijn sigaret en zoog. Aidan wenkte me dichterbij, maar ik negeerde zijn gebaar en concentreerde me op de kringetjes rook die ik in de lucht blies.

'Je kunt het maar beter onder ogen zien,' zei hij, 'van jou kopen ze alles dat wordt aangeboden. Je kunt er het beste maar van profiteren.'

De waarheid was dat de aanblik van die tekening me koud liet, maar waarom, dat kon ik Aidan niet uitleggen. Op geen enkele manier. Ik had 'm lang geleden gemaakt, zo ver terug dat het voelde alsof hij deel uitmaakte van het verleden van iemand anders, een verleden waarvan ik dacht dat ik er overheen was gesprongen, door mezelf jarenlang opnieuw uit te vinden en vastberaden mijn oude huiden af te schudden. Toen ik de krant zag, keek mijn fatale vergissing me recht in de ogen. Ik had, dom genoeg, geloofd dat ik de mensen die me in het verleden hadden verlaten uit mijn geheugen kon wissen, omdat ik er niet van uitging dat ze zich zouden omdraaien en terug zouden rennen, mijn kant op. Ik had één essentiële factor over het hoofd gezien; ik was beroemd en die roem had me in waardevolle handelswaar veranderd, als je tenminste iets van me had dat je kon verkopen. Die gehaaide Kenny Harper, ik wil wedden dat hij zijn geluk niet op kon toen hij in een of andere oude doos die tekening van mij vond.

'Esther, gaat 't wel goed met je?' Aidan sprak zacht en keek me nieuwsgierig aan.

'Ja, denk 't wel,' zei ik, 'het voelt alleen raar dat iets wat ik zo lang geleden maakte nu openbaar is gemaakt. Het was gewoon een krabbeltje, weet je... en nu is het door Sotheby's uitgeroepen tot authentiek kunstwerk. Gekkenwerk.'

'Je moet wel beseffen, Esther,' zei hij vriendelijk, 'dat jij zelf de mediahysterie en de obsessie van het publiek met jou hebt aangewakkerd. Doe er je voordeel mee zolang je kunt.'

Hij had gelijk, dat wisten we allebei. Mijn kunst ging over 'het moment' – wie kon zeggen wanneer dat voorbij zou zijn?

'Alsjeblieft Aidan, kunnen we het laten rusten?'

'Tuurlijk Est,' zuchtte hij, 'het is immers jouw verleden, niemand anders heeft er ook maar iets mee te maken.'

Er ging achter die woorden een subtiele uitlokking schuil, die ik verkoos te negeren. We wisten allebei dat het uitwisselen van persoonlijke informatie een keuze was, eentje die – tot dusver – nooit iets met mijn kunst te maken had gehad.

Ik hoorde hoe de deur van de galerie openging en zag hoe Katie O'Reilly op haar hoge hakken kittig door de witte ruimte kwam aanlopen. Ze had een dienblad in haar handen en ik stond op om Aidan's glazen deur voor haar open te houden. Ze lachte lief in het voorbijgaan en vroeg toen met haar rug naar me toe hoe het met me ging – een beetje ongemakkelijk, had ik het gevoel.

Katie was een cruciaal onderdeel van Aidan's staf, zijn trouwste medewerkster en onvermoeibaar assistente. Ze was achter in de twintig, een elegante Dubliner met rood haar, ogen groen als Ierland en een katachtig lichaam. Ze was bovendien superefficiënt, superaardig en een supernetwerker; en alsof dat niet genoeg was, had ze het klaargespeeld om me al meer dan vijf jaar op het rechte pad te houden. Ze was zonder meer een onvervangbaar onderdeel van het team van de Aidan Jeroke Galerie. Aidan had recentelijk veel geïnvesteerd in zijn renstal met kunstenaars, had de galerieruimte uitgebreid en twee medewerkers aangetrokken om Katie te helpen. De erkenning van haar rol had een verbluffend effect gehad. Het leek alsof ze meer zelfvertrouwen had gekregen en alsof het regelen van de dagelijkse dingen voor de galerie haar nog beter afging. Katie wist net zo goed als Aidan dat ik in een langdurige creatieve impasse zat. Zes maanden geleden hadden we een deadline afgesproken, die nu snel naderbij kwam – en tot dusver had ik niets ingeleverd, zelfs geen concept. Ik was door Tate Modern uitverkoren om Engeland te vertegenwoordigen in een internationale tentoonstelling van hedendaagse kunst. De geldschieters voor de tentoonstelling kwamen van over de hele wereld, zoals het MOMA in New York, The Museum of Modern Art in Sydney en het Kunsthaus in Berlijn. Mijn uitverkiezing betekende een brede erkenning voor alles wat ik, maar ook Aidan, in de afgelopen tien jaar had bereikt. Als ik niet snel met iets op de proppen kwam, zouden we allebei gezichtsverlies lijden.

'Laten we het er maar op houden dat ik er nog niet helemaal ben,' zei ik zachtjes, terwijl Katie me een kop koffie aanreikte.

Ze knikte begrijpend, pakte de krant en staarde naar de tekening. 'Wie wás dat in hemelsnaam?' riep ze uit.

Dit was het moment om ervandoor te gaan, voelde ik. Ik zei dat ik me moest omkleden voor Billy's opening en stapte naar buiten, de motregen van die middag in. In de taxi die me naar huis bracht, dacht ik na over mijn dilemma. Critici hadden Aidan's galerie vaak een ideeënfabriek genoemd, waar geld verdienen de enige drijfveer was; een machine die liep op publiciteitsstunts, prijsopdrijving en hypes. Ik zou de eerste zijn om toe te geven dat het ons goed had gedaan om de wind van de populaire cultuur mee te hebben – en dat we genoten hadden van de geldelijke beloning die onze daaruit voortvloeiende sterrenstatus had gegenereerd. Maar hoe gewaagd onze kunstwerken ook waren, hoe zeer ze ook naar zichzelf verwezen, ze oversegen het niveau van louter ironie. We hadden allemaal meer te zeggen, over opnieuw naar iets kijken – 'postmodernisten met persoonlijkheid', zoals een criticus ons in het begin omschreef. Maar misschien was ons moment wel geweest: sommigen van ons begonnen uitverkoop te houden. Dat idee raakte een open zenuw. Voor mij betekende de veiling van mijn 'memorabilia' het begin van het einde. Als ik het kon voorkomen, zou mijn jeugd geen deel gaan uitmaken van mijn artistieke inventaris. Tekeningen uit mijn grijze verleden waren niet bestemd voor de verkoop, tenzij ze al in andermans handen waren gevallen.

Mijn flat is mijn veilige haven – hij bestaat uit de bovenste twee verdiepingen van een pakhuis, alleen bereikbaar met mijn eigen lift: geen buren, geen overlast. Eén verdieping fungeert als studio, een enorme ruimte waar de afgelopen weken ook mijn bed stond. In een wanhopige poging om met een idee op de proppen te komen, had ik besloten mezelf onder te dompelen in mijn kunst. Ik liep er nu op en neer, inspecteerde de rekwisieten en probeerde na te denken. Wat was er met me aan de hand? Nooit eerder had ik het moeilijk gevonden om kunst te maken, het was altijd een spelletje, een geintje geweest.

Langs één muur hingen spiegels, aan de andere muur hing een groot wit schrijfbord. Op het zuiden een kamerbrede glazen wand, met daarachter het dakterras met uitzicht op het oosten van Londen. Verspreid over de ruimte stond een aantal etalagepoppen, videoapparatuur, schijnwerpers en een ezel. Ik bekeek mezelf kritisch in de spiegels; mijn huidige kapsel, korte geblondeerde stekeltjes, benadrukte mijn blanke huid en de donkere schaduwen onder mijn blauwgrijze ogen. Ik wist dat ik mezelf – en de flat – toonbaar moest maken, maar ik had er de energie niet voor. Dit was ook niet het juiste moment, want ik moest me omkleden voor Billy's opening. Ik trok een fles wijn open en rookte een sigaret op het dakterras, uitkijkend over de stad aan mijn voeten, die grauw werd als papier bevlekt met houtskool. Het was halverwege november, het werd al kouder en er stond een licht briesje.

Ik schrok van de telefoon. Ik nam op en liep naar buiten, verwachtte mijn vriendin Sarah Carr te horen; ze had al beloofd om te bellen, om een taxi naar Billy's opening te delen. Ik hoorde al aan de verbinding dat zij het niet was. Het was een interlokaal gesprek, of een verbinding via een telefooncentrale. Ik hoorde een paar klikken voordat de verbinding tot stand kwam. Ik dacht aan telefonische verkoop, maar toen hoorde ik zijn stem.

'Ha Esther, hoe gaat 't?'

Ik voelde een pijnscheut door mijn binnenste trekken. De man aan de telefoon deed joviaal. Hij wist kennelijk, net als ik, dat het niet nodig was zich voor te stellen. Het mocht dan vijftien jaar geleden zijn geweest, zijn stem klonk hetzelfde, misschien iets dunner geworden met de jaren, iets minder vet, verschraald als een akker die te vaak is bebouwd. Ik probeerde snel na te denken, was absoluut niet voorbereid om Kenny Harper opnieuw in mijn leven toe te laten. Mijn eerste neiging was om gewoon op te hangen, maar ik wist, net als hij waarschijnlijk, dat ik dat niet zou doen – niet kón doen.

Kenny had de touwtjes in handen, op dit moment tenminste. Hij wist waarom hij belde, ik moest daar nog achter komen.

'Ik vroeg me al af wanneer je zou opduiken.' Ik probeerde luchtigjes te klinken, maar de woorden kwamen er te stroef uit om mijn verontrusting te maskeren.

'Je bent helemaal de geslaagde kunstenaar tegenwoordig, hè?' zei hij, maar onder het grappige toontje kon ik zijn zware ademhaling horen, vochtig en dik. Ook hij voelde zich niet op zijn gemak.

'Hoe is 't jou vergaan?' vroeg ik, vastbesloten om de aandacht van mij af te leiden.

'Nou, niet bepaald dat je zegt... over rozen,' antwoordde hij lachend, maar de bitterheid die erin doorklonk kwam hard aan. Hij moest iets van me, zoveel was zeker.

'Je zult wel tevreden zijn met het resultaat van de veiling,' zei ik koeltjes.

Het leek zinloos om de feiten te negeren en ik dacht: hoe sneller we de zaken regelen, hoe sneller ik weer van hem af ben. Zijn grinnikende lach klonk bijna besmuikt, zoals die van een schooljongen die op heterdaad is betrapt op kattenkwaad.

'Ja ach, nood breekt wetten,' zei hij, toen hij uitgelachen was, 'we zijn niet allemaal zo rijk als jij.'

'Kenny, waarom bel je me na al die tijd?' Ik zei het een beetje te agressief, maar mijn ongerustheid sloeg om in woede.

Even viel hij stil. 'Het leek me gewoon leuk om even bij te praten,' loog hij weinig overtuigend.

Ik stond nog steeds op het dakterras en merkte dat ik over mijn hele lijf rilde – en niet door de kou. Ik ging naar binnen en gaf mijn hersenen de sporen. Hoeveel wist hij? Ik bedoel: over wat er met me was gebeurd nadat hij was weggegaan? Niets, tenminste voorzover ik wist. Dus wat wilde hij van me? Ik hoefde het niet te vragen, Kenny wilde het me maar al te graag vertellen.

'Een of andere aardige vent kwam een tijdje geleden op me af, hij wilde weten of ik het leuk vond om herinneringen op te halen aan onze...' hij wachtte even, 'affaire.' Het was duidelijk een vreemd woord voor Kenny, maar hij vond het kennelijk flatteus om het te gebruiken. Hij was waarschijnlijk nog steeds zo'n jongen voor het snelle werk, niet voor de middellange, laat staan de lange termijn. 'Het lijkt erop dat we heel wat waard zijn,' ging hij door, steeds opgewekter, 'voor de roddelpers en zo. Maar wat wij samen hadden was speciaal en het voelt niet goed om de pers daarover iets te vertellen, begrijp je wat ik bedoel?'

Ik dacht dat ik moest overgeven. Kenny mocht dan emotioneel onvolwassen en niet al te beschaafd zijn; hij was niet dom en wist precies hoe hij me uit de tent kon lokken.

'Wie was 't en wat heb je 'm verteld?' zei ik koel.

'Nou ja, niet veel, Esther,' zei hij met valse onschuld, 'raak nou maar niet in paniek, ik heb alleen gezegd dat ik erover na zou denken. Hij heette John, geloof ik... Ja, John Herbert, dat is 'm, van die nieuwe tabloid, de *Clarion*.'

John Herbert kon mijn bloed wel drinken, al jarenlang. Hij was mijn meest verzuurde criticus en de laatste van wie ik wilde dat hij ging rondspitten in mijn verleden. Mijn angst groeide.

'Hoeveel heeft hij je geboden?'

'Tien ruggen,' zei hij trots.

'Je hebt natuurlijk de juiste beslissing genomen,' zei ik, in een poging zorgeloos te klinken, 'en het idee dat je voor je integriteit niet beloond zou worden, stuit me tegen de borst.'

Het onvolwassen gegrinnik begon weer. 'Wat attent van je,' zei hij. 'Weet je, hij vroeg ook nog naar de andere tekeningen.'

Hoe kon ik zo stom zijn geweest om het te vergeten. Tijdens die aandoenlijke week, of die paar dagen, die Kenny en ik samen hadden doorgebracht, had ik hem eindeloos getekend. Maar ik herinnerde me hem maar één tekening gegeven te hebben – de tekening die hij net had verkocht. Wat hij verder nog mocht hebben, het zou ongetwijfeld gênant zijn, seksueel expliciet – het kon maar beter verborgen blijven.

'Ik wist niet dat je nog meer tekeningen had,' zei ik. 'Ik zou ze graag eens willen zien. Misschien kan ik zelfs iets als een tegenbod uitbrengen.'

'Ja... ja... helemaal mijn idee,' antwoordde hij, opeens wat afgeleid. Toen veranderde zijn toon en ratelden de woorden naar buiten. 'Esther, ik moet gaan nu, maar misschien kunnen we nog eens babbelen, zelfde tijd, laten we zeggen volgende week of zo? Doei.'

De verbinding werd verbroken, alsof hij door een centrale was afgesloten. Ik gooide walgend mijn telefoon op de bank, alsof hij zijn ziektekiemen erin had achtergelaten en begon door mijn studio te ijsberen. Ik wreef over mijn bovenarmen, ik bibberde helemaal en was drijfnat van het zweet. Ik had veel vreemde dingen meegemaakt in mijn nogal schimmige artistieke carrière, maar nog geen chantage tot dusver.

Wat wilde hij nu werkelijk? Als hij alleen geld wilde om tegen de pers zijn lippen stijf op elkaar te houden, dan had ik dat. En als hij nog andere tekeningen had, dan zou ik die van hem kopen. Maar zijn telefoontje was verontrustender dan dat. Niet wat hij over mijn verleden wist baarde me zorgen, omdat ik eerlijk gezegd wist dat het niet veel was, maar ik haatte het idee dat de media dieper in mijn kindertijd en puberjaren zouden gaan graven. Ik had mijn kunst altijd bewust in de tegenwoordige tijd gehouden, vastbesloten om afstand te houden van het verleden dat me had gevormd. Ik had dat op mijn zeventiende, toen ik naar Londen verhuisde, achter me gelaten en wilde niet dat het me alsnog achterna kwam. Kenny kwam uit een periode die ik helemaal voor mezelf had gehouden, een tijd waarin veel was gebeurd in mijn leven, die me had gevormd tot wie – of eigenlijk moet ik zeggen wát – ik geworden was. Waar ik me nog het meeste zorgen om maakte, waren de rimpelingen. Kenny was de steen en nu die eenmaal het water had geraakt, zouden de rimpelingen uitwaaieren en tot repercussies leiden, tenzij ik iets deed om ze in te perken.

Ik douchte en begon me aan te kleden. Ik moest mijn eigen ik verbergen, ik zag eruit alsof ik een spook had gezien. Dus deed ik een lange, zwarte pruik op, stiftte mijn lippen klaproosrood en trok een nieuwe creatie aan van Petra Luciana, mijn beste vriendin en modeontwerper. Terwijl ik mezelf zo opnieuw creëerde, broedde ik op een manier om Kenny de pas af te snijden, maar er schoot me niets te binnen, afgezien van één basisgedachte. Ik kon een veel grotere steen in hetzelfde water gooien. Die zou grotere rimpelingen veroorzaken, waardoor de aandacht werd afgeleid van zijn kiezeltje naar mij – en dan bedoelde ik mijzelf anno nu. Als ik een project kon bedenken dat de aandacht van de media lang genoeg af zou kunnen leiden, dan kon ik zijn idiote verhaaltjes over een puberale liefde lek schieten en daarmee hun interesse in mijn verleden laten zinken. De telefoon ging weer en mijn maag draaide om, maar deze keer was het Sarah.

'We zijn om zeven uur bij jou.'

'Je klinkt buiten adem,' zei ik.

'Ik ben net klaar op de loopmachine,' pufte ze, 'ik probeer in vorm te komen voor onze volgende show.'

Sarah Carr en Ruth Lamant waren twee goede vriendinnen van me. Ze vormden samen een duo, iets wat in de kunstwereld recent in zwang was geraakt: 'samenwerkende kunstenaars', die als één geheel naar buiten traden, zoals Gilbert en George of de broertjes Chapman, maar Sarah en Ruth waren veel jonger en mooier dan de eersten en ontbeerden de obsessie met seksuele perversies van de laatsten. En ze maakten er, voorzover ik wist, ook geen gewoonte van om tekeningen van oude meesters te verminken. De meiden hadden het bijkomende voordeel dat ze konden zingen – weliswaar meer cabaretzang dan echte zangvirtuositeit – en hun shows bestonden voor een groot deel uit acrobatiek. Sommigen vroegen zich af of ze wel bij de kunstenaars ingedeeld moesten worden, maar de laatste tijd waren alle kunstdisciplines door elkaar gehusseld, waarbij de onderlinge grenzen vervaagd waren. Kunst, fotografie, film, mode, media: we waren allemaal in dezelfde smeltkroes gesprongen. Als het over onze stam ging, waren we twee handen op één buik: kibbelend onder elkaar, maar de buitenwacht verder negerend. Als het om kunst ging, leken we allemaal elkaars territorium binnen te willen dringen, er de sappigste vruchtjes te stelen en wat overbleef stof te laten vergaren.

'Je klinkt gespannen,' zei ze, 'is alles wel goed met je?'

'Ja, prima,' loog ik, 'gewoon een beetje in beslag genomen door mijn nieuwe project.'

'Gedraagt Aid zich wel een beetje?'

'Hoe bedoel je?' Ik wist dat ik breekbaar klonk, maar kon er niets tegen doen.

'Hij leek nogal somber toen ik hem gisteren zag.'

Ik hield er niet van als Aidan liet blijken dat we problemen hadden. Zijn somberheid kon net zo goed te wijten zijn aan de stand van zaken van mijn kunst, als aan de stand van zaken in onze relatie – maar ik had zo mijn twijfels. Sinds ik moeite had om met nieuw werk te komen, ging het slecht tussen ons. Ik had mezelf teruggetrokken en we waren in een mineurstemming gegleden.

'Hij staat erg onder druk op dit moment,' zei ik ontwijkend.

'Dat denk ik ook, hij heeft veel in jouw succes geïnvesteerd,' antwoordde Sarah oprecht, 'maar hé, Est, uiteindelijk ben jij degene die de waar moet leveren, onthou je dat goed? Hij is alleen maar je pooier.'

Ik hing op en kleedde me verder aan, ging toen naar het dakterras en wachtte tot ze zou komen. Sarah had gelijk over Aidan, maar ik betekende meer voor hem dan alleen maar geld – dat dacht ik tenminste. Ik had frisse lucht nodig, ik moest mijn hoofd leegmaken om te kunnen denken. Mijn telefoon piepte weer. Opgelucht zag ik dat het een sms'je van Aidan was. Ik klikte het open: **Sorry dat ik een geintje maakte – ik zou je nooit verkopen, Est; jij bent mijn meesterwerk, Aidx**

Ik overwoog een antwoord te sturen, aarzelde, las het berichtje opnieuw, klapte toen mijn telefoon dicht en keek uit over de dakterrassen die zich tot aan Bow uitstrekten. Ik staarde omhoog naar de nachtelijke hemel. Ik klikte het berichtje open en las 't opnieuw, 'ik zou je nooit verkopen'. Misschien zat er iets in die woorden, een nieuw thema, mijn kunst leek tegenwoordig immers alleen maar om mijn marktwaarde te draaien. Iedereen wilde een stukje van me; Kenny, Aidan, de media, verzamelaars, Tate Modern, het publiek. Misschien had ik moeite om te begrijpen wat mijn echte waarde was. Er moest een manier zijn om die vraag in mijn volgende project te verweven. Als ik me maar kon concentreren... maar ik was zenuwachtig en in de war. Ik besloot om Kenny Harper voor minstens een week uit mijn gedachten te bannen. Ik nam aan dat zijn verwachtingen voor ons volgende gesprekje zo hooggespannen waren, dat hij in die tussentijd niets met de *Clarion* zou beklinken. Hij zou zeker afwachten of ik met een beter bod op de proppen kwam. Als ik gelijk had, gaf me dat zeven dagen om een tegenaanval te bedenken. Misschien had Kenny me, als ik het van de zonnige kant durfde te bekijken, zelfs een soort dienst bewezen. Ik was tenminste het gevoel van stagnatie kwijt. Mijn gedachten draaiden op volle toeren, ik wist dat ik een oplossing moest vinden, en snel.

2

Billy's opening was al duidelijk in volle gang toen we aankwamen; het smalle straatje stond vol mensen die niet voorbij de portier kwamen, bier drinkend en sigaretten van elkaar bietsend. Sarah betaalde de chauffeur terwijl ik Katie een berichtje stuurde. Toen ik antwoord kreeg stapten we uit, Ruth aan de ene kant van mij, Sarah aan de andere, onze armen stijf in elkaar gehaakt. Gezichten draaiden zich naar ons om, een flitser op een camera ging af, toen nog een, toen een hele batterij flitslichten. We waren gewend aan de belangstelling, genoten van de kick. We glimlachten en giechelden terwijl we naar de privé-ingang liepen. Ik voelde me beter dan in de flat, drukte gaf me een gevoel van veiligheid – en druk was het.

Katie verscheen, listig als een vos, en liet ons binnen. De volgende deur bracht ons groepje direct in de galerie en pal voor een van Billy's tentoongestelde werken: twee autowrakken met open deuren die levensechte lichamen uitbraakten, voor een van de auto's een konijntje, de ogen bevroren in de knipperende koplampen. Uit de radio van de andere auto klonk metalig klinkende popmuziek, het geluid werd bijna overstemd door het geroezemoes van de opening. De gasten stonden dicht opeengepakt, met hun rug naar de kunstwerken toe en speurden de halfverlichte ruimte af. Niemand was geïnteresseerd in het tentoongestelde werk; ze waren te druk met elkaar in de gaten houden, venijnige roddels uit te wisselen en de laatste deals af te kraken. Ik zag wat bekenden, onder wie Lincoln Sterne, een oude vriend en kunstcriticus, in slangachtig geroddel verwikkeld met twee beeldhouwers – oude vrienden en 'originelen' van de galerie – een eretitel voor diegenen die vanaf het begin bij de galerie Aidan Jeroke waren.

Ik tikte Lincoln op zijn schouder. Hij draaide zich om, zag me en lachte koket. Met het ouder worden was zijn bleke haar en jongensachtige uiterlijk alleen maar meer naar de voorgrond gekomen. Hij kon zo doorgaan voor de jongere broer van David Hockney.

'Je had me een lunch beloofd,' zei ik.

Hij stak zijn handen verontschuldigend in de lucht en bladerde in gedachten door zijn agenda. 'Ik moet naar Milaan, misschien volgende week, ons vaste stekje?'

Ik knikte. 'We moeten praten,' zei ik.

Hij wist waarom, maar veinsde een onschuldige grijns. Lincoln had een week eerder zonder mijn toestemming een licht kritisch profiel van mij in *The Sunday Times* gepubliceerd. Er was altijd een stil bondgenootschap tussen ons geweest; hij vroeg vooraf toestemming en ik gaf hem dan exclusief de nieuwste verhalen over mijn werk. Het artikel had dit vertrouwen geschonden, voor het eerst. Ik begreep niet wat hij ermee dacht te winnen, behalve een verwijdering tussen ons. Voordat hij zich kon verdedigen, greep iemand mijn arm en hield die vast. Ik herkende Aidan's vingers, zijn manier van aanraken, en draaide me om.

Hij zag er een beetje gekweld uit, maar was blij me te zien. 'Alles goed, Esther? Kan ik je een minuutje spreken, boven?'

'Tuurlijk,' zei ik.

'Dan zie ik je zo in mijn kantoor,' ging hij verder, 'Billy heeft net gedreigd een of andere journalist van ArtFuture een kopstoot te geven, omdat die zijn werk rotzooi noemde.'

Hij ging weer en ik nam een glas wijn aan van Katie. Billy was altijd uit op een kloppartij. Er kwam een dag dat iemand hem helemaal in elkaar sloeg. Ik keek weer rond. Lincoln voerde een diep gesprek met een dandyachtige jongen in een gestreept pak –

hij werkte ofwel in de City, óf hij cultiveerde het imago van post-ironische aanstellerij. Ik kon niet besluiten welke van de twee – en het kon me ook niets schelen.

Sarah en Ruth waren op hun beurt aan 't flirten met een kunstenaar van Dreamland Studios. Ze hadden allebei een arm om hem heen geslagen en ze knikten simultaan als hij iets vertelde. Ze hadden er vroeger een ruimte gehuurd en hij maakte deel uit van hun act, begreep het drama. Ze hadden allebei een t-shirt aan, op dat van Ruth stond *Bol*, dat van Sarah vermeldde *Locks*. Ik wist dat dit een gedenkwaardige avond zou worden. Soms ging het zo, op openingen. Ze stimuleerden ons, gaven ons energie, lieten ons achter, smekend om meer. Kunst was een van de drugs waar we het meest intens naar smachtten. Het was hypnotiserend, verslavend en als het echt goed was, gaf kunst een ongelooflijke roes. Maar nu was mijn hoofd bezig met dringender zaken. Onopgemerkt sloop ik door de menigte en ging naar boven, naar Aidan's kantoor.

Uiteindelijk hoorde ik de deur dichtgaan en een sleutel omdraaien – ik glimlachte om die veiligheidsmaatregel. Aidan ging aan zijn bureau zitten. Zijn ogen schoten heen en weer en hij tikte met zijn vingers op het ritme van zijn woorden. Er lag een gloed over zijn donkere huid. Kennelijk verliep het feest prima.

'Esther,' begon hij, 'ik wilde alleen maar zeggen dat het me spijt, wat ik vanmiddag heb gezegd. Ik weet dat jij je werk waardevol vindt en het was niet mijn opzet om er kleinerend over te doen.'

Ik kon het niet laten te glimlachen. Voor het eerst in maanden begon het ijs tussen ons te ontdooien.

'Maar misschien had je wel gelijk,' zei ik dubbelzinnig.

'Hoe bedoel je?' Hij leek verbaasd.

'Ik weet het niet, maar dit hele gedoe over mijn waarde... ik ben het als uitgangspunt voor mijn volgende project gaan zien.'

Aidan kwam achter zijn bureau vandaan, pakte me beet en zoende me lang en hevig. Ik betaalde hem met gelijke munt terug.

'We moeten weer naar beneden,' zei hij ten slotte, 'maar beloof me dat je vannacht bij me blijft.'

Toen de opening was afgelopen en iedereen naar andere feesten was vertrokken, knepen Aidan en ik er tussenuit in zijn auto. Ondanks zijn werk in East End, woont hij liever in het welvarende deel van Noord-Londen. Zijn huis biedt vergezichten over de hei en de nachtelijke hemel. We houden allebei van mooie uitzichten, ruimte die verder gaat dan de dagelijkse details van onze levens. We stonden samen voor het open raam en ademden diep in. Toen sloten we de wereld buiten en verloren onszelf in een stormachtige duisternis, zwierven diep rond in elkaars lichaam tot onze laatste zinnen waren geblust. Het was weken geleden geweest. De emotionele afstand van de laatste tijd had ons allebei bang gemaakt voor zoveel fysieke intimiteit. We hadden het vroeger altijd met plezier gedaan, maar het idee dat het samenzijn pijnlijk zou kunnen zijn was te beangstigend geweest. Naderhand lag Aidan naast me, streek met een vinger over mijn ruggengraat op en neer en sprak zacht in het donker.

'Je hoeft je geen zorgen te maken, Esther,' fluisterde hij, 'als je geen nieuw werk maakt, kunnen we wel *The Painted Nude* of een serie eerdere werkstukken aanbieden.'

'Het komt wel goed,' antwoordde ik, 'ik begin het nu scherper te zien, ik kom snel met iets. Echt, binnenkort, dat beloof ik.'

Ik lag in de stilte en luisterde hoe Aidan's hart tot rust kwam, hoe zijn adem zwaarder en gelijkmatiger werd. Ik wilde dat ik ook kon slapen, maar de lamlendigheid van de laatste tijd was nu verdrongen door een koppige rusteloosheid. Problemen stampten onhandig door de krochten van mijn brein, botsten in het voorbijgaan tegen dingen aan en schudden mijn herinneringen door elkaar. Het telefoontje van Kenny dwong me om over belangrijke kwesties na te denken, zoals mijn werkelijke waarde als kunstenaar – en hoe ik zijn belangstelling voor mijn leven kon indammen. Het moest van mijn volgende project komen, maar waarom viel het me dan zo zwaar om het volgende grote idee te bedenken?

Ik maakte shockerende kunst, goed voor de voorpagina's. Kunst waarover intellectuele eitjes ruziën tijdens *Late Review*. Maar door mijn stijgende populariteit was er een nieuwe geest uit mijn fles ontsnapt. De belangstelling van het grote publiek maakte alles wat ik zei of deed belangrijker dan ik ooit had kunnen voorzien. Critici hielden me in de gaten, namen mijn ideeën serieus of scheurden ze aan flarden en het publiek wilde onderhand weten wat mijn werk nu echt betekende. Mijn laatste project, *The Painted Nude*, had het vuurtje nog verder opgestookt en had me een enorme naamsbekendheid opgeleverd.

Ik had mijn lichaam ervoor met woorden beschilderd en had twaalf dagen achter elkaar op een chaise longue in de galerie gelegen. Het was een typisch geval van bekenteniskunst; verhalende gedichten met henna op mijn huid geschilderd, op mijn naakte rug, op mijn armen en benen, zelfs op mijn voetzolen. Op elk van de twaalf dagen werd ik met nieuwe woorden beschilderd; metaforen voor elke maand van het jaar, die uitdrukking gaven aan mijn gevoel bij het wisselen van de seizoenen. Op de achtergrond versterkten projectieschermen de sfeer: zon, regen, mist, noodweer. Mijn fluisterende stem las de geschilderde woorden voor en vulde de ruimte. Aidan had door het hele land billboards laten ophangen, zoals in een reclamecampagne. Het had effect. In één klap werd Esther Glass een bekend merk – met tienermeisjes als mijn grootste fans. Ze kopieerden mijn ideeën op hun eigen huid, onthulden hun eigen geheimen in proza. Hun respons gaf me een ongemakkelijk gevoel; ze waren de eerste dochters die lid werden van mijn 'sekte'. Door hun bewondering zou niets meer hetzelfde zijn. Wat ik nu ook zou doen, ik moest rekening houden met hen. Mijn volgende project was een uitgelezen kans om hun meer te leren – over de waarde van het vrouw-zijn – en over de waarde van kunst. Als ik faalde, zouden ze alleen maar leren dat je een prijs betaalt voor roem. Door hen kon ik mijn flat niet uit zonder vermomming. Jongeren hingen rond in mijn straat, beschreven de muur van het pakhuis met boodschappen aan mij, achtervolgden me. Deze week stond ik op de cover van OK en *Hello* – alleen al omdat ik de première van een kunstfilm had bezocht, toegegeven, in een jurk die de wetten van de zwaartekracht tartte, door Petra voor Dior gemaakt. We hielpen elkaar waar we konden. Het was ons allemaal te doen om de sensatie, om deining te veroorzaken. En nu Kenny in dit wereldje was verschenen, moest het volgende project niet alleen aan mijn eigen kwaliteitseisen voldoen, maar het moest ook groot zijn, groter dan *The Painted Nude*, groter en sensationeler dan alles wat ik tot dusver had ondernomen.

Ik realiseerde me dat de vertrouwdheid van Kenny's stem me nog het meest angst aanjoeg, ondanks alle tijd die was verstreken. Konden we nooit iets echt achter ons laten? Lag ons verleden opgeslagen in ons brein, als stukjes film die lagen te wachten om opnieuw afgespeeld te worden? Kenny wist net als ik dat die tekening op een speciale dag in mijn leven was gemaakt, ook al had hij niet onder de gevolgen geleden. Niemand anders had dat, denk ik. Ik wist nog precies waar en wanneer ik de tekening had gemaakt, tot op het uur precies, omdat hij voor mij veel meer betekende dan een stukje jeugdwerk. Die tekening had een mijlpaal in mijn leven gemarkeerd, een moment waarna ik nooit meer terug kon naar de tijd daarvoor.

Voor het eerst in meer dan tien jaar slopen de details van Kenny Harper's grof uitgehouwen gelaatstrekken naar de voorgrond van mijn gedachten.

Ik draaide me om en voegde me in de vorm van Aidan's slapende lichaam, kneep mijn ogen dicht om Kenny buiten te sluiten. Maar zijn gezicht bleef op mijn netvlies gebrand en zelfs in de diepte van de duisternis kon ik het niet verjagen.

3

Langzaam bewegend, heerlijk zwaar door de slaap, deed ik mijn ogen een kiertje open en keek naar de Constable-achtige wolken die langs de helderblauwe hemel schoten. Grassprietjes prikten in mijn rug en een schaduw trok over me heen. Het lichaam dat rustig naast me had gelegen, voelde dat ik weer bij bewustzijn was en draaide zich om. Kenny ging nu op me liggen en knipperde met zijn wimpers kusjes op mijn keel en wangen. Toen zochten zijn lippen de mijne. Hij smaakte natuurlijk, warm, en zo zoet als de lentezon. Ik liet mijn handen over zijn warme, naakte rug glijden.

'Hoe laat is het?'

Hij lachte vriendelijk. 'Over zessen, je hebt meer dan een uur geslapen.'

Ik duwde hem van me af en ging rechtop zitten, trok mijn spijkerrokje terug over mijn heupen terwijl mijn blik over de restanten van onze picknick gleed. Een lege, omgevallen fles cider, Kenny's motor, een Yamaha Fizzy, die tegen de stam van een dikke beuk leunde, mijn T-shirt dat in een gekreukeld hoopje naast een mosterdgele espadrille lag. Mijn schetsboek met een tekening van hem eerder die middag, naakt op het kleed, mijn potloden verspreid in het gras. Mijn andere schoen lag verderop in het grasveld, waar ik die eerder vrolijk had uitgetrokken. Mijn roze slipje leek verdwenen in de opwinding die daarop volgde.

'Shit, Ava zal woedend zijn, ze verwacht me bij haar lezing.'

Kenny grinnikte en duwde me weer op mijn rug, streek het

haar uit mijn gezicht. 'Je ziet er nog lekkerder uit als je je zorgen maakt.'

Zijn accent had het zangerige van de *West Country*, een Thomas Hardy-achtige weerklank die me in het begin had aangetrokken. Ik voelde me daardoor als *Tess of the D'Urbervilles*, met hem als een van de bosbewoners. Ik hield ervan om te acteren, karakters neer te zetten, en Tess was mijn huidige favoriet. Ik moest Hardy's Tess lezen op school. Ik keek naar een bakje aardbeien dat ik had gekocht vanwege Hardy's metaforische fascinatie voor wilde vruchten. We hadden er een paar gegeten, uit elkaars mond, lieten daarna de rest warm en week worden in de zon. Ze hadden hun doel gehad, ons geholpen verder te gaan naar steeds dieper genot.

Kenny en ik waren elkaar een paar dagen eerder in The Hobnails tegengekomen; een oud café, verscholen in de dichte beukenbossen, op een plek die alleen de plaatselijke bevolking wist te vinden. Het was een veilige haven, waar de stokoude kastelein Gabriel met rust werd gelaten en zijn eigen wetten kon praktiseren, zowel wat sluitingstijd als schenken aan minderjarigen betrof – allemaal in naam van het evenwicht. Het bier kwam uit vaten in de kelder. Aan de tap was alleen bier te krijgen dat Gabriel lekker vond. Iedereen probeerde er iets te versieren, wat dan ook. Zelfs Pete Sargeant, de toepasselijk genaamde veldwachter, was een van de vaste klanten. Niemand zocht problemen hier. Alles was erop gericht om het leven gemakkelijk te maken en elkaar te helpen bij problemen. Ik weet zeker dat sergeant Sargeant zijn biertjes als onkosten kon opvoeren – hij kreeg de meeste tips over het plaatselijke rapaille door dronken loslippigheid, 's nachts in The Hob.

Kenny had achter een glas troebel, karamelkleurig bier gestaan, zijn elleboog leunend op de bar en zachtjes pratend met Gabriel. De oude schapendoes van de kroeg lag tevreden aan zijn voeten. Hij leek uit het landschap dat ons omringde gesneden te zijn, groot en breed als de bomen, met een breed, extravert gezicht en die bos lang, dik, krullend haar. Hij was puur natuur, ongerept, ongemanicuurd. Alles aan hem was een beetje wild, vooral de blik in zijn ogen.

Kenny keek op toen hij me zag naderen, Gabriel glimlachte gastvrij en stelde me vrolijk voor.

'Oh Kenny... Esther Glass, een van mijn nieuwe vaste klanten – ze komt van Ickfield Folly.'

Kenny bekeek me met onverholen belangstelling, knikte, nam toen een lange, trage slok van zijn bier. Hij had korte, brede handen, met tatoeages over zijn knokkels. Op zijn rechterhand stond *power*, op zijn linker was *glory* te lezen.

'Kenny is de zoon van Mike Harper,' ging Gabriel een beetje weemoedig verder, 'ik mis zijn aanwezigheid hier. We kenden elkaar al sinds de oorlog,' hij keek langs ons heen, 'voordat ukkies als jullie geboren waren.'

Ik wist wie Mike Harper was en had alles over zijn onhandelbare zoon gehoord. Niemand had Kenny de laatste jaren gezien. Het gerucht ging dat hij in de bak had gezeten. In de tussentijd was Mike overleden. Voorzover ik me kon herinneren, was mevrouw Harper al jaren geleden van het toneel verdwenen. Hun cottage kwam leeg te staan. Ik wist waar het huisje stond, aan de rand van het bos, aan de andere kant van de *folly*.

'Het is goed om weer iets van zijn vlees en bloed in het dorp te hebben,' orakelde Gabriel en slenterde naar de andere kant van de toog om een vaste klant te bedienen.

Kenny knoopte aarzelend een gesprek met me aan. Hij vertelde me dat hij voor een tijdje in zijn vaders oude cottage woonde en toen ik wegging, wist ik dat het niet lang zou duren voordat onze paden zich weer zouden kruisen.

Ik voelde duidelijk hoe zijn onderbuik tegen mijn maag duwde. Ik wurmde me opzij, vocht me vastberaden los, stond op en schudde de graszaadjes uit mijn haar. Ik plukte er nog meer van mijn Echo and the Bunnymen T-shirt en trok het over mijn hoofd. Ik had geen bh aangehad. Niet nodig: mijn borsten waren stevig en strak. Ik had gewild dat hij zou zien hoe mijn tepels uitdagend vooruitstaken onder de zwarte stof. Dat plan bleek effectief te zijn geweest.

Terwijl ik mijn schetsboek en potloden begon te verzamelen, accepteerde Kenny zijn nederlaag, stond op en trok zijn nog dichtgeknoopte overhemd over zijn hoofd. Toen haalde hij achter zijn oor een vakkundig gedraaide joint vandaan en stak die op. De geur van versgebrande marihuana vermengde zich heerlijk met de opkomende avondbries. Ik draaide me om en bekeek hem, eventjes. Kenny was ongeschoren, breedgeschouderd, met verrukkelijke lange krullen in de kleur van zoethout – te wijten aan, zo had hij me die eerste avond in de kroeg flirtend verteld, het zigeunerbloed van zijn moeders kant. Ik vond hem opwindend. Hij smaakte naar een andere, vreemde wereld, waar intellectuele ideologieën er niet toe deden en waar de beperkingen van het leven in een commune waaraan ik gewend was, niet golden. Hij stuurde, had hij me luchtigjes verteld, op maar één kompas: dat van hemzelf – en liet de koers afhangen van het moment. Hij was een buitenstaander, een flierefluiter, altijd in beweging, rusteloos en dwalend, een beetje een eenzaat en – het mooiste van alles – een stuk ouder dan ik. Volwássen. Twintig om precies te zijn, sinds afgelopen week.

'Kom op, Est,' spoorde hij me nu aan, zijn gitzwarte ogen flonkerend in de ondergaande zon, 'ik breng je wel even.'

Ik klemde mijn armen strak om zijn middel terwijl we zonder helm langs de hagen schoten, nu groene vegen bruisend met fluitenkruid, zijn motor spinnend als een ontspannen kat. De takken van de kastanjebomen langs de weg, vol met bloemen, raakten elkaar vrijmoedig aan en vormden een dak boven ons. Onder zijn kraag was Kenny's huid roodbruin van de eerste zonneschijn van het jaar. Ik duwde mijn gezicht erin en sloot mijn ogen. Mijn lange, donkere haar wapperde achter mij aan. Het was het einde van mei, ik was zestien en ging helemaal op in een gepassioneerde, allesverterende liefde – en belangrijker: ik had eindelijk mijn kindertijd achter me gelaten. Kenny had me die afgenomen, zonder aan te hoeven dringen. Sterker: ik had de daad actief aangemoedigd. Ik genoot van dit nieuwe gevoel, terwijl hij me terugreed naar de folly. Nu was ik een 'echte' vrouw. Het had zelfs geen pijn gedaan. Toegegeven, het had ook weinig plezier opgeleverd, maar dat kwam misschien later nog wel.

Buiten adem en in een roes door de rit, stapte ik af bij de hoofdingang van de folly. Kenny boog voorover om me te kussen, een diepe, zoekende kus die me deed trillen. Toen stopte hij, glimlachte veelbetekenend en streek mijn haar uit mijn gezicht. Ik wilde dit moment tussen ons bezegelen, scheurde snel een vel uit mijn schetsboek en gaf dat aan hem.

'Als bedankje,' giechelde ik, draaide me toen om en rende langs de rand van de oprijlaan naar huis, om niet te veel geluid in het knerpende grind te maken.

In de grote zaal heerste stilte. Ik probeerde de deur zachtjes open te duwen maar wist precies op welk punt die zou piepen. Toen dat, voorspelbaar, gebeurde, draaide het publiek – dertig personen, wist ik, omdat ik de stoelen eerder had neergezet – zich als één man naar me om en registreerde mijn late binnenkomst. Stelletje losers, dacht ik, terwijl ik met opgeheven hoofd op de enig overgebleven zwarte plastic stoel achterin ging zitten en mijn benen zorgvuldig over elkaar sloeg, maar al te bewust van het ontbreken van mijn ondergoed. Ik trok een verdwaald strootje uit de zoom van mijn rok en rolde het tussen mijn vingers, keek toen op naar de spreker. Ava stond al op het podium, met haar bril op de punt van haar neus. Ze keek op van de notities in haar rechterhand, keek me strak aan. Ik zag dat ze licht fronste en toen mijn ogen de hare ontmoetten, kon ik een uitdagende grijns niet meer onderdrukken. Haar kohl-omrande ogen schitterden koud, als twee perfect gepolijste opalen. Ze had haar sluike, grijze haar in een knotje gebonden en droeg een eenden-ei-blauwe linnen jurk, die haar hals onbedekt liet – geen juwelen. Ze had geen andere opsmuk nodig. Ava was elegant als een zwaan: lang, met een ranke hals en dunne polsen – en ze kon net zo hard blazen als je haar kwaad maakte, wist ik uit ervaring.

Mijn vader, Simeon, keek me eveneens recht aan, maar zijn blik leek vermoeider dan die van mijn moeder. Hij leunde achterover in zijn stoel, die naar het publiek was gedraaid, naast het podium en mijn moeder. Zijn lange, dunne benen lagen bij de enkels over elkaar, zijn voeten in zachte beige slippers gestoken. Hij droeg een oude, verschoten spijkerbroek en een eenvoudig overhemd, gemaakt van wit kaasdoek. Hij had zijn handen achter zijn hoofd gevouwen en overzag de groep geamuseerd en nieuwsgierig. Hij was altijd benieuwd naar hun reactie, het was immers materiaal voor zijn volgende artikel.

Ik neem aan dat hij Ava net had aangekondigd. Zo zittend, naast haar maar toch lager, leek hij onbelangrijk, zoals de meeste mensen in haar aanwezigheid. Plotseling viel het me op dat hij werkelijk onduidelijk leek, doorzichtig bijna. Er was geen energie om hem heen, helemaal niets. Hij begon er oud uit te zien. Het was me nooit eerder opgevallen. Hij was 66 jaar, nu. Mam was nog steeds midden veertig, hoewel haar haar helemaal grijs was (ze weigerde natuurlijk het te verven), maar haar huid was nog steeds gaaf, haar gezicht rimpelloos. Simeon was haar suikeroompje geweest, of drugsoompje, moet ik zeggen. Hij was degene geweest die haar een alternatieve toekomst had geboden. Hij had de folly ooit gehuurd, had de eerste visionaire geesten uitgenodigd om bij hen te komen wonen. Hij was de oorspronkelijke schepper van deze wereld, die zij sindsdien regeerde met een gave die niemand had kunnen voorzien.

Ava praktiseerde haar eigen versie van de alternatieve filosofie. Ze was een academica met extreem feministische principes. Die pasten goed bij de liberale instelling van Simeon en zijn kameraden. Ava was autonoom, haar relatie met Simeon was tegenwoordig strikt platonisch. Dat was al zo sinds ik me kon herinneren, al vanaf de dag dat ik was verwekt. Ze sliepen niet in dezelfde slaapkamer, laat staan hetzelfde bed. Ze had nu iets met de dichter John Cressfield. Het leek voor hen allebei iets te betekenen, maar ik kreeg maar geen vat op de drijfveren achter hun affaire, die meer uit nood geboren leek. Ze kenden elkaar al zo lang, dat ik niet begreep hoe hun relatie plotseling vlam had gevat. Het leek me ongezond – en onnodig. Ze waren er te oud voor, bedacht ik terwijl ik naar haar keek. Ik had ook het gevoel dat hun toenadering het evenwicht op de folly had verstoord. Het was het beste om maar weinig voor de hand liggende verbintenissen te hebben. Ik denk dat Simeon het ook aanvoelde, maar hij zou het nooit uitspreken. Hij was veel te redelijk om sterke emoties, zoals jaloezie of woede, te tonen.

Simeon had deze workshop, die een week duurde, georganiseerd voor de aanhangers van hun naturalistische denkbeelden en, zoals altijd, werd mam als belangrijkste spreker uit de kast gehaald om de conferentie af te sluiten. Het was gemakkelijk, zo'n duo-act. Hij bezorgde haar letterlijk een podium, zij trok op haar beurt het publiek, waardoor de hele show kon doorgaan.

'Margaret Thatcher heeft feminisme een vruchteloos streven genoemd...' begon ze terwijl mijn gedachten afdwaalden naar de losbandige middag met Kenny. Ik voelde nog steeds druppels van zijn vocht tussen mijn dijen. Later, als dit allemaal achter de rug zou zijn, zou ik terugfietsen naar het bos, hem in de kroeg opzoeken, waarna we het allemaal nog een keer konden doen, misschien in zijn cottage, voor een haardvuur. Deze keer zou ik mijn schetsboek thuislaten. Ik kon dit nu eenmaal moeilijk als vrij werk inleveren voor mijn schoolexamen. Stel je eens voor hoe de examinator zou reageren. Ik wist dat mijn tekeningen van Kenny beter waren dan alles wat mijn klasgenoten droomden te kunnen maken – er zat zelfs een vleugje vroege Klimt in, misschien. Ik was dan wel niet geïnteresseerd in de leervakken op school, maar ik kon wel tekenen – en acteren. Mijn ambitie was om op het toneel te staan. Op dit moment oefende ik 'kuis'. Dat bleek een stuk moeilijker dan 'Tess', met name door mijn korte rokje, ontbrekend ondergoed en de aard van de gedachten die door mijn hoofd gingen. Maar ik moest Simeon en Ava overtuigen dat ik mijn onschuld niet had verloren, wilde ik van de luxe van tolerant ouderschap kunnen blijven genieten. Ik wist dat, als zij wisten dat ik in het bos rotzooide met een zigeuner, de hekken rond de folly 's nachts afgesloten zouden worden en mijn fiets achter slot en grendel zou verdwijnen.

Mijn gedachten werden onderbroken door een zware plof. Ik keek en op hetzelfde moment sprong het publiek op en riep als één man 'Ohhh'.

Ava was al van het podium gestapt en toen zag ik hem: Simeon lag stuiptrekkend op de vloer. Ik zat als bevroren op mijn stoel, kon niet naar voren om te helpen.

'Laat iemand een dokter halen,' beval Ava, haar stem ongewoon hoog en buiten adem.

Ze hield Simeon's hoofd in haar handen en praatte zacht tegen hem, terwijl de stuiptrekkingen doorgingen en zijn gezicht verkleurde tot een diep, woedend en explosief paars. Pas op dat moment hoorde ik zijn gekreun, een laag, primitief geluid, als van een dier gevangen in een wildklem. Iemand duwde met zijn handen op zijn borstkas. Ik dacht dat ik hoorde zeggen: 'Ik ben een dokter.'

Na een eindeloos lijkende tijd hield het gekreun op en lag Simeon stil. Een straaltje bloed kwam uit zijn mondhoek en stroomde langs zijn gezicht, vormde een vuurrood plasje op het parket – de druk was van de ketel, maar helaas te laat. Zijn bruine ogen staarden levenloos naar het plafond.

Nu zijn gekreun was gestopt ontdekte ik een ander, meelijwekkender gejammer. Het was Ava, die over hem heen hing als een gewonde hond, haar hoofd zwaar rustend op zijn borst. Haar knot was losgeraakt en haar haar hing als een losgeschoten touw op haar rug. Mensen begonnen de plek te verlaten, met gebogen hoofd en hangende schouders, uit respect. Ze wisten niet wat ze verder nog konden doen. Iemand legde zijn hand op mijn schouder. Ik kromp ineen bij de aanraking, maar die doorbrak wel mijn staat van verlamming. Ik had 't koud toen ik opstond en naar voren liep. De groep week uiteen en ik voelde hun waakzame blikken. Ik hield mijn ogen gericht op mijn doel: het levenloze lichaam van mijn vader.

4

Ik liet Aidan slapend achter en ging naar huis. Ik moest alleen zijn om mijn hoofd leeg te kunnen maken, om na te kunnen denken. Ik liep de hele volgende dag ijsberend door mijn studio, schreef notities en ideeën op het witte schrijfbord, maar niets leek te helpen. Niemand belde en alleen Aidan stuurde een sms'je, om te zeggen dat hij me had gemist toen hij wakker werd. Ik stuurde als antwoord: **Niet persoonlijk opvatten, ik moest alleen even werken!**

Ik wist zeker dat dit zijn goedkeuring kon wegdragen. Het contact met Kenny had me wel degelijk geraakt en de oplossing leek nog niet binnen handbereik. Halverwege de avond stortte ik neer op mijn bed en deed mijn ogen dicht. Al mijn gekrabbel had niets opgeleverd. Maar toen opeens, vanuit het niets, wist ik precies wat me te doen stond. Ik sprong op van mijn bed alsof ik toverschoenen aanhad en veegde maniakaal al mijn gekrabbel van het schrijfbord. Toen greep ik mijn mobieltje en klikte door mijn berichtjes, tot ik het bericht vond dat mijn gedachtestroom in gang had gezet. Ik schreef Aidan's woorden in grote blokletters over de volle breedte van de muur: IK ZOU JE NOOIT VER-KOPEN, EST; JIJ BENT MIJN MEESTERWERK.

Ik bekeek ze van een afstand, lang en intensief en wist dat ik naar de oplossing voor mijn problemen keek. Het idee stolde in mijn gedachten, voordat ik ook maar de kans kreeg om er langer over na te denken. Misschien zou hij míj gewoon moeten ver-kopen – en het idee om een meesterwerk te worden was ook niet verkeerd. Het was het meest sensationele idee dat ik ooit had gehad. Ik zou me laten veilen, me in de verkoop laten gooien als een levend, ademend kunstwerk. Ik was tenslotte een performer. Mijn gezicht was net zo beroemd als mijn werk, je zou kunnen zeggen dat het een van mijn kunstwerken wás. Ik was een showgirl, was mijn eigen meesterwerk, als het ultieme symbool van de obsessie met het zelf in onze cultuur. Mijn waarde lag in mijn vlees en bloed – dat was uiteindelijk het gereedschap waarmee ik mijn vak uitoefende. Laat die kinderlijke schetsjes maar zitten, vergeet Kenny Harper en zijn idiote verhaal: op deze manier zouden we allemaal te weten komen wat ik werkelijk waard was. En ik zou het nieuws exclusief aan de *Clarion* aanbieden – vooropgesteld dat ze hun aanbod aan Kenny Harper introkken. Dit konden ze niet laten lopen, ik kende hun redenatie maar al te goed. De aandacht zou op mijn project komen te liggen, ik zou de touwtjes weer in handen hebben en het leven zou doorgaan als voorheen. Mijn hart klopte snel. Ik moest Aidan zien, ik moest het hem nú vertellen.

Hij was in de galerie, bezig met papierwerk en keek verrast maar blij toen ik aanbelde.

Voordat hij iets kon zeggen, zei ik: 'Ik ben eruit.'

Hij leunde achterover in zijn stoel, sloeg zijn armen over elkaar en knikte dat ik door moest gaan, een grimmig lachje om zijn lippen.

'Ik wil dat je me verkoopt,' zei ik een beetje provocerend en glimlachte.

Aidan's turkooizen ogen vernauwden zich.

'Waar heb je het over?' vroeg hij.

'Vergeet die schetsjes uit mijn jeugd,' zei ik langzaam, 'bied mij als levend kunstwerk aan bij Sotheby's, ik wil weten hoeveel ik werkelijk waard ben.' Mijn hart bonsde.

Aidan's ogen hielden mijn blik nog even vast, toen sloeg hij ze neer.

'Dat is belachelijk,' zei hij stellig en probeerde met zijn voet een stukje plakband van de vloer los te trappen.

'Waarom?'

Hij schudde wild met zijn hoofd en trapte harder, keek toen weer op en keek me eventjes diep aan.

'Het is een idioot plan, Esther, iedereen zou op je kunnen bieden, elke verknipte malloot. Ik wil niet dat je het doet.'

Ik raakte in paniek, maar toen kreeg ik de geest. 'Gisteren stelde je nog blij voor om elke snipper oud werk van me te verpatsen,' zei ik, 'waarom dan niet het origineel? Ik weet zeker dat je een aardige commissie op me kunt vangen.'

Aidan leek eventjes in verlegenheid gebracht, toen zag ik hoe de zilveren scherfjes in zijn ogen van kleur verschoten. 'Is dat waar dit allemaal écht om gaat?' Hij klonk moedeloos.

Ik wilde bijna zeggen dat hij het maar beter kon vergeten, wilde bijna de klok terugdraaien. Maar ik wist dat het idee succesvol zou zijn. Ik moest hem overhalen om me te steunen. We hadden de tijd om het uit te voeren, voordat ik mijn bijdrage aan het Tate moest leveren. Het loste zoveel problemen op, allemaal in één keer.

'Jouw reactie was wel degelijk de aanleiding voor dit idee,' zei ik resoluut, 'maar hoe meer ik erover nadenk, hoe meer ik overtuigd raak dat dit perfect is als volgend project voor mij.'

'Ik dacht altijd dat ik degene was die met de marketingstunts op de proppen kwam,' zei hij ongewoon hatelijk.

'Het is geen stunt.'

'Maar wat is het verdomme dan, Esther? Een spelletje?'

'Dit zou weleens het eerste project in mijn carrière kunnen zijn dat géén spelletje is,' zei ik met toenemend volume, 'ik ben bloedserieus; ik wil mijn waarde ter discussie stellen, de waarde van deze hele vervloekte kunstindustrie. Ik wil weten wat ik werkelijk waard ben.'

'Ik denk dat je er een nachtje over moet slapen, Esther,' zei hij vlak. 'Laten we er morgenochtend op doorgaan.'

'Als jij mijn volgende project niet wilt aannemen, dan moet ik dus gewoon een kunsthandelaar vinden die het wel doet,' schreeuwde ik.

Ondanks zijn huid, in de kleur van koffie verkeerd, kon ik zien hoe het bloed uit Aidan's gezicht wegtrok. Toen plaatste hij beide handen op zijn bureau en boog zich voorover. Ik zag dat hij trilde.

'Is dat echt wat je wilt?' fluisterde hij afgemeten.

Ik gaf geen antwoord. Er leek niet veel meer te zeggen.

Aidan gaf het op, stond op van zijn bureau, draaide op zijn hakken, beende naar buiten en sloeg de deur hard achter zich dicht.

Ik ging weer naar huis, moedeloos. Onze levens waren vervlochten met elkaar als penseelstreken op een doek. Het was onmogelijk één streek los te trekken van de volgende. Ik kon amper geloven dat ik had voorgesteld onze vertrouwensband op te zeggen, maar ik had evenmin gedacht dat Kenny Harper terug zou komen in mijn leven. Hoe verbonden Aidan en ik ook waren, ik had hem nooit iets over mijn verleden verteld. Toen we elkaar ontmoetten had ik de kunstacademie al afgerond en verzon ik verhalen om als kunst te vertellen – dat was de Esther Glass die Aidan het eerst leerde kennen en ik peinsde er niet over om hem een andere Esther te laten zien. Dat kon ik niet, het zou de basis van onze relatie veranderen. Ik had geen idee wat er de volgende dag zou gebeuren, maar ik wist met ijskoude zekerheid dat ik dit project door zou zetten, met of zonder hulp van Aidan. Het leek opeens essentieel, niet alleen om Kenny op afstand van de pers te houden, maar ook om verzekerd te blijven van een plaats in de voorhoede van mijn vakgebied. Het idee was opwindend, het was extreem, het was sensationeel. Het was in alles een antwoord op mijn huidige dilemma, mijn eigen situatie. Ik had het gevoel dat ik geen keuze had – het moest doorgaan.

Aidan belde me de volgende dag op en vroeg me langs te komen. Hij klonk koeltjes aan de telefoon, liet niets blijken. Ik was strijdlustig opgestaan en kwam aan bij de galerie, klaar voor een volgende krachtmeting. Tot mijn verbazing was het niet nodig ruzie te maken.

'Oké, Esther, ik heb besloten je project te steunen,' zei hij vastbesloten. 'Maar als je vriend zeg ik: ik denk dat je fout bezig bent.'

Een golf van opluchting overspoelde me. Ik had nooit gewerkt zonder de steun van Aidan. Ik wist niet eens of ik dat wel zou kunnen.

'Dank je,' fluisterde ik, 'je weet dat ik er alles voor uit de kast zal halen.'

Aidan zweeg een moment, toen zei hij: 'Wat ik niet begrijp, is waarom je deze kwestie voor het grote publiek aan de orde wilt stellen. Als je je zorgen maakt om je waarde, om de toekomst, zouden we dat met elkaar moeten bespreken. Het idee dat ik je zou uitbuiten vind ik eerlijk gezegd beledigend.'

'Ik heb mijn kunst altijd in de vorm van een performance gegoten, Aidan, dat weet jij beter dan wie ook. Zo ben ik gewoon.'

Zijn ogen daagden me uit. 'Weet je het zeker?'

'Wat?'

'Dat het je om de kunst gaat?'

Ik haalde mijn schouders op. 'Er moet toch íets gebeuren,' redeneerde ik.

'Misschien ben ik te veel bezig geweest met de galerie, met het grote publiek,' mompelde Aidan, 'het spijt me als ik je niet genoeg heb gesteund.'

'Nee, het is je werk om daarmee bezig te zijn, dat begrijp ik wel. Maar ik weet niet meer wat mijn waarden zijn. Ik weet niet eens of ik dat ooit geweten heb. Ik denk dat dit voor mij een manier is om een paar passen achteruit te doen en er eens objectief naar te kijken.'

'Naar jezelf, je kunst, of naar ons?'

Ik wachtte en probeerde een eerlijk antwoord te geven. Als ik hem vertelde over Kenny's dreigement, zou hij het misschien begrijpen. Maar dan zou ik hem de rest ook moeten vertellen – en dat kon ik niet. Onze relatie was ontstaan door mijn kunst, niet door mijn verleden. Het verkopen van mijn werk was altijd de kern geweest.

'Is dat niet allemaal één en hetzelfde ding?' zei ik ten slotte.

'Est, haal je leven en je werk nou niet door elkaar. Als je dit idee met alle geweld door wilt zetten, onthoud dan dat je niet je ziel en zaligheid hoeft te verkopen. Hou een stukje daarvan over voor jezelf – en voor ons.'

5

Een periode van dooi brak aan tussen ons, nadat Aidan overstag was gegaan en mijn nieuwe project steunde. Ik verliet de galerie die middag met de mededeling dat ik meteen verder zou gaan het concept in detail te ontwikkelen. We besloten elkaar na vier dagen weer te zien, zodat ik de plannen kon bespreken met Katie. Al die tijd belde hij niet – en ik hem ook niet. Ik was zowel angstig als opgewonden. Elke ochtend kocht ik de *Clarion* en scande die op verhalen over mij, maar er kwam niets aan het daglicht. En elke keer dat de telefoon ging, sprong ik nerveus op in de verwachting dat Kenny nog een keer zou bellen. Maar dat gebeurde niet.

Dus wierp ik mezelf op het concept en merkte dat ik met een gedrevenheid en snelheid werkte die ik in maanden niet had gehad. Het was alsof de enorme, donkere wolk die boven me had gehangen, was weggewaaid en ik nu alles weer scherp zag, in een helder, verzengend licht.

Het idee om me als meesterwerk te laten veilen was potent. Maar welk meesterwerk moest ik zijn? En wat zou de koper krijgen voor zijn geld, als ik eenmaal was geveild? Dit kunstgedoe was ooit begonnen als spelletje – een manier om los te komen van het verleden en het alledaagse leven te vermijden. Ik had nooit een duidelijke visie gehad, ik had mijn roeping gevonden zoals een kind een kist met kleren ontdekt en opgewonden elk kostuum aanpast. Tot op dit moment was elke act moeiteloos voortgekomen uit de vorige, geen enkele keer had het lang ge-duurd om ze te concipiëren en elke act was succesvoller en leuker geweest om te doen dan de vorige. Mijn werkwijze bestond uit mezelf te verkleden, video's en foto's van mezelf te maken, terwijl ik verzonnen verhalen vertelde over mijn zelfbedachte levens. Maar met dit project wilde ik het idee verder doorvoeren. In plaats van verhalen uit te beelden die over mijzelf leken te gaan, besloot ik dat ik niet één, maar een serie verhalen wilde vertellen; verhalen over andere vrouwen, vrouwen die voortleven op schilderijen, op meesterwerken uit het verleden.

Ik zou me voor zeven dagen laten veilen door Sotheby's en zou iedere dag optreden voor mijn koper, telkens als een ander kunstwerk. Het uitgangspunt voor elk optreden zou een meesterwerk zijn, een portret van een vrouw. Ik zou proberen hun waarde opnieuw vast te stellen, maar nu vanuit een hedendaags perspectief bekeken, en zo een herziene versie van de kunstgeschiedenis vertellen, gezien door de ogen van een vrouw.

Musea over de hele wereld hangen vol met meesterwerken en dat is letterlijk wat ze zijn. Meester-werken – schilderijen in opdracht van mannen, geschilderd door mannen en meestal bedoeld om door mannen bekeken te worden. De redenen dat het ene kunstwerk meer waard is dan het andere, heeft vaak meer te maken met wie het financierde of bezat, dan met de kwaliteiten van het werk zelf. Tot voor dertig jaar geleden fungeerden vrouwen in de kunstwereld vooral als model, gevangen in een lijst – met een paar uitzonderingen, natuurlijk. In de historie ontbrak dus één kritisch element: het perspectief van de vrouw.

Toen ik mijn premisse eenmaal helder had, spitte ik de volgende drie dagen door museumcatalogi en bladerde door boeken in het Victoria & Albert Museum, op zoek naar de perfecte handlangers. Ik wilde portretten vinden van vrouwen die me aanspraken, vrouwen die iets meer te zeggen leken te hebben, meer dan zichtbaar was op het doek. Ik wilde hun geheimen ontdekken en het ware verhaal van hun levens vertellen. Al snel had ik twintig portretten uitgekozen, maar had moeite om mijn shortlist van twintig terug te brengen tot tien, en ten slotte van tien tot zeven. Maar op de ochtend van de vierde dag maakte ik een keuze. Er was geen tijd meer te verliezen en ik vond dat ik de perfecte selectie had gemaakt.

Ik kwam een paar minuten te vroeg aan bij de galerie. Aidan zat aan zijn bureau, het viel me op dat hij er moe uitzag. Hij was koeltjes, zakelijk. Dat had ik ook verwacht, maar ik kon de opwinding over mijn plan niet onderdrukken. De details van het project waren zo gemakkelijk op hun plaats gevallen, dat ik wist dat het klopte, dat het zou werken. Ik had het van elke kant bekeken. Het was waterdicht, ik verwachtte niet dat hij kritiek op de serie zou hebben. Al snel kwam Katie erbij, haar ogen verwachtingsvol flonkerend. Ze zal wel opgelucht zijn geweest dat ik met werk over de brug kwam. En zo begon ons overleg.

Ik beschreef het project en liet reproducties zien van de zeven door mij gekozen portretten. Ik was een ervaren performer, mensen wilden altijd betalen om mij te zien spelen. Ik legde mijn performances op video vast om ze tot permanente kunstwerken te maken. Maar het aspect van 'live' optreden was essentieel. Ik hield ervan om voor publiek op te treden, dat was waar de magie wat mij betreft ontstond – ergens in de ruimte tussen het kunstwerk en de kijker. Dus stelde ik voor om zeven acts van tien minuten elk op te voeren, eentje voor elke dag dat mijn koper me in zijn bezit had. Elke performance kon voor publiek of in beslotenheid worden opgevoerd, afhankelijk van de aard ervan. We zouden Petra vragen mijn kostuums te maken. Ze had in het verleden al menige uitmonstering voor me gemaakt, we waren al vriendinnen op de kunstacademie. Ze werkte momenteel voor Dior in Parijs. Aidan en Katie stemden ermee in en we spraken een berichtje in op haar voicemail, met de vraag ons terug te bellen.

Ik zou elke performance filmen en zo een serie voor Tate Modern samenstellen. Als de rondreizende tentoonstelling voorbij was, zou de koper het volledige werk ontvangen. Ik zou de betekenis van de performances precies moeten bepalen, want nu had ik alleen nog maar een globaal thema. Dat zou 'eigendom' zijn, in de breedste en meest grenzeloze betekenis. Ik moest alleen nog een manier vinden om al mijn performances met elkaar te verbinden. Ik dacht aan de verkreukelde autowrakken beneden en hoopte dat mijn project niet als total loss zou eindigen.

Aidan bladerde door zijn adresboekje terwijl we praatten. Katie stelde hier en daar een vraag en typte de details uit. Vier uur later hadden we het rond. Sotheby's hield eind februari een veiling. We hadden dus zestien weken om mijn verkoop voor te bereiden – en om een kapitaalkrachtige koper te vinden. Aidan was het ermee eens dat we 40 000 pond in de ontwikkeling van het werk zouden investeren. Dat zou Petra 20 000 pond geven voor de kostuums, mij hetzelfde bedrag voor de reizen en de accessoires. Om uit de kosten te komen, berekenden we dat we voor 60 000 moesten verkopen. Dat leek, mij in elk geval, een redelijke prijs.

Ik had schilderijen uitgekozen uit zeven verschillende collecties over de hele wereld, waarmee het project aan historische en geografische reikwijdte won. Ik zou voor de veiling de schilderijen een voor een moeten gaan bezichtigen. Katie zou een reisschema voor me opstellen. Met alles wat er in Londen aan de gang was, zou het goed zijn een paar korte tripjes als excuus te hebben. Ik zou voor het onderzoek in een tijd van twaalf weken langs zes steden reizen, te beginnen in Londen, dan naar Parijs, door naar Nantes, terug naar Londen, daarna naar New York, Wenen en uiteindelijk Venetië. Ik zou net op tijd terug zijn om me voor te bereiden voor de avond van de veiling.

Aidan luisterde terwijl Katie en ik brainstormden over de details, maar hij bemoeide zich niet met de planning.

Ik was blij te zien dat Katie gegrepen werd door het project. Haar enthousiasme zou op termijn zeker op Aidan overslaan. Toen ze klaar was, bekeek Aidan het document, tuurde er overheen en staarde me aan. Ik glimlachte en hij glimlachte terug. Het was een bepaalde glimlach, ontspannen en algemeen, tenzij je wist hoe je hem moest lezen, zoals braille. Katie zag de glimlach ook, maar kon 'm niet lezen. Die glimlach is alleen voor mij en het zien ervan stelde me gerust.

'Ik zal een bespreking met Sotheby's regelen,' zei hij langzaam. 'We moeten jou in de veiling van februari zien te krijgen – als ze je tenminste willen verkopen. Ik denk dat we er nu wel zijn.'

Hij sloeg zijn adresboekje dicht en Katie vertrok. De bespreking zat erop. Toen ze weg was, leunde ik voorover.

'Er is nog één ding,' zei ik zo achteloos mogelijk.

'Zeg 't maar,' zei Aidan.

'Ik wil dat John Herbert van de *Clarion* de exclusieve primeur krijgt voor dit project. Ik wil 'm deze keer niet als vijand hebben. Lincoln heeft me een hak gezet en ik denk dat we andere bondgenoten moeten zoeken – maar alleen voor dit project. We moeten zoveel mogelijk publiciteit zien te krijgen om de boodschap naar buiten te brengen en geschikte kopers te vinden. De *Clarion* heeft de grootste oplage van alle kranten – en is, net als ik, het meest sensatiebelust.'

Aidan keek me achterdochtig aan. 'Wat is er werkelijk aan de hand, Esther?' vroeg hij kalm. 'Wat zijn ze over je te weten gekomen?'

Ik voelde dat ik begon te blozen en deed mijn best het te onderdrukken. 'Ik weet niet wat je bedoelt,' zei ik, zonder hem aan te kijken. 'Ik denk gewoon dat dit het beste is. En ik bel John Herbert zelf wel. Daarna kunnen jij en Katie met hem een prijs afspreken, oké?'

Aidan boog zich over zijn bureau en keek me strak aan. 'Ik ken jouw echte redenen om dit project te doen niet,' zei hij zacht, 'maar je weet hoe ik er tegenaan kijk en dat zal niet veranderen. Dus ga je gang en regel alles maar, Esther. Wat jij wilt. Ik bemoei me er niet mee, ik zal me concentreren op mijn werk: het verkopen van jou.'

Zodra ik thuis was, belde ik John Herbert.

Hij klonk eerder tevreden dan verbaasd toen hij mijn stem hoorde. 'Hoe is het met je, Esther? Lange tijd niet gesproken,' zei hij, zijn stem gruizig als de riolen waarin hij rondspitte.

'Goed, goed,' zei ik, 'en ik heb een voorstel voor je. Heb je even?'

'Ik heb altijd tijd voor jou, Esther... Maar vertel me, wat wil je kwijt?'

Ik sprak alsof ik op eieren liep, noemde Kenny noch zijn schets, maar impliceerde dat ik wist dat er een bod was gedaan en John ontkende dat niet. Ik legde uit dat ik iets veel beters en groters had: de primeur van mijn volgende project. Ik vertelde dat het sensationeel zou worden, groot nieuws, maar dat er wel een prijskaartje aan het verhaal hing en – voegde ik toe alsof het me net te binnen schoot – wel onder voorwaarde dat er de komende tijd geen letter in de krantenkolommen zou verschijnen over de verkoop, of over de verkoper van de schets. John lachte veelbetekenend en gaf me direct zijn belofte. Ik vertrouwde hem voor geen meter, maar ik moest de gok maar wagen. 'Goed, hoe kom ik te weten wat je nieuwe project precies inhoudt,' zei hij enthousiast. Ik zei dat hij Katie maar moest bellen, maar dat ik graag wilde dat hij haar niets over de schets zou vragen. Hij stemde daarmee in en ik hing op, vol vertrouwen dat John Herbert onze afspraak zou respecteren – voor zo lang het duurde, tenminste. Mijn waarde als mediapersoonlijkheid was op dit moment te hoog om niet mijn kant te kiezen.

Ik moest nog één nachtje slapen voor de dag waarop Kenny had beloofd te bellen. Hij was de laatste pion in mijn spel en als hij meespeelde, hoopte ik deze hele vervelende periode achter me te laten en verder te gaan met mijn echte leven, met het maken van kunst. Ik had kleurkopieën van de zeven door mij uitverkoren portretten opgehangen aan de muur van mijn studio. Ik lag op bed en keek hoe de schemer ze tot schimmen reduceerde, me afvragend wat de toekomst voor ons in petto had. Ze leken me vol verwachting aan te kijken, alsof ze wachtten op een opdracht. Ik popelde om ermee verder te gaan, ze nieuw leven in te blazen – natuurlijk wel met een eigentijdse draai. Maar eerst moest ik mezelf van Kenny verlossen. Daarna moest ik ze voor-

stellen aan de enige levende medewerker aan dit project. Wie anders dan Petra zou me kunnen helpen om dit van de grond te
krijgen? Ze was in principe bereid om de opdracht aan te nemen
en we hadden al geregeld dat ze in het weekend even naar Londen zou komen om het project te bespreken.

Ik kleedde me uit en ging naar bed. Ik was rusteloos en nerveus, dacht aan het komende telefoongesprek met Kenny. Toen
ik eindelijk insliep, zwierf hij door mijn gedachten en dromen en
leidde hij me direct terug naar de kern van de zaak.

6

Ik klopte zachtjes op de deur en glipte de grote, donkere slaapkamer binnen. Ava zat aan de andere kant aan haar mahoniehouten kaptafel, haar rug naar me toe en deed grote, zilveren oorbellen in. Ik rook Cacharel in de lucht, als een frisse regenbui op een koele ochtend. Ik kon me niet herinneren wanneer ze voor 't laatst parfum op had gedaan.

'Ben je zover?'

'Nog heel even,' zei ze haperend, haar stem maar een haartje luider dan gefluister. Ze droeg een lange, blauwgroene zijden jurk, de stof glimmend als de vleugels van een ijsvogel, en over haar schouders een limoengroene, gehaakte sjaal, doorweven met dunne gouddraadjes. Haar haar was opgestoken met een grote, glimmend parelmoeren kam. Ze leek op een exotische tropische vogel.

Ze keek op en ik ving haar blik in de spiegel. Ze keek meteen weer weg. Er waren geen tranen in haar ogen, maar haar huid was ongewoon bleek en pafferig. Ik liep naar de kaptafel en stak mijn hand uit. Ze draaide zich om en nam hem tussen haar handen. Ze waren ijskoud.

'Simeon hield heel veel, heel erg veel van je. Dat weet je toch wel?' De woorden klonken breekbaar, zoals zij ze uitsprak.

Ik gaf geen antwoord en staarde naar de vloer. Dit leek me niet het juiste moment om het over mij te hebben.

Iedereen wachtte op ons in de grote hal beneden. Toen Ava en ik samen de grote trap afdaalden, draaiden alle hoofden zich naar ons om en verstierven de gedempte gesprekken in een drukkende stilte. Net als Ava waren alle anderen gekleed in een kleur van de regenboog – zoals Simeon in zijn testament had bepaald. Behalve ik dan.

Ik was in het zwart – zwarte gympjes, armbanden en een enkelbandje van zwarte kralen, een lange, zwarte rok van crêpestof, mijn zwarte Echo and the Bunnymen t-shirt onder een zwart overhemd met zwarte knopen, een zwarte jas met een vosje rond mijn nek en, als contrast, een witte katoenen plooikraag en witte handboorden. Zwarte make-up, zwarte lippenstift en glimmend zwarte oorknoppen en – om het een beetje af te wisselen – beige kinderhandschoenen van leer. Ik had mijn haar achterovergekamd en droeg een muts van zwart fluweel. Val dood met je hippieshit. Ik voelde me zwart. Het was ten slotte mijn vaders begrafenis.

'Holbein zou trots op je zijn geweest,' had Ava glimlachend in mijn oor gefluisterd toen we haar slaapkamer uitstapten.

Ik wist dat ze de verwijzingen zou oppikken. Het was ons geheim, óns schilderij. Simeon was er ook weg van geweest. In zijn badkamer hing een poster van *Christina van Denemarken, hertogin van Milaan*, met punaises aan de muur geprikt, verschoten en gekruld aan de hoeken. We hadden die voor hem gekocht, de eerste keer dat Ava me had meegenomen naar de National Gallery, ongeveer vijf jaar geleden. We hadden samen besloten dat zij ons favoriete kunstwerk van de collectie was. Ava zei dat ze iets had dat haar aan mij deed denken, maar ze kwam er niet uit wat precies. Simeon was het met haar eens geweest.

In de invallende schemering droegen de oudste mannelijke leden van de commune het lichaam van hun leider, mentor en vriend, op een eenvoudige draagbaar uit de bibliotheek. Daar had het opgebaard gelegen sinds Simeon's dood, 72 uur eerder, terwijl alle formaliteiten werden geregeld. Die dag hadden ze hem ingepakt in laagjes natuurlijk hennepdoek. Het pakketje zag er kwetsbaar uit, te klein om het lichaam van een man te bevatten.

We volgden de dragers door de brede eiken deuren van de folly, eerst Ava, geflankeerd door John, toen ik, geflankeerd door Kay en Jo, mijn vriendinnen in de commune. Achter ons volgde de rest van de *clan*, achttien in totaal; volwassenen en kinderen in collectieve rouw.

We knerpten over het grindpad. Aan het einde ervan voegden zich nog zo'n driehonderd vrienden en sympathisanten bij de processie. Ze zagen eruit alsof ze op een van onze beruchte festivals waren afgekomen – iedereen kleurrijk gekleed, slechts de stemming verraadde de ongewone aard van het evenement. We sloegen linksaf, over een paadje dat voor deze gelegenheid was vrijgemaakt in een veld met wilde bloemen, geurig met de koppige geur van reukerwten en stokrozen, en gevuld met het ontroerende gezoem van Simeon's bijen, druk bezig zich te laven aan het stuifmeel van de vroege avond. Vervolgens schuifelden we in ganzenpas langs de bloeiende groentetuin, de baar hoog boven ons om hem niet achter de struiken te laten haken. Het volgende pad bracht ons in de koele donkerte van een klein houtbos, langs de boomhut en de versleten touwschommels waar de kinderen van de commune meestal speelden. Er waren kaarsen aangestoken en gekleurde, zijden linten hingen aan de takken, als slingers die een dorpsfeest aankondigden. Uiteindelijk gingen we door een ambachtelijk gemaakt houten hek en kwamen in een kleine, ommuurde tuin: Simeon's laatste rustplaats.

De tuin lag aan de rand van het landgoed, naast de aangrenzende akkers. Er stonden twee appelbomen, een perenboom en een treurkers en in een kleine ronde vijver bloeiden witte waterlelies – allemaal door Simeon geplant in de afgelopen twee decennia. De geur van de lelies, weeïg zoet en bedwelmend, bezwangerde de lucht. In de afgelopen jaren waren hier een paar huisdieren van de commune begraven, maar Simeon was de eerste mens die zou afdalen in deze ongewijde grond. Het was passend dat hij de eerste was, vooral omdat hij de oprichter van onze commune én de grootste pleitbezorger van natuurlijke begrafenissen was geweest.

Het duurde even voor iedereen zich in de tuin had verzameld. Ava en ik stonden vooraan, angstvallig dicht bij het smalle, diepe gat. Ik wilde dat Kenny er was. Kay en Jo zongen een oud volksliedje terwijl Simeon's lichaam in de grond werd neergelaten. Ik voelde me voorover neigen, alsof een vreemde magnetische kracht aan mijn geest trok. Ava greep mijn arm en trok me terug. Toen las John een lang en zweverig gedicht voor, speciaal voor deze gelegenheid geschreven. Ik voelde hoe iedere gedachte uit mijn hoofd verdween. Terwijl de zon nagloeide en ten slotte onderging, speelde een van de kinderen fluit en namen we allemaal een handvol rozenblaadjes uit een grote korf en gooiden die in het graf, gevolgd door een handvol vochtige, vruchtbare aarde. Daarna draaiden we ons langzaam om en gingen in omgekeerde volgorde in de snel invallende schemer terug naar de folly. De lucht voelde vochtiger aan en ondanks al mijn kleren had ik het koud. Het was hoog tijd om naar binnen te gaan, tijd om Simeon's leven te vieren.

Drie uur later had ik mijn portie joints en herinneringen wel gehad. Toen de band begon te spelen, glipte ik naar boven en trok mijn rouwkleren uit. Ik liet ze in een hoopje achter op de grond, trok een spijkerbroek en een trui aan, sloop naar beneden en verliet de folly via de bijkeuken. Ik sloop over het grasveld naar de schuur, pakte mijn fiets en duwde die zachtjes over de rand van de oprijlaan, het grind mijdend. Toen fietste ik er als een gek vandoor, tot het licht van de folly de weg niet langer bescheen. Nu verlichtte slechts het schijnsel van een halve maan en de sprankelende sterren de witte blaadjes van de wilde bloemen in de heggen. Ik fietste sneller. De lucht was fris, vochtig en geurde naar leven. Ik ademde te snel in, waardoor ik duizelig werd. Maar ik bleef hard doortrappen, te zeer gespitst op het bereiken van mijn bestemming. Ik kon niet wachten om Kenny weer te zien, om zijn armen weer om me heen te voelen. Maar toen ik bij de cottage kwam, was die in duisternis gehuld. De afgelopen drie nachten had Kenny het buitenlicht laten branden, zodat ik gemakkelijk de weg erheen kon vinden. Ik zette mijn fiets tegen een boom en sloop naar zijn slaapkamerraam. Misschien sliep hij al – of zou hij nog in de kroeg zitten? Maar het was al over twaalven, onwaarschijnlijk dat hij nog steeds daar zou zijn. Ik had tegen hem gezegd dat ik zou komen zodra ik kans zag. Ik had hier iedere nacht na Simeon's dood geslapen, als een roos, in het grote, oude en vochtige tweepersoonsbed, omhelsd door Kenny's troostende armen. Niemand in de folly merkte dat ik 's nachts verdween, of dat ik aan de ontbijttafel ontbrak. Ze werden te veel in beslag genomen door de aanwezigheid van de dood, om notie te nemen van de stiekeme streken van de levenden.

Terwijl mijn ogen gewend raakten aan het duister, realiseerde ik me dat de cottage leeg was, dat het bed was opgemaakt. Kenny was er niet. Ik sloop langzaam rond het huis, keek voor de zekerheid door elk met spinnenwebben bedekt raam. Pas toen ik terug was op mijn beginpunt, zag ik de witte envelop, die op het kozijn van het keukenraam stond. Ik pakte hem en zag mijn naam, fout gespeld en in schuine blokletters op de voorkant geschreven. Ik scheurde de envelop open. Het duurde even voordat ik de inhoud kon lezen, het was zo donker dat ik het papier op de maan moest richten en moest wachten tot een helder moment om Kenny's gekrabbel te kunnen lezen – het was de eerste en laatste keer dat ik zijn handschrift zou zien.

Esta,

Sorry dat ik je geen gedag kon zeggen, maar ik moest gaan, de einder lokt. Mijn ouwe motor en ik kunnen nergens lang blijven. Als ik jou niet was tegengekomen, was ik 'm op maandag al gesmeerd. Het spijt me van je vader, echt heel jammer. Pas goed op jezelf en blijf tekenen!!!
Kenny xx

Mijn handen beefden. Het bos leek opeens heel groot, donker en onheilspellend, vol verborgen betekenissen en herinneringen, met oeroude wortels van de ruisende bomen diep doordringend in de afgeleefde aarde, de aarde waarin Simeon nu lag en zijn eeuwige slaap sliep. Ik voelde hoe mijn benen slap werden en zakte in elkaar op de stenen deurstoep, in de val mijn hoofd met mijn handen beschermend. En ik huilde, voor het eerst sinds de dood van Simeon.

Een pijnlijk heldere hoogzomerse ochtend maakte me wakker, de vogels met een wreed genoegen krijsend in de bomen. Het kon niet later dan drie of vier uur in de ochtend zijn geweest. Ik dwong mijn stijve ledematen op te staan van de grond, stapte op mijn fiets en reed terug naar de folly.

Ava zat op de veranda in haar pauwkleurige kleding, een dikke deken rond haar schouders, haar hoofd tegen de rode bakstenen van het huis geleund. Toen ze me zag kwam ze overeind en rende over de oprijlaan naar me toe. Haar grijze haar hing verward rond haar gezicht, haar ogen stonden gekweld, van slaap beroofd. Ik stapte af en ze wierp zich in mijn armen, hijgend. Tranen stroomden langs haar gezicht: twee diepe rivieren vol smart.

'Ik dacht dat ik jou ook al kwijt was,' jammerde ze.

Ze had, op een bepaalde manier, gelijk om te treuren om mijn verlies, al was het dan wat voorbarig. Ik verliet de folly later die zomer, voor altijd. Ik zou er nooit terugkomen, geen enkele keer.

7

Ik droomde dat ik viel toen de telefoon ging. Ik keek naar de klok op mijn nachtkastje, het was acht uur 's ochtends. Ik was geen ochtendmens en worstelde met de hoorn.

'Nog steeds in bed?'

Ik was ineens klaarwakker. Kenny's woorden klonken te vertrouwd, te intiem. Ik kende deze persoon niet meer; het joeg me de stuipen op het lijf. Maar hij moest op mijn aanbod ingaan, ik moest proberen om blij verrast te klinken.

'Ik word net wakker, hoe is 't met jou?' vroeg ik.

'Alles goed, hoor.'

Ik ging rechtop zitten en trok mijn knieën tegen mijn borst. 'Kan ik de tekeningen van je kopen?' zei ik snel, 'ik zou ze heel graag terug willen hebben.'

Kenny gniffelde. 'Weet je,' zei hij, 'nadat ik was weggegaan die zomer, na je vader en zo, ben ik teruggekomen om je op te zoeken.'

Mijn hart klopte in mijn keel. De tekeningen waren alleen maar een aanleiding geweest. Ik zweeg. Ik zou hem zijn zegje moeten laten doen.

'Het gekke was, dat jij je boeltje had gepakt en was vertrokken. Niemand leek te weten waar je uithing.'

'Ik zat in Londen,' zei ik zacht. Ik voelde me opeens heel melancholisch. 'Het leek weinig zin te hebben om nog te blijven wachten.'

'Zoveel wist ik ook,' ging hij langzaam door. 'Herinner je je

Gabriel nog? Nou, hij vertelde me waar je woonde en ik ben je op komen zoeken.'

Ik voelde me verdoofd en verward. Gabriel wist dan wel alles over iedereen, zijn kroeg was het middelpunt van onze dorpsgemeenschap, maar ik dacht niet dat iemand wist waar ik heen was gegaan, zelfs hij niet.

'Hij zei dat het gerucht ging dat je op een bepaald adres woonde,' ging Kenny door, mijn zwijgen negerend, 'een of andere flat bij Paddington Station. Maida Vale, volgens mij. Dus reed ik er op mijn motor heen en toen ik er was, deed een of andere Afrikaanse vent open. Ik herinner het me heel goed, want hij had een joint in zijn hand. Maar goed, hij vertelde dat er een of ander meisje met de kaknaam Emmeline woonde, en dat ze zwanger was. Dus ik dacht dat ik het verkeerde huis had, kocht wat dope van 'm en ging er weer vandoor.'

'Ja, dat zul je wel gedaan hebben,' zei ik droogjes.

'Dus wie schetst mijn verbazing,' ging hij verder, 'toen ik een paar jaar later jouw gezicht in de krant zag – Esther Glass op weg een beroemd kunstenaar te worden. Stel je eens voor hoe ik gelachen heb.'

'Kenny, wat wil je van me?' vroeg ik ijzig. Ik haatte dit gesprek en wilde dat hij ophing. 'Ik heb geen zin om herinneringen op te halen.'

Hij lachte. 'Ik wil eigenlijk niet zoveel. Dacht gewoon dat ik je mijn kant van het verhaal moest vertellen – daar zou het ongeveer op neerkomen, als het in de krant zou verschijnen, denk je niet?'

'Ze gaan je verhaal niet publiceren, Kenny,' zei ik resoluut. 'John Herbert belde me gisteren, hij is van gedachten veranderd.'

Kenny weifelde, kennelijk wist hij niet dat ik mijn eigen deal had gesloten.

'Maar desondanks,' ging ik door, 'wil ik nog steeds die schetsen van je kopen. En ik zal je, hoe zal ik het zeggen, compenseren voor je vergeefse reis naar Londen al die jaren geleden en ook voor je gemiste kans bij de *Clarion*. Wat vind je daarvan?'

'Daar zou ik mee geholpen zijn, Esther,' zei hij langzaam, 'ja, daar zou ik mee geholpen zijn.'

Hij schraapte zijn keel. 'Uhmm, aan welk bedrag zat je te denken?'

'25 000 pond,' zei ik ijskoud. 'Contant.' Ik hoopte dat het meer was dan hij verwachtte. Ik wilde hem het gevoel geven dat ik hem recht deed. Gelukkig had ik net een cheque gekregen met mijn commissie voor *The Painted Nude*.

Hij aarzelde even en ik hoorde weer het klikken op de lijn. Waar belde hij toch vandaan?

'Ik wist wel dat je begrip zou hebben voor mijn standpunt, Esther. Je was altijd al begripvol, blij dat daar niets aan is veranderd.' Hij kon zijn vreugde niet verhullen.

'Hoe krijg ik de tekeningen in mijn bezit?' Ik wilde het achter de rug hebben. Ik wilde hem nooit meer aan de lijn krijgen.

Kenny gaf me een adres in Clapham en zei dat ik er aanstaande donderdag om drie uur moest zijn, met het geld. Ik stemde toe en zei ondubbelzinnig dat ik niet verwachtte ooit nog iets van hem te horen.

'Maak je maar geen zorgen,' zei hij, 'ik ga een heel lange reis maken, ik vertrek aan 't einde van de maand.'

En toen, net als tijdens het vorige gesprek, werd de verbinding opeens verbroken en was hij weg.

Ik kroop terug onder mijn dekbed en kneep mijn ogen dicht, voelde me vies en misbruikt.

8

De volgende ochtend stond mijn verhaal op de voorpagina van de *Clarion*. De kop luidde: 'Esther verkoopt zichzelf' en in het verhaal werden de details van mijn project haarfijn uit de doeken gedaan. De krant vergeleek mijn mogelijke verkoopprijs met die van een aantal andere producten, van geslepen diamanten tot een brood, en had een lijstje gemaakt van de vijf duurste meesterwerken ooit verkocht. In het verhaal stond een grapje over punten sparen en zeven-voor-de-prijs-van-één-aanbiedingen, maar afgezien daarvan was de toon welwillend, het commentaar positief en werd er geen woord gewijd aan de verkoop van tekeningen, of aan vriendjes uit het verleden.

Meer dan dit had ik niet kunnen wensen en ik belde John Herbert op om hem te bedanken. Hij klonk arrogant, zei dat ik vooral niet moest vergeten hoe ik hem kon bereiken en beloofde de voortgang, tot het moment van de veiling, in het vizier te zullen houden. Ik wist niet of ik dat als compliment of als bedreiging op moest vatten. Ik koos voor het laatste en prentte mezelf in dat ik op mijn tellen moest blijven passen, hoezeer ik ook dacht Kenny Harper af te kunnen schudden.

Wat de *Possession*-serie betrof was het hek van de dam. Om tien uur 's ochtends belde Katie om te zeggen dat ze al twintig telefoontjes van de media had gehad en dat de verzoeken om meer informatie binnenstroomden. Ik had een lunchafspraak met Lincoln en wist dat ik een hoop uit te leggen had. Daarna zou Petra komen, we hadden de hele avond uitgetrokken om aan mijn plannen te werken. Ik was blij dat ik zo druk was, het gaf me minder tijd om na te denken over het telefoontje van gisteren. Elk contact met Kenny voelde als een aanranding. Ik moest zijn invloed uitbannen.

Petra belde, terwijl ik me aankleedde voor de afspraak met Lincoln. Ze stond op de terminal van de Eurostar in Parijs, op het punt om in te stappen en zei dat ze groot nieuws had. Ze was verliefd – alweer, maar deze keer was het echte liefde. Hij was een Duitse componist die de helft van zijn tijd in Parijs doorbracht, en een opkomend talent. Ze wist zeker dat hij de ware was. Ik luisterde half naar haar verhaal, geamuseerd; Petra's verliefdheden waren altijd intens en van korte duur, maar ze geloofde telkens weer dat ze eeuwig zouden duren. Ik monsterde mezelf in de spiegel terwijl ze verder vertelde. Ik was lang, peervormig, mijn heupen bijna even breed als mijn schouders, melkwitte huid, pikzwart schaamhaar. Dichterbij: mijn ogen stonden dof, vooruitstekende onderlip, schraal. Ik likte 'm en haalde mijn vingers door mijn haar. Het was helemaal futloos. Ik zag er vreselijk uit, dit hele gedoe had echt zijn tol geëist. De studio was een puinhoop, lag bezaaid met de resten van een week koortsachtig plannen maken; ansichtkaarten en kunstboeken, geopend op bladzijden met vrouwengezichten, kranten en boeken, vieze kleren, koffiekopjes en de resten van afhaalmaaltijden. In het midden van alles stond een etalagepop met een zwarte pruik op.

Terwijl Petra meer details van haar nieuwe romance onthulde, trok ik mijn zwarte bh en slipje aan, stiftte mijn lippen bloedrood en raapte mijn spijkerbroek, topje en sleutels op van de vloer. Ik maakte de flat snel aan kant, terwijl Petra doorbabbelde. Haar stem stelde me op mijn gemak, ik begon me weer de oude te voelen. Ik had me recentelijk zoveel eigen gemaakt, dat ik iemand nodig had om me van mezelf los te rukken. En als iemand dat kon, dan was dat Petra wel. Ik was blij dat ze kwam. Ten slotte hing ik op en trok een dikke jas van nepbont aan, duwde op de knop en de deur van de lift suisde open. Tijd voor de lunch. Toen ik op straat stapte, klonk een bekend gezoem en een serie scherpe klikken. Twee paparazzi zaten bij elkaar in een bushokje, schuilend voor de regen. Ik wierp ze mijn beste Mona Lisa-glimlach toe, terwijl ik in de taxi stapte.

Lincoln zat al op me te wachten aan een tafel achter in het restaurant. Hij liet zijn ogen over de *Evening Standard* glijden en was gekleed in een duur maatpak van Jermyn Street. Het restaurant viel stil, toen ik naar hem toe liep. De gasten keken me na. De plotselinge stilte stoorde hem en hij keek op, sprong toen snel uit zijn stoel omhoog.

Alles aan Lincoln Sterne is beige, behalve zijn ogen, zo groen als een cricketveld. Hij is petieterig, elfjesachtig en glad als fluweel: de Quentin Crisp voor de twintigste eeuw.

'Esther, *darling*, wat voer je in hemelsnaam in je schild?'

'Je hebt de *Clarion* dus gezien,' mummelde ik terwijl we luchtzoentjes uitwisselden.

'Ik ben dodelijk gekwetst dat je mij niet het eerste hapje van deze taart hebt gegund,' antwoordde hij, terwijl hij mijn stoel onder de tafel vandaan trok. Zijn geanimeerde toontje kon zijn verontrusting niet maskeren.

Een donkerharige ober bracht de menukaarten. Lincoln glimlachte flirterig toen hij er een aanpakte. We lunchten in St John's, in Clerkenwell – eenvoudig, maar dé plek om gezien te worden. Vandaag ging de rekening naar Rupert Murdoch.

'Misschien had je met me moeten overleggen, voordat je je laatste stuk inleverde,' zei ik glimlachend, terwijl ik ging zitten.

'Helemaal niets voor jou, om mij zo'n veeg uit de pan te geven. Ik snapte niet waar ik dat aan te danken had.'

'Ik probeerde alleen maar duidelijk te maken hoe alomtegenwoordig je bent geworden,' bezwoer Lincoln, terwijl hij water in mijn glas schonk, 'en nu, met dit idee om jezelf te laten veilen... nou, nou... mijn god Esther, wat moeten mensen er wel niet van denken? Niemand praat ook maar over iets anders.'

'Ik hoop maar dat ze niet op mijn bloed uit zijn.'

'Nee, deze keer niet. Ik denk dat de meesten willen zien dat je het tot een goed einde brengt. Maar het kon weleens je laatste kans zijn. Wat kun je verder nog doen, als je jezelf hebt verkocht? Je hebt gelijk, ze zullen een publieke executie willen zien, de volgende keer.'

'Kom op, Lincoln, je laatste artikel over mij wakkerde het onbegrip over hedendaagse kunst alleen maar aan. Ik verwacht meer van je.'

'Ah, ik voel me gevleid. Hoe dat zo?'

Vervelend genoeg vond hij zulke afstraffingen altijd prettig.

'Jouw kracht ligt in het onthullen van dwarsverbanden, niet in het omschrijven van hedendaagse kunst als een feestend wereldje van "roem en rampetampen" of hoe je het dan ook omschreef,' zei ik, hem met opzet verkeerd citerend.

'Overspel, Esther,' corrigeerde hij vrolijk en depte zijn lippen met een servet om zijn grijns te verbergen.

In het verleden was hij een van mijn vertrouwelingen. Lincoln ging naar het Courtauld met Billy Smith, terwijl ik op Saint Martin's zat. Hij had ons werk altijd verdedigd met het doorzettingsvermogen van een terriër. Maar de bordjes waren verhangen, we waren allemaal volwassen geworden. Hij had inmiddels macht, als criticus – en zijn laatste artikel was geschreven om bladen te verkopen, niet om mij een plezier te doen. Triest, maar vanaf dat moment wist ik dat ik ook zijn activiteiten in de gaten moest houden.

'Wat dacht je van biefstukfilet? Ik ben niet zo in de stemming voor hersenen,' stelde hij voor.

Ik knikte. 'Ik kan wel wat ijzer gebruiken,' zei ik.

Hij liet zijn oog nog eens op de ober vallen, 'en zorg dat het bloed er nog uit loopt.'

De ober ving mijn blik en noteerde onze bestelling.

'Ik ontkende niet dat je werk intellectuele diepte heeft, Esther,' ging Lincoln vrolijk verder, 'ik zei alleen maar dat je groter bent geworden dan de som der delen. Dat is een nieuw fenomeen: de kunstenaar als de beroemdheid, met het werk op de tweede plaats.'

'Maar zo is het niet. Ik probeer het publiek dan wel te vermaken, maar mijn werkelijke waarde ligt in mijn kunst.'

Lincoln snoof dramatisch. 'Zo ziet het publiek 't niet. Voor hen bén jij het kunstwerk, darling.'

Opeens viel me op dat het steeds stiller was geworden. Ik keek rond en zag een heleboel hoofden die zich weer naar hun borden omdraaiden. Als we niet oppasten, zouden de kranten morgen vol staan over onze 'ruzie'.

'Ik ben nooit bang geweest voor publiciteit,' zei ik met gedempte stem, 'roem is een onderdeel van mijn algemene thema.'

'Misschien schreef ik het artikel wel als waarschuwing, Esther.'

'Ga door...'

Zijn ogen glommen als olie. 'Je vliegt zo hoog, zo dicht bij de zon. Ik zou het jammer vinden als het je als Icarus verging.'

Ik vroeg me af of hij het meende, of dat hij graag zou zien hoe ik neerstortte, zoals de meeste mensen.

Ons eten werd opgediend en we zetten onze messen in het vlees. Tijd om de rollen om te draaien en te zorgen dat ik van hem kreeg wat ik nodig had.

'Ik neem aan dat Katie je heeft gebeld?' zei ik.

'Ja, gisteren. Ik wilde dat je 't me eerder had verteld.'

'Je stond op mijn zwarte lijst,' zei ik en nam een slokje water. 'Wat je schreef, heeft lang door mijn hoofd gespookt. Het is een van de belangrijkste redenen waarom ik dit project ga doen.'

'Hoezo?'

'Nou, jij beweerde dat ik even bekend als een merknaam ben geworden. Daardoor ging ik me afvragen wat ik nu werkelijk waard ben.'

Lincoln's ogen vernauwden zich. Hij hield ervan om dingen in gang te zetten.

'En wat precies krijgt je koper voor z'n geld?'

'Mij.' Ik grijnsde. 'Een weeklang – en de serie die ik op basis van de performances ga maken. Nadat de rondreizende tentoonstelling is afgelopen, natuurlijk.'

'Het thema?'

'Eigendom.'

'Kom op, vertel me meer,' moedigde hij aan en glimlachte samenzweerderig.

Hij luisterde aandachtig terwijl ik hem op de hoogte bracht van mijn plannen, onderbrak me af en toe om positief commentaar te leveren.

'Voor welke specifieke waarden staan je onderwerpen eigenlijk?' zei hij toen ik mijn lijstje met portretten had afgedraaid.

'Verschillende aspecten van waarde,' legde ik uit, 'de vrouwen hadden allemaal met een verschillend soort eigendom te maken – of die nou seksueel, esthetisch of financieel was. En achter elk van hun verhalen zit meer dan je denkt, of "uit de verf komt", om het zo maar eens te zeggen. Wie me koopt krijgt bij wijze van spreken zeven vrouwen – en mij, als hun bereidwillige medium.'

Lincoln kauwde langzaam op zijn biefstuk terwijl ik praatte. Ik kon zien dat het idee hem aansprak. Dat beviel me. Aidan had erop aangedrongen dat ik met Lincoln ging lunchen, mijn enige contact met de pers, had hij beloofd, tot aan de week voor de veiling. Hij hoopte dat Lincoln de internationale belangstelling zou opwekken en zo nieuwe kunstverzamelaars zou stimuleren om uit hun met bladgoud versierde krochten te kruipen. Wie me kocht, zou waar voor z'n geld willen. Dit moest een uitzonderlijk project worden, een project met een ijzersterke constructie, een project om Lincoln en al mijn critici het zwijgen op te leggen.

Hij legde voorzichtig zijn mes en vork neer en boog zich voorover.

'En wat denk je hiervan te leren, Esther?' vroeg hij, zijn groene ogen scherp als scheermesjes.

Ik nam even om na te denken. 'In de eerste plaats,' antwoordde ik uiteindelijk, 'kom ik te weten wat mijn huidige financiële waarde is. En door een weeklang het bezit van iemand te zijn, kom ik er misschien achter hoe het voelt om een kostbaar kunstwerk te zijn.'

Hij zwaaide vermanend met zijn vinger. 'Maar een kunstwerk heeft geen gevoel, Esther.'

'Een performancekunstwerk wel,' zei ik zelfverzekerd, 'en de vrouwen die poseerden voor de meesterwerken die ik koos hadden ook gevoel.'

Hij vouwde zijn handen onder zijn kin, alsof hij in gebed was. 'Ah, nu snap ik 't. Dus daar passen de vrouwen in je verhaal.'

'Ik wil uitzoeken wat er allemaal schuilgaat onder die geschilderde oppervlakken,' zei ik. 'Ze zijn stuk voor stuk symbolen voor waarde: zoals het kunstwerk eigendom is, waren zij dat ook – hoewel ze op tal van manieren door hun eigenaren op waarde werden geschat.'

Zijn gezicht klaarde op. 'Mag ik je citeren?'

Vroeger konden we deze dingen als vrienden bespreken. Ik vond het treurig dat ik hem nu moest vertellen wat hij wel of niet op mocht schrijven. Hij vatte mijn waarschuwing ongewoon goed op en vroeg wat hij kon doen om me te helpen. Dit was het moment om hem om een gunst te vragen.

'Nou, je kunt om te beginnen mijn kant kiezen. De reacties in de pers kunnen me maken of breken. We moeten een goede start maken, willen we een kapitaalkrachtige koper vinden.'

'Geen probleem,' zei hij, terwijl hij me gretig aankeek, 'we zullen vechten voor exclusiviteit, de avond van je veiling.'

Aidan kon tevreden over me zijn, dacht ik. Maar zoals altijd: voor wat, hoort wat. Lincoln onthulde dat hij een vriend bij Channel 4 had gebeld, ze wilden een documentaire maken over de aanloop naar mijn veiling en ook de verkoop filmen – dit alles natuurlijk onder de regie van Lincoln. Zijn toon werd met elk woord zakelijker. Ook hij had het ideale moment afgewacht om iets van mij te vragen. Hij wist dat ik zijn steun nodig had. Maar hij wist ook dat ik me nooit leende voor diepte-interviews.

'Om te beginnen weet je dat ik nooit over mijn achtergrond praat; over mijn kindertijd of over mijn familie,' waarschuwde ik hem onbewogen, nadat hij zijn verkooppraatje had afgedraaid.

'Natuurlijk,' zei hij, alsof hij weer ernstig was, 'maar hoe zit het met de achtergrond van je kunst?'

We waren klaar met eten. Ik stak een sigaret op, tikte de as in het bloederige vocht op mijn bord.

'Geef me 48 uur om erover na te denken,' zei ik.

Op weg naar huis belde ik Aidan en praatte hem bij.

'Goed gedaan,' zei hij zonder enthousiasme. Hij begreep hoe nuttig het was om Lincoln aan onze kant te hebben, maar hij had wel wat enthousiaster kunnen klinken. Ik wist dat hij een hekel had aan mijn samenzwering met de *Clarion*, hij zag het als een stap terug, in termen van mediapositionering, en ik wist dat hij mijn redenen om met hen in zee te gaan wantrouwde. Aidan kon mijn gedachten lezen, bijna alsof ik een open boek voor hem was. Hij wist dat ik iets voor hem verborgen hield, maar was te trots om te blijven vragen naar een verklaring. Het gesprek was kort, maar voordat hij ophing zei hij dat mijn moeder naar de galerie had gebeld. Als ik zou instemmen met Lincoln's documentaire, zou hij haar onvermijdelijk daarbij betrekken. Lincoln kende Ava al sinds het begin, toen we elkaar net hadden leren kennen. Hij wist dat ze de kans om haar kant van het verhaal te vertellen met beide handen aan zou grijpen – vooral als het om Channel 4 ging.

De aandacht van de media voor mijn 'alternatieve opvoeding' is altijd buiten proporties geweest en je kunt Ava niet gelukkiger maken dan haar de kans te geven haar feministische theorieën uiteen te zetten – en mijn herinterpretatie daarvan te bekritiseren. Haar carrière was de laatste jaren wat op de achtergrond geraakt en de extra tijd die ze nu had, vulde ze met een hernieuwde interesse in alles wat ik ondernam. Ik vond die aandacht storend. Ze wist altijd iets tegengestelds te zeggen. We speelden kat en muis met elkaar, al een hele tijd. Ik wist niet hoe ik het contact met haar zou kunnen herstellen, zelfs niet als ik het zou proberen. Maar ik wist ook dat ik haar te pakken moest krijgen voordat Lincoln haar zou spreken. Ik ging er niet van uit dat hij mij om toestemming zou vragen. Mijn leven leek op dit moment één lange reeks crisisinterventies. Dus toen ik thuiskwam, belde ik haar meteen op.

Toen ik haar hoorde, wist ik meteen dat ik een vergissing had begaan.

'Esther, wat spook je in hemelsnaam nu weer uit?'

'Hoe weet je wat ik van plan ben?' Het verhaal zou pas de volgende ochtend in de kranten verschijnen.

'Die aardige Lincoln heeft me gebeld,' antwoordde ze zelfgenoegzaam, 'hij wilde mijn advies over een ideetje voor een documentaire.'

Hij moest haar al gebeld hebben vóór onze lunchafspraak. Mijn nekharen sprongen overeind.

'Doe maar geen moeite, Ava. Ik werk er toch niet aan mee.'

'Rustig maar, liefje. Ik zei niet dat ik hem heb aangemoedigd, ik vroeg me alleen af waar het om ging.'

Ik telde tot drie, voordat ik kalm antwoord gaf. 'Maak je maar geen zorgen, ik verwacht dat de pers ons de komende paar maanden weinig rust zal gunnen. Sorry als ze je lastigvallen, maar het lijkt me beter dat je ze gewoon doorverwijst naar de galerie.'

'Ahaa – en zonder mijn mening te geven?' Haar toon was opeens vinnig.

'Dat mag je zelf beslissen, Ava.'

'Het verbaasde me dat je samen met Petra aan dit project gaat werken,' ging ze luchtig verder, 'er was tussen jullie altijd zo'n...' ze aarzelde om nadruk op het woord te leggen, 'competitie.'

Mijn maag trok samen.

'Petra is een modeontwerper, ik ben kunstenaar. We werken in verschillende wereldjes.'

'Ik bedoelde ook niet professioneel, Esther, ik bedoelde op het persoonlijke vlak.'

Ik besloot niet te reageren. Onze gesprekken eindigden altijd op deze manier. Maar ik was niet van plan me in de put te laten praten, haar woorden mochten geen smet werpen op de avond die voor me lag.

Uiteindelijk verbrak zij de stilte. 'Maar goed, wanneer zie ik je weer? Het lijkt alweer maanden geleden.'

Als ik niet bij haar langs zou gaan, zou ik haar het gevoel geven dat ze carte blanche had om met Lincoln aan de haal te gaan. Dat wist ik – en ik wist dat zij wist dat ik het wist. Maar op audiëntie gaan bij mijn moeder was wel het laatste waar ik nu behoefte aan had, ik raakte daardoor altijd het spoor bijster. Gelukkig had ik een uitvlucht achter de hand.

'Ik moet naar Parijs, volgende week,' zei ik, 'om een portret te bekijken. Ik zoek je wel op als ik terug ben.'

Het was tijd om me voor te bereiden op Petra's komst en ik gebruikte de opgekropte woede voor mijn moeder om de flat schoon te maken. Ava's woorden spookten door mijn hoofd: 'Er was tussen jullie altijd zo'n competitie.' Ik dacht nu over Petra na. Pasgeleden had ze een contract binnengesleept om voor Dior te ontwerpen en ze zei dat ze blij waren met haar betrokkenheid bij mijn project, waarschijnlijk in de veronderstelling dat mijn roem die van haar zou aanjagen. We hadden elkaar al een paar maanden niet gezien, eigenlijk al sinds ze naar Parijs was verhuisd. Haar carrière was echt op gang gekomen sinds ze haar in dienst hadden genomen. We stormden allebei voorwaarts in onze eigen wereldjes. Er was geen competitie tussen ons. Niet nu. Toen we elkaar de eerste keer ontmoetten, merkten we dat we hetzelfde gevoel voor lef hadden. Maar terugkijkend, denk ik dat we verschillende redenen hadden voor onze roekeloosheid. Mijn motieven hadden duidelijk te maken met het definiëren van mijn eigen identiteit, los van de commune waarin ik als kind had geleefd. Petra daarentegen had een exclusieve opvoeding genoten, doordesemd met alle pracht en praal, horend bij rijkdom. Zij had de drang om te bewijzen dat ze haar eigen waarde had, los van het familiekapitaal. En ze was een visionair, iemand die dingen voor elkaar kreeg.

Uiteindelijk belde ze aan. De spanning groeide toen ik de lift naar beneden stuurde. Toen de deur openschoof en Petra verscheen, werd ze geconfronteerd met zeven gezichten, die langzaam uit het duister opdoemden, als herinneringen aan iets dat je ooit wist, maar half vergeten was. Ik had met opzet de meeste lichten uitgedaan, wilde dat de kennismaking zachtjes verliep. We omhelsden elkaar kort, ze rook naar kou en licht naar zout, alsof de zeewind in haar dure parfum was getrokken, en ook uit haar houding sprak een nieuw zelfvertrouwen. Parijs had de hoogglans in haar te voorschijn gehaald. Ze leidde me snel naar één kant van de studio, de achterkant van haar blonde krullenkop knikte langzaam op en neer terwijl ze elk portret afzonderlijk monsterde. Toen ze aan het einde van de reeks was gekomen, draaide ze zich om en keek me aan. Haar koraalrode lippen maakten een halve maan, tot mijn opluchting met de mondhoeken omhoog. Ik deed de grote lichten in de studio aan en trok een fles wijn open, terwijl zij probeerde elke schilder te benoemen. 'Ingres, Holbein, Manet, Da Vinci, Whistler, Klimt, Raphael... maar deze, die laatste, die weet ik niet zeker, Esther, ik denk dat je me daarmee te pakken hebt.'

Ik lachte, maar hielp haar niet op weg. Dit was een heel oud spelletje; proberen om elkaar af te troeven met een superieure kennis van de kunstgeschiedenis, een uitdaging die terugging tot onze jaren als student aan de kunstacademie. In die tijd konden we altijd terecht in de National Gallery, waar we praktisch in afzondering kunstwerken bekeken en urenlang gepassioneerde en onvolwassen analyses uitwisselden, allemaal gratis. Zo hadden we samen onze ambities in kaart gebracht, bij de meesterwerken uit het verleden.

Petra trok haar geborduurde gouden pumps uit en nestelde zich als een Perzische kat op mijn roze bank.

'De laatste is van Titian,' zei ik zelfgenoegzaam, terwijl ik haar een glas wijn aanreikte.

'Geen wonder,' schamperde ze, 'daar heb ik nooit iets aan gevonden. Nou, vertel me nu maar hoe je op deze keuze bent gekomen.'

Ik had wat notities op het witte schrijfbord gekrabbeld. Voor iedereen behalve ikzelf las het als onzinrijm, een serie tekeningen, woorden, krabbeltjes, doorgestreepte woorden en lijstjes. Ik raadpleegde ze terwijl ik Petra rustig vertelde over mijn plannen. Het was essentieel dat Petra, meer dan wie dan ook, het concept duidelijk begreep. Zoals ik Lincoln ook al had verteld, had ik elke vrouw gekozen op de voor haar specifieke en unieke symboliek: politiek, schoonheid, macht, zuiverheid, seks, esthetiek en mythe.

Het was mijn bedoeling om over ieder van hen zoveel mogelijk te weten te komen en dan een performance te bedenken die hun belangrijkste kenmerk zou benadrukken en hun eigen verhaal zou vertellen. Ik wilde ze ook in de context van hun financiële waarde plaatsen, zowel op het moment dat ze werden geschilderd als nu, als kunstwerken van onschatbare waarde.

Hoe meer ik vertelde, hoe enthousiaster Petra werd. In haar hoofd vormden zich al schetsen en ze begon met potlood tekeningen te krabbelen in een schriftje, dat ze uit haar met parels bestikte tasje te voorschijn toverde.

Uiteindelijk vond ik dat ik genoeg had uitgelegd. 'Nou, wat vind je ervan?' vroeg ik, terwijl ik naast haar op de bank neerplofte.

Petra kauwde op haar potlood, bekeek me toen grijnzend vanuit haar ooghoeken. 'Ik vind het *très* Baudrillard,' zei ze.

Dat was een oud grapje, óns grapje, al op de academie, waar we les kregen in postmoderne kunst. Haar woorden stelden me gerust, ik wist dat ze het concept begreep en dat ze me zou helpen. Want uiteindelijk, grapjes daargelaten, was de *Possession*-serie duidelijk door Baudrillard geïnspireerd. Zijn filosofie luidde dat de hedendaagse kunst niet veel meer kon doen dan materiaal uit het verleden te stelen en daar met een eigentijdse draai een nieuwe betekenis aan te geven. Petra had het helemaal begrepen.

'Ik wil ermee doorgaan, nu,' zei ze ongeduldig, 'wanneer kan ik beginnen?'

We bespraken het budget terwijl we de fles wijn opmaakten en Petra kruiste een paar reisjes aan waarop ze mij wilde vergezellen. Door haar aanwezigheid voelde de dreiging van Kenny Harper minder beangstigend. Ik wilde haar er bijna iets over vertellen, maar het was net als met Aidan of iemand anders: als ik eenmaal begon, zou ik haar het hele verhaal moeten vertellen en dat was ondenkbaar. Dus zweeg ik over mijn recente ervaring met chantage en liet me door haar opvrolijken. Al snel waren we op weg naar een opening in een oud theater in Zuid-Londen, waar we in met glitter gevulde wc-potten tuurden en een groep oude bekenden van de kunstacademie tegenkwamen. We eindigden in onze oude stamkroeg op Brick Lane. Ik voelde me op mijn gemak met Petra en veilig, te midden van mijn oude vrienden. We bleven tot na sluitingstijd, de deur dicht, de gordijnen gesloten. Iedereen praatte honderduit. Petra was een tijd weggeweest en het voelde alsof we haar thuiskomst vierden, alsof we feestten op wie ze was geworden. Maar sommige dingen veranderen nooit: haar talent om een feest uit de hand te laten lopen was nog onverminderd.

9

Het weekend voltrok zich in een waas van feesten, drugs en bij-
slapen op zondag. Petra vertrok pas op maandagochtend en ik
ging uiterst wankel op weg naar Sotheby's, waar Aidan en ik onze
eerste bespreking hadden met Jacqueline Quinet, de inkoopmanager. Donker, slank en gepolijst op z'n Frans was ze de personificatie van eurochic; van haar houtskoolzwarte pakje tot aan de
Chanel no. 5 die opsteeg vanaf haar slanke polsen. Het was verontrustend om te zien dat Aidan een beetje opgewonden raakte.
Hij vond het altijd leuk om het spel mee te spelen. Misschien
hebben ze iets samen, bedacht ik in een vlaag van paniek. Dat
hadden we elkaar al een hele tijd niet aangedaan, maar nu het
tussen ons zo koeltjes bleef, was het haar misschien gelukt door
een scheurtje in ons pantser binnen te glippen.

Deze eerste bespreking was alleen bedoeld als 'oriënterend gesprek', maar ik bleef tot het einde onzeker. Nu ik erover nadenk,
weet ik niet zeker wat me het meest van mijn stuk bracht: het onmiddellijke effect dat Jacqueline op Aidan had, of de commerciële aard van het gesprek. Hoe dan ook, ik kon moeilijk bevatten
wat ik me op de hals had gehaald, toen ik naast mijn galeriehouder zat en de voorwaarden voor mijn ophanden zijnde verkoop
besprak.

Jacqueline begon voordat we zelfs maar konden gaan zitten.

'Gefeliciteerd met dit zeer sensationele idee. Je bent de belangrijkste kavel die we in jaren als hedendaagse kunst hebben
verkocht,' riep ze uit en keek me strak aan met haar walnootkleu-

rige ogen. 'Je zult misschien niet de hoogste prijs opbrengen, maar je zult de meeste aandacht van de media krijgen, dit hele jaar.'

Ik had instinctief een hekel aan Jacqueline, maar toch voelde ik me in goede handen. Ze nam haar werk duidelijk serieus.

'Vertel me eens,' ging ze verder, duidelijk op stoom komend, 'wat ligt er aan de basis van je idee? Ik wil graag het naadje van de kous weten, zodat ik de marketing van je verkoop goed kan aanpakken.'

Ik realiseerde me dat ik Jacqueline tevreden moest stellen, wilde ze besluiten tot een volledige dekkingskoop. Ze leunde met haar mooie ellebogen voorover op het bureau, haar kleine, dunne handen onder haar kin gevouwen, terwijl ik begon te vertellen over mijn zeven onderwerpen, mijn plannen voor de performances, wat mijn verkoop inhield. Ik kreeg haar aandacht voor de volle honderd procent.

'Het is een geweldig idee,' zei ze beslist toen ik mijn beschrijving had afgerond, 'ik kan amper wachten tot de avond van je veiling. Het zal hét gesprek zijn in Londen en New York.'

Ik kreeg het gevoel dat, als het aan haar lag, dat ook zeker de uitkomst zou zijn.

'En hoe zit het met de mogelijke kopers?' viel Aidan vriendelijk in. Onze stoelen stonden dicht tegen elkaar, tegenover Jacqueline. Het leren bureaublad scheidde de klanten en de inkoopmanager. Ik voelde een toenemende druk van Aidan's bovenbeen tegen het mijne. Hij leek in elk geval tevreden met deze performance. Terwijl ik aan het woord was geweest, had Jacqueline mij al haar aandacht gegeven. Maar met deze vraag verschoof haar blik, hield zijn ogen een tiende van een seconde vast – niet langer. Op hetzelfde moment voelde ik hoe de druk tegen mijn bovenbeen verdween.

Aidan vouwde een stukje papier open en schoof het over de tafel, als een eerste bod, zijn vingers uitgespreid. 'Ik heb drie of vier geïnteresseerden tot dusver,' zei hij, voor zijn doen ongebruikelijk zacht.

Ik zag hoe Jacqueline eerst zijn handen bekeek, voordat ze de lijst grondig bestudeerde.

'Dat is een goed begin,' knikte ze ten slotte. Daarna bekeek ze me van top tot teen, zonder enige emotie. We waren terug bij het zakendoen. 'Het lijkt alsof er een tweede golf van internationale interesse voor de Britten aankomt. Maar Esther, waar zullen we beginnen met bieden op jou?'

Ik hield haar blik vast, maar zei niets.

'We kunnen haar niet voor minder dan 200 000 laten gaan,' zei Aidan snel. De druk op mijn bovenbeen nam weer toe.

Jacqueline wierp hem een scheef lachje toe. 'Ik zat meer te denken aan een minimumprijs van 150.'

'Ik weet dat we 250 van de Duitsers kunnen krijgen.' Aidan klonk vastbesloten.

Ik kreeg de neiging hen eraan te herinneren dat de veiling nog niet begonnen was, maar ik had de laatste jaren geleerd dat ik het beste mijn mond kon houden en het verkopen aan hem over moest laten. Hij wist altijd een betere prijs te bedingen. Jacqueline knikte weer, gretiger nu. Geld leek ook haar op te winden, wat dat betreft had ze in Aidan een gelijkwaardige opponent gevonden. Vreemd dat er geen persoonlijke dingen op haar bureau stonden, zelfs geen foto van haar familieleden.

'Laten we voorlopig alle opties nog even openhouden,' zei ze vriendelijk. Haar glimlach werd breder, maar wist haar ogen niet te bereiken. 'En laten we eerst maar eens zien hoe groot de belangstelling is tegen de tijd van de veiling.'

'Zo, Jacqueline, wat denk je nog meer goed te kunnen verkopen?' zei Aidan, die doorhad dat het tijd was een algemener onderwerp aan te snijden.

Terwijl zij een lijst met beroemde namen voorlas, stond ze op uit haar stoel, keek veelbetekenend en stak haar hand uit. De bespreking naderde zijn einde. Mijn hart klopte snel toen ik haar hand schudde. Hoe kon ik wedijveren met een Lucian Freud aan de ene kant, een Francis Bacon aan de andere? Voor het eerst vroeg ik me af of de *Possession*-serie misschien niet een enorme miskleun was, misschien had ik te haastig gereageerd uit angst voor Kenny. Misschien had ik zijn zwijgen simpelweg kunnen kopen, zonder op zo'n extreme oplossing uit te komen. Maar het was te laat voor spijt. We lachten en glimlachten allemaal, maar vanbinnen voelde ik me angstig. Er was rond die tafel een opgewondenheid die niets van doen leek te hebben met kunst – en alles met geld, bergen geld. Dat zou prima zijn geweest, maar ik had één punt van grote zorg: deze keer was ik het, die te koop werd aangeboden.

10

'Aidan zegt dat je het moet doen,' zei Katie.

Ik kreunde in de telefoon. 'Kan ik niet afzeggen? Ik moet naar Clapham om met iemand te praten voor mijn research, het is erg belangrijk.'

'Blijf even hangen, ik verbind je door,' antwoordde ze en de telefoonlijn klikte.

Tot mijn ergernis was Aidan 'in gesprek' toen ik belde. Ik was geboekt om die avond een deel van mijn laatste serie, *The Painted Nude*, opnieuw op te voeren in het warenhuis Selfridges. Het was donderdag – en het laatste waarop ik zat te wachten na het afgeven van het geld. Ik zou weinig tijd hebben.

'Je bent het Selina verschuldigd,' zei Aidan vlak toen ik 'm eindelijk aan de lijn kreeg. 'Dit is je kans om het goed te maken en het is ook nog eens prima voorpubliciteit voor de veiling.'

Selina was een onafhankelijke organisator van exposities met wie ik een paar jaar geleden een conflict had gehad. Ik was de belangrijkste kunstenaar van een expositie die zij had georganiseerd en het was me niet gelukt een kunstwerk te leveren; ik had daarmee niet alleen de expositie verknald, maar ook de sponsor die ze had gevonden afgeschrikt. Dit was mijn kans om alles goed te maken. Ik begreep dat ik Aidan niet kon overhalen. Dit was een manier om een oude wond te laten helen en sinds ik met de *Possession*-serie was begonnen, was Aidan's opstelling verhard.

'Kom je ook?' vroeg ik.

'Nee, ik kan niet,' zei hij.

'Misschien erna?' probeerde ik hem over te halen, 'zoals vroeger? Om me te helpen de henna af te wassen?'

Ik hoopte dat de verwijzing naar betere tijden de kilte zou verdrijven, maar Aidan's toon bleef afstandelijk.

'Ik kijk nog even of ik kan komen, bel me maar als je klaar bent. Oh trouwens, Lincoln heeft gezegd dat hij zou komen, met een cameraman. Zei dat hij wilde filmen voor de Channel 4-documentaire... Het is een perfecte kans om wat nieuw beeldmateriaal te krijgen.'

Ik bestelde een taxi om me naar Clapham te laten rijden. Ik had 25 000 van twee rekeningen doorgesluisd en vervolgens opgenomen, in bundeltjes van biljetten van vijftig pond en opgeborgen in een oude rode koffer. Ik voelde me ongemakkelijk achter in de taxi, die zich zuidwaarts naar het opgegeven adres spoedde. Ik wist niet wat me te wachten stond, dat had Kenny me niet duidelijk gemaakt. Ik was bang belazerd te worden en hoopte maar dat hij me niet in een val lokte. Ik nam een groot risico, zo zonder begeleiding. De enige maatregel die ik had genomen, was het achterlaten van een briefje met het adres op mijn keukentafel. Als er iets met me gebeurde, wisten ze tenminste waar ik heen was gegaan.

De auto stopte bij een doodgewoon rijtjeshuis in het midden van een straat in een buitenwijk. Ik vroeg de chauffeur te wachten. Het was halverwege de middag, stil, niets opvallends te zien. Ik droeg een hoed en een zonnebril om niet herkend te worden. Ik liep snel naar de voordeur, drukte op de bel en wachtte. Ik zag de vitrage bewegen en toen ging de deur langzaam een stukje open. Een muisachtig meisje van ongeveer mijn leeftijd keek vanachter de deur naar mij. Achter haar stond een peuter, die zich aan haar knieën vasthield. Ze leek nerveuzer dan ik en ik kreeg onmiddellijk medelijden met haar. Ze hadden met haar duidelijk al een paar keer een loopje genomen – en veel lol was dat niet geweest. Ze had rimpels van de zorgen rond haar ogen en haar haar moest nodig worden gewassen. Ze droeg een oude, gescheurde spijker-broek en een afgeknipt T-shirt. Ze was spichtig en had een nep-diamant in haar navel.

'Ik heb iets voor Kenny,' zei ik zacht.

Ze knikte en reikte me een groot bruin pak aan. Ik vroeg me af of ik het open moest maken voordat ik haar de koffer gaf, maar besloot dat dat weinig zin had. Ik had al een groot risico geno-men – nu moest ik doorgaan ook. Ze vermeed oogcontact toen ik haar het geld gaf. Ze pakte het aan en de deur klapte dicht voordat ik ook nog maar een woord kon zeggen. Ik ging terug, stapte in de taxi en gaf opdracht om naar Selfridges te rijden.

Op weg erheen maakte ik het pak open en haalde er drie teke-ningen uit. Het was een vreemde gewaarwording om mijn oude schetsen weer in handen te hebben. Verrassend genoeg had Kenny ze kennelijk zorgvuldig bewaard, de vellen waren maag-delijk, amper vergeeld. Ik had ze zo'n tijd geleden gemaakt en toch kwam elke lijn me bekend voor. Ze waren helemaal au-thentiek. Ik had een door Klimt geïnspireerde periode gehad waarin ik met fijne pen en inkt werkte, en was ook gegrepen ge-raakt door zijn keuze voor openlijk seksuele onderwerpen. De inhoud was ongeremd, tekeningen van Kenny en mij terwijl we seks hadden, vanuit drie verschillende standpunten. Ik zuchtte van opluchting, ik had tenminste voorkomen dat dit het grote publiek had bereikt. Het voelde goed dat ze weer in mijn bezit waren, ze waren van mij en ik was blij dat Kenny Harper en zijn vriendinnetje niet langer naar hun choquerende inhoud kon-den turen.

De auto stopte voor Selfridges, ik nam het pak mee naar binnen. Het leek een vreemd toeval dat ik juist vanavond mezelf zou uitkleden en naakt voor mijn publiek zou gaan liggen.

Katie haalde me op bij de personeelsingang.

'Je doet november,' zei ze, kijkend op haar notities, terwijl we ons naar binnen haastten. 'Lettie Sykes begint met een frag-ment uit haar boek, dan kom jij op en daarna volgt een signeer-sessie.'

'Kan ik de boeken niet vooraf signeren en weggaan zodra de performance is afgelopen?' smeekte ik.

'Ik kijk wat ik kan doen,' beloofde ze.

Lettie Sykes had een boek over mijn carrière geschreven dat deel uitmaakte van een nieuwe serie over hedendaagse Britse kunstenaars. De winkel gaf de serie uit en betaalde voor het feest. Het was een raar, nieuw avontuur: een warenhuis als mede-uitgever van een uitgeverij van kunstboeken en ook nog eens gesteund door Tate's. Iedereen probeerde de interesse van het grote publiek voor hedendaagse kunst als nieuw fenomeen te begrijpen, keek of ze door samenwerking met commerciële ondernemingen de verkoop konden opkrikken. Het was voor alle partijen een oefening in toekomstige marketingexercities.

Een beveiligingsman met een uitgestreken gezicht bracht ons naar de tijdelijke 'galerie' die de vorige dag was opgebouwd. Mijn vertrouwde rode chaise longue stond midden op een wit podium, naast de afdeling tienerkleding. Het was koopavond. Het idee was dat de klanten tijdens de presentatie een kijkje kregen op het 'echte werk' van de hedendaagse kunstwereld. Metalig klinkende popmuziek vulde de ruimte en er liep wat nieuwsgierig winkelpubliek rond, dat exemplaren van mijn boek pakte, die in een hoge piramide lagen opgestapeld. Een dreumes met een schilferig gezichtje en een snotneus rende om het podium heen en leek de kortste weg naar de chaise longue te willen nemen. Op dat moment zag ik Selina's uitgemergelde lichaam naar voren schieten: een soepele, paarsblauwe schicht. Ze was net op tijd om te voorkomen dat hij zijn slijmerige plakhandjes zou afvegen aan de rode zijde.

Tegen zevenen had ik 250 exemplaren van het boek gesigneerd en lag ik naakt op mijn chaise longue, achter een wit gordijn. Ik lag weer in mijn Venushouding, beschilderd met mijn op Tennyson geïnspireerde proza. Op een bepaalde manier paste de stemming van deze dag wel bij de meest deprimerende maand uit de serie:

akelige motregen
lege straat
breekt de leegte van de dag
eet mijn vet
zoete koffie magere melk
lik mijn lippen
langs mijn ruggengraat
regen is mijn pijn
laat me slapen
alweer gemist

Achter me werden de weervideo's vertoond en de geluidsband stond op scherp. Ik hoorde een hoop drukte aan de andere kant van het gordijn, Lettie probeerde al voorlezend wanhopig boven de herrie uit te komen. Niemand luisterde, zoveel was duidelijk. Katie ijsbeerde voor mijn neus op en neer, bellend met Aidan.

'Er zijn hier wel duizend mensen, het is waanzin,' krijste ze.

Onder de uitgevers, hun pr-bureau, Selfridges en onze galerie waren meer dan duizend uitnodigingen voor deze presentatie verspreid. Het leek dat de meesten hadden besloten te komen – aangevuld met winkelend publiek dat uit het labyrint van winkelpaden kwam gekropen. Iedereen werd ongeduldig, wilde iets 'zien'. De drank leek al op te zijn. Katie had vijf beveiligingsmensen gevraagd om het podium af te schermen. Tot dusver was er maar eentje en die leek meer oog voor een blonde verkoopster te hebben dan voor mij.

Eindelijk werd het rustig en toen het gordijn werd weggetrokken, daalde een breekbare stilte neer. Gelukkig lag ik met mijn rug naar het publiek, dus hoefde ik hen niet te zien, maar ik voelde hoe ogen en camera's mijn lichaam verkenden. Ik lag stil en sloot mijn ogen, terwijl de menigte opgewonden begon te kwebbelen. Ik had dit vaak genoeg gedaan om mezelf af te sluiten van mijn omgeving en liet mijn gedachten afdwalen naar de *Possession*-serie. Ik hoorde een vechtpartij uitbreken en negeerde die. Toen zwol de herrie weer aan en werd het gordijn snel dichtgetrokken.

Ik was koud en stijf. Katie verscheen met een gezicht als een oorwurm.

'Er is zojuist een dreun uitgedeeld. We lenen ons nooit meer voor dit soort shit.'

'Moet je tegen Aidan zeggen, niet tegen mij,' zei ik.

'En Lincoln en zijn cameraman vielen met hun neus in de boter,' mopperde ze, terwijl ze me hielp mijn jurk over de tatoeages heen aan te trekken, 'God mag weten wat die documentaire allemaal zal onthullen. Meer dan jouw vel alleen, zoveel is wel zeker.'

Katie ging naar de Groucho Club met Lincoln, Selina, Lettie en de pr-mensen. Ik sloeg de uitnodiging af. Ze regelde daarom dat een man van de beveiliging me naar de achteruitgang begeleidde, waar een auto me opwachtte. Net toen we weg wilden rijden verscheen Katie en tikte tegen het raam.

'Sorry,' zei ze, 'ik ben vergeten je dit te geven.' Ik draaide het raampje naar beneden en ze gooide een envelop in mijn schoot. 'Een of andere vent gaf me dit, voor jou. Waarschijnlijk fanmail,' ging ze verder, 'maar hij zei dat het dringend was en dat ik moest zorgen dat jij het kreeg.'

Terwijl we de nacht inreden, scheurde ik de envelop open en las het briefje dat erin zat.

Lieve Esta,

Je bent nog net zo beeldschoon als al die jaren geleden – tenminste van achteren! Sorry dat ik niet eerder kon komen. Ik hoop dat de tekeningen je bevielen. Bedankt dat je zo begripvol was. Voor mij is het nu weer tijd om weg te gaan.

Kenny xxx

Die kusjes maakten me misselijk, maar de algehele toon van het briefje was een opluchting. Het was een vreemd idee dat hij er vanavond was geweest, dat hij mijn optreden had gezien en ik vroeg me af waarom hij er niet was geweest toen ik die middag het geld had gebracht. Toch, hoe dan ook, ik schatte op basis van de toon en inhoud van het briefje dat Kenny echt van plan was om met het geld te vertrekken – hopelijk voor altijd, deze keer. Ik had het gevoel dat ik op het nippertje was ontkomen. Het was pijnlijk zoveel geld kwijt te raken, maar het was niet het einde van de wereld. En eigenlijk, vond ik nu, waren die schetsjes het geld wel waard geweest.

Op weg naar huis belde ik Aidan om te horen of hij nog langs wilde komen. Ik wilde hem nu dolgraag zien om te proberen alles goed te maken. Hij nam niet op en ik voelde me terneergeslagen. Ik had dit project niet aangehaald om ons uit elkaar te drijven, maar toch leek de grond onder ons weg te zakken. En ik zag geen kans dat te stoppen, zeker niet totdat de *Possession*-serie compleet was. Maar toen ik aankwam, zag ik tot mijn opluchting zijn auto, die buiten geparkeerd stond. Hij had zichzelf al binnengelaten, had een glas whisky in zijn hand en bestudeerde nauwgezet de zeven portretten die aan de muur hingen. Vooral het derde in de rij, een portret door Jean Dominique Ingres, leek zijn aandacht te hebben getrokken. Het was een portret met de titel *Madame de Senonnes*, een voluptueuze schoonheid in rood fluweel.

Ik liep naar hem toe en ging vlak achter hem staan. 'Wat vind je van haar?' zei ik.

'Ze is uitermate fascinerend,' fluisterde hij langzaam. 'Erotisch en vol verborgen betekenissen.' Hij draaide zich naar mij om. Hij leek ontspannen, zelfs gelukkig. 'En haar jurk zou perfect zijn voor de avond van jouw veiling.'

Ik had al besloten dat Marie de Senonnes de ideale handlanger zou zijn voor de veiling. Welke metafoor paste immers beter bij een vrouw die zichzelf te koop aanbood, dan een in rood fluweel getooide dame?

'Hoe ging het vanavond?'

'Oh, goed,' zei ik, ik was de performance al vergeten, 'maar nu heb ik honger, ik heb op weg hierheen sushi gehaald.' Ik liep naar de bank, waar ik mijn schetsen en mijn tassen neerlegde. 'Wil je ook wat?'

Aidan richtte zijn aandacht weer op het schilderij. 'Ik heb al gegeten,' zei hij afwezig.

'Met wie dan?'

'Uhh, met Jacqueline Quinet,' zei hij, net iets te luchtigjes. 'Ze wilde nog wat details bespreken.'

Ik antwoordde niet, maar liet me hard op de bank vallen en trok het eerste bakje met sushi open. Ik spietste een zalmrolletje aan het einde van mijn eetstokje en stopte het in mijn mond, schrokte toen als een barbaar de rest naar binnen. Hij was geïnteresseerd in haar, ik wist het zeker.

'Ze mag je erg graag, wist je dat?' zei hij ten slotte. Hij had mijn zwijgen correct geïnterpreteerd, wilde me geruststellen. 'Ze denkt dat je enorm veel succes zult hebben, ze had al verzoeken om informatie gehad uit China, en een paar uit New York. En ik heb Greg Weiz vandaag gesproken. Hij zei een paar verzamelaars te kennen die een bod overwegen.'

Greg was Aidan's oude maatje uit Manhattan en Aidan bezat nog steeds een klein aandeel in de Greg Weiz Gallery op de Upper East Side. Ze hadden kortgeleden een paar kleine verkopen van mijn kunstwerken geregeld. Aidan wilde me graag promoten aan de overkant van de grote plas. Ik besloot mijn belangstelling op het persoonlijke vlak gericht te houden.

'Waar heb je gegeten?' vroeg ik en probeerde zelfs niet eens mijn ergernis te verbloemen.

'Wat?' Hij draaide zich helemaal naar me om, zijn ogen schitterden vol ongeloof.

'Jij en Jacqueline, waar hebben jullie gegeten?'

'Jezus Esther, wat maakt dat nou uit?'

'Het maakt ook niet uit,' zei ik koeltjes, 'vroeg het me gewoon af.'

Hij klemde zijn lippen strak op elkaar en pakte zijn tas, zocht daarin naar iets. Zijn onwil om openheid van zaken te geven was typisch. Aidan hield er niet van om voor het blok gezet te worden. Hij weigerde altijd ronduit om mee te gaan in mijn 'kleinzielige neuroses', zoals hij ze noemde. Zei dat ik moest leren het leven te nemen zoals het is en niet altijd moest verwachten dat alles zwart of wit is. Hij had wel gelijk, maar over het algemeen zag ik de schakeringen grijs die hij bedoelde wel degelijk: in de relaties die ik met anderen dan hem onderhield – de media, vrienden, critici. Tot voor kort was onze relatie tamelijk duidelijk, hoewel jarenlang clandestien. Er waren in het begin een paar koele periodes geweest, toen we allebei andere, kortstondige affaires hadden, maar daarover waren we open en eerlijk geweest. Het was een manier om de angstaanjagend intense betrokkenheid te beheersen die tussen ons groeide, op een moment dat geen van beiden die wilde. In feite was onze relatie de afgelopen drie jaar behoorlijk hecht geworden. Voorzover ik wist, tenminste. Het verschijnen van een mogelijke rivale op het toneel maakte me alleen maar ongeruster dat we uit elkaar begonnen te groeien.

'Ze heeft me iets voor jou gegeven,' zei hij, de nonchalance even kwistig rondspetterend als goedkope eau de cologne, en gooide me een klein, zwart pocketboekje toe: een Penguin Classic. Met zijn handen op zijn heupen wachtte hij op mijn reactie.

'Ik ga douchen,' zei ik en legde het boekje achteloos op tafel, zonder ook maar de omslag te lezen, 'ik moet die verdomde tatoeages nog afwassen.'

Toen ik een halfuur later terugkwam, lag Aidan op mijn roze bank in het boekje te lezen. Hij keek op en glimlachte aarzelend. 'Gaat 't wel goed, Est?' Hij klonk vriendelijk. 'Je lijkt zo onrustig.'

Ik had in de douche besloten om het te laten rusten, een flinke ruzie zou het er niet beter op maken.

'Ik ben gewoon een beetje gepreoccupeerd, denk ik. Komt door het project. Ik moet mezelf inleven daarin.' Ik ging voor hem op de vloer zitten en Aidan begon mijn schouders te masseren.

Ik was het niet van plan, maar voelde dat ik ontspannen raakte. Toch, na het gedoe om Jacqueline en al het andere dat vandaag was gebeurd, was ik vastbesloten om alleen te slapen.

'Die performance heeft me gesloopt,' loog ik na een paar minuten. 'Ik moet nu echt naar bed.'

Tot mijn verbazing protesteerde Aidan niet. We stonden alle-bei op en ik keek toe terwijl hij zijn spijkerjack aantrok. Hij kuste me zachtjes op mijn wang en vertrok zonder een woord te zeg-gen.

Ik ging naar bed, sloot mijn ogen en nog een keer droomde ik over de gebeurtenissen aan het einde van die zomer, die me zo-juist 25 000 pond hadden gekost om stil te houden.

11

'Mevrouw Glass?'

Ik keek op van mijn *Vogue*, naar de receptioniste.

'Spreekkamer vier, deze kant op, graag.'

Toen ik opstond, kon ik het niet laten om steels naar de andere wachtenden te kijken; vijf of zes vrouwen die hun gezicht en schaamte verborgen achter beduimelde tijdschriften, hun hart – net als het mijne – kloppend in hun keel. Eentje durfde haar ogen even op te slaan en me gedurende een milliseconde aan te kijken, voordat ze zich terugtrok in de betrekkelijke veiligheid van recepten en de adviezen van Lieve Lita. Maar daarvoor, of voor de voorspelling in de horoscoop, was het te laat. Als je eenmaal in een van deze met blauw nylon beklede stoelen terecht was gekomen, was het kwaad al geschied.

'Alles in orde. Dat was 't voor nu, je kunt je weer aankleden.'

Meneer Nicholls had zich alweer van me weggedraaid. Zijn rubber handschoenen maakten het geluid van kleine zweepslagen toen hij ze vinger voor vinger van zijn vlezige handen trok. Hij opende met zijn linkervoet de pedaalemmer en gooide ze er geroutineerd in, terwijl hij zijn rode gezicht in de spiegel bekeek. De deksel klapte weer dicht, met een metalig geluid dat echode in de witte stilte van de kamer. Het was een routinehandeling en hij had jaren ervaring; dag in, dag uit, vingers in, vingers uit.

Ik legde mijn benen over de rand van de behandelingstafel en ging rechtop zitten. Ik voelde me een beetje misselijk, pakte toen mijn citroengele slipje en wurmde het weer omhoog over mijn knieën.

'Kom maar te voorschijn als je klaar bent,' zei hij toonloos, zonder om te kijken en verdween toen achter het gordijn.

'Mooi. Oké Esther, weet je zeker dat je begrijpt wat de procedure inhoudt?'

Ik was klaar met het invullen van de formulieren, had met een krabbel afstand gedaan van mijn foetus en gaf de papieren terug aan de zuster, die als een tamme duif achter een klein bureau in de hoek zat. Ze was jong, niet veel ouder dan ikzelf. Wat een rare baan voor een zeventienjarige. Hoe kom je erbij om op een ochtend wakker te worden en te denken: Ja, de abortuskliniek aan Harley Street, daar ga ik voortaan werken?

Ze was knap, mooi en blond op een Barbie-achtige manier, met roze lippenstift, een wit uniform en een beige panty. Ik had nog nooit een beige panty gedragen, noch een echt uniform. Op school kregen ze ons niet verder dan een lichtblauw t-shirt en een marineblauwe rok. De mijne tartte altijd de voorgeschreven lengte en dat verklaarde misschien voor een deel waarom ik hier überhaupt was beland. Overtreed je de regels, dan zul je de gevolgen moeten dragen, had meneer Drewell, het schoolhoofd, altijd gezegd als ik in zijn kamer verscheen voor een donderpreek omdat ik alweer iets had uitgespookt. Nou, deze keer had hij het bij 't rechte eind, dat kon ik niet ontkennen.

'En is er iemand die met je meekomt?' informeerde meneer Nicholls met gespeeld medeleven. 'Het kan fijn zijn om wat emotionele ondersteuning te hebben, ervoor en erna.'

Ava's gezicht doemde even op voor mijn geestesoog. Onder geen beding zou ik de baby houden. Ze had de situatie in handen genomen met een efficiëntie en een emotionele afstand die grensde aan klinisch. Ik denk dat ze nog steeds te geschokt was door Simeon's dood, dat haar gevoel was opgebruikt. Voordat ik het wist had ze alles in gang gezet, betaalde zelfs de rekening. Ava was natuurlijk een belangrijk voorstander van het recht op abortus, had de wetswijziging tien jaar geleden toegejuicht. We hadden zelfs samen geprotesteerd tegen de anti-abortusdemonstraties, spandoeken hoog in de lucht – hoewel ik te jong was om te begrijpen waarom we zo schreeuwden. Ik wist alleen dat het om de rechten van vrouwen ging en begreep dat we allebei lid van die club waren.

'Je hebt je hele toekomst nog voor je, Esther,' had Ava nadrukkelijk gezegd, toen ik haar mijn dilemma had onthuld. 'Het heeft geen zin er emotioneel over te doen. Te veel levens van vrouwen zijn verwoest omdat ze te jong ongewenste kinderen kregen.'

Het leek weinig zin te hebben om tegen haar in te gaan, er was geen andere koers mogelijk. Ik vond het op dat moment wel wat ironisch, gezien de omstandigheden rond mijn eigen geboorte. Ik was immers ook niet echt gepland. Ik wilde haar vragen waarom ze mij destijds niet had doorgetrokken. Zij en Simeon hadden het immers overduidelijk gemaakt dat ze nooit verliefd waren geweest, dat ik het resultaat was van één enkele, ongetwijfeld door drugs veroorzaakte nacht vol passie. Ze leken het wel een romantisch idee te vinden dat ik een echt 'liefdeskind' van de vroege jaren zeventig was. Ava was nooit de verpersoonlijking van het moederschap geweest. Ik was een aanvulling op haar leven geweest, op het leven in de commune, maar haar werk had altijd centraal gestaan. Als ik niet was geboren, had ze waarschijnlijk niet eens geprobéérd om een kind te krijgen, dat gevoel had ik. Ze ging te zeer op in feministische theorieën om zelf haar handen vuil te maken in de praktijk. Maar ik had besloten dat het beter was haar niet te ondervragen. Of ik het nou leuk vond of niet, ik had haar hulp hard nodig gehad.

Ze had aangeboden mee te gaan die dag, 'om me er doorheen te helpen'. Maar ik vond dat te veel intimiteit. Dit was iets wat ik zelf moest opknappen, iets waar ik zelf overheen moest komen. Ik voelde me wat bibberig, maar knikte vaag in de richting van meneer Nicholls, loog en mompelde dat ik een vriend zou meenemen. Mijn tong kleefde aan mijn verhemelte. Ik kon daar het zuur proeven, plakkerig en niet weg te spoelen. Dat was een paar dagen na het uitblijven van mijn ongesteldheid begonnen, twee weken na Simeon's begrafenis en het verdwijnen van Kenny; een niet te ontkennen waarschuwing voor de ramp die me te wachten stond.

Na een afspraak voor de volgende dag gemaakt te hebben, stapte ik naar buiten, de hittegolf in en nam een grote teug van de dikke Londense julilucht. Toen sloeg ik de hoek om, naar Marylebone Road en moest opeens kotsen in de goot, terwijl onbekende gezichten me bekeken vanaf de bovenverdieping van bus nummer 18. Ze dachten waarschijnlijk dat het door drugs kwam.

Het duurde een jaar voor ik de ervaring helemaal had verwerkt. Al die tijd kon ik niet terug naar Ickfield Folly en wilde ook niemand uit de commune zien. Tot ieders verbazing had Simeon me een flink bedrag aan geld nagelaten. Hij had zijn geld nooit in onroerend goed gestoken en ik neem aan dat het leven in een commune niet veel kostte. De toegangsgelden voor zijn seminars hadden bij elkaar een mooi bedrag gevormd. Plotseling kon ik een tamelijk comfortabel leven leiden voor een zeventienjarig meisje. Via de advertentierubriek van de *Evening Standard* vond ik een kamer in Maida Vale met een hoog plafond, een wastafel en een kookplaatje in de hoek. In het begin rook het er naar gekookte kool en verschaalde sigarettenrook, wat mijn misselijkheid terug deed keren. Maar de kamer had een groot balkon dat uitkeek over een lommerrijke gemeenschappelijke tuin en kostte maar twintig pond per week. Het duurde niet lang of ik had de kamer voorzien van een theatraal sfeertje, met goedkope fluwelen gordijnen en potjes met kruiden die ik voor een paar pond op de markt van Church Street had gekocht.

De Marokkaanse jongen die onder me woonde heette Ahmed. Hij had een mooi gezicht met een leerkleurige huid en was een dealertje en dj bij The Astoria in Shepherd's Bush. Hij nam me onder zijn hoede, noemde me 'zusje' en hielp me met gratis joints en middernachtelijke praatsessies om mijn zelfvertrouwen op te krikken en die eerste paar maanden door te komen. Ik verschool mezelf, terwijl ik als een gek tekende. Toen kocht ik een ezel en wat olieverf en werd de geur van kool verdrongen door het doordringende aroma van olieverf. Dat vochtige, kermende en uitgewoonde huisje bleek mijn reddingsboei te zijn, met een leefgemeenschap die niet zoveel anders was dan die uit mijn verleden, hoewel hier niemand iets aan een ander verplicht was, waardoor de omgang eerlijker en vrijer was. Het grote verschil was dat je gaf wat je wilde en de deur kon dichtdoen als je geen zin had iets te geven, dus waren er geen tekenen van valse filantropie.

Ava had me het hele jaar gesmeekt om thuis te komen, om mijn *A-levels* te halen, bij haar en John te zijn en om alles weer goed te maken. Maar voor mij was de zeepbel van onschuld uit elkaar gespat op de dag dat Simeon stierf. Ik kon onmogelijk nog een nacht onder dat dak slapen. Ze begreep het niet, kón het niet begrijpen, en ik weet niet zeker of ik het zelf wel begreep. Maar ze maakte er geen ruzie over, liet me alleen beloven elke dag te bellen. En dus was ik voor de eerste keer in mijn leven vrij om te doen wat ik wilde, zonder achttien paar ogen die elke beweging die ik maakte volgden.

Mijn nieuwe vrienden waren verder George, een werkloze acteur die boven me woonde en, een paar maanden later, Clara, zijn agente en liefje in wording. Het was puur geluk dat zij in deeltijd spraakles gaf op de Royal Academy of Dramatic Art. Deze toevallige ontmoeting zou het verloop van mijn toekomst verder bepalen. Via Clara kwam ik terecht voor een toelatingscommissie, die me een startstipendium toekende voor het eerste jaar van de RADA, dat in de herfst begon. Natuurlijk greep ik de kans om mijn acteervaardigheden te tonen met beide handen aan. Voordat ik het doorhad zat mijn eerste trimester erop en kreeg ik een volledige beurs als dramastudent.

Al snel was het te laat om ooit nog naar de commune terug te keren. Met het verscheiden van Simeon was de eigenaar weer op het toneel verschenen en had het landgoed opgeëist. Plotseling was de idylle voorbij. De huurders kregen twaalf maanden om iets anders te zoeken. Ik was blij dat ik geen getuige was van het uiteenvallen van de commune. De leden gedroegen zich als gevangenen die opeens hun vrijheid terugkregen: ze waren gedesoriënteerd en ellendig. Vastbeslotener dan ooit om er nooit terug te keren, verscheen ik niet eens op het afscheidsfeest. Ava en John moesten nu op hun beurt hun koffers pakken en naar Londen vertrekken. Zonder het ooit zo gepland te hebben, waren we allemaal naar de stad verkast.

Londen bleek paradoxaal genoeg een frisse wind. Laat ik het beter onder woorden brengen: Londen was precies het tegenovergestelde daarvan en daarom hield ik zo van de stad. Het was contrair met alles wat ik kende, of was geweest. En dus voelde de stad op een vreemde manier geruststellend, als thuis.

12

Ik wist instinctief welk meesterwerk als eerste moest komen in de *Possession*-serie. *Christina van Denemarken* was te lang mijn talisman geweest om haar te negeren. Al sinds Ava me het schilderij voor de eerste keer had laten zien, vond ik dat ze aan mij toebehoorde – in geestelijke zin, natuurlijk. Ik had haar tijdens mijn eerste jaar in Londen verschillende keren opgezocht, en ook in de tien jaar daarna, zij het wat minder frequent. Ik kon verdrinken in haar gezicht als dingen in mijn eigen leven onverklaarbaar leken. Haar uiterlijk had iets ontastbaars dat ik vreemd genoeg geruststellend vond.

Misschien raar, maar ik had nooit eerder de behoefte gehad om verder te kijken dan de oppervlakkige kenmerken van dit jonge meisje, zo volledig in verf vereeuwigd. Misschien was ik bang dat ik iets tragisch in haar leven zou ontdekken, iets waardoor ik bang zou worden voor mijn vanzelfsprekende affiniteit met haar. Maar nu, voor het eerst, was het essentieel om vat te krijgen op haar persoonlijkheid en om mezelf te confronteren met het gevoel om weer zestien te zijn, misschien zowel voor haar, als voor mij. Het was tijd om in haar huid te kruipen.

Gelukkig was haar vaste verblijfplaats maar drie kilometer verwijderd van mijn flat. En nog beter: ze deelde tijdelijk de voordeur met Billy Smith. Billy mocht een jaar lang werken in de enorme studio achter het publieksgedeelte van de National Gallery. Een coke snuivende taxidermist tussen de meesterwerken der natie: dat klonk als garantie voor onheil. Maar hij was er helemaal in zijn element, herschiep ideeën uit het verleden in een reeks nieuwe werken die het komend voorjaar in de Sainsbury-vleugel van de National Gallery te zien zou zijn.

Billy beweerde het verhaal achter mijn Christina van Denemarken te kennen en omschreef haar toepasselijk als een krachtig symbool van politiek bezit. Na het afronden van de Goldsmith's universiteit had hij kunsttheorie gestudeerd op het Courtauld, samen met onze onvoorspelbare kunstcriticus-en-vriend Lincoln Sterne. De jonge Hans Holbein was onderwerp geweest van een van zijn grote werkstukken. Hij had het een tijd geleden geschreven, maar zei dat hij met plezier zijn oude notities zou opzoeken. Zijn enthousiasme was geruststellend. Om niet tijdens mijn bezoek door de pers opgemerkt te worden, liet ik me door Christina's kleding inspireren voor mijn vermomming. Op het schilderij bedekken kledingstukken het grootste deel van haar lichaam en hoofd. Ik was nog een stap verder gegaan en droeg een zwarte burqa, een goede manier om mijn ware identiteit te verhullen. Toen ik mezelf in zwart begon te hullen, krabbelde het verleden – weer eens – overeind en begon in mijn gedachten rond te dolen. Ik had kunnen weten dat door Christina te kiezen, mijn verleden me op de hakken zou trappen. Ze had me tenslotte al die tijd vergezeld. Misschien was ik onbewust ook wel klaar voor een gevecht met de spoken uit mijn jeugd, was dat wel waar dit project om ging. De vorige keer dat ik me als haar kleedde, was zestien jaar geleden. Maar toen waren de omstandigheden compleet anders geweest en had mijn kleding niets van doen gehad met een vermomming – en ik had geen toneel gespeeld, toen.

De moslimburqa is even goed vertegenwoordigd in het Londense straatbeeld als Levi's spijkerbroeken, dus keek niemand naar me op of om toen ik Trafalgar Square overstak. Ik kende de route door het labyrint van museumgangen zo goed, dat ik die nog geblinddoekt had kunnen vinden. Ik bereikte mijn einddoel tien minuten te vroeg. Christina hangt haaks op *The Ambassadors*, Holbein's andere beroemde meesterwerk, maar dat gunde ik vandaag maar één blik. Ik richtte mijn ogen meteen op mijn eerste onderwerp: ze leek even taxerend terug te kijken. Mijn hartslag versnelde zich. Dit was immers het moment waarop alles echt begon. De kans om een nieuw kunstwerk te maken is als het begin van een verliefdheid voor me, het maakt me dolblij. En ik realiseerde me dat het idee deze keer fascinerender was dan ooit tevoren.

Christina is ontzagwekkend en uitdagend, deels omdat ze op ware grootte is geschilderd. Ze wekt daardoor de indruk dat ze bijna echt is. Misschien was dat wat me altijd zo in haar had geboeid? Het feit dat ze tijdloos is, onsterfelijk? Ik liet mijn ogen langzaam en langdurig over het doek glijden. Ze is slank en elegant, maar toch verbazingwekkend gewoontjes en nog belangrijker: ze ziet er verschrikkelijk jong uit. Ze heeft een paar zachte, beige leren handschoenen uitgetrokken en haar handen, wit als ivoor, piepen te voorschijn uit de plooien zwart fluweel. Haar handen liggen passief op elkaar, aan haar linkerhand draagt ze een gouden ring met één robijn. De vele lagen kleding en de juwelen benadrukken deze glimp van haar huid en suggereren daarmee een subtiele sensualiteit. Haar jas is afgezet met zacht bont en een witte linnen plooikraag verscherpt het contrast met de vorm van haar nek en polsen. Haar jurk omspoelt haar lichte, breekbare lichaam. Licht speelt op de zijdeachtige stof van haar kleding en tovert zinnelijke patronen te voorschijn, rijkdom en weelde suggererend, zelfs in tijden van rouw – een verwijzing naar het recente overlijden van haar man, de hertog van Milaan.

Haar huid is bijna doorschijnend, met een jeugdige sprankeling. Haar haar is achterovergekamd onder een zwarte rouwkap, waardoor haar amandelvormige gezicht schril op de voorgrond wordt geplaatst. Ze heeft een breed voorhoofd, vlezige wangen, een hoekige kaaklijn en een weelderig volle, perzikkleurige onderlip. Dat was één kenmerk, bedacht ik, dat ik met gemak zou kunnen nabootsen. Door haar grootte en haar indringende gezichtsuitdrukking lijkt ze springlevend, alsof ze gisteren in een atelier is geschilderd. Ik vond het altijd moeilijk om te geloven dat het schilderij bijna vijfhonderd jaar oud is.

'Sorry dat ik je heb laten wachten.'

Ik draaide me om en zag Billy's korte en brede gestalte, gestoken in een blauwe overall, op me afkomen. Voor het eerst vielen me de grijze vlekjes op, die in zijn zwarte krullen dansten. Zijn handen waren met witte verf gespikkeld, als vlekjes op de schaal van een pas gelegd ei. Hij leek meer op een schilder die even de muren van de National kwam doen, dan een van de toonaangevende kunstenaars van de BritArt-scene.

'Hoe heb je me herkend?'

Hij lachte honend.

'Je bent de enige hier die in een tent loopt.'

Ik lachte en hij sloeg zijn arm om mijn schouders. Ik weerde hem af.

'Niet doen, Billy,' fluisterde ik smekend, 'straks vallen we nog door de mand.'

Hij stak zijn handen omhoog en we wendden ons allebei naar het schilderij, zodat hij van wal kon steken met zijn verhaal.

'Ik wil weten wat ze waard was – als politiek bezit, als vrouw en als kunstwerk,' fluisterde ik.

'In feite,' begon Billy, 'is Holbein's portret een pasfoto uit de zestiende eeuw – deze dame ging op reis. In haar tijd was ze handelswaar, met een hoge prijs. Ze kon geruild, gekocht of verkocht worden als er genoeg werd geboden. De kunstenaar heeft haar geschilderd toen hij op zakenreis was in Europa, waar hij mogelijke bruiden voor Henry VIII rekruteerde. Ze heeft drie uur model gezeten voor Holbein in Brussel, waar hij haar schetste. De tijd en datum van het schetsen zijn ongewoon precies: één uur in de middag, de twaalfde maart, 1538.

Holbein ging terug naar Engeland met zijn schetsen, schilderde ze over en gebruikte die schilderijen als voorproefje voor de koning, als een soort van zestiende-eeuws equivalent voor internetdating, iets voor Henry om even langs te surfen, kijken of-ie

haar leuk vond. Kennelijk wel, want hij klikte op de knop "kopen". Maar Christina had andere plannen, naar verluidt heeft ze
gezegd dat als ze twee hoofden had, ze er graag eentje aan Henry
had gegeven. In plaats daarvan trouwde ze met François, de hertog van Bar. Toen hij in 1545 overleed, werd ze regentes van Lor-
raine. Ze kon haar mooie hoofdje dus houden en erfde een ko-
ninkrijkje op de koop toe.'

'Meer door geluk dan wijsheid?' vroeg ik.

Terwijl we haar gezicht bestudeerden op aanwijzingen, proefde ik haar kwetsbaarheid in mijn mond. Ze was even oud als ik,
toen ik dat krabbeltje voor Kenny Harper maakte. Hoe verschillend waren onze puberleventjes geweest. Ik vroeg me af of we
nog andere ervaringen dan die van een vroeg sterfgeval gemeen
hadden.

'Nou, wat vind je van de eerste vrouw van je clubje?' Billy
grijnsde boven zijn piepschuimen bekertje. We hadden ons in
zijn studio teruggetrokken. Het was zo'n eerbetoon, deze grote
witte ruimte, verborgen in een van de beroemdste musea van de
wereld. Aan een kapstok hingen vier konijnenvellen, naast een
groot doek op een ezel, waarop een raster was geschilderd met
gebrande omber.

'Ik kan niets anders dan fascinatie voor haar voelen,' zei ik
langzaam, 'ik krijg altijd kippenvel als ik haar zie, al sinds de eerste keer, toen ik haar met mijn moeder zag. Ik was toen niet veel
ouder dan twaalf.'

Billy ziet eruit alsof hij uit een boksring is weggelopen, maar
als hij lacht breekt zijn gezicht en laten de duizenden lijntjes
rond zijn ogen een tevreden spinnend innerlijk zien, dat alleen
uit zal halen als het wordt uitgedaagd. De recente knokpartij op
zijn opening schoot door mijn gedachten.

'Wat vind je eigenlijk van mijn idee?' vroeg ik.

'Het is goed, die veiling van je en zo,' zei hij peinzend, 'maar
het heeft ook iets cynisch. Ik weet het niet, het is alsof je de handdoek in de ring gooit, alsof je geen kunst meer wilt maken die er-
toe doet. Gaat het jou tegenwoordig echt alleen om bekendheid
en persoonlijkheidscultus?'

Het stak, maar ik wist dat hij een punt had. Ik aaide de konijnenvellen, hun vacht was dunner dan ik verwachtte, maar toch ongelooflijk zacht. 'Weet je,' zei ik uiteindelijk, 'daar gaat het me inderdaad voor een deel om. Ik wil de confrontatie aangaan met de realiteit, met wat we doen. Ik weet dat het extreem is, weet dat ik het kan verneuken. Maar er schuilt een kiem in het idee, waardoor het tot een belangrijk statement kan uitgroeien. Over mijn waarde, over de waarde van de door mij gekozen vrouwen.'

Billy's glimlach verdween niet, hij pakte een kwast en streek ermee langs de lijnen op zijn doek. 'Ik was behoorlijk jaloers toen jij werd gevraagd voor die internationale tentoonstelling,' bekende hij, 'maar ik mocht tenminste mijn intrek nemen in de National. Staan we weer min of meer quitte. Ik zie graag dat je succes hebt, Est, dat weet je toch wel, hè?'

We waren de afgelopen jaren allebei genomineerd voor de Turner Prize, maar hadden 'm geen van beiden gewonnen. Het leek nu minder belangrijk dan vroeger. Sinds Martin Creed de prijs had gewonnen voor het uitschakelen van de lichten, leek niemand er veel meer om te geven. De prijs was even belangrijk geworden als gebabbel in de taxi, een manier om tijdens de rit de tijd te doden als alternatief voor een praatje over het weer – en ongeveer even controversieel. Voor ons betekende Billy's werkplek in de National en mijn tentoonstelling veel meer.

'Hoe zit 't met jou? Hoe wil jij verder?' vroeg ik.

De kwast kwam abrupt tot stilstand terwijl hij nadacht, toen deed hij een stap naar achteren en legde de kwast neer. Hij propte zijn handen diep in de zakken van zijn overall en liet hoofdschuddend zijn adem tussen zijn tanden ontsnappen.

'Nou, ik denk dat ik de club maar beter kan sluiten. Het is een complete teringbende.'

Ik had met Billy te doen, hoewel ik nooit had begrepen waarom hij een onderneming was begonnen die zo buiten zijn essentiële creatieve domein viel. Zelfs Aidan had geprobeerd hem over te halen er niet aan te beginnen. The Site was drie jaar geleden opengegaan. Billy was besmet geraakt met het culinaire-virus-voor-beroemdheden, dacht dat hij wat anarchie kon toevoegen aan de moderne Britse cuisine, alles lekker even opschudden en tegelijkertijd ook nog wat geld verdienen. Maar zijn bar en het restaurant met kleine, intieme eetzaaltjes hadden te lijden gehad onder een reeks vertrekkende chef-koks en personele crises. De algemeen geldende mening was dat hij zich er te weinig mee had bemoeid, had gedacht dat hij het wel per telefoon kon managen terwijl hij doorging kunst te scheppen. Hij was het afgelopen jaar bovendien vier maanden in Nieuw-Zeeland geweest om samen met een lokale en jonge regisseur een film te maken. Die film met de tegenvoeter was er niet gekomen, in plaats daarvan kwam hij thuis met een leuke, in designerkleding gestoken vrouw. Ze verwachtten inmiddels een kind. Het had hem veranderd.

'Wat ga je dan doen als je de club sluit?'

Hij keek me geheimzinnig aan. 'Carrie en ik hebben een boerderij bekeken, bij Bath.'

Ik schudde ongelovig mijn hoofd, terwijl hij in lachen uitbarstte.

'Misschien moet ik wat koeienstront onder mijn voeten hebben. Dieren fokken, in plaats van ze op te zetten. Misschien komt er dan nieuw leven in deze ouwe zak.'

Voor ik wegging, gaf Billy me zijn oude achtergrondinformatie voor het werkstuk over Holbein. Thuis ging ik met een pot thee op mijn roze bank zitten en baande me een weg door zijn aantekeningen. Christina bleef mijn aandacht volledig opeisen.

Na haar afwijzing bleek Henry opnieuw een zoektocht naar een bruid te zijn begonnen. De koning gaf Holbein al snel een nieuwe opdracht, deze keer om in Duitsland een portret te schilderen van Anne van Kleve, een protestante prinses. En alweer werd Henry verliefd op de impressie die de kunstenaar hem voorschotelde – en klikte op 'kopen'. Deze keer werd het aanzoek meteen aanvaard en al snel kwam de nieuwe handelswaar naar Engeland, huwelijkspapieren in de hand. Maar wat de koning op het schilderij zag, kreeg hij niet in levenden lijve. Holbein had

Henry een vals beeld van Anne voorgespiegeld. Henry protesteerde dat hij in een huwelijk met een 'vette Vlaamse merrie' was gelokt en serveerde haar al snel af. Een paar jaar later viel Holbein ten prooi aan de pest. Ik denk dat Henry geloofde dat God Holbein had gestraft in zíjn goddelijke belang.

Die avond belde ik Billy, om nog meer verhalen te horen. Hij beloofde meer feitjes over Christina te vragen aan de conservatoren van de National. Voordat ik ophing, zei hij nog een keer dat hij enthousiast was over wat ik met mijn project probeerde en dat hij hoopte dat ik zijn eerdere uitspraken niet verkeerd had opgevat. Ik denk dat hij het meende en gezien zijn plannen om uit Londen weg te gaan, hoefden we elkaar niet meer als regelrechte rivalen in het kunstwereldje te zien. Een beetje ruimte om te ademen zou goed zijn, binnen ons kringetje. Geen denken aan dat ik naar het platteland zou vertrekken. Daar was mijn leven begonnen en daar was ik van weggevlucht, meteen toen ik zestien was geworden, net als Christina.

Billy hield woord en belde me de volgende dag met aanvullende informatie over Holbein's meesterwerk. Een van de conservatoren had hem alles verteld over de weg die het schilderij had afgelegd na de dood van Henry VIII. De geschiedenis van de geschilderde Christina bleek even intrigerend als haar eigen levensverhaal.

In de tussenliggende eeuwen had Holbein's schilderij een aantal aristocratische eigenaren gekend, totdat het in 1909 eindelijk publiek bezit werd. Dit gebeurde echter pas na een dramatische toestand, waardoor Christina van Denemarken voor altijd voor Engeland verloren had kunnen gaan. Op dat moment was ze in het bezit van de hertog van Norfolk, die haar om veiligheidsredenen had uitgeleend aan de National Gallery – dat was de veiligste plaats voor een waardevol schilderij. Het zat de hertog echter niet mee en hij besloot het meesterwerk te verkopen. In het geniep benaderde hij de Colnaghi's, de illustere kunsthandelaren, die een Amerikaanse miljonair vonden met een brandende passie voor de geschilderde dame. Er werd een fiks bedrag, 72 000 pond, overeengekomen en het leek erop dat onze mysterieuze vrouw naar de andere kant van de plas zou vertrekken. Maar er was één voorbehoud; de hertog van Norfolk bood de National Gallery een maand de tijd om met een tegenbod te komen.

De hertog had echter de liefde van het publiek voor dit jonge meisje onderschat – of juist wel goed ingeschat, maar speelde hij een riskant politiek spel. Binnen een week was de affaire uitgegroeid tot een nationaal schandaal, met Kamervragen en artikelen in de pers. Hoe kon Christina worden gered voor de natie? Het National Arts Collections Fund bracht 32 000 pond bijeen om haar te kunnen houden, maar dat was bij lange na niet genoeg. Het leek een verloren zaak, maar op het doek bleef Christina standvastig als altijd. Ik denk dat ze stormen als deze eerder had doorstaan. Maar de laatste keer ging het tussen koningen; deze keer ging het tussen publieke en private geldzakken. Ze bleef haar veelbetekenende glimlach uitstralen en – zo bleek – met een goede reden. Een paar minuten voordat haar schip zou uitvaren, werd het ontbrekende bedrag op de bank gestort, gedoneerd door een anoniem gebleven vrouw. Daarmee bleef Christina van Denemarken binnen de muren van de National Gallery wonen. Uiteindelijk bleek het een vrouw te zijn die werkelijk begreep wat ze waard was.

Billy was tevreden dat hij zoveel te weten was gekomen – het gaf hem een rol in mijn project en herstelde het evenwicht tussen ons – en zei dat hij nu ook met haar aan de slag zou gaan. Ze was een van die vrouwen van wie je, zei hij, onmogelijk kon wegkomen als ze je eenmaal gestrikt hadden. Hij nam haar als een van de onderwerpen voor zijn nieuwe werk, gebaseerd op de permanente collectie van de National Gallery. Maar in tegenstelling tot mij, had hij meer interesse voor de bontkraag van haar jas dan voor de gedachten in haar hoofd.

Ik was erg blij met de manier waarop het project een aanvang had genomen. Maar toen kwam ik in Billy's aantekeningen een tweede portret van Christina tegen, waar ik de koude rillingen van kreeg. Het was vijf jaar later geschilderd, toen ze alweer in de rouw was, deze keer vanwege het verlies van haar tweede man, de hertog van Bar. Ze droeg dezelfde soort rouwkleding als in Holbein's meesterwerk, maar deze keer is ze maar tot aan haar middel afgebeeld en houden haar handen een gebedenboek vast – geen handschoenen. Haar vingers zijn afgeladen met ringen. Christina's onschuld lijkt verdampt te zijn. Was het deze Vlaamse schilder niet gelukt haar mysterieuze geest te vangen, of was haar passie voor het leven echt al uitgedoofd? Kennelijk had Michael Croxie, net als Holbein, Christina op afstand geschilderd. Hij had haar nooit in levenden lijve gezien. Ik hoopte maar dat hij de schetsen verkeerd had begrepen. Christina bleef na het overlijden van haar man achter met twee kinderen aan haar rokken en was gedoemd de rest van haar leven alleen te blijven. Ik vond dit verhaal vreselijk schokkend. Waarom voelde ik me zo betrokken bij haar leven? En waarom joegen haar lotgevallen mij zo'n angst aan?

Ik kon het niet nalaten de overeenkomsten tussen ons te zoeken. Mijn relatie met Aidan had in de laatste maanden een paar flinke klappen opgelopen, voor een groot deel te wijten aan mij. Ik verschool me vaak in mijn werk en was recentelijk geheimzinnig geweest over dat chantagegedoe. Voor Aidan was het overduidelijk dat, hoewel onze liefdesrelatie belangrijk was in mijn leven, mijn kunst toch op de eerste plaats kwam. Zo lagen de kaarten nu eenmaal. Het was een noodzakelijke keuze geweest. Voor mij, evenals voor Christina, was het eigenaarschap over mezelf door de jaren heen een handige en noodzakelijke verdedigingstactiek geweest.

Ik besloot dat mijn interpretatie van Christina een performance op afstand zou moeten zijn, een virtuele introductie tot de *Possession*-serie voor mijn koper. Het zou worden gefilmd en voor hem of haar live online te zien zijn op de dag van mijn levering – Christina zou op afstand blijven, geheel in stijl van het origineel, maar met een hedendaagse technologische draai. Een

wending, gehuld in onzekerheid. Ze was immers jong en ontwijkend, net als ik was geweest. Ze leek eenzaam en nu begreep ik
dat dat de eigenschap was die me in mijn jeugd zo had aangesproken. Ik had me net zo gevoeld. Haar identiteit was nog niet
ontwikkeld, ze zocht de antwoorden buiten zichzelf. Telkens als
ik haar gezicht bekeek, zag ik iets van mezelf dat boven kwam
drijven: mijn onschuld, als zestienjarige met een ongewisse toekomst voor zich, iemand die haar eigen identiteit moest definiëren om door te kunnen breken en succes te kunnen oogsten. Ik
wist inmiddels dat Christina erg rijk was geëindigd, maar ook
erg alleen, met twee jonge kinderen om op te voeden. Mij was dat
lot tot dusver tenminste bespaard gebleven – al was het op 't nippertje.

Ik zou Petra vragen om gelijkwaardige, maar hedendaagse
rouwkleding voor mij te ontwerpen, met zeven doorschijnende
sluiers voor mijn gezicht. En ik zou haar vragen lichte kinderhandschoenen van het zachtste leer te zoeken. Ik nam me voor
een antiek gebedenboek en kopieën van Christina's ringen te
zoeken, waarmee ik de latere periode in haar leven aan mijn performance kon toevoegen.

Ik zou mijn voordeel doen met Christina's vergankelijke identiteit, zou haar gebruiken om al de zeven vrouwen te introduce-
ren die aan de basis lagen voor mijn week als esthetische handelswaar. Ik wist dat er een belangrijk verschil zou zijn tussen de
ervaring van mijn koper, als die me voor het eerst zou inspecte-
ren, en die van Henry VIII, toen hij de eerste keer oog in oog
kwam te staan met zijn geschilderde eigendom. In mijn geval
zou de fysieke, maar ook de artistieke aankoop al plaats hebben
gevonden. Welk oordeel zou mijn koper over mijn waarde vellen
aan de hand van deze virtuele, afstandelijke performance? De
diepere betekenis zou ik ontsluieren naarmate de week vorderde. Christina was een voorproefje van de dingen die zouden volgen.

13

In elk dorp werden eens per jaar alle meisjes in de huwbare leeftijd op één plaats samengebracht, omringd door mannen. Een veilingmeester riep hen een voor een naar voren... en bood hen te koop aan, te beginnen met de mooisten, gevolgd door de iets minder mooien als de eersten voor een goede prijs waren verkocht. Het doel van de transactie: het huwelijk. De rijke mannen... boden tegen elkaar op voor de mooiste meisjes terwijl het gewone volk, dat geen behoefte had aan schoonheid in een vrouw, betaald kreeg om zich over de lelijken te ontfermen. Want als de veilingmeester door de mooie meisjes heen was, riep hij de lelijksten naar voren, of misschien zelfs de kreupelen, en vroeg wie het minste geld wilde ontvangen om ze te trouwen – en ze ging naar degene die het kleinste bedrag accepteerde. Dat geld werd betaald uit de verkoop van de schoonheden, die op deze manier de bruidsschat opbrachten voor hun lelijke en mismaakte zusters.

Herodotus vertelde wel meer verhalen en veel ervan waren verzonnen. Ik hoopte dat hij dit verhaal over Babylonische vrouwen uit zijn duim had gezogen. Ik las dit excerpt uit *Historiën* terwijl ik in de Eurostar naar Parijs zat, om het volgende kunstwerk op mijn lijst te bezichtigen. Jacqueline had een ezelsoor gemaakt in het boek, waardoor ik de passage snel kon vinden. In het begeleidende briefje schreef ze:

'Esther, ik heb lang gezocht naar referenties naar het veilen van vrouwen, sinds Aidan me benaderde met het idee om jou te veilen. Dit was de meest interessante verwijzing die ik vond. Veel succes met je research, JQ.'

Er moest een verborgen betekenis in het verhaaltje schuilen. Misschien impliceerde Jacqueline dat ik niet verkocht zou worden en dat dit een goede methode zou kunnen zijn om van me af te komen, als een waardeloos overblijfsel nadat de echte meesterwerken onder de hamer waren geweest? Of misschien was het verhaal wel een metafoor. Misschien overwoog ze een overnamebod op een veel persoonlijker vlak?

Ik sloeg het boek dicht en dwong mijn gedachten van haar naar Victorine Meurent. Ze was de enige vrouw op mijn lijst die was afgewezen op grond van haar aanblik, of misschien moet ik zeggen: blik. Toen ze voor het eerst werd geëxposeerd wilde niemand haar ook maar met een tang aanpakken, laat staan om haar tegen betaling mee te nemen. Toen Edouard Manet zijn eerste naaktschilderij van Victorine probeerde te verkopen op de Parijse *Salon* van 1863, riep het zoveel verontwaardiging op dat het op voorhand werd geweigerd. Het schilderij verscheen met de nieuwe titel *Le Bain* op de *Salon des Refusés*, de tentoonstelling van afgewezenen, later in hetzelfde jaar. Vandaag de dag is het schilderij beter bekend als *Le Déjeuner sur l'herbe*.

Wat veroorzaakte al die drukte? Nou, het waren niet de twee volledig geklede heren met wie ze een vorkje prikte. Het verontrustende was om te beginnen dat een naakte vrouw hen vergezelde tijdens een picknick. Zou het kunnen dat Manet een hoer had geschilderd? Tijdens de *Refusés* had Manet een prijskaartje van 25 000 frank aan zijn waardevolle Victorine gehangen en, hoewel hij niemand hoefde te betalen om haar mee te nemen, accepteerde hij uiteindelijk een bod dat slechts een fractie van die prijs was. Een zanger uit die tijd, bekend als Faure, kocht haar als onderdeel van een grotere partij, samen met twee vroege werken van de kunstenaar, alles bij elkaar voor slechts drieduizend frank. Een klap in het gezicht van de kunstenaar – en dat van zijn model. Ik vroeg me af of ze zich ondergewaardeerd voelde, of dat ze haar verkoopprijs accepteerde als haar werkelijke waarde?

Victorine was de tweede vrouw op mijn lijstje. Ik had haar gekozen omdat ik een naaktmodel wilde naspelen. Dat was immers ook waarmee mijn eigen carrière in de kunstwereld was begonnen; naakt poseren, terwijl kunstenaars me schilderden. Victorine had een opstandige uitstraling over zich die me zowel aansprak als intrigeerde, een hard pantser waar je maar met moeite doorheen kon breken. Toen ik terugdacht aan mijn tijd op Saint Martin's, begreep ik dat ik, net als zij, ook maar moeilijk te penetreren was geweest – op het psychologische vlak dan. Het belangrijkste verschil tussen ons was duidelijk. De kunstenaars met wie ik in de loop der tijd het bed had gedeeld hadden me, anders dan Victorine, niet voor dat genoegen betaald.

Ik bekeek de tweede reproductie van haar die ik had meegenomen in de trein. In hetzelfde jaar dat Manet *Le Déjeuner sur l'herbe* had geschilderd, gebruikte hij Victorine nog eens als model, ditmaal in de klassieke pose van *Olympia*. Bij dit kunstwerk voelde ik een nog grotere affiniteit met het model. Ik had immers eerder dat jaar dagenlang in dezelfde positie gelegen. Het schilderij had vele respectabele voorgangers, niet alleen *Rokeby Venus* van Velázquez, de inspiratiebron voor mijn vorige project, maar ook Titian's *Venus van Urbino* en *Odalisque avec son Esclave* van Ingres. De versie van Manet werd getoond op de *Salon des Refusés* in 1865. De conservator had erop gestaan dat ze hoog op de muur werd opgehangen, boven een ander schilderij. Maar dat was niet genoeg om de aandacht af te leiden. Alweer was het publiek woedend. Eén criticus beweerde dat de menigte zich rond de pikante Olympia verdrong alsof ze lag opgebaard in een mortuarium. Het is niet moeilijk voor te stellen waarom ze zo'n tumult veroorzaakte. Het was één ding voor de mannen van Parijs om laat op de avond de hoertjes in de straten van Pigalle te bezoeken, maar iets heel anders om *en famille* naar een galerie te gaan en er daar eentje aan te treffen die je vanaf de muur aanstaarde.

De klassieke naam 'Olympia' had nog een andere connotatie in het Parijs van 1870. De meest begeerde hoeren van de stad werden 'Olympia's' genoemd. De titel was dus net zozeer vleiend als opruiend bedoeld.

Ik had alles over dit schilderij gelezen voordat ik Londen verliet. In 1989 was Manet dood en Victorine sleet haar dagen in een zee van absint. Maar haar geschilderde waarde was sterk gestegen. De verzamelaar Etienne Moreau-Nelaton had *Olympia* en *Le Déjeuner sur l'herbe* gekocht van Druand-Ruel, destijds de kunsthandelaar bij uitstek. Toen Moreau-Nelaton in 1907 stierf, liet hij zijn volledige collectie na aan de staat. Dus werd de staat eigenaar van Victorine en huisvestte haar in het Musée des Arts Décoratifs, waar ze zou blijven tot haar verhuizing naar het Louvre in 1934. Maar toen was voor de echte Victorine het doek al gevallen. De vrouw op het linnen was in 1927 in Montmartre gestorven, straatarm en maar al te bewust van het feit dat haar kunstzinnige waarde haar persoonlijke ver had overtroffen. Vandaag de dag hangen de schilderijen van haar in het Musée d'Orsay, de dependance van het Louvre met negentiende-eeuwse kunst. En dat was waar ik die dag met Petra had afgesproken om Victorine te ontmoeten.

Het was opgehouden met regenen zodra ik Londen uitreed. In Parijs was de lucht als Blue Curaçao, met een flinke brok ijs. De taxi denderde zuidwaarts, over de rivier naar de Linkeroever, waar het oude station waarin het Musée d'Orsay is gehuisvest indrukwekkend opdoemde. Ik was te vroeg, maar dat maakte me niet uit. Ik was zelfs blij om er als eerste aan te komen. Ik wilde Victorine graag eventjes helemaal voor mezelf, voordat ik haar met mijn vriendin zou moeten delen.

Het was opvallend rustig in het museum. Ik kocht een kaartje en ontdekte Victorine's gezicht, klein gedrukt op de achterkant. Ik stopte haar direct in mijn zak – ik was te dicht bij het echte werk om tijd te spenderen aan zouteloze kopieën. Ik liep de grote hal binnen, waar de beelden, op gelijke afstand van elkaar over de hele lengte van de zaal, doen denken aan een perron met eenzame reizigers, wachtend op de volgende trein.

Het dak van het Orsay strekte zich hoog boven me uit en ik zag schimmen wegstuiven achter de glazen wanden op de verdiepingen. Mijn ogen gleden over schilderijen uit de negentiende eeuw – Delacroix, Courbet, Ingres: de laatste stuiptrekkingen van het Franse realisme. Ik moest me eerst even oriënteren, voordat ik mijn zoektocht naar Victorine begon. Maar ze was niet waar ik haar had verwacht: op de bovenverdieping, naast de andere impressionistische schilderijen. In plaats daarvan hing ze in een zijkamertje op de begane grond, dus liep ik haar tegen het lijf voordat ik de tijd had gehad om me daarop voor te bereiden.

Geen wonder dat Victorine in 1865 uit de Salon werd gegooid, dacht ik toen ik haar aanstaarde. Haar blik is onbetamelijk brutaal, onbeschaamd en confronterend. Je kunt haar *attitude* bijna ruiken. Het is zonneklaar dat ze een nieuw binnengekomen klant monstert, iemand die net buiten de lijst van het schilderij staat – op de plek waar ik nu stond. Manet's *Olympia* leek me recht aan te kijken en wist me direct te boeien. Mijn ogen gleden weg van de hare, over het doek. Ze ligt op een bed, op een ivoorwitte geborduurde sjaal die over gekreukelde witte lakens is gelegd. Haar benen zijn over elkaar geslagen en een goud-met-blauwe zijden slipper bungelt uitdagend aan haar rechtervoet – de linker heeft ze al laten vallen en ze doet geen poging die weer aan te trekken. Achter haar koperkleurige hoofd liggen twee grote, vierkante kussens, haar gezicht is een beetje rood aangelopen. Het lijkt alsof ze net heeft gegaapt. Achter een van haar oren heeft ze koket een bloem gestoken en om haar keel heeft ze een zwart fluwelen lint gestrikt. Om haar pols links draagt ze een dikke gouden armband. Afgezien van deze snuisterijen is ze naakt. Victorine's lichaam is opmerkelijk en ongewoon, haar vlees is niet geromantiseerd. Ze heeft haar torso iets gedraaid, haar gedrongen lichaam is gespierd en onelegant, haar borsten vol. Ze is verbazingwekkend androgyn, er zit iets mannelijks in haar onverbloemde vertoon van seksualiteit.

Als contrast biedt een dienster met een huid als gepolijst mahoniehout haar een weelderig boeket van vers geplukte bloemen aan, terwijl een zich krommende, glanzend zwarte kat naar haar kijkt vanaf het voeteneinde.

Wat je, na Victorine's starende blik, het meeste aan de grond nagelt is haar levenloze linkerhand. Die hand rust in haar schoot, centraal in de compositie van het schilderij. Misschien hoopte Manet, door niet te tonen wat er ónder die hand zit, nog iets van Victorine's respectabiliteit te behouden – en de weerstand tegen hem zelf op de koop toe vermijden.

Hoe verkeerd had hij het ingeschat. Critici waren er als de kippen bij om het schilderij te verketteren vanwege de onbeschaamde immoraliteit.

In wezen beeldt Victorine in de *Olympia* twee thema's uit: seksueel eigendom en kunst in een overgangsfase. Ze was geschilderd om te shockeren, als een van de eerste moderne, esthetische experimenten in de kunstgeschiedenis. Manet wist precies wat hij hoopte te bereiken toen hij haar vroeg die pose aan te nemen. En toen ze eenmaal op zijn doek was verschenen, werd alle schilderkunst die eraan voorafging historisch. En alle kunst van enige echte waarde die daarna werd gemaakt, had geen andere keuze dan modern te zijn.

Ik probeerde me voor te stellen hoe haar wereld eruitgezien moest hebben en hoe intiem Victorine en Manet waren geweest – en ook of ze zich bewust was geweest van zijn theoretische intenties? Ik hoopte dat ze achter zijn grotere idee stond, dat ze deelgenoot was van zijn plannen. Anders kunnen de reacties van critici en het publiek weleens een vreselijke schok geweest zijn voor haar. Ik vroeg me af of ze het fysiek pijnlijke proces van poseren prefereerde boven geld verdienen door vreemden te neuken, iets wat ongetwijfeld een snellere en in zekere zin minder moeilijke taak was. En ik vroeg me af of ze het bed had gedeeld met Manet – ervoor, of na het poseren – of helemaal niet. Ik ging ervan uit dat ik niet het eerste en zeker ook niet het laatste model was dat uiteindelijk in bed belandde met de kunstenaar die haar schilderde. Dat besef deed me terugdenken aan het begin van mijn carrière in de hedendaagse kunst.

14

Mijn nek begon pijn te doen. Ik zat naakt op een houten stoel, mijn benen over elkaar, mijn rechterelleboog rustte op mijn linkerknie, mijn hoofd maakte een hoek van 45 graden met mijn lichaam. Het was de vierde en laatste pose van de sessie. Buiten schreeuwde iemand en er toeterde een auto, toen nog een; agressie in het verkeer om kwart voor elf, donderdagochtend. Covent Garden ontwaakte. Tien paar ogen keken omhoog om zich te concentreren op mijn lichaam, dan weer naar beneden, naar mijn beeltenis op de schetsblokken.

Terwijl ze in stilte doorwerkten, had ik de studente in mijn directe blikveld gemonsterd. Ze was ongeveer twintig, mager, blonde dreadlocks, een brede mond, dunne lippen en geprononceerde jukbeenderen; mogelijk Scandinavisch. Ze droeg geen make-up, haar huid was romig en glad, met een vleugje zomersproetjes over de brug van haar mooie neusje. Haar ogen hadden de kleur van de zee, blauwgroen het ene moment, azuurblauw het volgende, voordat ze in leisteengrijs veranderden, al naar gelang de schaduweffecten van de wolken achter de hoge Victoriaanse ramen van de studio. Ze droeg een spijkerbroek, beplakt met katoenen plaatjes van vissen en schelpen; daarboven een lange dunne strook lila tule, waarmee ze zich vanaf haar middel had omwikkeld en die zo een topje vormde. Aan haar voeten de onvermijdelijke sportschoenen, hemelsblauw met paarse veters; iets dat Matisse zou hebben geschilderd, als hij hier vandaag aan 't werk zou zijn. Ik zou haar wel willen schilderen, dacht ik. Ironisch, want op dat moment was zij bezig mij te schetsen.

De stilte in de studio werd doorbroken toen een slonzige man van middelbare leeftijd binnenkwam, gekleed in een oude, verschoten ribbroek en een blauw flanellen hemd. Uit de open kraag piepten wat peper-en-zoutkleurige krulhaartjes te voorschijn. Om zijn rechterpols zat een koperen armband, om zijn linkervinger een zware platina ring. Toen de studenten hun ogen opsloegen en Jeff Richards zagen, verdampte de intense concentratie van het moment en begonnen ze hun spullen in te pakken. Ik draaide mijn nek rond om 'm weer los te maken, stond op van de stoel en trok mijn zwarte T-shirtjurkje over mijn hoofd.

Het schelpenmeisje praatte met Jeff. Ik liep op hen af, aarzelde toen.

'Ik geef om vier uur een college over Baudrillard, in zaal 2,' zei hij tegen haar, zijn stem warm en vriendelijk, 'misschien moet je ook maar komen.'

Het meisje knikte instemmend en wierp hem een scheef lachje toe. Ze vond hem aantrekkelijk, dacht ik.

Jeff zag me dralen en draaide zich naar me om. 'Hallo, hoe ging het vandaag?'

'Goed,' zei ik vlakjes en vermeed zijn starende blik, 'zelfde tijd volgende week?'

Hij knikte en haalde een hand door zijn haar. Verraad het nou niet, dacht ik. We wisten allebei dat ik Jeff later, na het college waarover hij zojuist had gesproken, zou zien in zijn studio. Er naderde nog een student, dus vertrok ik maar. Ik kwam op hetzelfde moment bij de deur aan als het schelpenmeisje.

'Hallo,' zei ze. Ze bekeek me nieuwsgierig en hield de deur voor me open.

Uit haar uitspraak van 'hallo' was haar hele geschiedenis te distilleren. Er zat een 'e' in de 'a' en de 'o' aan het einde werd lang uitgerekt. Ze was een middenklassemeisje met een kunstacademieaccent, aangelengd met een scheutje van iets anders, een draai aan de woorden, anders dan Standaardengels. Dat Scandinavische kon ik weleens goed hebben, mijmerde ik.

'Ik heb je hier niet gezien tijdens colleges,' ging ze verder, 'ik ben Petra.'

'Nee, ik studeer hier niet,' antwoordde ik losjes, 'ik sta alleen model voor Jeff's lessen. Ik volg een opleiding tot actrice.'

Petra's gezicht klaarde op. 'Intrigerend,' zei ze, 'zin in een peuk?'

Petra en ik hadden een genoeglijke middag doorgebracht in de National Gallery, rondzwervend langs de oude meesters, af en toe stilstaand, maar niet te veel concentrerend op de kunstwerken. We hadden overduidelijk meer interesse voor elkaar dan voor de kunst. Petra, zo bleek, volgde een gecombineerde studie in de schone kunsten en in mode. Ze had een recalcitrante lach en een gortdroog gevoel voor humor. Ik wist meteen dat ik in haar eindelijk een vriendin had gevonden – en ging met haar mee naar mijn eerste college over kunst ooit.

'De filosoof Jean Baudrillard heeft het begrip simulacrum geïntroduceerd als centrale filosofie van de meeste postmoderne kunstenaars. Het basisprincipe is dat niets wat ze doen nieuw is, dat alles open staat voor herinterpretatie of opnieuw mag worden toegeëigend.'

Jeff stopte even en keek op naar zijn gehoor. Ik was behoorlijk onder de indruk. De gehoorzaal van de National Gallery zat bijna helemaal vol. Ik had geen academische lezing meer bezocht sinds die van Ava, die zo tragisch werd onderbroken, twee jaar geleden inmiddels. Mijn eerste jaar op de RADA bestond vrijwel geheel uit praktijklessen; de theorielessen die we volgden werden gegeven voor kleine groepen, in normale klaslokalen.

'En zij zien representatie en realiteit als overlappend,' ging hij langzaam verder, op een samenzweerderig toontje. 'Daarom ondermijnen ze – om hun eigen kunstwerken waarde te geven – de oppervlakkige waarde van wat ze zien met een onverwachte juxtapositie of context, waarmee die een nieuwe betekenis krijgt.'

Ik keek opzij naar Petra en trok mijn wenkbrauwen op. Ik onderdrukte een giechel. Dit Baudrillard-gedoe was een beetje pretentieus, maar op een ander niveau misschien ook wel interessant.

Ik krabbelde 'Waarom heb ik me laten overhalen om mee te gaan?' op een papiertje en duwde het onder haar neus.

Petra bekeek het briefje, schreef een lang antwoord en schoof het terug. 'De lezing mag dan saai zijn, je moet toegeven dat het de moeite waard is om Jeff bezig te zien. Vind je 'm niet sexy (in de zin van: perverse-oudere-man, Brian Ferry-achtig?!!!)'

Ik wilde een antwoord schrijven, maar bedacht me toen. Het was maar beter om niet meteen, op de eerste dag, al mijn zonden op te biechten.

Na de lezing zei ik dat ik moest gaan, maar voordat we afscheid namen, spraken we af om samen iets te gaan doen, na de tekenles van de volgende week. En ik wist Petra over te halen om voor mij te poseren.

Ik had het baantje als model op Saint Martin's gekregen door een toevallige ontmoeting met Jeff Richards in Cornelissen's & Son, een traditionele winkel voor kunstbenodigdheden bij het British Museum. Ik was halverwege mijn eerste trimester op de RADA en zat nog in de nasleep van de energieverslindende depressie waarin ik was beland sinds ik naar Londen was verhuisd. De dokter schreef het toe aan veranderingen in mijn hormonen, maar daar was ik niet zo zeker van. Het was iets anders waardoor ik me leeg en beroofd voelde. Waarschijnlijk het resultaat van alles dat het voorgaande jaar was gebeurd. Ik had bedacht dat het misschien zou helpen als ik weer zou gaan schilderen. Sinds ik twee maanden eerder op de RADA was begonnen had ik er geen tijd voor gehad. Die zaterdag besloot ik om wat er nog over was van Simeon's erfenis te besteden aan zes oliepastels. Ik wilde een klein, abstract schilderij maken dat het gevoel diep in mij weerspiegelde, in verschillende schakeringen rood, van het bleekste roze tot het diepste bloedrood.

Mij loslaten in een winkel voor kunstmaterialen is zoiets als een kind de sleutels van een snoepwinkel geven. Ik zat gehurkt tussen de schufladen met oliepastels, verdiept in het keuzeproces, toen ik een man hoorde kuchen.

'Deze geeft een intensere kleur,' zei hij, zijn stem diep en vloeiend. Ik keek op van de lade met rood en zag een wat scheef, maar vriendelijk gezicht. Zijn vingers wezen naar een iets andere tint rood dan die ik in mijn hand hield.

'En met die daar,' ging hij enthousiaster verder nu hij wist dat hij mijn belangstelling had, 'krijg je alle verschillende tinten van naakte huid in handen.'

'Bedankt voor de tip,' zei ik en wisselde mijn keuze voor de twee die hij had aanbevolen. Er zat iets subtiels en suggestiefs in zijn woordkeuze en ik voelde mijn belangstelling groeien. We wisselden een veelbetekenende glimlach uit en begonnen een fluisterend gesprek tussen de eindeloze rij laden met kleuren. Jeff hielp me met de rest van mijn keuze door de honderden schakeringen rood te reduceren tot de perfecte zes, nodig voor het schilderij dat ik in gedachten had. Tijdens dat proces onthulde hij dat hij kunstenaar was en les gaf in de schone kunsten – ik vertelde hem opgetogen alles over de RADA.

'Ik wil je schilderij graag zien als het af is,' zei hij terwijl ik afrekende en stak me zijn kaartje toe. 'Ik ben trouwens ook op zoek naar een nieuw model voor mijn tekenlessen. Misschien iets voor jou?'

Ik pakte het kaartje aan. Ik had geld nodig en was gevleid door de vraag. Ik vond Jeff bovendien aantrekkelijk. Na de gebeurtenissen met Kenny had ik me verre van mannen gehouden. Maar Jeff was anders. Om te beginnen liep hij al tegen de veertig, bijna twee keer zo oud als ik. En dat was op zichzelf een vreemde geruststelling.

Ik begon de week daarop met poseren voor Jeff's studenten en, heel voorspelbaar, binnen twee weken poseerde ik ook voor hem alleen.

De studio van Jeff lag verborgen in een oud fabriekscomplex in West Hampstead, omringd door mooie, verwilderde tuinen.

Binnen bleek de dorre geur van houtskoolstof en de lichtzoete, koppige geur van lijnzaadolie wonderwel samen te gaan met de doodse stilte. Toen ik aankwam voor de eerste poseersessie werd ik opgewacht door een groot, leeg doek. In de maanden die volgden offerde ik twee avonden per week op om te poseren voor het schilderij. Tijdens het werken groeide de erotische spanning tussen ons en mondde uit in een eerste van nog vele, koortsachtige seksuele ontmoetingen. Terwijl mijn schilderij vaste vorm kreeg, kreeg onze affaire die ook. Na elke sessie stortten we ons in meer fysieke creatieve zoektochten en ik leerde veel: niet alleen over schilderen, maar ook over de intensiteit van de relatie tussen model en kunstenaar en hoe obsederend het uitoefenen van kunst kan zijn.

In de maanden die volgden verdiepte mijn vriendschap met Petra zich, bracht ik steeds meer tijd door op Saint Martin's, en trokken we veel samen op om schilderijen te bekijken en creatieve plannetjes uit te broeden. Tegelijk bleef ik werken als model, zowel op de academie als voor Jeff. Het onvermijdelijke gebeurde: onze verhouding bekoelde, hield op te bestaan zonder duidelijk slot, als een onvoltooide alinea in mijn leven, zonder een noodzakelijke conclusie. Maar het einde van onze affaire opende een nieuw boek voor mij. Via Jeff had ik Petra ontmoet en door haar realiseerde ik me dat mijn toekomst niet lag in het acteren op toneel, maar in het acteren van kunst.

Ik rondde het voorbereidende jaar van de RADA af en stapte meteen over naar Saint Martin's – als trouwe volger van trends – met als laatste die van Jean Baudrillard. Al meteen gaf ik niet alleen nieuwe interpretaties aan oude meesters om zo nieuwe betekenissen te vinden, maar gebruikte mezelf en mijn verzonnen geschiedenissen om mijn werk tot leven te wekken. Het bleek al snel dat ik daarin mijn eigenlijke roeping had gevonden. Baudrillard beschrijft hoe postmodernisten representatie met realiteit vermengen. In mijn handen werd die theorie nog eens extra door elkaar gehusseld.

Kenny Harper bleek over een goed geheugen te beschikken. Hij had sommige feiten misschien niet goed begrepen, maar hij had die zomer toch op een of andere manier de weg naar mijn flatje in Londen weten te vinden, al die jaren geleden. Ik had mijn naam veranderd in Emmeline toen ik uit de commune vertrok; ik wilde iemand anders zijn, wilde me kunnen verschuilen. Kennelijk was die naamsverandering genoeg geweest om Kenny mijn spoor kwijt te laten raken, hoewel hij die misschien wel had doorzien en de mededeling dat ik zwanger was genoeg was geweest om hem met de staart tussen de benen weg te laten vluchten. Maar toen ik op Saint Martin's begon, besloot ik mijn naam terug te veranderen in Esther. Dat jaar en alle ellende ervan was nu voorbij, inclusief de diepe depressie die volgde op mijn ongewenste zwangerschap. Het was tijd voor een nieuwe ik, om opnieuw Esther Glass te zijn – en tijd om een weg naar een heel ander vooruitzicht in te slaan.

15

Ik hoorde stemmen die me losscheurden uit mijn gedagdroom voor het schilderij van Victorine Meurent. In glitterend zeegroen gleed Petra mijn kant op, in gezelschap van een onbekende. Ze haakte haar arm door de mijne en zei enthousiast: 'Esther, mag ik je voorstellen aan Guy Coligny?'

We schudden handen. Hij was Frans, conservator of misschien wel kunsthistoricus, dat kon ik aan zijn hele houding merken. Hij was volkomen thuis op deze plek, op zijn gemak, maar beweeglijk. Alleen medewerkers van musea en kunstenaars hebben die mate van vertrouwdheid in deze indrukwekkende, roemrijke zalen. En hij droeg bovendien de klassieke conservatoroutfit; een tweedjasje, dikke wollen broek. Een dun boekje, oud en in rood leer gebonden, stak uit zijn zak.

'Guy werkt als conservator voor het Louvre en is gespecialiseerd in Franse negentiende-eeuwse schilderkunst. Is dat geen voltreffer?'

Petra was bekwaam in het vinden van mensen. En ik genoot van haar woordkeuze, wist meteen dat ze iets in haar schild voerde – en niet iets dat met kunst te maken had.

'Wat een mazzel,' zei ik, 'misschien kun jij me wat informatie geven over de ongrijpbare Victorine Meurent?'

Guy was niet veel groter dan ik, misschien één meter tachtig, breedgebouwd, olijfkleurige huid, dik donker haar, een beetje lang en door de war. Hij reageerde met een Gallisch schouderophalen.

'Als het iets is wat ik weet, zal ik het je met alle plezier vertellen,' zei hij met een aantrekkelijke, maar onwennige glimlach.

We richtten onze aandacht weer op het schilderij. Ik probeerde me te concentreren. Ik had graag geweten of Victorine iets om het schilderij had gegeven of dat ze Manet met dezelfde afgestompte desinteresse had behandeld als haar normale vaste klanten. Had hij meer of juist minder betaald om haar te schilderen, in plaats van haar te neuken? Maar ik werd afgeleid door het onverwachte gezelschap – ik kon Victorine geen recht doen terwijl die andere blikken over haar oppervlak gleden. Ik besloot de volgende ochtend alleen terug te komen.

Guy nam ons mee uit het museum, een stille straat in, naar een verscholen binnenplaats, waar Le Café des Lettres was gevestigd. Het rook er naar stukgelezen boeken, verse koffie en warme chocolademelk.

'Je hebt me wel met een onmogelijke klus opgezadeld,' klaagde Petra terwijl we bestelden.

Guy knikte enthousiast. 'Wat kan ze in hemelsnaam voor je ontwerpen?'

Het was waar. Victorine's naaktheid was nogal een struikelblok. Maar ik had al besloten dat ik haar moest gebruiken, en als *Olympia*.

Guy gaf me een vuurtje, zijn ogen keken doordringend in de mijne. Ik nam een trek. Midden veertig, gokte ik. Had Petra dit bewust geregeld?

'Je zult je door haar lichaam moeten laten inspireren,' zei hij zacht. Er klonk een suggestie in zijn woorden en ik voelde hoe ik bloosde.

Guy bleek een bron van kennis en Petra en ik drongen aan op meer details, terwijl we koffie dronken en ik nog een paar van zijn sigaretten rookte. Om te beginnen wilde ik weten waarom Victorine's linkerhand vanaf een ander palet geschilderd leek te zijn: het leek grijs, dood vlees.

'In die tijd werd het als obsceen gezien om schaamhaar te

schilderen,' antwoordde hij, Petra en mij om de beurt aankijkend, 'en Manet wist maar al te goed hoever hij kon gaan op de Salon. Hij wilde Victorine niet idealiseren, maar hij wilde ook niet beschuldigd worden van obsceniteit.'

Guy was van nature grappig en vermaakte ons nu met anekdotes over de opkomst van schaamhaar in de schilderkunst; zoals de sluiting door de politie van een expositie van Modigliani in 1917 omdat zijn liggende naakten 'haar hadden' – en niet op hun hoofd. Maar er waren al eerder uitzonderingen, zoals Courbet's *L'Origine du Monde* – dat ook in het Orsay hing, vertelde hij.

'Het werd gemaakt voor het erotische privé-genot van een beschermheer, dus gedurende honderd jaar wist niemand dat het bestond,' zei hij samenzweerderig. 'Het schilderij toont alleen de torso en de geopende dijen van een naakte vrouw.'

'Dus in feite gewoon porno?' zei ik, geamuseerd door zijn dramatische verteltrant.

Hij knikte en trok zijn dikke wenkbrauwen op.

We liepen samen door de late middagzon langs de Seine. De lucht verschoot naar mauve, aangebrand met een oranje korstje, toen we bij de Notre Dame aankwamen. Petra beantwoordde haar mobieltje, zei toen dat ze weg moest – iets met een Japanner die voor een dag in Parijs was en zijden sjaals uit de negentiende eeuw verkocht. Ze had zich al aardig vastgebeten in het project, zei dat ze zich had voorgenomen een kopie van Victorine's sjaal in handen te krijgen. Ik geloofde haar niet, maar besloot niet door te vragen. Misschien was haar Duitser naar Parijs gekomen. Guy vroeg of ik met hem uit eten wilde gaan in een klein restaurant bij Place des Vosges. Ik was blij dat ik met iemand over Victorine kon praten, dus stemde ik toe. Langzaam liepen we in de richting van de Bastille.

We dineerden in een kleine, intieme bistro; Guy was er een goede bekende. Hij woonde erboven en zei dat het door de week zijn keuken was. We bestelden rode wijn en deelden, op aanbeveling van de ober, een enorme pan bouillabaisse. Terwijl we aten, stuurde Guy het gesprek behendig naar mijn wereldje. Hij was goed ingevoerd, kende niet alleen de conservator van mijn volgende tentoonstelling, maar ook een aantal andere spelers op de Londense kunstmarkt. Ik beloofde hem iets af te spreken, de eerstvolgende keer dat hij naar Londen kwam, hoewel ik voelde dat hij voor problemen zou kunnen zorgen – persoonlijke problemen. Maar ik wilde niet over mijn privé-leven nadenken, nu. Ik wilde dolgraag meer over Victorine te weten komen. Ze was in mijn hoofd gekropen – en daar wilde ik haar nog even houden. Zodra het gepast leek, dirigeerde ik het gesprek terug naar haar. Guy haakte meteen in.

'Victorine's privé-leven lijkt gehuld in geheimzinnigheid,' mijmerde ik, 'ik heb er met geen mogelijkheid iets over kunnen vinden. Het is alsof het establishment haar niet alleen afwees, maar haar ook de mond heeft gesnoerd.'

'Je hebt gelijk, tot op zekere hoogte, maar er gaan wel een paar interessante anekdotes,' onthulde Guy, 'of ze waar zijn, weet ik niet. Zo gaat bijvoorbeeld het verhaal dat ze op hoge leeftijd met een aapje aan een ketting op de straten van Montmartre stond om een *sous* te verdienen – terwijl de schilderijen van haar duizenden francs waard waren.' Hij schudde zijn hoofd om de ironie ervan.

'Niemand heeft ooit beweerd dat er een relatie is tussen goede kunst en geld, Guy,' zei ik gevat.

'Laten we in jouw geval hopen van wel, Esther. Trouwens, ik heb een theorie over waarom Manet haar zo plat op het doek heeft afgebeeld.' Ik vond zijn kennis boeiend. 'Ik denk dat hij haar goed kende van foto's,' ging hij verder, 'maar ook in levenden lijve.'

'Hij moet haar wel als model hebben geschilderd,' wierp ik tegen. 'Ik las ergens dat hij haar huid een keer of vijftien heeft weggekrabt, voordat hij de juiste tint voor haar vel had.'

Guy sprak het verhaal niet tegen, maar vertelde dat Victorine's carrière in de kunst verder ging dan alleen het poseren voor Manet.

'Ze ging om met kunstenaars, fotografen, muzikanten en artiesten. Zo ontdekte ze een moderne manier om geld te verdienen. Niet alleen schilderde ze en speelde ze gitaar, ze poseerde ook voor pornografische foto's.'

Ik was geïntrigeerd. Guy begon nu warm te lopen voor zijn onderwerp, hij sprak snel, maar met autoriteit.

'Delacroix heeft enkele van haar foto's nageschilderd. Als je *Le Déjeuner* of *Olympia* ziet, bedenk dan hoe in de vroege fotografie het perspectief werd vervormd, afstanden werden samengedrukt. Mensen zagen voor het eerst de realiteit afgebeeld, maar wel vervormd door een lens. Dat nieuwe perspectief werd nagebootst op het schildersdoek.'

De nieuwe feiten verbijsterden me. Guy zag mijn verrassing. 'Een vriend van me verzamelt erotische kunst en heeft twee zeldzame foto's van Victorine in zijn collectie. Ik zal kijken of ik ze te pakken kan krijgen, zodat je ze kunt bekijken.'

Hij leunde achterover en glimlachte. Ik nam aan dat de les was afgelopen. Het moest inspirerend zijn, dacht ik, om een van zijn studenten te zijn. Ik wilde wedden dat zijn colleges massaal werden bezocht.

Hij wenkte voor de rekening terwijl mijn gedachten op volle toeren draaiden. Ik zag mijn performance op basis van Victorine voor mijn ogen tot leven komen. Ze was een kunstwerk én een seksueel eigendom – in vele betekenissen.

'Esther, zullen we gaan?'

Ik keek Guy aan. Victorine sliep met haar klanten en ze betaalden haar daarvoor. Ik vroeg me af wat Aidan in Londen uitspookte, of hij vanavond bij Jacqueline was. Guy was gul geweest met zijn kennis, hij had mijn project een enorme meerwaarde gegeven en hij was een erg aantrekkelijke man. Ik voelde de drang om met hem mee te gaan, ik voelde me eenzaam zonder Aidan en zijn koelheid was deprimerend. Maar ik wist dat ik in hem, in ons, moest blijven geloven – anders zou niets nog de moeite waard zijn. Dus bedankte ik Guy – een beetje spijtig – voor het eten en ging alleen in een taxi terug naar Petra. Zijn gezicht verraadde teleurstelling, maar ik wist dat ik de juiste beslissing had genomen. Mijn mobieltje piepte in mijn zak en toen ik opnam, hoorde ik Aidan's stem.

'Ik wilde je alleen maar even een goede nacht wensen,' zei hij zacht.

16

Mijn mobieltje piepte en de suppoost keek me fronsend aan. Het was een sms'je van Guy: Lunch doen nu? Ik kan je de foto's laten zien!

Ik stond weer voor *Olympia*. Ik had haar al meer dan een uur lang bekeken. Ze was een acrobate, hoog boven het publiek verheven. Ik vroeg me af of ik een performance kon bedenken die recht deed aan haar uitzonderlijke uitstraling op het schildersdoek. Ik moest eerlijk toegeven: ik was helemaal ondersteboven van Victorine. Uiteindelijk liet ik haar alleen, wandelde naar buiten en schreef hem een berichtje in het felle zonlicht.

We spraken af bij de piramide voor het Louvre. Ik ging op de rand van een van de fonteinen zitten en wachtte. Binnen vijf minuten kwam Guy zelfverzekerd aanlopen door de arcaden. Hij nam me snel mee naar de overkant van de Seine, naar een restaurant in een van de smalle zijstraatjes van St.-Germain-des-Prés. Het rook er naar warme bouillon en geroosterd vlees, licht gezouten en rijk aan smaak. Het was er rumoerig, vol Parijzenaars die er hun middagmaaltijd genoten. We aten *coq au vin* en dronken rode wijn, toen kondigde Guy verheugd aan: 'Mijn vriend heeft twee geposeerde foto's van Victorine langsgebracht en ze zijn heel bijzonder. Bijna bestiaal.'

'Kan ik ze bekijken?'

Hij knikte geestdriftig en nam een grote hap, kauwde bedachtzaam en zei: 'Ik heb vanochtend een artikel van Lincoln Sterne gelezen waarin hij stelt dat jij een wereldwijd bekend merk bent geworden.'

Nu was het mijn beurt om verrast te zijn. 'Waar heb je dat in hemelsnaam gelezen?'

'Het staat vertaald in *Paris Match* – heb je je foto op de cover niet gezien? De paparazzi hebben je in hun vizier, zelfs als jij hen niet ziet.'

Ik keek om me heen; geen spoor van het roedel. Maar ik voelde me toch meteen te kijk zitten. Ik had me moeten vermommen, vandaag. Nu voelde ik me gek genoeg naakt, als mezelf.

'Wat was er op de foto te zien?'

Hij had een schittering in zijn ogen. 'Jij en je vriendje in Londen, in een auto. Hij houdt je hand vast en kust je vingers.'

Ik voelde hoe ik weer moest blozen. Hij negeerde het en veranderde behendig van onderwerp. Maar het nieuws had me gealarmeerd. Het laatste waarop ik nu zat te wachten, was de pers die zich op Aidan en mij stortte. We waren altijd zo voorzichtig geweest, ze hadden ons vast te pakken gekregen op Waterloo, voordat ik de Eurostar nam. Ik vergat het telkens weer: paparazzi slapen nooit.

'Esther, maak je niet druk,' zei hij geruststellend. 'Goed, zal ik je Victorine's foto's laten zien na de lunch?'

Ik had het naar mijn zin met Guy. Hij had iets vaderlijks over zich, hij nam de regie min of meer in handen en zijn kennis was onuitputtelijk. Ik besloot er het beste van te maken en hoopte dat we vrienden zouden worden.

Hij nam me mee naar zijn kantoortje op de vierde verdieping van het Louvre, afgeladen met in leer gebonden boeken met essays en kunstkritiek. Zijn bureau was helemaal bedekt onder de papieren, een laptop, een volle asbak, een verscheidenheid aan pennen en een foto van zijn gezin. Hij gebaarde dat ik moest gaan zitten op de enige stoel in de kamer, achter zijn bureau. Ik wachtte geduldig terwijl hij belde, zijn Frans te zacht en snel om te verstaan. Hij sloot de zonwering, waardoor de kamer schemerig werd. Even later werd er geklopt en verscheen een mooi meisje met bruine ogen en een scherp afgeknipte boblijn, die hem een portfolio overhandigde en weer vertrok. Hij droeg de map naar zijn bureau, gebaarde dat ik de asbak weg moest zetten, duwde toen alle papieren naar één kant, opende een laatje in het bureau en trok een paar witte handschoenen aan. Ik keek hoe hij een tweede, plastic envelop uit het portfolio haalde en die op het bureau legde.

Het was een daguerreotype, onscherp aan de randen, in het formaat van een afdrukje van tien bij vijftien. Daar zat ze, op de tweede sport van een houten ladder. Het was overduidelijk Victorine, de gelijkenis met Manet's portretten was treffend, zelfs al ging ze voor de helft schuil in een schaduw. Maar haar gezicht was lelijker, haar mond iets vertrokken, haar ogen lagen dieper in haar gezicht en waren boosaardig donker. Ze droeg een kanten lijfje, opengeknoopt tot aan haar navel, haar volle borsten vulden het midden van de afbeelding, haar lichte tepels zacht en onopgewonden. Haar benen hield ze ver van elkaar gespreid.

Guy legde nog twee foto's neer, met een soortgelijk karakter. Ik zag opeens wat Manet zo ingenieus had weten te vangen op zijn schildersdoek. In al deze afbeeldingen hield Victorine Meurent een zekere waardigheid, kwam zelfs victorieus over. Ze had een gezonde minachting voor de bedoelingen van de kijker en gevoel voor, in het grotere geheel gezien, de trivialiteit van haar eigen vlees. Het misbruik daarvan was immers al lang aan de gang. Ze was een hoer die de gedachten in haar hoofd afschermde van de noodzakelijke handelingen van haar lichaam. In *Olympia* had Manet Victorine afgebeeld met een strik van zwart fluweel om haar keel. De metafoor werd nu duidelijk. Wat ze met haar lichaam deed, stelde haar in staat om te krijgen wat haar hoofd verlangde, of dat nu een fles absint was, medicatie voor haar kwalen of kolen voor de kachel om haar vlees warm te houden.

Ik was bang geweest dat deze afbeeldingen mijn beeld van de vrouw die hard op weg was mijn favoriete onderwerp te worden zouden verwoesten. Maar deze foto's versterkten juist haar stoïcijnse arbeidersklassehoogmoed. In de schilderijen van Manet had ik meer gezien dan een kleurloze reproductie van Victorine's dagelijkse leven: een trotse geest, vastbesloten om te overleven, tegen de klippen op en tegen elke prijs. Op de foto's bleef ze nog steeds een kostbaar eigendom, een meesterwerk in mijn gedachten. Ik liep naar het raam. Beneden verschenen en verdwenen mensen onder de randen van de piramide. Het was al donker; tijd om terug te gaan naar Londen. Ik was klaar om weer naar huis te gaan, maar was bang wat ik er aan zou treffen.

Er was geen reden om bang te zijn. Geen teken van Kenny, geen verhalen over hem in de *Clarion* of in welk blad dan ook, maar in mijn afwezigheid had de pers de aandacht verlegd van de *Possession*-serie naar de foto van Aidan en mij bij het Eurostar-station. De eerstvolgende keer dat ik op zijn kantoor kwam, liet Aidan me de knipsels zien, met – zag ik – een zuur lachje om zijn lippen.

'Met dit project heb je hun belangstelling voor jou opnieuw aangewakkerd, Esther, maar dat zal juist het plan zijn, stel ik me zo voor. Het is geen verrassing dat ze zich nu op je privé-leven richten. Het was altijd de vraag wanneer dit zou gebeuren. Hoe wil je hierop reageren?'

Aidan klonk cynisch, hij zou me het aanroepen van deze nieuwe storm van aandacht in de media niet gemakkelijk vergeven en ik wist dat hij gelijk had. Maar het kon me eigenlijk niets schelen wat ze over ons schreven, zolang ze maar belangstelling bleven houden voor degene die ik op dit moment was.

'Wat is er geschreven over mijn project?' zei ik, zijn aanval negerend. 'Kunnen we niet proberen hun aandacht daarop gevestigd te houden.'

'Ze willen allemaal iets van je,' zei hij afwezig. 'De Amerikaanse pers heeft het ook opgepikt, Katie had zojuist iemand aan de lijn van *The Washington Post*.'

'Geweldig,' zei ik, in een poging mijn zorgen te verbergen. De verwachtingen stegen. Aidan's blik verschoot en hij keek me glazig aan. 'Vanuit het oogpunt van pr past Esther Glass zowel in de

kunstbijlage als op de pagina's over kunsthandel. Je zult wel tevreden zijn, je scoort twee keer.'

Ik negeerde zijn sarcasme en bladerde door de knipsels. Mijn
oog viel op de naam van Martha Bloom als schrijfster van een
van de stukken. Ze maakte deel uit van Ava's cohorten. Vluchtig
las ik de maar al te voorspelbare argumentatie.

...Glass wordt verdedigd als kunstenaar voor vrouwen. Ze heeft
een indrukwekkende feministische achtergrond; haar moeder,
Ava Glass, was een van de belangrijkste pleitbezorgers van de
vrouwenbeweging en schreef in de jaren zestig de bestseller
Raising Women. Maar wat heeft ze nu werkelijk grootgebracht?
Is haar dochter, de kunstenaar, bezig om de idealen van haar
moeder te verkwanselen?

Glass is de eerste om een hype te omarmen – ze gebruikt die
op een ironische manier, zegt ze – maar is haar roem niet juist
ontkrachtend? Recentelijk verklaarde ze: 'De feministische
strijd hoort bij de generatie van mijn moeder, nu kijken we naar
voren en opzij, naar een andere wereld, met grotere vraagstukken dan louter het geschil over de man-vrouwverhouding.'

Wellicht is het te vroeg om de oorspronkelijke vraagstukken
op deze manier af te schrijven. Gelijkwaardigheid staat nog
steeds op de agenda, er is nog steeds een ongelijkheid in salaris
tussen mannen en vrouwen, een voortdurend, kwaadaardig
seksisme in de media.

Als de huidige trend van chicklit en sprookjesverfilmingen
ons probeert wijs te maken dat vrouwen eigenlijk alleen maar
een man willen, dan zullen de dochters van Esther's Revolutie
haar toejuichen omdat ze in haar galeriehouder zo'n waardevol exemplaar heeft weten te strikken. Maar misschien kunnen
ze beter vieren dat hij kennelijk in staat is geweest om mevrouw
Glass junior voor zich te winnen. Welke les zouden ze anders leren uit dit nieuws, als zij zo'n krachtig rolmodel is voor de generatie van haar dochters? Dat, in een perfecte wereld, de man
met het geld ook de man in bed moet zijn? In deze context be-

zien zullen ze leren dat Esther in de kunst de ultieme prijs heeft gewonnen.

Wees gewaarschuwd, mevrouw Glass. Onderschat uw invloed niet en gebruik die verantwoord. Anders doet u niet alleen uzelf tekort, maar ook het werk dat is verricht door uw moeders generatie, om u uw onafhankelijkheid en de generatie van uw aanhangers het pad naar ware emancipatie te geven.

Ik smeet de krant neer.

'En dan hebben we nog niet eens gezien wat Ava samen met Lincoln uitspookt,' zei Aidan.

Lincoln en zijn 'filmploeg', die bleek te bestaan uit Dylan, een verwijfd ventje met een handcamera, waren in mijn studio langs geweest op de dag dat ik terugkwam uit Parijs. Ik had ze uitgelegd wat ik ongeveer van plan was. Ze stonden op het punt om naar Parijs te vliegen om Petra op te zoeken. Voordat ze gingen, liet Dylan zich ontvallen dat ze ook al bij Ava waren geweest. Lincoln deed net alsof er niets was gezegd, op zijn gebruikelijk nonchalante manier. Ik liet me niet op de kast jagen, maar besloot haar zelf dan maar op te zoeken, als een oefening in schadebeperking. Ik was ver bij haar uit de buurt gebleven, de laatste tijd. Ik wist dat ze meer meningen over mijn verkoop zou hebben dan ik zou willen horen. Maar ik wist ook maar al te goed dat informatie macht is, vandaag de dag.

'Oh, nu we het toch over Lincoln hebben,' ging Aidan verder, 'hij is op weg hierheen. Hij komt voor Katie, heeft voor zijn research al je oude catalogi en persberichten bij haar opgevraagd.'

Ik besloot dat het tijd was om te maken dat ik wegkwam. Nog meer media op één dag kon ik niet aan.

Ik ging terug naar mijn flat en liet de impact van Victorine op me inwerken. Wat moest ik met haar aan? Ze was zwanger van betekenissen, een seksueel eigendom, geknecht en geperverteerd, maar daar kwam bij dat ze een kritieke wending in de geschiedenis van de kunst markeerde. Ik wist waar en hoe ik haar in mijn serie moest presenteren. Ik zou in mijn performance alle kanten van Victorine belichten – de straatartiest, het model, de schilder, de hoer, de muzikant en de verarmde oude vrouw die om kleingeld bedelde. Ik zou het in de vorm van mime doen. Victorine's performance zou in de kern een privé-voorstelling zijn die, net als in haar leven, zou plaatsvinden in een afgesloten, maar toch publiekelijk toegankelijke ruimte. Iedereen had de kans gehad om tegen betaling naar Victorine te kijken – op een foto, in haar bed, als ze muziek maakte of zelfs als ze haar aapje liet zien. Ik zou mijn eigenaar vragen een privé-voorstelling te organiseren in een galerie, als *pay-per-view* voor de gasten van zijn keuze. Ik zou een scherm tussen mij en het publiek plaatsen, met kijkgaatjes, waardoor ze me konden bekijken terwijl ik haar verschillende levens achter het scherm uitbeeldde. Dan zouden ze begrijpen hoe het voelt om zelf tijdelijk eigenaar te zijn van een vrouw en van een kunstwerk. Ik hoopte dat ze naderhand zouden begrijpen dat het vaak alleen degene is die kijkt, die zich eigenaar voelt. Uiteindelijk was Victorine baas over zichzelf, net als Christina; alleen haar artistieke personage was eigendom van de staat geworden.

Ik vond een bedrijf in Tokio dat traditionele Japanse en oosterse kamerschermen maakte – dé trend in het Frankrijk van het midden van de negentiende eeuw. Ik besloot opdracht te geven om een heel speciaal scherm te maken, gebaseerd op een schilderij van de negentiende-eeuwse schilder Armand Séguin, van de Pont Aven-school. Dit was een bekend en toepasselijk ontwerp uit die tijd, bestaand uit een serie rijkgekleurde halfabstracte figuren, opgenomen in een geborduurde reeks vormen en patronen. Het scherm zou bestaan uit vier panelen van rood eiken- en berkenhout, bekleed met drie lagen handgeschept Japans rijstpapier, met de hand beschilderd in acryl- en waterverf. Het raamwerk zou worden gemaakt van zwart gelakt populierenhout, met handgemaakte en gegraveerde koperen afwerking. Het zou één meter tachtig hoog en tweeënhalve meter breed worden en zou tien verborgen kijkgaatjes bevatten.

Petra's research was al even vruchtbaar geweest – ze had niet gelogen in Parijs, zo bleek. Ze had een Japanse, zijden sjaal besteld, een replica van de sjaal waarop Victorine ligt in *Olympia*. En ze had een paar antieke slippers gevonden zoals Victorine had gedragen, één aan haar voet, de ander los. Ik besloot bovendien dat elk van mijn vrouwen een boek bij zich moest hebben dat iets meer over hen zou moeten vertellen of laten zien. Christina had haar gebedenboek; Victorine zou een traditioneel Japans hoofdkussenboek krijgen, een fotografisch dagboek van een erotische affaire, dat alleen mijn naakte lichaam, geabstraheerd en dubbelzinnig, zou laten zien. Ik vroeg me af of ik Aidan zou kunnen vragen om de foto's te maken, maar op dit moment leek het vertrouwen tussen ons fragiel. Onze verhouding was op een ongewone en intense manier begonnen. Ik had hem nooit anders gekend dan zowel mijn galeriehouder als mijn minnaar. Misschien zaten we daarom nu wel in een crisis. Wellicht was het tijd een manier te vinden om die twee van elkaar te scheiden, wilden we samen een toekomst hebben. Ik had Aidan ontmoet door mijn kunst – die was de reden geweest dat hij naar mij op zoek ging.

17

'Wie is dat?'

Ik haalde mijn schouders op.

Petra trok haar fijngetekende wenkbrauwen op en knipperde haar wimpers vol mascara naar een man in een zwart pak, die zichtbaar geboeid naar een van mijn videoschermen staarde. Hij was rond de dertig, latinoachtig of zelfs Aziatisch, één meter tachtig lang, met donkere stekeltjes, elegante, bijna vrouwelijke gelaatstrekken. Hij leek niet op zijn plaats in het rumoer van de opening van deze eindexamenexpositie. Om te beginnen was hij de enige die zich op de kunstwerken concentreerde en verder droeg alleen hij geen gymschoenen.

'Zeker weten dat het geen student of docent is,' gokte Petra, 'ziet eruit als een buitenlander – en alsof hij behoorlijk rijk is.'

'Je hebt een goed oog voor rijkdom.'

'Geld trekt geld aan,' antwoordde ze en gaf me een knipoog.

Ik keek toe hoe ze zich omdraaide op haar naaldhakken en door de menigte naar hem toe laveerde. De man lachte scheefjes en stak zijn hand uit. Hun gezichten waren al snel dicht bij elkaar, het gesprek kennelijk intens. Het leek erop dat Petra zichzelf als gids had opgeworpen, ze leidde hem nu naar het volgende geëxposeerde werk van mij. Ze droeg een British Airways-uniform uit de jaren zeventig, had haar dreadlocks afgeknipt en haar haar in een ordentelijk knotje opgestoken, haar kunstwimpers gingen vergezeld van te dik gestifte lippen: een perfecte pastiche van een luchtserveerster. De man leek erg geïnteresseerd in mijn werk. Misschien was Petra bezig hem iets te verkopen. Dat zou typisch Petra zijn. Petra had lef, gekoppeld aan een dodelijke charme. Ze zou de arme kerel verleiden tot een aankoop die hij niet wilde, een waarvan hij later zeker spijt zou hebben.

Petra en ik hadden samen aan de werken voor mijn eindexamen gewerkt; voor deze serie had ik me verkleed en ik vertelde vijf verschillende anekdotes over een fictieve 'ik' – als kind, puber, jongere, middelbare leeftijd en als oude vrouw. Petra had een serie kostuums voor me ontworpen. Hoewel het inhoudelijk telkens over 'Esther Glass' leek te gaan, mijn geschiedenis en mijn relaties, had ik een erg creatieve draai aan de bekentenissen gegeven. De fictieve Esther had geen enkel raakvlak met mijn echte leven, of mijn leven als kind. Ze was een eenmanssoap met een donker randje. Eerst filmden we de scenario's en plaatsten die toen op estheris.com op het internet. Ik werd geglobaliseerd – en gevirtualiseerd.

Ik zag nu hoe Petra zich omdraaide en naar me wees. Een fractie van een seconde ontmoetten mijn ogen die van de man; de zijne beleefd, de mijne gegeneerd omdat hij me had betrapt tijdens mijn observatie. Ik sloeg snel mijn ogen neer. Even later zag ik hoe hij Petra nogmaals een hand gaf, voordat hij zich omdraaide en zich door de menigte een weg naar buiten baande. In het werk van de andere studenten leek hij geen interesse te hebben. Aan de overkant van de zaal ving Petra mijn blik en grijnsde boosaardig. Het was vreselijk heet en rumoerig, het duurde even voordat ze zich terug had gevochten.

'Ik denk dat je een galeriehouder hebt gevonden,' siste ze, toen ze eenmaal weer bij mij was, met ondeugend flonkerende ogen.

18

Ava woont tegenwoordig in het doucheputje van Kentish Town – een heel andere omgeving dan Ickfield Folly – maar ze zegt dat het past bij deze fase in haar leven en piekert er niet over te verhuizen. Ik neem aan dat het leven als haringen in een ton haar het gevoel geeft dat ze er middenin staat. Haar bel is de bovenste van vier, die eronder hebben doorgekraste namen van vorige bewoners. Het is geen plek waar mensen lang blijven. Maar Ava heeft zich er nu al tien jaar geleden genesteld, zowel uit eigen beweging als uit noodzaak.

Er werd niet opengedaan. Ava is nooit waar je haar verwacht. Dat maakt deel uit van haar strategie, mensen laten wachten. En hoewel ze eigenlijk beter zouden moeten weten, wachten doen ze. Ik drukte nog een keer op de bel, ongeduldig deze keer, deed toen een stap terug en keek omhoog naar het raam van haar woonkamer. Haar schoonmaakster keek afwachtend naar buiten. Het motregende weer.

De voordeur ging eindelijk open. Desiree is hooguit negentien, een West-Indisch meisje uit de flats vlakbij. Ze heeft smalle heupen, bolle billen en droeg een weinig flatteuze blauwe legging en een donkerrode Nike-sweater. Stoffige voeten staken in een paar groezelige witte gymschoenen, veters los.

'Je moeder is boodschappen doen,' zei ze lijzig.

'Ik dacht dat ze wel wist dat ik zou komen?'

Ze kauwde op de vraag – en haar kauwgom.

'Ze is in de winkelstraat.'

Dus ging ik op zoek. Bananen en zoete aardappels wedijverden met rode pepers en stronkjes gember om de aandacht van de klanten. Ava stak met kop en schouders boven de menigte uit. Ze droeg een mooi gesneden, maar door motten aangevreten tweedjas, waar de zwarte DKNY-sportschoenen die ik haar met de kerst had gestuurd onderuit staken. Ze duwde een winkelwagentje als een schild voor zich uit en haar grijze haar wapperde als ongetemde manen in de wind. Misschien, dacht ik, moest ik voorstellen om iets voor haar te huren, ergens waar het beter was. Ik wist dat ze het aanbod zou afslaan, dat ze het 'bloedgeld' zou noemen. Ze kwam dichterbij. Ik tikte dwingend op het raampje van de taxi. Ava keek naar binnen en zag me. Ze keek aarzelend, maar toen ze zag dat ik dat zag, veranderde haar uitdrukking en toverde ze een voorzichtig lachje te voorschijn.

Ze bracht de vochtige lucht mee naar binnen, terwijl ze in de auto schoof. De file achter ons toeterde, terwijl de chauffeur het winkelwagentje in de kofferbak wurmde.

'Ik dacht dat je elf uur had gezegd.'

Ik ging er niet tegenin.

Eenmaal terug sjouwde ik Ava's plastic tassen omhoog. Desiree leunde tegen de muur van de gang en keek toe hoe ik ze naar de donkere keuken achter in het huis droeg. Ava ging meteen door naar de huiskamer, Desiree volgde haar als een hondje. Ze ging in een verschoten gebloemde leunstoel zitten, naast de gashaard. Desiree, stofdoek in haar handen, was bezig de met boeken afgeladen planken af te stoffen. Achter het raam, geflankeerd door fluwelen gordijnen, braken een bladloze plataan en een telefoonpaal het uitzicht op een druilerig grijze lucht.

Ik ging in de leunstoel tegenover haar zitten.

'Desiree, zou je even water op willen zetten? Heb je zin in thee?'

Ik knikte terwijl Ava gehaast sprak. Ze leek nogal verontrust. Ik vroeg me af wat ze met Lincoln had uitgespookt. De moed zonk me in mijn kniehoge laarzen.

'John komt straks voor de *tea*. Ik heb wat *hot cross*-paasbroodjes gekocht, in januari nota bene. Twee voor de prijs van één, elk een pakje, voor maar twintig pence.'

Ik lachte met een zekere genegenheid en ze glimlachte veelbetekenend. Ze zal nooit haar ascetische aard verliezen, hoeveel er ook aan royalty's op haar bankrekening staat.

'Denk je er nooit eens aan om te verhuizen, Ava?'

Het warme moment tussen ons was weer voorbij. Ze keek me aan, koud als staal. 'Denk je dat ik een teveel aan realiteit niet kan verdragen?'

'Zo bedoelde ik het niet.'

'We kunnen ons niet allemaal in een ivoren toren terugtrekken.'

'Ik denk alleen: die trappen, de drukte... het zou je schrijven makkelijker maken.'

'Schrijven?' Ze lachte hol. 'Wat moet ik verder nog zeggen, dan?'

'Ik geloof geen moment dat je dat meent.'

Ze keek afwezig naar het gasvuur. 'Wat ik misschien echt bedoel,' zei ze uiteindelijk, 'is dat er toch niemand meer over is die wil luisteren.'

Desiree kwam binnen met een dienblad in haar hand, kopjes rammelend.

Ik probeerde het ijs te breken en vroeg naar John, terwijl zij de thee inschonk. Toen de commune uit elkaar viel, waren zij tenminste bij elkaar gebleven. Het zou nu zo'n achttien jaar zijn. Ze woonden gescheiden van elkaar, maar afgezien daarvan waren hun levens vervlochten als staalwol.

'Het gaat goed met 'm, hij heeft een vaste column in *The New Statesmen*, nota bene. Hij vindt dat hij zijn idealen heeft verkwanseld, tot op zekere hoogte.' Ze keek weemoedig. 'Maar we moeten allemaal geld verdienen.'

Mijn thee was slap, maar gloeiend heet.

'We denken erover om in het voorjaar naar zijn huis in Frankrijk te gaan. Maar ik zou je verkoop niet willen missen.'

Slimme ouwe Ava, ze had het gesprek er weer heen weten te sturen.

'Maak je geen zorgen, je zult er alles over kunnen lezen in de pers.'

'Maar het doet zoveel stof opwaaien, ik heb nog nooit zo'n mediahype meegemaakt.' Ze keek naar een stapel papier naast het gasvuur – ze was geen artikel vergeten uit te knippen. 'Lincoln zegt dat het 't grootste evenement in de kunstwereld wordt.'

'Heeft hij je lastiggevallen?'

'Integendeel, liefje. We hebben een hoop plezier gehad. Hij heeft alleen de meest voor de hand liggende vragen over je verleden gesteld, hoe het was om als feministe een losgeslagen kind op te voeden.' Ze glimlachte een tikje opgewekter, Ava mocht graag de regie over haar eigen mythes voeren. Mijn ongerustheid groeide. 'Maar hij was helemaal niet zo geïnteresseerd in je kunst. Ik denk dat hij daarover alles wel te weten kan komen van Katie.'

'Pas maar op,' zei ik koeltjes. 'Bedenk wel dat ze een film maken, een seconde hier, een seconde daar. Door het monteren kunnen uitspraken compleet andere betekenissen krijgen.'

Ze grijnsde, genoot kennelijk van het spel. 'Uitspraken krijgen wel vaker een andere betekenis, vind je niet? Ik bedoel, waar had die Martha het in hemelsnaam over? En waar kwam die vreselijke tekening vandaan? Ik kan me de Harpers nog wel herinneren, maar wist niet dat hun zoon met die motor een van je vriendjes was.'

Ava zag me even wit wegtrekken en zweeg. In die seconde ontdekte ze iets wat ze al vijftien jaar had willen weten. Het was van hem. We hoefden er nu verder geen woorden meer aan vuil te maken. Het was opgelost.

Ik dronk mijn kokendhete thee en bood haar een sigaret aan. Ze sloeg 'm af, ik stak er een op.

'Ik denk wel dat Martha een beetje gelijk had,' zei ik, daarmee bewust het gesprek op een veiliger onderwerp brengend. 'Als het publiek denkt dat ik Aidan's marionet ben geworden, raak ik hun respect kwijt als onafhankelijke stem.'

Ava leek even van haar stuk gebracht, wist zich toen weer op mijn redeneertrant te concentreren. 'Respect?' Ze gniffelde on-derdrukt, heel irritant. 'Na alles wat jij hebt gedaan, lijkt me dat je respectabiliteit het laatste is om je zorgen over te maken.'

'Wat vind je van mijn laatste project, Ava?'

Ze vlocht de rode kralenketting om haar nek tussen haar vin-gers en draaide aan de kraaltjes. 'Om heel eerlijk te zijn,' zei ze langzaam, terwijl haar vingers in de kralen knepen, 'begrijp ik niet wat je ermee denkt te gaan bereiken. Of is het alleen maar een publiciteitsstunt?'

'Natuurlijk niet. Ik kaart belangrijke kwesties aan over kunst, vrouwen en hun waarde, zoals die door anderen wordt gezien.'

'Oh, ik begrijp 't, jezelf verkopen is een soort evaluatie van je-zelf?'

'Tot op zekere hoogte, ja.'

'Maar je zou je kracht in jezelf moeten zoeken,' kaatste ze terug en liet de kralen los, 'en die niet moeten ontlenen aan het vergroten van je bekendheid of financiële status.'

'Ik ben een kunstenaar, Ava.'

'Waarom? Omdat jouw boodschappen niet te vertalen zijn in onze taal, die van de gewone stervelingen?'

'Nee, omdat ik als kunstenaar mijn eigen onderwerp ben. Ik moet mezelf wel gebruiken.' Ze leek in gedachten verzonken en tot mijn verbazing zelfs een beetje verdrietig. 'Jezelf gebruiken? En wie ben je zelf dan wel, Esther?'

Ik antwoordde niet, blies rook naar haar gasvuur.

Ze schudde langzaam met haar hoofd. 'Je wilt niet echt weten wat ik ervan vind,' zuchtte ze.

'Nou eigenlijk had ik gehoopt dat je me wat bemoedigende woorden zou gunnen.'

Ik haatte het, hoe ze het zelfmedelijden in me op wist te roe-pen. Ik begreep nooit waarom ze dat deed. Maar ik wist wel dat iedereen de onbaatzuchtige liefde van een ouder nodig heeft. Hoe verhield zich dat met een moeder die de emancipatie van onze hele sekse najaagt? Ik had maar net weten te vermijden dat ik moederschap met mijn kunst moest combineren. In tegenstelling tot Ava geloof ik wel dat vrouwen alles kunnen hebben, alleen niet tegelijkertijd.

'Esther, de enige les die ik je hoop geleerd te hebben, is dat je het recht tot zelfbeslissing hebt. Het is niet aan mij om te beoordelen wat je doet.'

Ik zweer 't, soms leek het alsof ze gedachten kon lezen. Het gesprek had me uitgeput. Ik keek op mijn horloge. 'Ik word verwacht op een opening.'

Ze keek me vermoeid aan en glimlachte. 'Nou, maak dat je wegkomt dan. Als je het niet heel erg vindt, blijf ik even zitten. De vochtigheid is in mijn botten getrokken.'

'Gaat het wel goed met je?'

'Natuurlijk wel, ik ben gewoon moe.'

Ze had mijn vertrek nog snel een bijsmaak van schuldgevoel weten te geven. Ik kuste haar op beide wangen. Die voelden verrassend oud, poederig en zacht.

'Doe Aidan de groeten van mij,' zei ze.

We waren uitgenodigd bij The Serpentine Gallery. Aidan zou me om zes uur ophalen. Maar na het bezoek aan Ava had ik geen zin om hem te zien, noch het publiek of de pers. Dus belde ik hem om te proberen onder de afspraak uit te komen.

'Je moet erheen, Esther,' protesteerde hij, '*The Sunday Times* en *Hello* sturen allebei fotografen, speciaal om jouw aankomst te kieken – en de assistente van de directeur van Tate Modern heeft net gebeld om te vragen of je aanwezig zult zijn.'

Ik gaf geen antwoord.

'Esther?'

'Dus dit betekent volgens jou "weinig contact met de media" in de aanloop naar de veiling?'

Ik hoorde de spanning knetteren door de telefoon.

'Wat had je anders verwacht, Esther? Het was je eigen idee.'

'Weet ik, maar ik dacht dat jij er was om me af te schermen,' zei ik, 'niet om me als hapklare brok aan de pers te voeren.'

'Het is een kans voor jou om te peilen hoe het project valt bij een van je echte opdrachtgevers,' antwoordde hij afgemeten, 'ik zie je om zes uur.'

De werkelijke reden was dat ik zenuwachtig was om de conservatoren te ontmoeten die mijn show zouden programmeren. De pers had het idee tot dusver omarmd, maar hoe zou het vallen bij de kunstpausen? Ik wist dat ze graag een gesloten front vormden, maar er was altijd wel een conservator of organisator van exposities bereid om de boel op te schudden, vooral als het om een kunstenaar ging die minder goed lag. Tot dusver had ik echter nog niets negatiefs gehoord. Misschien wachtte iedereen tot ik werkelijk werd geveild, voordat ze hun mening op tafel gooiden. De tentoonstelling in Serpentine was een groepsgebeuren, ironisch genoeg met speelsheid als overkoepelend thema. Ik vond het een beetje soft klinken, maar wist dat ik mijn oordeel moest opschorten tot ik het zelf had gezien.

Aidan telefoneerde de hele rit met een beeldhouwer. Ik kreeg het gevoel dat hij duidelijk probeerde te maken dat ik niet de enige was over wie hij na moest denken. Toen de auto aankwam, besefte ik dat dit geen avond zou worden om naar kunst te kijken. De menigte die in Hyde Park rondhing bewees de Londense obsessie met openingen als sociaal tijdverdrijf. Iedereen die een uitnodiging had gekregen was gekomen. Nog niet zo gek lang geleden moesten galeries alle zeilen bijzetten om publiek te trekken: toastjes met sushi, bekende namen als beschermheren. Vandaag de dag was dat allemaal niet meer nodig. Sterker, net als op budgetvluchten gebeurde het nu vaak dat er tijdens een opening helemaal niets werd geserveerd – afgezien van champagne, exclusief voor de vips.

Voordat we uit de auto stapten, zette ik me schrap voor de pers. Het verbaasde me eigenlijk dat er niet constant een flitser afging in mijn hoofd. Vroeger had ik de aandacht heerlijk gevonden en accepteerde dat de belangstelling van de media essentieel was voor mijn kunst. Maar sinds het gedoe met Kenny joeg de pers me angst aan. Die avond had ik mijn hoofd graag onder een regenjas verstopt om aan hun nieuwsgierige blikken te ontkomen.

'Hoe lijkt het je om in februari deel te nemen aan een paneldiscussie in Tate Britain? We houden een symposium over persoonlijkheid in de kunst. Je lijkt me er geknipt voor.'

De conservator van Tate Modern had me gefeliciteerd met het idee van de veiling, ze leek in te stemmen met het plan voor mijn project, maar gooide haar kaarten niet meteen op tafel. Haar bekwaamheid en macht waren deels toe te schrijven aan het feit dat niemand kon doorgronden wat zich werkelijk achter haar ogen afspeelde.

'In principe ga ik er natuurlijk mee akkoord,' zei ik, met een afgemeten glimlach.

'Laat iemand Katie maar bellen om de datum af te spreken,' zei Aidan, zijn hand in de holte van mijn rug. 'Esther heeft een volle agenda, qua werk, ze heeft al haar energie nodig voor de voorbereiding van de veiling.'

'Natuurlijk,' zei ze, 'we zouden het allemaal vreselijk vinden als Esther dit speciale project niet rond krijgt.'

Niet lang daarna gingen we weg. Ik poseerde op verzoek van de fotografen voordat we in de auto stapten. Aidan deed een paar stappen naar achteren, maar iedereen leek van ons op de hoogte, wilde meer weten over onze verhouding. Ik liet me niet uit de tent lokken. Aidan gaf ook geen antwoord, maar we vertrokken wél samen.

'Goed gedaan, Esther, dat heb je goed aangepakt,' zei hij onverwacht vriendelijk terwijl we richting Oost-Londen reden.

'Wie heb ik goed aangepakt? De pers of de conservatoren?'

'Allebei,' antwoordde hij, 'maar je weet dat de pers ons niet met rust zal laten zolang we niet met iets als een officiële verklaring naar buiten komen.'

'Het is allemaal zo ingewikkeld geworden,' zei ik, 'ik wil me alleen maar kunnen concentreren op mijn project.'

Aidan staarde naar buiten, in de nacht. De rest van de rit naar huis zei hij geen woord meer en zette me af bij mijn voordeur.

19

Als voorbereiding op onze 'volgende stap' na Saint Martin's, als onafhankelijk kunstenaars, hadden Petra, Billy, Ruth, Sarah en ik een leegstaand fruitpakhuis in de buurt van Shoreditch High Street gekraakt. Het was een oud Victoriaans gebouw van vier verdiepingen, met metalen kozijnen – en zonder centrale verwarming. Maar het was zomer, dus het kon ons niet schelen. Billy had wat elementaire loodgietervaardigheden en samen met een vriend was het hem gelukt om ons op de waterleiding aan te sluiten. Op elke verdieping stond een oud Victoriaans bad, heel indiscreet midden in de ruimte. Het was ze ook gelukt om de elektriciteit af te tappen. Voor zolang het duurde was dit onze speeltuin, die we de bijnaam The Eastern Palace gaven.

Petra en ik deelden de tweede verdieping en binnen een paar weken hadden we onze ruimte getransformeerd tot een oase van creativiteit. Mijn ezels en videoapparatuur namen een kwart van de vloer in beslag, Petra's naaimachines, werktafel, paspoppen, stoffen en kostuums ongeveer evenveel ruimte. In het midden stond het bad met daarboven een kroonluchter met kaarsen die we, helemaal in Crivelli-stijl, hadden behangen met plastic fruit: appels, peren, meloenschijven en druiventrossen. Aan de andere kant hadden we elk een slaapplaats en een rudimentair eetgedeelte, afgeschermd door grote lappen geverfde mousseline, die aan metalen rails hingen.

Er klonk altijd muziek in The Eastern Palace en ons wereldje werd het sociale middelpunt van de lokale kunstenaarsgemeenschap. Al onze vrienden waren verhuisd naar Oost-Londen en kwamen elke avond langs om te feesten. We organiseerden 'jaren negentig-happenings' waarin we optraden, onze laatste projecten lieten zien, over kunst en toekomstplannen praatten. Petra hield bovendien regelmatig modeshows, de volle lengte van haar kamer als catwalk gebruikend. Na afloop verkocht ze haar creaties. Ik maakte ook af en toe kleine objecten voor de verkoop, om aan geld voor eten te komen. We waren blut en gelukkig. Het geld van Simeon was al lang op en Petra zat in een 'ik wil geen geld van mijn familie'-fase en weigerde haar eigen fortuin aan te spreken om te kunnen leven.

Vaak, 's avonds laat, deed ik een performance voor de *Estheris*-serie, voegde elke keer weer een laag toe aan het leven van mijn hoofdpersoon, verdiepte haar vervalste geschiedenis met mijn performances. De films werden op internet gezet voor het virtuele publiek.

Die avond was het echte publiek uitgegroeid tot ongeveer dertig mensen – er hing een verwachtingsvolle stemming in de lucht. Het gerucht ging dat ik aan een 'belangrijke scène' had gewerkt. Het verhaal van Esther bevond zich in een kritieke fase, ze stond op het punt te bekennen dat ze in haar jeugd haar broertje had vermoord.

Petra en ik waren de hele dag bezig geweest met de voorbereiding van mijn show. Ik moest doorgaan voor twaalf jaar en voor de performance droeg ik een roodgeblokt gingangjurkje, lange witte katoenen sokken, ouderwetse bruine veterschoenen en een roodbruine pruik met vlechten aan weerszijden van mijn hoofd – afgemaakt met een matelot met een strik van rood lint eromheen. Ik zou een springtouw als rekwisiet gebruiken. Mijn bedoeling was om al touwtjespringend een kinderliedje te zingen, waarin ik de moord op mijn broertje onthulde. Aan mezelf – die tot dusver alle herinneringen eraan had verdrongen – en aan het publiek, dat op basis van eerdere performances de indruk had gekregen dat hij was verdronken. De zoete melodie van het kinderliedje en de macabere bekentenis van de tekst moesten samen een ijzingwekkend contrast opleveren.

Om de duistere aard van deze performance te versterken, hadden we uren besteed aan het uitlichten van mijn hoek, waardoor Esther's lichaam lange schaduwen op de muren wierp. De videoapparatuur stond klaar voor opname en – voor de eerste keer – zou mijn performance live op internet te zien zijn. We hadden de mousselinen gordijnen dichtgetrokken om mij en de ruimte verborgen te houden en Petra had de gasten bijeengeroepen. De performance stond gepland voor middernacht. Uiteindelijk zat iedereen klaar voor de voorstelling en trok Petra – klokslag twaalf uur – de gordijnen weg en kwam ik op.

Ik stond in mijn beginpose, keek strak naar het midden van het publiek, klaar om te beginnen. En daar was hij, keek me recht aan: de man van de eindexamenexpositie. Ik was hem na die avond helemaal vergeten. Zelfs al had hij Petra dan weinig over zichzelf verteld, ze was er heilig van overtuigd dat hij een of andere belangrijke verzamelaar was, die al mijn werk zou opkopen. Ik had haar gefantaseer met een korreltje zout genomen. Het was de droom van elke student na het eindexamen – en Petra wilde zo graag dat het mij zou overkomen dat ze het bijna met wilskracht af probeerde te dwingen. Maar er was al ruim een week verstreken en we hadden niets meer van hem gehoord. Mijn hersenen draaiden op volle toeren. Hoe was hij hier terechtgekomen? De performance van vanavond stond aangekondigd op mijn website, vrij toegankelijk. Hij moet het gezien hebben en uit eigen beweging gekomen zijn. Ik wilde me niet laten afleiden door zijn aanwezigheid, maar werd dat wel. Dus sloot ik een moment mijn ogen en toen ik ze opnieuw opende, keek ik weg van zijn gezicht. Toen begon ik.

Petra had een wild feest georganiseerd na de performance. Een paar vrienden uit Stockholm waren overgevlogen met hun bizarre selectie house, en zodra ik klaar was begonnen de draaitafels te draaien. De show leek goed te vallen bij het publiek, hoewel iedereen zo high was dat het moeilijk was een echt kritische reactie te krijgen. Het geweldige van video-opnames is dat ik de performance later terug kon zien; en ik was bedreven in het monteren. Van elke performance kon je wel iets goeds maken, desnoods door slim te couperen en een voice-over toe te voegen, om meer sfeer of betekenis toe te voegen.

Ik ontdeed me snel van mijn kostuum, trok mijn spijkerbroek weer aan en dook in het feestgedruis. Ik zocht de ruimte af naar de vreemdeling, maar hij was al verdwenen. Petra was furieus dat ze hem gemist had, beweerde dat ze hem niet eens had gezien. Ze haatte het om iets te missen en probeerde me wijs te maken dat hij niet meer dan een geestverschijning was geweest, een product van mijn onbewuste wens om een galeriehouder te vinden.

Ze kreeg ongelijk, de volgende ochtend. Ik werd wakker in de puinhoop van de avond daarvoor, gewekt door aanhoudend ge-klop op de deur. Petra was na ons feest ergens heen gegaan en was nog niet terug. Ik hees mezelf overeind en sloeg een sarong om, liep toen naar de deur, waar ik een van de Stockholmers ver-wachtte die eerder dan Petra teruggekomen zou zijn. In plaats daarvan stond ik tegenover de vreemdeling met zijn pak, maar nu droeg hij een spijkerbroek en een zwart T-shirt. Hij zag er schoon uit. Ik voelde me vies, aangekoekt met vuil. Ik had niet eens de moeite genomen om mijn make-up af te vegen voordat ik in bed was gedoken, was tegen het einde van het feest gewoon in coma gevallen.

'*Hey,* sorry, ik wilde je niet wakker maken,' zei hij. Zijn accent nam baseball en *diners*, gele taxi's en brede trottoirs in een afge-meten ritme mee op sleeptouw. Ik besefte dat het te laat was om me te verontschuldigen voor mijn aanblik, haalde een hand door mijn haar, deed een stap terug en gebaarde dat hij binnen mocht komen.

'Ik zag je gisteravond,' zei ik, terwijl hij me naar de kamer volgde, 'maar je was alweer weg voordat ik me voor kon stellen. Hier, ga maar zitten.' Ik schoof een lading rotzooi van de bank om ruimte te maken.

Hij sloeg de uitnodiging af en bleef staan. 'Ik besloot weg te gaan, anders was ik de hele nacht blijven plakken. Ik kwam net uit New York en de jetlag sloeg toe.'

Ik ging op de leuning van de bank zitten en keek hem aan. 'Aha, dus ik heb een echte fan in Amerika?' zei ik. 'Wil dat zeggen dat iemand daadwerkelijk mijn dingen op het web heeft gezien?'

'Ja zeker. Je hebt een flink aantal bewonderaars in hartje New York.'

'Echt?'

'Yep, er zullen ongeveer, eh, minstens tien mensen zijn die zich laten meeslepen in Esther's wereld.'

Er ging een rilling van opwinding door me heen. Het was een idioot idee dat mijn werk op een of andere manier de belangstelling had weten te wekken bij mensen die ik nooit had ontmoet, duizenden kilometers van me verwijderd. Het experiment was geslaagd.

'En wat doen die mensen als ze niet bezig zijn internet af te speuren naar rare projecten?' zei ik.

'Nou, dat is de reden dat ik hier ben,' bekende hij schouderophalend. 'Ik ben galeriehouder en mijn vriendengroepje kunstenaars heeft jou voor me opgeduikeld.'

'Heb je ook een naam?'

Hij lachte en stak zijn hand naar me uit. Ik pakte die. Slanke, mooie vingers, effen okerkleurige huid. 'Ik ben Aidan. Aidan Jeroke.'

De ongewone klank van zijn naam sloeg tegen me aan als een kiezel die door de zevende golf op het strand wordt geworpen, bezonk toen meteen in het diepste van mijn wezen, als zand.

'Vreemde naam,' zei ik en liet zijn hand los.

'Half Kroatisch, half Amerikaans.'

'Aha,' zei ik, 'en wat kan ik voor u betekenen, meneer Jeroke?' Zijn naam smaakte goed op mijn tong.

'Verkoop me alles,' zei hij achteloos.

'Alles?'

'Tuurlijk,' zei hij.

Hij was bestudeerd nonchalant, glimlachte om mijn zichtbare

verbazing. Dit was niet de eerste keer dat hij iemand een derge-
lijk voorstel had gedaan, zoveel was zeker. Misschien moest ik
eerst maar eens wat meer over hem te weten komen, een advocaat in de arm nemen, of wat je dan ook zou moeten doen in dit
geval. Maar Aidan had iets oprechts over zich, ik vertrouwde
hem instinctief.

'Oké,' zei ik, 'wat schuift 't?'

Aidan legde het me uit in het uur dat volgde. Zijn ambities
richtten zich op Londen, hij wilde hier een nieuwe galerie opzetten.

Dit was mijn grote kans, leek het. Aidan beloofde dat hij
binnen een jaar een expositie van mijn werk zou organiseren, samen met 'drie of vier anderen', ergens in een pakhuis hier in
Oost-Londen. Hij moest de details nog zien te regelen. Hij bekende dat hij de nieuwe lichting van de Britse kunstwereld al een
tijdje in de gaten hield – en dat hij er deel van wilde uitmaken.
Hoe meer hij vertelde, hoe enthousiaster ik werd.

Maar er was meer met Aidan aan de hand dan hij aan de buitenkant liet zien. Ik voelde het, hoefde er niet eens naar te vragen.
Hij had andere redenen om naar Londen te verhuizen, redenen
die niets met kunst te maken hadden. Hij was op de vlucht voor
iets, of iemand. Ik wist dat het slechts een kwestie van tijd zou
zijn, voordat ik te weten zou komen wie of wat er schuilging achter die intens turkooizen ogen.

20

Ik vertrok naar Parijs op de dag na de Serpentineshow. Ik was van plan om een nacht bij Petra te logeren, voordat ik verder zou reizen om *Madame de Senonnes* te bekijken. Vanaf het eerste moment dat ik Marie Marcoz had gezien, wist ik – net als Aidan – dat ze het volmaakte personage voor mijn veiling zou zijn. Zij wist immers precies wat ze waard was en hoe ze dat duidelijk moest maken, zodat iedereen het begreep. Zoals Dominique Ingres, kennelijk. Ze was het ideale model voor zijn schildersdoek. Toen de burggraaf van Senonnes hem in 1814 opdracht gaf om zijn vrouw te herscheppen in een meesterwerk, moet hij het van vreugde uitgeschreeuwd hebben. Mevrouw De Senonnes had geheimen – net als Aidan, jaren geleden. Ik kon het voelen. Om achter die geheimen te komen, moest ik haar opzoeken en ontmoeten, en dat betekende dat ik op reis moest naar het Musée des Beaux-Arts in Nantes.

Petra's appartement is erg chic, een glazen huis dat boven op een traditioneel Frans woonblok aan een kronkelende straat is neergezet, met uitzicht op de glimmend zwarte Montparnassetoren aan de ene kant en het kerkhof waar Sartre en De Beauvoir zijn begraven aan de andere kant. Afgezien van de lichtpaarse gordijnen voor de hoogste ramen is alles wit: de muren, vloeren, meubels. De ruimte is aangekleed met een massa aan accessoires: gekleurd glaswerk, rijkelijk versierde oosterse wandtapijten, dikke vloerkleden, gebrandschilderde glazen deuren en handgemaakte vazen, geborduurde grand foulards, zelfs een kanarie in een vergulde kooi – kroonluchters van helder kristal hangen aan de plafonds.

Deze art-decoflat werd in de jaren twintig aangebouwd, een van de vele hooggelegen studio's van kunstenaars die naar de overkant van de rivier waren gevlucht toen de huren in Montmartre te hoog werden. Petra had het appartement 'geërfd' van een verre, Italiaanse tante die in de jaren zestig voor een parfumerie in Parijs werkte. In Petra's familie leken geld en onroerend goed hand in hand te gaan. En er was aan geen van beide ooit een tekort. Haar broer had een flat in Rome, haar jongere zus een huis in LA. Ze jaagden allebei een creatieve carrière na; de eerste als schilder, de tweede als actrice. Geen van beiden konden ze die luxe van hun salaris bekostigen. Maar ik was te dol op Petra om me verbitterd te voelen over haar geërfde financiële zekerheid. Ik had inmiddels ook meer geld dan ik nodig had. In sommige opzichten maakte het haar misschien wat zelfverzekerder om te zorgen dat ze kreeg wat ze nodig had. Mannen incluis.

'Guy komt vanavond een aperitiefje drinken,' kondigde ze luchtigjes aan toen ik binnenkwam.

Ik liep de woonkamer in en zag het adembenemende uitzicht vanaf haar dakterras. Parijs, in elegante glooiingen van oost naar west, als een sprookjesprinses die uitgestrekt ligt te slapen. Mijn ogen gleden over het panorama, de Sacre Coeur in het noorden, fabrieksschoorstenen met kringelende rookpluimen verder naar het oosten, langs de Seine.

'Wat heb je Aidan verteld over Guy?' riep ze.

Ik gaf geen antwoord. Op dit moment vond ik Petra's motieven om me aan hem voor te stellen intrigerender dan hoe ik de repercussies daarvan met Aidan moest oplossen.

'Charmante man, nietwaar?' drong ze aan, toen ze weer verscheen met een blad met koffie en petitfours.

Petra genoot altijd van complicaties, de mijne net zo goed als de hare.

'Het verbaast me dat je hem niet voor jezelf wilt houden,' zei ik wat snibbig.

Ze negeerde mijn toontje. 'Niets voor mij, ik heb liever de extremere types. Jij bent degene die altijd voor de bourgeoisie valt.'

'Petra, waar heb je 't over?'

Ze zette het blad neer. 'Aidan maakt nou niet bepaald onderdeel uit van de avant-garde,' zei ze mierzoet, 'hij zorgt alleen dat het vuurtje blijft branden.' Ze ging op de witte bank zitten, haar lippen glanzend als parelmoer, haar meerminachtige kin rustend in haar mooie kleine handjes. Zoals altijd was ze van plan de boel weer eens op te schudden.

'Petra, waarom loop je nu toch te stoken?' Ik vroeg het haar op de man af, daarvoor kenden we elkaar lang genoeg.

Ze lachte. 'Ik denk eerlijk gezegd dat het goed zou zijn, als je nu met andere mensen zou omgaan.'

Ik raakte van streek door haar woorden. 'Je lijkt je er al op te verheugen.'

'Misschien. Maar dan alleen omdat ik denk dat je te veel op Aidan leunt. Je moet voor dit project zelf je vleugels uitslaan, je kunt je niet langer verschuilen achter Aidan – en sowieso denk ik dat het goed voor hem zou zijn als hij even niet op jou kan rekenen.'

Ik nipte van mijn espresso en keek haar nieuwsgierig aan. 'Hoezo?'

'Je bent heel erg waardevol voor hem, Esther. Je bent alle anderen van de galerie voorbijgestreefd. Hij heeft je nodig, de zaak draait praktisch op jou. En dat wordt nog erger in de aanloop naar de veiling. Ik denk dat het gezond is om even wat afstand te houden.'

'Weet jij iets wat ik niet weet?' Ik vroeg me af of iemand in Parijs meer wist over Aidan en Jacqueline.

'Nee.' Ze leek oprecht verbaasd. 'Nee, maar ik denk dat de veiling belangrijker wordt dan je vermoedt. Je moet voorzichtig zijn en de controle over je kunst niet verliezen. Laat Aidan je kunst of jezelf niet manipuleren. Het is een briljant concept, maar het werkt alleen als je fel blijft vechten voor je onafhankelijkheid. Ik wil niet dat je faalt.'

Ik ging naast haar zitten. 'Bedankt voor het advies, Petra, ik heb er zelf ook over nagedacht. Maar het gaat nu klote tussen ons, hij haat het idee dat ik mezelf verkoop. Als ik met de een of andere Franse conservator het bed in duik, betekent dat niet voor mij dat ik daarmee afstand schep. Het enige wat gebeurt is dat ik in de war raak. Aidan en ik hebben dan wel onze hoogte- en dieptepunten, maar we zijn trouw – of misschien kan ik beter zeggen dat ik denk dat we dat allebei zijn. Het is de laatste tijd toch al moeilijk genoeg tussen ons. Dit zou alleen maar nog meer schade veroorzaken. En als de pers erachter komt, laten ze de champagnekurken knallen.' Ik was verbaasd over de tranen, die in mijn ogen brandden.

Petra leek ze niet op te merken, of besloot mijn moment van zelfmedelijden maar te negeren. Ze zuchtte en keek naar een portfolio op tafel. 'Goed liefje, maar zeg later niet dat ik je niet heb gewaarschuwd. Aidan is geslepen als het om geld gaat. Dat heb ik je al gezegd toen we 'm voor het eerst ontmoetten.'

Er was bijna een decennium verstreken sinds ons eerste contact met Aidan en het grootste deel van die tijd waren hij en ik samen geweest. Ik vond het een beetje arrogant van haar om te denken dat ze meer inzicht in zijn karakter had dan ik.

'Bedankt Petra, maar ik denk dat we het hierover grondig oneens zullen blijven. En even voor de goede orde: ik herinner me dat je zei dat je zijn rijkdom kon ruiken, de eerste keer dat je hem tegenkwam. Je had toen niet de indruk dat hij alleen op geld uit was.'

'Oké, oké,' zei ze, 'maar dingen veranderen. Je lijkt niet op waarde te schatten tot wat voor een icoon je bent uitgegroeid. Je kunt het spelletje maar beter snel onder de knie krijgen, wil je nog iets in te brengen hebben.'

Terwijl ze naar de tafel liep, waarop een stapel tekeningen lag, schoten Ava's woorden over competitie weer door mijn gedachten. Misschien bedoelde ze in werkelijkheid wel ambitie. Ik realiseerde me dat Petra haar doel altijd scherp voor ogen had gehad. Ze was vastbesloten om te slagen. Ik had voor de lol kunst gemaakt, als een therapeutisch rollenspel, en pas na verloop van tijd was het meer voor me gaan betekenen. Het was niet mijn opzet om erkenning te krijgen en toen ik beroemd werd, gebruikte ik mijn sterrenstatus als thema – het concept om van identiteit te kunnen wisselen was krachtig, en kwam telkens terug. Maar dingen gebeurden vaak ondanks, en niet dankzij mij. In het geval van Petra was de toekomst van meet af aan uitgestippeld. En die zou alleen maar beter uit de verf komen tegen een achtergrond van roem.

'Nou, kom je nog,' drong ze aan, 'laten we niet meer tijd verspillen aan je liefdesleven, kom hier en bekijk dit eens.'

Petra kwam uit een nest waar mensen slaagden in het leven. Ze had dat basisprincipe met de paplepel ingegoten gekregen. Het goede van deze karaktereigenschap was dat als Petra beloofde iets te doen, ze het altijd deed – en op tijd. Ik merkte nu dat het met de *Possession*-serie niet anders was dan tijdens eerdere samenwerkingen. Ze had een vliegende start gemaakt met haar aandeel in het project.

Ik liep naar de tafel en een voor een ontvouwde ze haar eerste ontwerpen. Alle zeven vrouwen waren ontdaan van hun kleding en zij kleedde ze in haar niet te imiteren stijl weer aan. Haar ideeën waren vergaand, avontuurlijk en gepeperd – en gecompliceerder dan ik ooit eerder had gezien. Petra had een creatieve eruptie gehad, werkte mogelijk op de toppen van haar kunnen. Ik voelde hoe mijn stemming omsloeg, hoe ik zin kreeg om de uitdaging aan te gaan.

In de vier weken die waren verstreken sinds we het project waren begonnen, hadden Petra en haar verkenners onvermoeibaar gezocht naar authentieke stoffen en accessoires die gebruikt konden worden voor de kostuums van mijn vrouwen. Die zoektocht was niet vergeefs geweest. De replica van Victorine's sjaal was al aangekomen uit Hongkong. En ze had Thierry le Comte, een hippe ontwerper van sieraden in Parijs, opdracht gegeven om eigentijdse nepsieraden te ontwerpen, gebaseerd op de sieraden die elk van mijn zeven onderwerpen droeg. Terwijl ik druk bezig was om in de huid van mijn vrouwen te kruipen, had Petra zich even intensief met hun buitenkant bemoeid.

We werkten urenlang, gelukkig en zo geconcentreerd dat het ons allebei herinnerde aan onze studententijd. Aan het einde van de sessie was de ongerustheid die haar woorden eerder hadden veroorzaakt verdwenen en had ik nieuwe inspiratie om door te gaan.

Zoals beloofd kwam Guy vroeg op de avond langs; ik was opgelucht dat hij me als een oude vriend begroette. Het was op een vrijdag en hij kondigde verheugd aan dat hij voor 't weekend met zijn vrouw naar het platteland ging. Zijn woorden hadden een ontspannend effect op mij. Maar toen ik uitlegde waarom ik naar Nantes ging, keek hij alsof hij er meer van wist.

'Ah, de sensuele *Madame de Senonnes*. Ik begrijp waarom ze jou zo aanspreekt.'

'Ik neem aan dat er meer achter haar blik schuilt dan je op het eerste gezicht ziet?' vroeg ik.

'Oh ja zeker,' antwoordde hij, duidelijk geamuseerd, 'maar deze keer mag jij het ontbrekende stukje van de puzzel zelf zien te vinden. Het is niet moeilijk en ik denk dat je het amusant zult vinden om haar innerlijke leven zelf te ontdekken.'

Ik moest bekennen dat mijn research naar het doek tot dusver karig was geweest. Ik had *Madame de Senonnes* op het eerste gezicht gekozen. Ik hield van de schilderijen van Ingres en wist dat zij, van al zijn portretten, het beste bij me paste. Het was niet nodig geweest me in details te verdiepen. Ik had Marie gekozen vanwege haar rust, haar wereldwijsheid; ik wist zeker dat zij in staat zou zijn de meest ingewikkelde situaties het hoofd te bieden. Ze leek volkomen verzoend met haar gefortuneerde status, helemaal tevreden als het eigendom van een erg vermogend man. En ik was verrukt toen ik ontdekte dat ze 31 jaar oud was toen ze werd geschilderd – precies mijn huidige leeftijd.

En toch, net als bij de andere door mij gekozen handlangers, voelde ik dat er meer met Marie Marcoz aan de hand was dan haar oppervlak suggereerde. Twijfelde ze aan zichzelf, lag er behoedzaamheid in haar ogen? Of vroeg ze zich helemaal niets af, toonde ze een lusteloze desinteresse in de wereld om haar heen, een gevolg van een leven lang in de watten te zijn gelegd?

In de hoop antwoorden te vinden, nam ik de volgende morgen de hogesnelheidstrein die me in twee uur naar Nantes zou brengen. Zodra we door landelijk gebied reden, pakte ik een van de monografieën die ik voor de reis had meegenomen en loste het eerste mysterie zichzelf meteen op. Geen wonder dat Guy wilde dat ik haar geheimen zelf zou ontdekken. Verdomme, het was waar: mevrouw De Senonnes was niet helemaal wat ze leek te zijn. De datum van het portret, 1814, was de eerste aanwijzing voor haar ware identiteit. Het jaar van haar huwelijk, 1815, de tweede. Wat is 't toch met Franse mannen en hun maîtresses, vroeg ik me af terwijl de trein versnelde en de weilanden omtoverde tot vage groene strepen. Marie Marcoz (1783-1828), geboren in Lyon, was geen bruid uit de aristocratie. Als burgermeisje, een dochter van een stoffenhandelaar, was ze duidelijk lager van stand dan de burggraaf. Toen ze poseerde voor Ingres was haar aristocratische status nog verre van zeker. Er was haar wel een huwelijk beloofd, maar ze had nog geen ring om haar vinger.

Haar verhaal was vrij eenvoudig. Marie was getrouwd met een Fransman, door wiens textielhandel het paar in Rome terechtkwam. Ze scheidden in 1809 en binnen een paar maanden was ze De Senonnes' maîtresse. Alexandre de la Motte-Baracée, de burggraaf van Senonnes, was een welvarende kunstverzamelaar en amateur-kunstenaar in Rome. Hij was een toegewijd beschermheer voor de kunsten en werd later in zijn leven de secretaris-generaal van de koninklijke musea en lid van de academie voor schone kunsten. Het portret staat – begrijpelijk – bekend als *Madame de Senonnes*, of *Burggravin van Senonnes*. Dus door het merendeel van het publiek, inclusief mijzelf, is haar status als zijn vrouw terecht geaccepteerd. Maar haar echte verhaal veranderde mijn perspectief op wat ik ging zien.

Mijn verwachting steeg toen de trein het station van Nantes

naderde. Ik besefte dat het geen wonder was dat het schilderij bekend was geworden onder Marie's trouwnaam. Vooral als je in ogenschouw neemt hoe astronomisch de waarde in de loop der tijd was toegenomen – en Ingres een ijzersterke reputatie verwierf. *Madame de Senonnes* was een relatief vroeg werk, Ingres was nog maar 34 toen hij haar schilderde. Ze wordt niettemin gezien als een van zijn beste portretten. Niemand zou willen beweren dat het onderwerp van het schilderij op wat voor manier dan ook *déclassé* was, dat er een smet zou kleven aan een van Ingres' meesterwerken. Later zou ik ontdekken dat dit klopte – maar alleen tot op zekere hoogte.

Ik was van plan om twee dagen in Nantes te blijven: eerst Marie bekijken, de nacht overblijven om te laten bezinken wat ik had gezien, om haar de volgende ochtend voor een tweede keer te bezoeken en de kijksessie af te ronden. Nantes was een passende stad voor een succesvolle jongedame. De taxichauffeur legde tijdens de rit in gebroken Engels uit hoe Nantes bezig was 'het nieuwe Parijs' te worden, als gewilde woonplaats voor jonge tweeverdieners die genoeg hadden van de hoge huren en de chaos van de hoofdstad.

Ik begreep waarom: door de eeuwen heen heeft Nantes de schatten uit zijn maritieme historie goed onderhouden. We passeerden een rij woonhuizen van reders uit de achttiende eeuw, die uitkeken over de rivier de Erdre, de gevels versierd met *mascarons*, gebeeldhouwde stenen maskers en smeedijzeren balkons. We reden langs de drukke haven die zich uitstrekt langs de hele riviermonding, die de stad en de rivier met de Atlantische Oceaan verbindt. We staken een van de vele bruggen over waarmee de stadsdelen aan elkaar zijn geketend, reden toen het middeleeuwse centrum in dat rond de kathedraal is gesitueerd, met het Château prominent in het zuidoosten. Het Musée des Beaux-Arts ligt tussen het kasteel en de botanische tuinen. *Madame de Senonnes* is de onbetwiste parel in de kroon van het museum.

Mijn telefoon ging over op het moment dat ik de immense en elegant witmarmeren foyer van het museum inliep.

'Ha Esther, met Guy.'

Ik was verrast dat hij me belde, *chez famille* aan de Loire, maar hij klonk op z'n gemak.

'Hoe gaat 't?'

'Ik weet nu alles over de ontrouw van de burggravin,' antwoordde ik.

Hij lachte. 'Mooi zo. Oké Esther, ik heb geregeld dat je gebeld wordt door een van de conservatoren van het Musée. Ik hoop dat je dat goedvindt. Ze is verantwoordelijk voor *Madame de Senonnes*. Meer kan ik je ook niet vertellen.'

Ik bedankte hem, maar wilde haar toch liever alleen zien. Na mijn poging om Victorine met hem en Petra te delen, was ik de waarde van een privé-bezichtiging gaan inzien. Maar net toen ik had opgehangen, begon mijn telefoon weer te piepen. Ik aarzelde, nam toen toch op.

'Met Sandrine Macon. Een vriendin van Guy.'

Ze bood aan om naar me toe te komen en verontschuldigde zich dat ze op dat moment niet in het museum was, omdat het zaterdag was. Ik stelde voor om later die dag samen thee te drinken in mijn hotel en was opgelucht toen ze daarmee akkoord ging. Tegen die tijd had ik de tijd gehad om *Madame de Senonnes* in mijn eentje te ontmoeten.

Ik keek op de kaart van het museum waar ze uithing. Ze was gemakkelijk te vinden: de prachtige marmeren trap op, dan tot aan het einde van de eerste zaal, waar ze in een kleine ronde kamer haar eigen verblijf had gekregen. Alle wegen leidden naar het meesterwerk. Beroemde schilderijen zijn als beroemde mensen. Ze hebben een welhaast natuurlijke aantrekkingskracht op je, maar als je ze ontmoet maken ze vaak minder indruk op je dan je had verwacht. Dit was met Marie Marcoz helemaal niet het geval. Haar portret stelde niet teleur. Met een lengte van één meter maakte ze haar aanwezigheid duidelijk. Mijn onmiddellijke reactie was verbazing. Haar teruggetrokkenheid was verontrustend. Ze was niet als Christina of Victorine, die je deelgenoot leken te willen maken van hun gedachten. In schril contrast met haar uitdagende pose was Marie Marcoz terughoudend in het aangaan van een relatie. Ze wilde haar verleden niet met je delen, noch haar huidige leven. Ik voelde me onmiddellijk aangetrokken tot haar houding.

Ze is een donkerharige schoonheid die iets naar rechts leunt, haar hoofd gedraaid om de kijker recht aan te kunnen kijken. Het is een levendige houding, voor het eerst populair gemaakt door Leonardo da Vinci in de *Mona Lisa* en sindsdien door tal van portretschilders toegeëigend. In dit geval heeft Ingres Marie neergezet op weelderig gouden kussens en haar voorover laten buigen. Daardoor werd haar buik ingetrokken en kwam haar boezem naar voren, wat de volheid van haar borsten benadrukt. Het is een openlijk seksuele houding, die in scherp contrast staat met de gesloten gelaatsuitdrukking op haar perfect ovale gezicht, dat doet denken aan een handspiegel. Het portret heeft een dromerige sfeer, nog eens benadrukt door de weerspiegeling van de achterkant van haar hoofd, die Ingres in staat stelde om de met robijnen en diamanten afgezette kam in haar haar te tonen.

Ze is gekleed in scharlaken fluweel, de vouwen van de stof zijn licht verkleurd op sommige plaatsen, wat de suggestie wekt dat deze kenmerkende jurk eerder is gedragen. Ingres was zich pijnlijk bewust van details – en een fanaat in het kopiëren van de mode van zijn tijd. Maar ik vroeg me af of hij niet ook een hint wilde geven: was de vrouw – net als haar kleding – ook een tweedehandsje? De jurk is versierd met pofjes van zilverachtig satijn, een imitatie van de mode in de zestiende eeuw om de buitenste stof op plaatsen door te snijden om de onderliggende, contrasterende stof te onthullen. Haar rechterarm is vreemd, verlengd en vervormd en kronkelt als een slang naar haar schoot.

Marie heeft rond haar hals een plooikraag van drie lagen delicaat *blonde*, een zijden kantsoort die in die tijd in de mode was. De kraag bruist als champagne en benadrukt daardoor haar gladde, amandelkleurige huid. De plooikraag is vastgemaakt aan een doorschijnende zijden onderjurk, die haar borst en schouders bedekt en daarmee haar boezem een glinsterende, parelachtige glans geeft. Drie lange juweelkettingen benadrukken het spleetje tussen haar borsten: aan een hangt een kruis, aan een andere een verzameling edelstenen met een jadesteen in het midden en aan de laatste hangt een klein parfumflesje.

Ik besloot dat ze het volmaakte vehikel voor mijn eerste performance was. Het lichaam van mevrouw De Senonnes straalde van de seksualiteit. Ik zou mezelf in de verkoop gooien en moest alles uit de kast halen. De rode jurk was een niet te ontkennen metafoor, haar openlijke seksualiteit en haar overvloedige versieringen suggereerden dat ze waardevol en beschikbaar was – maar wel tegen een prijs. Door de overdaad aan juwelen leken die prullaria. Ik nam aan dat de burggraaf haar die cadeautjes uit liefde had gegeven. Voor goede smaak waren het er te veel. Marie Marcoz kwam niet uit de hoogste klasse. En datzelfde gold voor mij, om eerlijk te zijn. Ik vroeg me af wat de snobistische familie van de burggraaf van haar had gevonden. Ik zag dat ze ook gaatjes in haar oren had. Piercings en gescheurde stof, het waren niet bepaald de preoccupaties van de aristocratie, tenminste niet publiekelijk.

Marie houdt in haar rechterhand een wit linnen zakdoek, die de aandacht vestigt op de zeven ringen om haar vingers. Met haar rechterarm steunt ze op de kussens en achter haar arm ontspringt een sjaal van Indische zijde, die als een kalm stroompje naar de rand van het beeld kabbelt. Mijn oog viel op een ander specifiek element. In de lijst van de spiegel achter Marie is een aantal visitekaartjes gestoken, één met de handtekening van de kunstenaar. Visitekaartjes waren niet in zwang bij de aristocratie en verwezen wel degelijk naar haar bescheiden afkomst. Ik besloot om kaartjes als rekwisieten in mijn performance te verwerken.

Ik had al bedacht dat *Madame de Senonnes* symbool zou staan voor schoonheid in de *Possession*-serie, een metaforisch vertoon van rijkdom en seksualiteit, maar nu pas zag ik de verborgen betekenis. Ze was ook een tikkeltje doortrapt, een vrouw die zich niet in de kaart liet kijken. Ze speelde om te winnen en, zoals haar verdere levensverhaal bevestigt, winnen deed ze.

'Het is een voorrecht om zo'n vermaard kunstenaar te ontmoeten.' Sandrine Macon was in de vijftig, met stugge grijze krullen en een klein rond brilletje op het puntje van haar mooie neus. Ze was muisachtig klein, maar haar houding was zelfverzekerd. Ze vlijde haar zachte poppenhandje lichtjes in mijn hand. 'We zijn trots om je te gast te hebben in Nantes.'

Ik denk dat haar bedoelingen iets werden afgezwakt door de vreemde taal, maar ik glimlachte beleefd terug. Een vriend van Guy is een vriend van mij. We dronken sterke Earl Grey-thee in de zielloze eetzaal van het hotel. Sandrine bleek een volmaakt verteller, die nu genereus alle verhalen over Marie opdiste.

'Toen de burggraaf aankondigde dat hij zijn maîtresse zou trouwen, ging er een golf van afschuw door zijn familie,' begon ze dramatisch, haar ogen schitterend. 'Ze werd amper geschikt geacht voor de familienaam, noch moreel, noch sociaal. Desondanks trouwde hij toch met haar. Hun verbintenis duurde tot haar dood in 1828, veertien jaar later. Zeven jaar later hertrouwde de burggraaf en besloot toen het schilderij van zijn vorige vrouw uit zijn huis te verbannen. Marie werd, zoals het hoort, doorgegeven aan zijn oudste broer, maar diens weerzin tegen de eerste vrouw van zijn broer was niet minder geworden na haar dood. In plaats van haar aan de muur te hangen, zette hij haar op zijn zolder. In de jaren die volgden zocht iemand haar daar op en sneed haar met een mes. Niemand heeft die moord ooit bekend, of een gok gewaagd waarom iemand zo'n kostbaar kunstwerk wilde schenden. Misschien heeft de broer van de burggraaf het gedaan, vergiftigd door wraak en geïnspireerd door de piercings en scheuren die Ingres op zijn doek had geschilderd. Het blijft tot op de dag van vandaag een mysterie.'

Mijn hotelkamer was klein en non-descript. Laat in de nacht lag ik wakker, luisterde naar het gebrom van de airconditioning en dacht na over Marie. Mijn eerste indruk van haar, als succesvolle vrouw-van, tevreden met zichzelf, was nu veranderd in iets complex en paradoxaals. Het schilderij stond me nog glashelder voor de geest, met gesloten ogen nam ik de betekenis in me op. Marie was zich maar al te bewust van haar schoonheid, had meer vertrouwen daarin dan in haar status of maatschappelijke waarde. Ingres had die gespletenheid in haar geest weten te vangen; zelfvertrouwen uitstralend naar buiten, maar vanbinnen onzeker. Hoe zou dit mijn performance van dit meesterwerk beïnvloeden? Nerveus realiseerde ik me dat er wel erg veel overeenkomsten waren met mijn huidige psychologische toestand. Ik had mijn lot in de handen van het publiek gelegd met mijn project. Net als Marie was ik me bewust van een oppervlakkige bewondering, in mijn geval gebaseerd op eerdere projecten en mijn inmiddels tot absurde hoogte gestegen sterrenstatus. Maar innerlijk worstelde ik met de vraag wat ik werkelijk waard was, als kunstenaar en als vrouw. Ik zou niet erg mijn best hoeven te doen om een vergelijkbaar mengsel van beschikbaarheid en onzekerheid uit te stralen op de avond van mijn veiling. Ik hoopte dat ik het mysterieuze karakter van Marie kon overbrengen, maar maakte me zorgen dat het publiek mijn angstzweet zou kunnen ruiken.

Ik zag nu ook dat er meerdere kanten aan Marie zaten, als symbool van eigendom. Ze was in aanleg geliefd, omwille van haar schoonheid en haar karakter bij de burggraaf en bij de schilder vanwege haar esthetische eigenschappen. Maar als permanent bezit in handen van De Senonnes werd ze gemeden, als vrouw en als kunstwerk. Ironisch genoeg is haar portret nu onbetaalbaar en leeft de naam van De Senonnes alleen nog door in haar. Zelfs het sinistere kapotsnijden van het doek is onzichtbaar geworden voor de hedendaagse bewonderaars van Ingres' vakmanschap.

Ik was net in slaap gevallen toen de telefoon ging. Ik verwachtte Aidan, maar het bleek Petra te zijn. Ze klonk ernstig, door gebrek aan slaap. Bezorgd deed ik het bedlampje aan.

'Ik heb de hele nacht zitten surfen om origineel scharlaken fluweel uit de eerste Empire-periode te vinden voor de jurk van mevrouw De Senonnes,' zei ze.

'Jezus Petra, het is vier uur 's nachts.'

'Weet ik, maar luister even. Het fluweel is zo waardevol dat de meeste verzamelaars weigeren om rollen te verkopen, als de stof wordt verknipt. Het wordt gezien als onethisch.'

'Geeft niets,' zei ik om haar gerust te stellen, terwijl ik me afvroeg waarom ze hier midden in de nacht voor opbelde, 'we hadden toch al besloten dat het niet essentieel was? We kunnen ook stof gebruiken die nu wordt gemaakt.'

'Weet ik, Esther, maar dat is niet waarom ik je bel.' Petra klonk triomfantelijk. 'Ik heb haar sjaal gevonden.'

'Hoe bedoel je?'

'Hij is origineel, exact hetzelfde, zelfde kleur, dessin, alles. Op de website staat zelfs een verwijzing naar het schilderij.'

Ik trok mijn benen op en ging rechtop zitten. 'Dat is bijzonder.'

'Ga even online, ik heb je de link al gestuurd. Koop 'm nu, voordat-ie in handen van een ander valt.' Haar enthousiasme was aanstekelijk.

'Oké, oké, ik stuur je wel een mailtje als ik 'm gezien heb.' Ik had mijn laptop bij me, zette die aan en klikte door haar mailtjes, klikte toen op de URL die ze me had gestuurd. En jawel hoor, pixel voor pixel verscheen een foto van *Madame de Senonnes'* ivoorkleurige sjaal op het scherm. Ik bekeek haar reproductie in mijn boek: Petra had gelijk, de sjaal was identiek. Gretig las ik de informatie op de site van antiquetextiles.com, gevestigd in een obscuur plaatsje, ergens in de onderbuik van de Verenigde Staten.

Een schat voor iedere verzamelaar! Rechthoekige sjaals van stevig doek met patronen aan de randen waren een beeldbepalende accessoire in de Empire-periode. Onderaan vindt u een voorbeeld van een portret van Ingres, Madame de Senonnes, die hetzelfde design draagt. De sjaal is gemaakt van ivoorkleurige, keper geweven zijde, afgezet met applicaties en gestileerde bloemen. Afmetingen: vijftig centimeter breed bij een lengte van 2,4 meter, inclusief de franje.

Ik klikte zenuwachtig op de knop 'kopen' en een paar minuten en tweeduizend dollar later werd me beloofd dat ik mijn Ingressjaal binnen twee dagen opgestuurd zou krijgen. Meteen belde ik Petra terug.

'Ik heb 'm gekocht. Nu maar hopen dat-ie echt authentiek is. Wat heb je nog meer weten te vinden? Victorine's boudoir bijvoorbeeld, is het je gelukt om daarvan nog originele voorwerpen op te snorren?'

Petra lachte. 'Die sjaal was meer geluk dan wijsheid, hoor. Ik had het er vorige week nog over met Caroline Jones van 't Victoria & Albert Museum en ze zei dat originele voorwerpen uit die periode extreem zeldzaam zijn.'

'Laten we dan maar hopen dat dit geen vervalsing is,' zei ik vermanend. 'En nu weer naar bed, jij.'

'Oh, nog één dingetje,' zei ze achteloos, 'de kraag en de manchetten op *Madame de Senonnes* zijn gemaakt van "blonde" kant. Als je de kans krijgt, kijk dan even naar die tweede link die ik je heb gestuurd. In de achttiende eeuw werd hij gemaakt in Normandië, Caen en omgeving, zo'n twee uur van Parijs. Ik heb een handelaar in antieke kant gevonden in Bayeux, vlak bij Caen. Hij heeft misschien nog wat originele kant. Is misschien wel de moeite waard om even te gaan kijken. Guy wil hem ook graag bekijken, dus heb je zin in een reisje naar Caen op maandag?'

'Waarom heeft Guy daar belangstelling voor?' vroeg ik achterdochtig.

'Tja, het is zijn tijdvak, schat.'

'Ik denk er nog even over, ga jij nu maar weer slapen.'

Had ik net tegen Petra gezegd dat ze weer naar bed moest, kon ik niet slapen. Dus volgde ik haar raad op, klikte op de tweede URL en las alles over de kant van *Madame de Senonnes*, terwijl ik niet over Guy probeerde na te denken.

Blonde kant is een kloskant die in de achttiende eeuw in Frankrijk werd gemaakt van ongebleekte, lichtbeige Chinese zijde. Later werd de term blonde ook gebruikt voor kant van gebleekte zijde (witte blonde) en zwartgeverfde zijde (zwarte blonde). Blonde kant werd gemaakt in het Franse Bayeux, bij Caen en in Chantilly, in het midden van de achttiende eeuw en ook in Engeland (Dorset), van 1754 tot 1780.

Net voor de revolutie in 1789 was blonde kant licht en versierd met bloemen. Deze stijl werd later verdrongen door de zwaardere 'Spaanse' stijl. Blonde beleefde een revival in het Frankrijk van de negentiende eeuw. Volgens de hertogin van d'Abrantes, die in 1800 in het huwelijk trad, was blonde kant een must-have in de zomer. De kant werd rijkelijk gebruikt om de jurken van haar uitzet mee af te zetten.

Nooit gedacht dat ik om halfzes 's ochtends wakker zou blijven om over antieke kant te lezen, maar ik was gefascineerd. Terwijl het ochtendgloren met zijn gele licht stapje voor stapje de januarilucht kleurde, keek ik naar *Madame de Senonnes*. Zij en ik stonden op het punt om de grootste uitdaging van mijn carrière aan te gaan. We zouden samen door Sotheby's lopen, voor de ogen van de wereldpers en de hotemetoten uit de kunstwereld. En iemand zou een prijs voor mij gaan betalen. Ik wist dat elk origineel stukje van haar dat ik zou kunnen dragen, me gerust zou stellen. Ik kon niet verklaren waarom. Ik schreef Petra een kort mailtje, voordat ik weer terugging naar mijn bed.

Moet de kant hebben. Lijkt opeens een vereiste iets origineels te dragen. Maak je maar geen zorgen om het fluweel, als de rest maar antiek is. E

ps: Zou 't leuk vinden als Guy meegaat, misschien kan hij bepalen of de aankoop authentiek is.

De zon priemde door een nevelige mist, die optrok van de velden van Normandië. Guy zoefde over de autoroute vanaf Parijs, Miles Davis hard aan, zonnebril op, richting Bayeux en de handelaar in antieke kant, die ons originele blonde kant had beloofd.

Petra vermaakte ons tijdens de reis met verhalen over voorwerpen die ze recent had weten te vinden: een bontstola voor Isabella d'Este die ze in Praag te pakken had gekregen en, vertelde ze opschepperig, haar pièce de résistance, een koningin Elizabeth i-gebedenboek, gemaakt rond 1550, voor mijn performance als Christina. Ik was onder de indruk. Het was een bijzonder relevante keuze: als dochter van Henry viii had Elizabeth de troon bestegen tijdens het leven van Christina.

De benige vingers van de kanthandelaar betastten de kleine stukjes kant als juwelen, legden ze voorzichtig uit op een tafel, afgedekt met zwart fluweel. De blonde had de kleur van crème fraîche opgeklopt tot een zijdeglans, delicaat om aan te raken. Na aandringen van Petra liet hij me de plooikraag passen. Die viel gemakkelijk rond mijn nek, kietelde mijn huid zacht. Guy keek als betoverd toe, sprak toen zacht met de handelaar. We kwamen een prijs overeen die kennelijk redelijk was. Een jong meisje, zijn dochter waarschijnlijk, trad toen zwijgend uit de schaduw en vouwde de kant in een nachtblauwe fluwelen hoes, voordat ze hem in een zwarte doos stopte, die ze dichtbond met een paars lint.

Guy had een brede glimlach op zijn gezicht toen we met onze aanwinst in het koude, maar felle daglicht stapten.

'Dit moeten we vieren. Het is het ideale moment ervoor. Er is een restaurant voor gastronomen in een kasteel uit de achttiende eeuw, op maar twintig minuten rijden. Precies het soort gelegenheid waar de kennissen van mevrouw De Senonnes elkaar getroffen zouden hebben.'

Hij had gelijk, het was alsof we tweehonderd jaar teruggingen in de tijd. De luisterrijke eetzaal was gevuld met het gebrom van enkele gasten, die zacht praatten tijdens hun maaltijd. De ramen, van de vloer tot aan het plafond, keken uit over de aangelegde tuinen met kiezelpaadjes en in figuren gesnoeide bomen. Een fonteintje spoot water tegen het licht van de almaar feller wordende zon.

We bestelden de plaatselijke delicatessen: verse oesters, in Calvados en room gepocheerde kip, Petit Livarot-kaas en een perensorbet. Alles weggespoeld met een Sancerre met citroensmaak.

Ik hief mijn glas. 'Op mijn vriend en mijn bijzondere ontwerper.'

Petra glimlachte, Guy gaf me een knipoog en we dronken.

Het was al donker toen we weer in Parijs aankwamen en Guy ons afzette in Montparnasse. Er was een groeiende spanning tussen ons geweest, de hele dag. Hij vroeg of ik met hem uit eten wilde.

'Het is niet dat ik niet wil, maar het is beter van niet – maar toch bedankt.'

Hij knikte begrijpend, maar zijn gezicht stond melancholiek. Toen we elkaar omhelsden, duwde hij me een pakje in de hand.

Zodra ik in Petra's flat was, maakte ik het open. Het was een lange, met edelstenen afgezette ketting, waaraan een klein glazen parfumflesje hing. Petra's ogen lichtten op, ze bekeek het nauwkeurig en haalde toen mijn monografie van Ingres.

'Het is een replica van de ketting van Marie Marcoz. Zo'n ketting staat bekend als *cassoulette*,' zei ze.

In het druppelflesje zat een papiertje, netjes opgerold. 'Een amulet voor geluk op de avond van je veiling, van een erg gecharmeerde Parijzenaar, G.'

21

Er hing een donderwolk boven Aidan's hoofd. 'Heb je de *Clarion* gezien?' vroeg hij woedend.

Mijn maag draaide om en ik moest mezelf dwingen naar de voorpagina te kijken. Godzijdank ging het verhaal over Guy, met een foto van de vorige avond, waarop hij mij op de wang zoent voor Petra's flat. Loyaliteit, je kon 't vergeten. John Herbert had beloofd me in te lichten als er ongewenste verhalen over me zouden verschijnen in de aanloop naar de veiling. Toch kon ik het niet nalaten eventjes te lachen van opluchting.

'Nou, wat is er tussen jullie aan de gang?' vroeg Aidan plagerig.

'Hij is een goede vriend van Petra,' zei ik, vastbesloten me niet uit de tent te laten lokken. 'Ik vind hem heel sympathiek – hij is grappig en belezen – en hij heeft me enorm geholpen bij mijn research.'

'Is dat alles?'

'Aidan, alsjeblieft, ga nou niet op de bezitterige toer.'

'Est,' hij klonk geërgerd.

'Dit was niet met opzet. We stapten op dat moment net uit zijn auto. Hij ging mee naar Normandië om uiterst zeldzame kant voor mijn performance te bekijken. Petra was erbij.'

Hij fronste zijn wenkbrauwen en stak een van mijn sigaretten op. Hij had al jaren niet gerookt.

'Misschien is de timing ook wel goed. Ik bedoel, voor mensen om zich af te vragen of we nu wel of niet een stel zijn,' zei ik aarzelend.

Hij nam een trekje.

'Weet je, als ik straks op dat podium klim, wil ik niet dat het publiek denkt dat ik voor een weekje word verkocht door mijn galeriehouder-schuine-streep-pooier. Ik wil dat ze begrijpen dat het om mijn eigen waarde gaat.'

'En wat draagt het suggereren dat je naar bed gaat met een of andere Franse conservator daaraan bij?' vroeg hij bitter.

Petra's woorden dobberden rond in mijn hoofd. 'Dat was niet de bedoeling en ik verzeker je: ik ben echt niet in hem geïnteresseerd. Wat ik alleen wil zeggen, is dat de belangstelling voor hem de aandacht van ons kan afleiden en zo vlak voor de veiling lijkt me dat wel een goede zaak. Sterker, dat diner in Tate Modern volgende maand, als jij in New York zit, misschien moet ik Guy uitnodigen om me daarbij te vergezellen.'

'Denk je dat hij dom genoeg is om zich zo door jou te laten gebruiken?'

'Aidan, hij is gelukkig getrouwd.'

'Nog wel, ja. Wacht maar tot de pers klaar is met 'm. Laten we hopen dat hij zijn vrouw alles vertelt, voordat jij hem erbij betrekt.'

'Doe niet zo dramatisch.'

'Esther, ik weet dat je het leuk vindt om de media te bespelen, maar ze zijn harder en gemener dan jij. Veel gemener.'

'Dat zal ik maar als compliment opvatten,' zei ik. 'Trouwens, wanneer vertrek je naar New York?'

Hij weigerde van onderwerp te veranderen en bleef zwijgen.

Dus probeerde ik het opnieuw. 'Hoe gaat 't daar trouwens?'

'Het wordt interessanter,' zei hij nors en drukte de sigaret uit. 'Ik ben van plan om maandag te vertrekken, drie weken te blijven, met een paar mogelijke kopers voor jou af te spreken en met Greg over de toekomst in 't algemeen te praten. En ik wil proberen Sam zo vaak te zien als ik kan.'

'En Carolyn?' Waarom vond ik het nodig om naar zijn ex te vragen?

'Natuurlijk. Ik kan Sam niet opzoeken zonder haar te zien,

toch? Ze is zijn moeder. Kom je ook nog langs?'

'Ik moet over twee weken naar The Frick. Dat wilde ik nog vóór het diner in Tate Modern doen. Wat voor toekomstplannen ga je bespreken met Greg?'

Hoe hij het ook probeerde, hij kon zijn opwinding niet verbergen. 'Er is zeker potentieel aanwezig om nauwer samen te werken. We moeten een directe pijplijn leggen naar de verzamelaars daar. Voor het merendeel van onze kunstenaars is Europa niet genoeg.'

Ik vroeg me af in hoeverre de uitkomst van mijn veiling deze ambitie zou beïnvloeden.

'Jij bent de gelukkige.'

'Nou bedankt, Aidan. Ik dacht altijd dat het meer om wijsheid dan om geluk ging.'

'Ik wil niet zeggen dat jij je eigen geluk niet hebt afgedwongen, maar je weet net zo goed als iedereen hoe de business werkt. Ik moet toegeven: door het idee je te laten veilen ben je in één klap doorgestoten tot het hoogste echelon van beroemdheden. Als je het tot een goed einde brengt, zal het voor iedereen goed uitpakken. Ik probeer je alleen maar te helpen om aan de top te blijven. In het belang van ons allemaal.'

'Dat begrijp ik, maar het draait niet alleen om geld, weet je.'

'Esther, hoe kun jij je creativiteit bekostigen zonder geld? Je loopt nu eenmaal niet op een koopje bij de dingen die je doet.'

Ik aarzelde. Ik had Aidan nog nooit zulke economische afwegingen horen maken als het om mij ging. 'Goed, zolang het niet te veel gaat kosten, Aidan.'

'Hoe bedoel je?'

'Ik bedoel dat ik mijn esthetische principes niet uit het oog wil verliezen. Mezelf niet uit het oog wil verliezen. Die zakelijke kant – die brengt me van mijn stuk.'

Hij keek me nu recht aan, alsof hij het moment dat ik zou struikelen had afgewacht.

'Nou, jij was anders wel degene die dit project heeft bedacht, vergeet je dat niet?'

'Ja, maar voor mij draait 't om kunstzinnige doelen,' zei ik serieus en gepassioneerd.

'Dat weet ik en daarom ben ik hier ook, Est, om je af te schermen van de commerciële druk. Je hoeft je geen zorgen te maken.'

'Maar ik voel wel de druk om het te laten slagen.'

'Dat is iets anders. Dat gaat erover dat jij je kunstzinnige vaardigheden tot het uiterste moet exploiteren. Het geld geeft je de vrijheid om dat te doen.'

'Ik hoop dat je gelijk krijgt.'

'Maak je je zorgen om de veiling?' Hij klonk verbaasd.

Ik gaf geen antwoord, gunde hem niet het voordeel mij te zien twijfelen. Maar het deed me deugd dat hij warm begon te lopen voor het project, al was ik wel ongerust over al het gesjacher en gesjoemel dat hem op de voet leek te volgen.

Ik merkte dat ik het op mijn heupen kreeg. Ik wilde niet van het podium worden weggelachen, mijn reputatie teruggebracht tot een farce. Had Jacqueline Quinet me dat verhaal van Herodotus maar niet gegeven. Het idee van het afprijzen van ongewenste huwelijkskandidaten raakte een open zenuw.

'Waar slapen we vannacht?' vroeg Aidan opeens, zachtjes.

Die vraag verbaasde me. 'De pers is overal,' zei ik somber, 'we kunnen ons nergens verschuilen.'

Hij haalde een sleutelbos uit zijn zak en liet die voor mijn ogen dansen.

'Waar zijn die voor?'

Hij keek zelfvoldaan. 'Ik heb een schuilplaats gevonden.'

'Waar? Op het platteland?'

Hij lachte. 'Nee joh, ik dacht dat je het leuk zou vinden om met mij terug te gaan in de tijd, naar een moment waarop het niemand iets kon schelen wie je was – bovendien is het gemakkelijker om anoniem te zijn in hartje Soho, dan ergens waar weinig mensen wonen. Ik denk dat we wat tijd voor onszelf moeten nemen, vind je ook niet?'

Ik pakte de sleutels aan en las het adres op de sleutelhanger. Het was vlak bij zijn eerste flat in Beak Street, in de buurt van Soho Square.

'Ik lijk een zesde zintuig te hebben met de keuze van die portretten,' zei ik.

'Hoezo?'

'Toen Marie iets begon met die burggraaf, was hij nog getrouwd.'

Aidan keek zuur.

'De verhouding was op z'n minst clandestien,' ging ik verder. 'Toen Ingres haar schilderde was ze niet zijn vrouw, maar zijn maîtresse.'

'Dat is nu allemaal lang geleden, Esther. Ik wil bekendmaken dat wij samen zijn, ik wil dat de hele wereld weet hoeveel ik van je hou.'

Ik was uit het veld geslagen door zijn ommezwaai. 'En Jacqueline dan?' vroeg ik vrolijk.

Hij keek verward. 'En Guy dan?'

'Ik verzeker je, Aidan, er is niemand anders in mijn leven dan jij.'

Hij deed een stapje terug en probeerde in mijn ogen te lezen of ik de waarheid sprak. Hij pakte mijn ellebogen stevig vast, het wit van zijn ogen leek helderder dan in mijn herinnering, zijn pupillen klein als speldenknopjes. 'Misschien moeten we elkaar wat meer gaan vertrouwen. Laten we de achterdocht die aan onze wortels knaagt de kop indrukken,' zei hij.

Later die avond glipte ik, onopgemerkt in de drukte op straat, naar de flat in Soho. Het was een piepkleine zitslaapkamer, met een douche en een minuscuul keukenblokje. De hele ruimte was geschilderd in de kleur van magnolia's. Boven het bed had Aidan een foto opgehangen, een zwartwitfoto van ons tweeën, lang geleden genomen door Ruth – of was 't Sarah geweest? We stonden op de Waterloo Bridge, bij zonsondergang. Ik zette mijn camera's op aan het voeteneinde, ging op bed liggen en dacht na over Aidan's buitengewone vermogen om te vergeven – en toen over de gecompliceerde spoken uit ons verleden.

22

'Esther, ik heb je nog nooit zo over iemand horen praten.'

Petra en ik rookten een joint, van top tot teen ondergedompeld in de schuimmassa van ons gigantische bad. We hadden alle kaarsen in de fruitkroonluchter aangestoken, anders hadden we geen licht in de studio. We vonden het een leuk idee dat we wel twee muzen leken. Het was de zondag nadat Aidan was langsgekomen en me had opgekocht.

'Als hij in de buurt is, kan ik me op niets wat hij zegt concentreren. Ik ben dan volkomen overweldigd door zijn aanwezigheid,' zei ik peinzend.

Petra trok haar wenkbrauwen op en nam een trek van de joint.

'Elke beweging van zijn lichaam schijnt synchroon met het mijne te lopen, alsof we onafgesproken een gechoreografeerde dans opvoeren.'

Nu begon ze te grinniken.

'Ik ben me bewust van de stand van zijn arm ten opzichte van de mijne, van de manier waarop onze hoofden naar elkaar neigen, van de beweging van de lucht tussen ons – atomen lijken tussen ons heen en weer te ketsen en te bruisen.'

Petra giechelde en al snel deed ik mee, totdat we onbedaarlijk lachten. Ongetwijfeld had de combinatie van harde liefde en softdrugs mijn meer lyrische kant blootgelegd. Maar ik loog niet; ik was volledig in de ban van Aidan.

Ik had nog nooit iemand als Aidan ontmoet. Om te beginnen

was hij een stuk jonger dan mijn laatste vriendjes – vooral vergeleken met Jeff. Aidan was amper dertig en hij haalde veel passie
en energie uit het leven. Hij zag een toekomst waarin hij een rol
wilde spelen en had haast om voor die rol gecast te worden. En
hij was een buitenlander, uit een land dat voor mij ontastbaar,
maar toch iconisch was. Ik was nog nooit in de vs geweest, maar
de fantasie om New York te bezoeken speelde altijd door mijn
gedachten – het was de stad waar Andy Warhol zijn Factory
stichtte, waar Peggy Guggenheim haar galerie was begonnen,
waar Yves Klein The Store had geopend. Het moma, The Frick...
kunstcollecties die een lange neus konden trekken naar de meeste andere collecties op deze planeet.

Voor mij belichaamde Aidan dit allemaal. Hij was net als ik
geobsedeerd door kunst en even onderlegd in de geschiedenis
ervan. Het grote verschil was dat hij geen kunst maakte. Hij
droeg zijn commerciële motivatie hoog in het vaandel, duidelijk
een on-Britse eigenschap. Hij was openhartig over mijn financiële waarde, en over het marketingpotentieel van ons clubje in
het algemeen. Hij hield ervan om te feesten, maar liet de drugs
links liggen. Het eerste jaar wipte hij wekelijks tussen New York
en Londen heen en weer met het gemak van een forens die het
dagelijkse boemeltje naar zijn werk pakt. Hij was ook intens cha-
rismatisch, misschien had dat iets te maken met zijn dynamische
natuur. Hij leek bij iedereen die hem ontmoette opwinding te
veroorzaken.

Hij hield zich aan wat hij me had beloofd: de eerste gezamen-
lijke tentoonstelling vond plaats binnen een jaar en al snel kocht
hij het werk van Billy, Sarah, Ruth en van nog een aantal andere
kunstenaars uit ons examenjaar. Londen was een broeikas en hij
zorgde dat de temperatuur op peil bleef. In het begin probeerde
hij onze werken niet te verkopen. Hij hield ze vast en zag de
waarde die eraan werd toegeschreven stijgen. Tegen de tijd dat
hij ons werk begon te verkopen, was de waarde het tienvoudige
van wat hij er oorspronkelijk voor had betaald.

Ondanks zijn vasthoudendheid en openhartigheid over het

zakendoen, was Aidan veel geslotener als het om zijn privé-leven ging. We brachten in dat eerste jaar samen zeeën van tijd door, maar ik kwam maar weinig te weten over zijn leven aan de andere kant van de Atlantische Oceaan. Aidan verwachtte dat ik hem accepteerde zoals hij was, zei vaak dat hij bij de dag wilde leven. Die aanpak beviel mij wel. Ik was immers even onwillig om de lijken die zich gillend in mijn kast verschansten te voorschijn te halen.

Toen onze relatie de volgende fase inging, was dat een vreemdere ervaring dan ik ooit had kunnen bevroeden, ook al wist ik zeker dat het zou gebeuren, vanaf het moment dat Aidan mij als een slonzig hoopje had aangetroffen in de studio. Het feit dat hij geen avances maakte droeg ik met geduld en zonder me zorgen te maken. Ik zat niet op een relatie te wachten, wilde me niet binden. Maar door de groeiende toenadering tussen ons werd het vanzelfsprekend dat we alles samen deden, als een onuitgesproken afspraak.

Hij huurde een oude antiekwinkel vlak bij Tooley Street, als tijdelijk kantoor en opslagruimte. In de maanden die volgden brachten we steeds meer tijd samen door. Ik hielp Aidan om andere kunstenaars aan boord te halen en hij begon onze eerste collectieve tentoonstelling voor te bereiden. Als hij naar New York ging, stortte ik me weer op mijn werk en ging met mijn vrienden uit, als voorheen. Maar na verloop van tijd vond ik de weken moeilijker en moeilijker door te komen. Ik had fysieke ontwenningsverschijnselen als hij niet in de buurt was. Aidan wist hier niets van, op dat moment was er nog niets gebeurd tussen ons. Wat hij in New York uitspookte hield hij voor zich. Ik begon te vermoeden dat er nog een vrouw moest zijn, een relatie die hij bezig was af te ronden. Maar ik voelde me te onzeker om hem ernaar te vragen.

Op de dag dat hij terug zou komen van een van zijn tripjes naar New York, ging ik naar zijn kantoor en wachtte hem op. We kenden elkaar toen tien maanden en deze keer was hij vier weken weggebleven. Tijdens zijn afwezigheid had ik gewerkt met een gedrevenheid die me angst aanjoeg. Ik was nooit een zwoeger, had altijd gepassioneerd kunst gemaakt, maar op een vrij ontspannen, bijna achteloze manier. Maar nu was het anders: ik had het gevoel dat ik het voor Aidan deed en ik wilde dat het goed werd. Ik was tevreden over het resultaat en kon niet wachten het met hem te delen.

Verscholen op de trappen van het kantoor zag ik hoe hij kwam aanlopen over de kinderhoofdjes van de binnenplaats, koffer aan zijn arm, hoofd gebogen. Zijn houding verontrustte me, er was iets goed mis.

Toen hij me zag glimlachte hij flauwtjes, maar zijn ogen bleven troebel, als mist over de zee.

'Wat is er gebeurd?' vroeg ik zacht.

'Ik heb een paar lastige dagen achter de rug,' zei hij veelbetekenend en maakte de voordeur open.

Ik was naar de supermarkt geweest en pakte de boodschappen uit op zijn geïmproviseerde bureau, trok een blikje bier open en gaf het hem. Hij glimlachte droevig en nam een slok, ging toen in zijn stoel zitten, zuchtte diep en sloot zijn ogen.

Ik vroeg niet naar de details, maar bood aan zijn schouders te masseren.

'Ik wist niet dat je dat kon,' zei hij.

'Wat denk je dat ik anders leerde in die commune?' zei ik en ging achter hem staan. Ik zette mijn duimen op de onderkant van zijn nek en begon ze zachtjes rond te draaien. Ik had nog nooit zijn naakte huid aangeraakt en dit eerste contact maakte me duizelig.

Er zaten knopen in zijn spieren en het duurde even voor ik ze los had. Ik verloor het besef van tijd terwijl ik langzaam naar zijn schouderbladen toe werkte. Op een bepaald moment pakte Aidan een van mijn handen, kuste zachtjes op mijn vingertoppen. Toen draaide hij zich om, zijn ogen nog steeds gesloten, trok me op zijn schoot en hield me dicht tegen zich aan. Tussen ons vloeide een mooie, pure kracht. Langzaam maar zeker versmolten onze lichamen in elkaar totdat ze, uren later, moe gespeeld waren. Toen we ons eindelijk weer bewust werden van de wereld om ons heen, lagen we samen op de stoffige vloer, tussen de dozen, installaties en schildersdoeken waarmee de ruimte was volgestouwd. Aidan ging langzaam rechtop zitten en liet zijn hoofd op zijn handen rusten. Hij ademde zwaar. Ik keek liggend toe, wist niet waaraan hij dacht. Ten slotte draaide hij zich om en streelde met zijn vinger over mijn wang. Ik glimlachte slaperig naar hem. Ik voelde me gelukkiger en completer dan ooit tevoren in mijn leven, alsof ik was aangekomen bij mijn diepste kern.

'Het was niet mijn bedoeling om dit te laten gebeuren,' zei hij onnozel.

De woorden sneden als een mes door me heen. Pas nu zag ik Aidan's gezichtsuitdrukking. Hij keek gekweld, alsof hij zojuist in het diepe was gesprongen en er toen pas achter was gekomen dat hij niet kon zwemmen.

Hoe had ik de signalen zo verkeerd kunnen opvatten? Mijn tong bleef aan mijn gehemelte kleven en mijn hart brandde in mijn borstkas. Ik kon geen woord uitbrengen. Ik krabbelde overeind en griste wat ik aan kleren kon vinden bij elkaar. Aidan probeerde me tegen te houden, maar ik moest weg. Ik rende het kantoor uit, over de kinderhoofdjes van de binnenplaats, door Tooley Street. Ik rende door naar de rivier, langs de Southbank, over de Tower Bridge, door de stille, slapende stad en verder. Eindelijk was ik bij The Eastern Palace en viel door de deuren naar binnen.

Pas toen ontdekte ik dat ik mijn schoenen niet had aangetrokken. Mijn voeten waren zwart en bloederig. Petra vond me en riep Billy. Samen droegen ze me naar onze etage en legden me op bed. Petra liet het bad vollopen en hielp me in het water. Zonder ook maar een vraag te stellen waste ze mijn haar, maakte mijn huid schoon en langzaam, met veel zeep en stoom, wist ze een bekentenis van me los te weken.

Ik voelde me alsof ik in een afgrond was gevallen, alsof ik mezelf helemaal had blootgelegd. Ik dacht aan de portretten van Francis Bacon en voor 't eerst in mijn leven begreep ik de verschrikkingen daarin. Als hij dat wilde kon Aidan me in tweeën snijden, al mijn organen een voor een uit mijn lichaam halen en bekijken, daarna mijn brein ontleden, elke kronkel lezen, elke lijn volgen tot aan de oorsprong. Ik kon mezelf aan hem opofferen zonder iets terug te eisen. Dat visioen joeg me de stuipen op het lijf, ik voelde me kwetsbaar en alleen. Ik lag op mijn bed, maar kon niet slapen. Ergens in het holst van de nacht belde hij.

'Esther, het spijt me zo,' fluisterde hij.

'Wat is er gebeurd?' Mijn stem leek een eigen leven te leiden, los van mijn brein.

'Ik heb nu zoveel bagage op mijn schouders... ik wil niet dat jij daaronder bezwijkt.'

'Te laat,' zei ik zacht, 'ik ben al van jou.'

Hij zweeg. Ik luisterde naar zijn ademhaling.

'Kan ik langskomen?' vroeg hij ten slotte.

'Zal ik maar naar jou toe komen?' zei ik. 'Petra is hier.'

Het werd al licht toen ik op de bel van zijn flatje in Beak Street drukte en hij de deur opendeed.

Zonder iets te zeggen kleedde ik me uit en ging met hem in bed liggen. Samen luisterden we hoe de rust over Soho neerdaalde na een nacht van goedkoop Chinees eten, nachtbrakende homo's en betaalde seks. En terwijl het licht door de gordijnen probeerde te priemen, vertelde Aidan me alles over New York.

'Ik ben zes jaar lang getrouwd geweest,' sprak hij zacht, 'met een vrouw die Carolyn heet. Ze is mooi en een briljant advocaat. Samen hebben we een zoontje van vier, nog mooier en briljanter, dat Sam heet.'

De angst sloeg een klauw om mijn hart, kneep harder. Ik deed mijn ogen dicht. 'Wat is er misgegaan?'

Aidan wachtte even. 'Vorig jaar heeft Carolyn tegen me gezegd dat ze niet langer met me kan leven. Ze had iemand anders ontmoet.'

'Jammer om te horen,' zei ik. De wurggreep rond mijn hart werd losser.

'Maar dat is nog niet alles. Ze is verliefd geworden op een

vrouw. Carolyn zei dat ze een diepe verbondenheid met elkaar voelden.'

'Maakt dat het erger?'

'Weet ik niet, soms wel, soms ook niet. Maar voor Sam is het heel ontwrichtend geweest. We waren zo close. Nu moest alles opeens anders.'

'Kun je haar vergeven?'

'Natuurlijk, maar het is ingewikkeld. Ze is een bekend advocaat, haar seksuele geaardheid kan haar reputatie schaden.'

'Dus blijft het een geheim?'

'Onze beste vrienden weten het, maar verder niemand. En Sam is te jong om het te begrijpen. Ze wonen nu met z'n tweetjes in ons appartement.'

'Waar is die vriendin dan gebleven?'

'Carolyn's verhouding is abrupt opgehouden. Haar minnares kon de leugens en het bedrog niet aan – zij is ook getrouwd, heeft kinderen – en is bij haar man gebleven.'

'Maar wat is er toen met Carolyn gebeurd?'

'Niets. Dat is waarom ik het zo moeilijk vind. Er is geen ander. Ze is eenzaam en verdrietig en ik mis haar – en mis hoe ons leven was. Maar dat is voorbij, we kunnen niet meer terug.'

'Hoopte je dat dan?'

Hij wachtte even voor hij antwoord gaf. 'Ik hou zielsveel van haar en van Sam. Het was moeilijk om het te accepteren. Maar Carolyn heeft opgebiecht dat ze niet van me kan houden op de manier die ik nodig heb. Dat zal ze nooit kunnen. We moeten het achter ons laten, verder gaan met ons leven. En we moeten proberen te doen wat het beste is voor Sam.'

'Weet jullie familie ervan?'

'Carolyn komt uit een advocatenfamilie. Blanke, republikeinse Amerikanen zijn doorgaans weinig vergevingsgezind. Ze wil niet dat Sam ze nooit meer ziet, dus houdt ze het voorlopig liever geheim.'

'Hoe verklaar je dan waarom jullie uit elkaar zijn?'

Aidan lachte, een beetje hatelijk. 'Dat is een deel van het probleem. Omdat zij geen duidelijk motief heeft, krijg ik de schuld in de schoenen geschoven. En ik hou te veel van haar en Sam om de waarheid te onthullen. Dus heb ik de schuld op me genomen en ben weggegaan om de gemoederen wat te laten bedaren.'

We waren een lange tijd stil en toen, langzaam en doelbewust, gingen we weer met elkaar naar bed.

We werden pas laat in de middag weer wakker. Ik vroeg Aidan hoe hij verder wilde, met ons.

'Toen ik naar Londen kwam om jou op te zoeken, was ik niet op zoek naar een verhouding,' zei hij, 'en ik was zeker nog niet aan een vaste relatie toe. Ik wilde niet dat Sam zou denken dat zijn vader hem in de steek had gelaten voor een andere vrouw.'

Op dat moment kon het me niet schelen aan welke beperkingen we ons moesten houden. Ik wilde alleen maar weten of we ermee door konden gaan.

'Ik begrijp het,' zei ik, 'het maakt me niet uit als niemand iets weet over ons. Zolang ik bij jou kan zijn, kan de rest me niets meer schelen.'

'Weet je dat zeker?'

'Laten we het voorlopig rustig aan doen,' ging ik verder, 'en je moet er zijn voor Sam, dat staat voorop. Zo is het nu eenmaal.'

Net als mevrouw De Senonnes liet ik daarna slechts sporadisch iets blijken van ons geheim. Ik was doodsbenauwd dat ik hem kwijt zou raken als ik dat wel deed. Maar er waren ogenblikken dat ik naar Aidan keek en dat de intensiteit van mijn liefde zichtbaar geweest moet zijn in mijn ogen. De rest van de tijd gedroegen we ons in het openbaar zoals elke kunstenaar met zijn galeriehouder en, afgezien van de momenten met onze beste vrienden, bleef dat zo. We ontwikkelden een patroon dat bij onze levens leek te passen.

Door de jaren heen, naarmate onze relatie hechter werd en de emotionele wonden die Carolyn had veroorzaakt genazen, ging hij meer tijd doorbrengen met haar en Sam. Ze leefden als een gezin en wisten hun relatie te redden, leken goede vrienden geworden. Ze belde vaak om zijn advies te vragen. En hoewel Aidan zijn eigen appartement in New York aanhield, als hij daar was bracht hij evenveel tijd bij hen door als in zijn flat. Hij wilde beslist een vader zijn voor Sam en was elke maand minstens een week bij hem. Jarenlang accepteerde ik zijn dubbelleven. Ik voelde me vrij en onafhankelijk als hij er niet was. Verrassend genoeg maakte ik mijn beste werk vaak in de periodes van Aidan's afwezigheid.

In de eerste jaren gingen we een paar keer voor korte tijd uit elkaar, als de druk van de galerie, mijn temperament of zijn ruzies met Carolyn ons te veel werden. Voor een deel waren die breuken op angst terug te voeren. We waren allebei bang om het echte, maar breekbare karakter van wat we samen hadden gevonden, te accepteren. Ik vond het echter moeilijk om zonder Aidan te 'zijn' en we kwamen uiteindelijk altijd weer bij elkaar. In die eerste jaren gaf Aidan mij de kans om vrijelijk te praten over de misstappen in mijn jeugd, maar ik kon de juiste woorden niet vinden om over mijn verleden te vertellen. Naarmate de tijd verstreek, leken de verhalen ongrijpbaarder en onbelangrijker te worden, dus hield ik ze blijvend verborgen.

23

De nieuwe flat bleek een doorslaand succes. Aidan en ik ontwikkelden een nieuwe routine die ons tijdelijk dichter bij elkaar leek te brengen. Ik was gelukkiger dan ik in maanden was geweest. Het project liep goed, Kenny was – zo leek het tenminste – van de aardbodem verdwenen en Aidan en ik ontdekten opnieuw alles waardoor we in het verleden zo goed waren samen. Op de eerste avonden maakten we een hoofdkussenboek voor Victorine. Ik kon me haar bestaan veel levendiger voorstellen wanneer ik op weg naar de flat langs de jonge meisjes liep, ingelijst binnen verveloze kozijnen, neonlicht flikkerend boven hun hoofd. Ik besefte dat ik bezig was mezelf te verliezen in de levens van de onderwerpen van de *Possession*-serie. In de flat nam Aidan naaktfoto's van me met een Polaroidcamera; daarna lieten we licht bij het materiaal komen voordat de foto's waren uitontwikkeld. De resultaten waren willekeurig, semi-abstract. In tegenstelling tot de pornografische foto's die ik van Victorine had gezien, waren onze foto's indringend en suggestief, maar behielden toch een zekere ongrijpbaarheid en lyriek.

Na die erotische nachten in het hartje van de Londense rosse buurt stond ik op, trok mijn burqa aan en liep tussen de toeristen door op Leicester Square naar de achteringang van de National Gallery. Ik was op dat moment ook bezig de identiteit van mijn vierde onderwerp tot me door te laten dringen, een vrouw wier waar-den niet verder verwijderd konden zijn van mijn nachtelijke activiteiten in naam van Victorine-Louise Meurent. En toch had ook zij kwaliteiten die ik graag op mezelf wilde betrekken.

Mijn lijst was niet compleet zonder moederfiguur. Ik wilde mijn complexe en troebele gevoelens ten opzichte van mijn moederlijk instinct verkennen – als vrouw, dochter en bijna-moeder. Ik had een inherente angst om die ervaring nog eens te herhalen. Het was een moeilijk punt tussen Aidan en mij. Hij had af en toe gezinspeeld op de wens om weer vader te worden, een fulltime vader deze keer. Hij wilde dat ik hem die kans zou geven. Maar voor mij voelde het anders. Ik denk dat ik de eerdere gebeurtenissen nog steeds niet had verwerkt en, wat het nog moeilijker maakte: ik was zelfs niet in staat geweest om Aidan daarover iets te vertellen.

De Madonna met de Anjelieren is een innemend portret van moederschap en een symbool van onbetaalbaarheid, zowel in spirituele als in artistieke zin. Het aantal reproducties en herinterpretaties van Maria is eindeloos, maar toch blijft ze puur en volmaakt. Ze is vaker geschilderd dan welke vrouw ook, mythisch of werkelijk bestaand, en in dit geval is ze per vierkante centimeter olieverf meer waard dan elk ander meesterwerk op aarde. Op zoek naar haar kernwaarden kwam ik er al snel achter dat ik een adviseur moest vinden die me meer over Maria zou kunnen vertellen. Hoewel ze symbool staat voor zuiverheid, werd aan haar de langste en meest gecompliceerde verzameling andere waarden toegeschreven van alle vrouwen op mijn lijstje. Ik zette me over mijn trots heen en riep Ava's hulp in. Ik wist dat ze bevriend was met een vrouwelijke priester, met wie ze een paar jaar eerder aan een boek over feminisme en westerse religie had gewerkt. Jennifer Crossland was een van de eerste vrouwelijke diakenen en was met succes opgeklommen in de hiërarchie van de Church of England. Ze stond nu aan het hoofd van een heel bisdom en was bovendien een gedreven amateur-kunsthistoricus die af en toe artikelen schreef voor een paar van de wat meer behoudende kunsttijdschriften. Ze klonk verrukt toen ik haar belde en bood meteen aan om me te helpen Maria's kernkwaliteiten te definiëren.

We wekten wel verbazing, zo wandelend door de National Gallery op een woensdagochtend: een vrouwelijke priester van middelbare leeftijd en iets wat kennelijk een moslimvrouw was. Zelfs de suppoosten staarden naar ons van een afstand. Jennifer is een van die zeldzame, rimpelvrije mensen die geen wondercrèmes nodig hebben. Kennelijk had God haar deugdzaam geschapen. Ik voelde me daarentegen in haar aanwezigheid onreiner, in gedachten en daden, dan ooit tevoren. Zeker als ik terugdacht aan mijn recente preoccupatie in naam van Victorine Meurent. Jennifer sloeg haar handen over elkaar terwijl we langzaam door de zalen naar ons onderwerp wandelden, haar hoofd licht gebogen, alsof ze door een kerk liep. Haar gedachten stormden daarentegen op de essentie van mijn thema af. Ze praatte onophoudelijk over de verschillende rollen van Maria, in de kunst en in de religie, terwijl ik geboeid luisterde.

'Op een bepaald niveau is Maria het symbool van zuiverheid en ideaal moederschap,' stelde ze vast, 'maar ze is ook de personificatie van de Kerk zelf en wat misschien nog wel het interessants is: ze wordt erkend door alle drie monotheïstische religies. Het jodendom, haar eigen geloof, maar ook door het christelijke geloof en door de islam.'

'Hoe dan, in het moslimgeloof?' Ik had het verband nog niet eerder gehoord.

'De koran wijdt een heel hoofdstuk aan Maria,' zei ze enthousiast.

Terwijl we door de zalen liepen, wees Jennifer op een serie afbeeldingen van Maria die de muren sierden. Door de eeuwen heen is ze afgebeeld als van alles, van hoofse koningin tot boerenmeisje, vanaf het apocriefe moment van haar onbevlekte ontvangenis tot aan haar postume kroning als koningin van de hemel. Het schilderij dat ik had gekozen markeerde een keerpunt in de manier waarop ze werd afgebeeld. Raphael was een van de eerste schilders die de Madonna werkelijk als mens afbeeldde.

Een horde toeristen die alle ruimte in beslag nam maakte ons bewust van haar aanwezigheid, lang voordat we haar zagen.

'Is ze dat echt? Ze is zo klein,' verklaarde een goedgekapte vrouw met een knauwerig accent.

'Toch wel mooi,' zei haar dochter – een gezicht als een montagefoto – sloom, 'maar vijftig miljoen dollar – is ze dat wel waard?'

Gelukkig liepen ze door en lieten ons *De Madonna met de Anjelieren* ontdekken in al haar oneindige glorie.

Mijn emoties lagen dicht onder mijn huid na de laatste nachten met Aidan. Ik merkte dat er tranen opwelden in mijn ogen, toen ik naar deze moeder keek, die haar kind liefdevol vasthoudt. Ik wierp een blik opzij naar Jennifer, die gelukzalig naar Maria staarde. Ook zij was volledig door haar gegrepen. Normaalgesproken zou ik gegrinnikt hebben om zoveel devotie, maar Raphael's Maria had iets wat me het zwijgen oplegde. Het minuscule paneeltje is doordrenkt met haar onbaatzuchtige liefde, een spirituele straling zeldzamer dan een parel in een al geopende oester. Ik sloot mijn ogen om me af te sluiten van de menigte en ademde haar in. Ik deed mijn ogen weer open en bekeek Maria lang en grondig. Ze had een buitengewoon sterke zuigkracht op mijn geest. Ik begreep ten volle hoe betoverend ze bijna zeshonderd jaar geleden geweest moest zijn, toen Raphael haar schilderde.

De Maagd Maria is gezeten op dikke, gouden kussens, de naakte Christus spelend op haar schoot. Ze zitten in een mooi ingerichte slaapkamer, op de achtergrond is een geopend, saliegroen gordijn te zien en rechtsboven biedt een raampje uitzicht op een zonnig landschap, een typisch trucje uit de zestiende eeuw om diepte te scheppen. Ze spelen met anjelieren, of anjers, zoals ze vandaag de dag doorgaans worden genoemd.

'De bloemen staan symbool voor het huwelijk,' zei Jennifer zachtjes. 'Maria is niet alleen de moeder, maar ook de bruid van Christus.'

Raphael lijkt een moment te hebben gevangen dat zowel alledaags als van alle tijden is. Maria's houding en haar intense concentratie op de activiteiten van haar kind versterken de thema's van onbaatzuchtige liefde en wederzijdse adoratie.

De belangstelling van media en publiek voor *De Madonna met de Anjelieren* is de laatste jaren zo groot, dat ze haar hebben omringd met een complete informatiewand. Ik had zelf een ander beeld van haar, zwevend voor mijn geestesoog. Ze hing aan de muur van een wit kamertje, alleen, tegenover een ovaal raam waardoor overdag een bundel zonlicht op haar viel. Nu leek ze te willen ontsnappen aan de National Gallery. In mijn gedachten kwamen de kleine monochrome schilderijen bovendrijven, die ik onophoudelijk in mijn kamertje maakte toen ik net naar Londen was gekomen, de doffe en diepe tinten als weerspiegeling van mijn emotionele eenzaamheid – en realiseerde me hoe gewoontjes die waren, vergeleken bij dit juweel van een schilderij. Ik verjoeg de herinneringen en begon op de muren om haar heen te lezen over het drama rondom haar lot. Tot een paar jaar geleden leidde Raphael's schilderij een kwijnend bestaan in de stoffige gangen van Alnwick Castle. Aan Maria's ware identiteit werd jarenlang getwijfeld, haar esthetische kwaliteiten afgedaan als kitscherig. Maar toen een conservator van de National Gallery haar eigenaar, de hertog van Northumberland, in 1991 bezocht en haar ware schepper wist vast te stellen, veranderde haar waarde in één klap. De hertog kreeg te horen dat Raphael's heilige vrouw en haar zoon ten prooi zouden vallen aan kidnappers als ze op zijn kasteel zouden blijven wonen – en dat ze door hun onschatbare waarde inmiddels onverzekerbaar waren geworden. Daarom werd het paneel, net als het doek van Holbein eerder, voor onbepaalde tijd uitgeleend aan de National Gallery. Gedekt door de staat en ondergebracht in een *safe house* zouden moeder en kind veilig zijn. De autoriteit van de staat gaf gewicht aan de echtheidsverklaring van de conservator. Volgens sommigen was de staatssteun zelfs overtuigender dan een positieve DNA-match. De hertog wist dat de verklaring van echtheid nodig was om te zorgen dat het meesterwerk altijd in waarde zou blijven stijgen.

De National Gallery heeft nog zeven Raphaels, maar *De Madonna met de Anjelieren* werd al snel het middelpunt. Toen de hertog in 1995 plotseling overleed, tastte zijn zoon in zijn broekzak en ontdekte daarin een groot gat. Hij trok zich niets aan van de afspraken van zijn vader met de National Gallery en besloot Maria op de vrije markt aan te bieden. Ze onderging een vergelijkbaar lot als Christina van Denemarken, bijna een eeuw eerder. Zoveel is kunstzinnige bewondering dus waard; toen het erom ging spannen bleek in beide gevallen dat de waarde van de vrouw, tenminste volgens hun eigenaren, vooral in hun financiële waarde lag.

Voordat de National Gallery kon bieden, lag er al een bod van vijftig miljoen dollar van de Gettys en leek de Madonna een enkeltje Californië te krijgen. Londen reageerde woedend en vorderde haar paspoort in. Maandenlange onderhandelingen met de bewaarder van de schatkist volgden en omgeven door vele discussies werd ze 'gered'. Maar van wat eigenlijk – en voor wie? Ik kwam er al snel achter dat ogen en geesten de Madonna altijd zullen bewonderen – van wie of waar ze dan ook zijn.

Ik ging naar huis en badderde lang om Victorine van mijn lichaam te schrobben en sliep de rest van de middag. Ik moest in mijn hoofd een nieuw, leeg doek zien te vinden, een doek dat ik kon vullen met Maria. Victorine was ook hard aan rust toe. Jennifer had me op een essay gewezen over de rol van de kunst in het definiëren van Maria's kernkwaliteiten voor een modern publiek. Ik las het toen ik weer wakker was. In de Middeleeuwen ontstonden binnen gesloten religieuze gemeenschappen stichtelijke afbeeldingen, als venster op het domein van God en om de religieuze ervaring te versterken. Rond de dertiende eeuw gooiden nieuwe kloosterordes zoals de franciscanen de deuren open naar de seculiere wereld. Leken begonnen bepaalde aspecten van het praktiseren van religie over te nemen, zoals dagelijks gebed en stille meditatie, en omarmden ook al snel de beeltenissen, om hun religieuze ervaring te stimuleren. Kunst kon de gewone man leren bidden – en als onderwerp van deze beeltenissen werd al snel voor bepaalde bijbelverhalen gekozen, vooral die verhalen die het leven van Jezus, Maria en de heiligen behandelden.

Maria's onbepaalde status zorgde ervoor dat ze al snel onderwerp werd van honderden nieuwe interpretaties. Ze was een heilige tot wie eenieder kon bidden voor emotionele verlossing. Maar in de zestiende eeuw begonnen sommige kerkelijke leiders zich zorgen te maken dat Maria de religieuze devotie voor Christus begon te overschaduwen. Tot hun ontzetting had Maria een cultstatus verworven.

Maria moest zuiverheid symboliseren in mijn serie: een duidelijk aspect van vrouwelijkheid. Maar als het ging om eigendom, leek me dat er sprake was van een tweespalt: aan de ene kant was ze onbetaalbaar, maar aan de andere kant dacht iedereen een stukje van haar te mogen bezitten – en haar te mogen veranderen in wat het beste uitkwam. In die zin was haar symbolische waarde verre van zuiver. Voor de visuele kunsten was een belangrijke rol weggelegd in dit gedweep, daarin hadden we tenminste iets gemeen. Elke dag ontving ik brieven van mijn fans en Katie vertelde me dat meisjes maar naar de galerie bleven komen, in de hoop een glimp van mij op te vangen, een foto van me te kunnen maken of me over te halen mijn handtekening op hun huid te zetten. Ik had een cultstatus verworven, die – vreesde ik – weinig te maken had met de ware betekenis van de boodschap die ik probeerde over te brengen. Deze tienermeisjes schreven hun diepste gedachten op hun huid – waren ze bezig een deel van zichzelf te bevrijden of lieten ze juist zien hoe onschuldig en naïef ze waren? Ik maakte me zorgen om hen en om wat ik had losgemaakt: geen nieuwe vrijheid, maar een grotere kwetsbaarheid.

Eindelijk kreeg ik een goed idee. Maria zou de moeilijkste performance zijn – en zou net zo gemakkelijk helemaal kunnen mislukken. Ik besloot in de koopovereenkomst te stipuleren dat ik Maria zou opvoeren in een religieuze omgeving, in aanwezigheid van mijn koper. Ik zou me kleden als de Madonna en het verhaal van haar 'leven' vertellen. Ik zou de groeiende cultstatus van de Maagd beschrijven en de impact van haar beeltenissen op de aan haar toegeschreven waarde. Hoe dat haar verre van 'zuiver' maakte, hoe ze een samenraapsel werd van de verschillende, diepste wensen van haar aanbidders. Ik zou ten slotte zinspelen op haar huidige waarde in dollars. Ik zou me kleden in soortgelijke gewaden als Maria in *De Madonna met de Anjelieren*: een beige zijden lijfje op blauwe zijden rokken, blond haar, schuilgaand onder een dunne sluier. Ik zou een boeketje van anjers dragen en *De uren van de Maagd*, een aan haar gewijd gebedenboek.

Ik wist dat ik er niet in was geslaagd om één aspect van Maria onder ogen te zien – haar eenvoudige rol als moeder. Ik wist dat ik er nog aan moest werken. Maar ik kon zoeken wat ik wilde, ik vond geen manier om door te dringen tot dat deel van haar – of van mij. Het leek alsof ik dat deel van mijn leven achter slot en grendel had opgesloten en vergeten was waar ik de sleutel had neergelegd.

24

Nadat Aidan naar New York was vertrokken, had ik me beroofd gevoeld, stuurloos zelfs. Twee dagen lang kon ik niet werken. Mijn concentratie op de rol van Maria had me leeggezogen. Ze mystificeerde en boeide me in gelijke mate en ik vond het erg moeilijk om van haar los te komen. Ze maakte me ook ongerust over de toekomst, over wat ik van plan was te doen. Wie zou mijn performances bekijken, wat zou men ervan denken? En wat was uiteindelijk de betekenis ervan? De eerste vier scripts waren bijna klaar, maar ik moest er nog drie maken. En de combinatie van nachten met Victorine en dagen met Maria hadden me ver opgerekt, over de volle breedte van het spectrum van vrouwelijkheid, van Madonna naar hoer en weer terug.

Elk van mijn vrouwen had een waarde waar ik gemakkelijk iets mee kon, maar wat konden ze mij, of het publiek dat openstond voor mijn ideeën, werkelijk leren over kunstzinnig eigendom, de esthetische waarde van vrouwen of onze financiële waarde? Eén ding was zeker: ze bevestigden dat het een extreme en afwisselende ervaring is om vrouw te zijn, dat we als vrouwendom grootser, machtiger en complexer zijn dan de schoonheid van onze individuele leden.

Ik had een paar dagen over voordat ik naar New York zou gaan. Billy en zijn vrouw Carrie hadden me uitgenodigd om langs te komen op het platteland. Helemaal tegen mijn antiplattelandsprincipes in, vond ik mezelf toch terug in de trein naar Stroud. Misschien zou een uitje me goeddoen. Kunstenaars jagen het liefst in een roedel: iedereen was er. Sarah en Ruth waren de avond ervoor met de auto gekomen, evenals Jamie, Billy's broer en bouwvakker en Louise, een vriendin van Carrie uit Californië. Saul en Joachim, twee beeldhouwers uit Aidan's stal, kwamen later die avond opdagen. Het leek alsof iedereen high werd van de frisse lucht. Billy had een oude Landrover gekocht en reed met hernieuwde levenslust zijn gasten rond op zijn 'landgoed' – een verzameling modderige velden en schuren. Ik maakte me zorgen, het leek alsof het buitenleven hem een beetje gek had gemaakt. Het was ook een tijd geleden dat hij zoveel ongemanipuleerde zuurstof binnenkreeg.

Het hele weekend bekeek ik mijn vrienden met een neutrale gereserveerdheid. Ze waren weg van Billy's optrekje en smeedden met ongebreideld enthousiasme plannen voor een collectief 'terugkeren naar de natuur'. Ruth en Sarah scheurden weg op zoek naar de lokale makelaars, om te zien of er in de buurt nog cottages te koop stonden. Louise bleek een evenementenorganisator en stelde voor dat Billy en Carrie in de aankomende zomer een alternatief kunstfestival zouden organiseren. Om eerlijk te zijn: hun enthousiasme deed mij te veel aan mijn jeugd denken om erdoor aangestoken te worden. Het was alsof de geschiedenis zich herhaalde, maar nu zonder de politieke ideologieën van de generatie van mijn ouders. En in tegenstelling tot hen, bulkte deze bende van het geld. Hun landelijke idylle was een designvariant voor de 21ste eeuw, met organische voeding als accessoire en voldoende parkeerplek voor hun terreinwagens.

Ik vluchtte met een vroege trein terug naar de hoofdstad. Op één punt was het weekend wel geslaagd verlopen: het had mijn geest bevrijd uit Maria's houdgreep. Ik was nu klaar voor mijn volgende onderwerp. Mevrouw Frances Leyland wachtte op me in New York. Ik was vol vertrouwen dat zij mijn emoties tenminste niet zo zou beroeren.

Petra zou me vergezellen naar New York om haar te ontmoeten. Ze had moeite haar jurk te ontwerpen en wist niet waarom. Ik stelde voor dat ze haar misschien in levenden lijve moest bekijken. En er was nog een andere reden om haar uit te nodigen om naar New York te komen. Ik was er niet erg happig op om alleen met Aidan, Sam en Carolyn te zijn. Het was meer familiegebeuren dan ik aankon. Ik voelde me onzeker bij hun intimiteit – en dat had in het verleden soms geleid tot wangedrag als ik bij hen was. Ik had ruzie gemaakt met Carolyn's vrienden, of zelfs met Aidan over kleine meningsverschillen, had geweigerd naar etentjes te gaan en ging vaak al vroeg alleen naar huis als we elkaar op sociale gelegenheden tegenkwamen.

Toen ik aankwam in Parijs ging ik direct naar Petra's studio in Republic, ze had een laatste passessie beloofd voor Marie de Senonnes' fluwelen jurk.

'Je ziet eruit als een gratenpakhuis,' gromde ik toen ik haar zag. Ik maakte me zorgen over de reis – en over het vooruitzicht de jurk te moeten passen. De jurk was essentieel voor een succesvolle verkoop. Petra was ook zichtbaar gespannen.

'Eten komt later wel. Ik heb nu al mijn tijd nodig om te werken,' zei ze ijzig.

Haar verschijning bracht me echt van mijn stuk. Ze was minstens zes kilo afgevallen sinds die keer dat we samen naar Bayeux gingen, vier weken geleden. Ze pakte een sigaret uit mijn pakje.

'En je rookte toch niet?' zei ik sarcastisch.

'*Fuck you,*' zei ze en streek een lucifer aan.

We keken elkaar om 't langst aan, voordat een hysterische lachbui ons overmande. Haar drie assistenten keken toe, vol verwarring. De lucht voelde meteen lichter, beter aan.

'We mogen het doel niet uit het oog verliezen,' waarschuwde Petra, 'vanaf dit moment is het aanpezen, hou je hoofd erbij.'

Haar werkplaats lijkt meer op een dansstudio dan op een werkplek van een ontwerper: een ronde, witte ruimte met een houten vloer, spiegels onderbroken door ramen van het plafond tot de vloer, die toegang bieden tot smalle balkons met metalen hekken. Haar assistenten brachten een voor een alle zeven prototypes voor de kostuums, speldden die aan me vast terwijl Petra om ons heen draaide, stil en alert als een haai. Elk kostuum was in een andere fase van voorbereiding en ik begreep dat dit niet het moment was om commentaar te leveren. Petra gaf in vlekkeloos Frans nauwkeurige aanwijzingen, die de assistenten efficiënt opvolgden. Ik glimlachte ze bemoedigend toe. Petra's gezicht vertoonde daarentegen geen spoor van emotie.

Als laatste snoerden de assistenten me in de korsetten van Marie de Senonnes, gevolgd door haar zilverkleurige satijnen onderjurk, waarna ik haar rode, fluwelen gewaad aantrok. Ik voelde hoe mijn persoonlijkheid veranderde toen ik de houding van mijn onderwerp aannam. Ik zag mijn weerkaatsing in de spiegels, vanuit alle hoeken. Het wijnrode fluweel omsloot me als een tweede huid, de jurk volgde de rondingen van mijn lichaam perfect. De stof was moedwillig ingesneden aan de binnenkant van de mouwen, waardoor het zilverkleurige satijn van de voering naar buiten piepte – een design dat nieuw leven blies in de vroegere renaissancetrend die Marie's oorspronkelijke jurk had nagebootst. Als aanvulling was het fluweel van mijn hart tot mijn navel opengesneden als verwijzing naar het vernielen van het schilderij en de postume moord op Marie.

Petra deed de recent gekochte blonde kant om mijn nek en polsen, hing me toen de cassoulette van Guy om.

'Nu alleen de schoenen en de rest van de juwelen nog,' mummelde ze met een speld in haar mondhoek, 'en de rokken moeten zeven millimeter korter, vind je ook niet? We moeten wel een glimp van je enkels kunnen opvangen als je loopt.'

Ze was tevreden over het resultaat, ondanks haar serieuze gezichtsuitdrukking. Ik begreep ook waarom toen ik mijn spiegelbeeld bekeek.

'Kan iemand mijn tas halen, alsjeblieft?'

Een van de assistenten bracht de tas en ik vroeg hem er een pakje uit te halen en dit aan Petra te geven. De originele, antieke sjaal uit de vs was aangekomen. Het was een perfect exemplaar, de kasjmier zo licht als lucht, het borduurwerk even delicaat en complex als op het schilderij. Petra hing de sjaal over mijn schouders. Ik stapte naar voren, bekeek mijn spiegelbeeld nauwgezet in een van de grote spiegels en draaide om mijn as. Het kostuum voldeed precies aan de doelstelling: het verwees naar het verleden, maar haalde op een ingenieuze wijze *Madame de Senonnes* naar mijn tijd, met een hedendaagse draai aan de styling en de extravagantie van de stoffen. Ik zag Petra's gezicht in de spiegel, ze staarde naar mijn rug, een aanmoedigende glimlach verlichtte haar gezicht. Eindelijk was het moment gekomen om commentaar te leveren.

'Perfect,' zei ik.

De passessie stelde me gerust. Hoe mijn performances dan ook zouden vallen, de kostuums waren in elk geval oogverblindend en zouden een verbijsterend effect sorteren. In elke situatie zou ik veranderen in iemand anders, iemand grootser en waardevoller dan ikzelf, met als eindresultaat een reeks echte kunsticonen. Dat had op zichzelf al genoeg impact; elk beetje drama dat ik met mijn performances kon toevoegen, besefte ik nu, zou niet veel meer dan een kersje op de taart zijn.

Katie is soms onnavolgbaar in haar werk. Het lukte ons om JFK binnen te komen zonder dat de pers ons opmerkte. De verscherpte veiligheidsmaatregelen na 11 september verzekerden ons van een goed georchestreerde passage door de terminal, met de pers op een veilige afstand. Binnen een halfuur na de landing waren we al op weg naar Manhattan. De gevoelstemperatuur was min twintig, de straten waren uitgestorven. Dit zou een bliksembezoek worden, we zouden niet langer dan 48 uur in de stad blijven.

Aidan wachtte op ons in zijn appartement, in een non-descript woonblok aan de Upper West Side. Hij was ongewoon uitgelaten toen we aankwamen en omarmde me met een vrijmoedigheid die Petra nog niet eerder had gezien. Ik ving haar blik, kijkend over zijn schouder. Ze trok een gezicht toen hij haastig pratend rondstapte, flesje bier in zijn hand. 'Er is echt een groeiende belangstelling hier. En ik sprak Jacqueline gisteren, ze zei dat ze drie kunstverzamelaars uit het Verre Oosten heeft uitgenodigd.'

Ik dwong mezelf om zijn verwijzing naar Jacqueline te negeren, vroeg in plaats daarvan: 'Wie zijn de Amerikaanse verzamelaars?'

Aidan's uitdrukking verschoot. 'Er zijn twee of drie mogelijke kopers, maar het heeft geen zin om nu al details te verklappen, het kan allemaal ook niets opleveren.'

'Ga nou niet op die zakelijke toer, Aid.'

Hij liet zich lachend neerploffen in de bank en wenkte me. Petra was even weg om te douchen. Ik ging bij hem op schoot zitten.

'Ik heb je gemist,' mompelde hij.

'Niet van onderwerp veranderen. Kan ik iets doen om hun belangstelling veilig te stellen?'

'Zoals?'

'Weet ik veel... ze ontmoeten, bijvoorbeeld.'

Aidan streelde mijn haar. 'Doe niet zo gek. Dit is handel, je krijgt nooit iets waar je niet voor hebt betaald.' Zijn vingers begonnen mijn nek te strelen.

'Ik heb je echt gemist. Heb je nog hulp nodig bij het project?'

Ik wist dat hij aan het hoofdkussenboek refereerde. Ik schudde langzaam mijn hoofd. 'Ik denk dat we Victorine wel uitputtend genoeg behandeld hebben.'

'Geen ruimte meer voor verbetering?'

'Nog meer werken aan die performance en ik moet met uitputtingsverschijnselen worden opgenomen – nog vóór de veiling. En je verandert weer van onderwerp. Vertel nu eens wat meer over de mogelijke kopers.'

'Niet zo ongeduldig. Ik wil je geen valse hoop geven voordat we iets definitiefs weten.'

Hij kuste me zo intens dat ik het opgaf.

'Wat gaan we vanavond doen?' vroeg ik uiteindelijk.

Zijn antwoord klonk gemaakt losjes: 'We hebben een etentje, bij Carolyn. Sam verheugt zich erop je te zien.'

Ik antwoordde niet, maar mijn gedachten waren een open boek voor Aidan.

'Esther, het is hoog tijd dat jullie elkaar wat beter leren kennen. Al was het maar voor Sam.'

'Ik zei toch niets.'

Zijn toon was vriendelijk, maar dwingend. 'Hij wordt nu al wat ouder, wil meer weten over jou. Misschien komt hij binnenkort wel in de vakanties naar Londen om bij mij te zijn.'

Het laatste waar ik die avond zin in had, was wel een etentje met Aidan's ex en ik voelde me ongemakkelijk in het bijzijn van zijn zoon. Door hem voelde ik me... hoe zeg je dat? Onmoederlijk? Nee, dat was het niet, ik voelde me ontoereikend, alsof ik had gefaald.

'Waarom wil je er niet heen?' fluisterde Petra, opgekruld op een handdoek op haar bed.

'Ik hou er gewoon niet van om bij Carolyn in de buurt te zijn.'

'Ze zijn al acht jaar gescheiden. En ze is verdomme ook nog eens lesbisch, weinig kans dat ze het weer bijleggen, toch? Ze moeten wel rekening houden met Sam.'

'Tuurlijk.'

'Je gaat me toch niet vertellen dat je jaloers bent op Sam.'

'Tuurlijk niet.'

De echte reden was dat ik me een buitenstaander voelde als Aidan samen met Carolyn en Sam was. Ik wist dat zijn toewijding voor hen goed was, maar het was moeilijk te verdragen, zeker nu er tussen ons zoveel spanningen waren. Zijn relatie met hen was zuiver en had niets met zijn werk te maken. Ik ging in bed liggen en sloot mijn ogen. Ik voelde me licht in mijn hoofd, gewichtloos. De gevolgen van de jetlag overmanden me.

Minstens twintig mensen stonden in de zitkamer van Carolyn's appartement in het centrum, keuvelden over ditjes en datjes, dronken cocktails die door een serveerster in uniform werden rondgebracht. Carolyn stond in het midden en haastte zich om ons te begroeten. Ik droeg een pruik met lange, roestkleurige krullen en een kort, paars jurkje van fluweel. Het was de pruik die ik van plan was te gebruiken in mijn performance als Frances Leyland. Petra had erop aangedrongen dat ik 'm zou 'luchten', zodat zij vertrouwd kon raken met de look. Ik wist dat er geen scherper contrast met Carolyn mogelijk was, met haar korte, blonde boblijn, kleding in beigetinten, perzikachtige huid en haar chirurgisch ontrimpelde ogen.

'Hoe ís het met je?' riep ze enthousiast.

'Prima, dankjewel,' zei ik, een brede glimlach forcerend. Ik pakte een drankje van het dienblad. Ik wist dat ik moest leren om me te ontspannen als Carolyn in de buurt was, ze had geen kwaad in de zin. Er zat geen ratio achter mijn vurige jaloezie, maar toch zat die vastgeklonken in mijn geest. Ik moest het proberen, omwille van Aidan. Ik wilde zo graag dat alles goed kwam.

Aidan sloeg zijn armen liefdevol om haar heen en stelde Petra aan haar voor.

'Ik heb zoveel over je gehoord,' zei Carolyn.

Tot mijn ergernis leek Petra gecharmeerd en ze raakten gemakkelijk aan de praat. Sam verscheen vanuit het niets en sprong tegen zijn vader op. Ze omhelsden elkaar. Aidan hield zielsveel van dat jochie. Hij zou me als een baksteen laten vallen, als Sam hem nodig had.

Sam draaide zich om en keek me spottend aan. 'Hoi Est,' zei hij vrolijk, 'wat ziet je haar er raar uit.'

Ik hoefde geen antwoord te bedenken, Sam dacht alweer aan iets anders.

'Kunnen we een dvd gaan bekijken, pap?'

'Ja, zo meteen, maar eerst moet ik Esther aan iemand voorstellen.'

Hij knikte naar een vrouw, die met de rug naar ons toe aan de andere kant van de kamer stond. Sam rende enthousiast op haar af.

'Dat is Sonia. Kom, dan stel ik je even aan haar voor.'

Door Sam aangesproken, draaide de vrouw zich om en begroette ons. Ik herkende haar onmiddellijk van krantenfoto's, ze had een uiterlijk dat je moeilijk kon vergeten. Ze had korte, pikzwarte stekeltjes en droeg een grijs pak, in de tint van een zware onweersbui. Onder haar ijzig witte overhemd leek ze breekbaar als een porseleinen popje, alsof ze in scherven uiteen zou barsten als je haar liet vallen. Ze deed me altijd aan iemand denken, maar ik kon er nooit opkomen aan wie.

Sam had zijn arm nu om haar middel geslagen. Ze glimlachte en stak een klein, koud handje uit waarmee ze mijn hand licht schudde.

'Hallo, ik ben Sonia Myrche, een van je transatlantische bewonderaars. Goed dat je naar New York bent gekomen.'

'Geweldig om je te ontmoeten,' zei ik, 'maar ik ben bang dat dit een kort bezoekje wordt.'

'Ik heb gehoord over je verkoop. We zijn heel benieuwd.' Ze keek naar Aidan en glimlachte.

'Het zou geweldig zijn als Esther in Manhattan terechtkwam gedurende die week.'

'Ik doe mijn best,' zei Aidan.

Ze keken elkaar strak aan. Toen lachten ze allebei, om iets waarvan de grap mij ontging.

'Ik hoor dat Jacqueline Quinet ook naar de stad komt,' zei ze, 'ik heb haar al eens ontmoet.'

Aidan wierp me een blik toe. Ik keek koeltjes terug.

'Ze komt misschien hierheen om een paar mogelijke kopers van Esther te ontmoeten,' zei hij.

Gelukkig voor Aidan veranderde Sonia snel van onderwerp. 'Esther, wat zijn jouw plannen, nu je hier bent?' zei ze geïnteresseerd.

'Ik moet morgen naar The Frick om een schilderij te bekijken. Onderdeel van het project,' zei ik.

'Spannend. Welk schilderij, nee, nee, laat me raden... Frances Leyland?'

Ik was verbijsterd. 'Hoe wist je dat?'

Ze haalde haar schouders op en keek opzij. 'Het is het schilderij dat ik zou kiezen.'

De avond eindigde in een drama. Ik dronk veel te veel cocktails en toen we thuiskwamen, confronteerde ik Aidan met Jacqueline's kennelijke overkomst.

'Het is nog niet eens zeker,' zei hij vlak.

'Wie gaat ze dan ontmoeten? Zou het helpen als ik ook word voorgesteld aan de mogelijke kopers?'

'Ik heb je al uitgelegd, Esther, je krijgt nooit iets waar je niet voor hebt betaald. Pieker jij nu maar over je werk, dan pieker ik wel over hoe we 't moeten verkopen. Zo nodig met hulp van Jacqueline.'

We maakten tot diep in de nacht ruzie. Misschien was het de naderende veiling waardoor ik zo op scherp stond. We waren er nog maar een paar weken van verwijderd. Ik had het gevoel dat Aidan zich extra hard opstelde om me een lesje te leren. Hij was immers geen voorstander van de *Possession*-serie geweest. Maar nu hij eenmaal had ingestemd, leek het alsof ik een stier een rooie lap voorhield. Al tijdens dit bezoek zag ik hoe hij hongerde naar de financiële opbrengst van dit project, hoe hij erop gespitst was de verkoopprijs zo hoog mogelijk op te drijven, misschien koste wat kost. Maar hij weigerde zich botweg uit de tent te laten lokken als ik hem vroeg wat hij aan het bekokstoven was. Ten slotte, toen we alle wrevel hadden uitgevochten, lagen we in een geladen stilte samen in bed, terwijl New York rondom ons rommelde als het wegstervend gedonder na een hevig onweer.

'Om heel eerlijk te zijn,' mompelde ik, voordat ik in een onrustige slaap wegzakte, 'kan het me niet echt schelen wat hier gebeurt. Dit is de laatste plek waar ik terecht wil komen. Ik haat New York, verdomme.'

Ik was opgelucht dat het bezoek snel voorbij zou zijn en dat mijn vlucht terug al de volgende avond zou vertrekken. Een snel bezoekje om Frances te leren kennen en ik zou weer maken dat ik wegkwam. Aidan's stad voelde claustrofobisch en bedreigend, ik kon niet wachten tot ik weer terug was in Londen.

HANS HOLBEIN
Christina van Denemarken

EDOUARD MANET
Olympia

JEAN AUGUSTE DOMINIQUE INGRES
Madame de Senonnes

RAPHAEL
De Madonna met de Anjelieren

JAMES ABBOTT MCNEILL WHISTLER
Symphony in Flesh Colour and Pink :
Portrait of Mrs Frances Leyland

LEONARDO DA VINCI
Isabella d'Este

GUSTAV KLIMT
Judith en Holofernes II

LEONARDO DA VINCI
Mona Lisa

25

De volgende ochtend sjokten Petra en ik door Central Park, op weg naar Frances in The Frick. Er was sneeuw gevallen, die nu veranderde in kleurloze pap. Het was een heldere dag en de zon kleurde alles in een rozige gloed. New York City lag verstomd om ons heen, een tikje geabstraheerd en merkwaardig stil. Ik zweeg en ook Petra drong niet aan op gebabbel. Ik neem aan dat ze de nachtelijke ruzie met Aidan had gehoord. Het appartement had maar dunne muurtjes.

Hoewel Frances Leyland terecht was gekomen in Manhattan, werd ze in Londen geschilderd, tussen 1872 en 1873 – in dezelfde tijd dat Manet in Parijs aan *Olympia* werkte – maar ze is op een heel andere manier modern dan haar Franse nichtje. Waar Victorine compromisloos de confrontatie met de kijker aangaat, keert Frances ons haar rug toe en richt haar blik op iets dat onzichtbaar blijft. Dus krijgen we alleen haar profiel te zien, niet de blik in haar ogen, noch haar gedachten.

We staken over, tussen het verkeer op Fifth Avenue door en naderden Henry Clay Frick's schitterende landhuis. Hij was rond de eeuwwisseling een van Amerika's succesvolste staal- en spoorwegtycoons en gebruikte zijn rijkdom om een machtige kunstcollectie op te bouwen. Een deel van de charme daarvan ligt in de manier waarop de werken zijn tentoongesteld langs de kronkelende gangen en de smalle trapjes van het huis: meer op esthetische dan op historische volgorde.

Frances heeft haar intrek genomen in de East Gallery, de laatste zaal waarin je terechtkomt als je de logische route van het museum volgt. Petra en ik wandelden langzaam en zwijgend langs vele andere grote meesterwerken, probeerden ons niet te haasten op weg naar ons doel. Maar we waren allebei afgeleid door de gedachte aan de ontmoeting, waren niet in staat de tientallen andere werken de aandacht te geven die ze verdienden. We kwamen langs een Holbein, een Titian, een El Greco en een Bellini – alle amper goed voor een tweede blik. Toen een Constable, een Ruisdael, een Corot en portretten door Rembrandt en Velázquez. We namen even de tijd om te pauzeren en eer te bewijzen aan *Johannes de Doper* van Piero della Francesca, die de Enamel Room domineert – het enige grote werk van Piero dat Amerika heeft bereikt. Dat gaf me even de tijd om me voor te bereiden op het doel van dit bezoek. Ik wist dat Frances in de volgende zaal hing, in het goede gezelschap van Goya, Turner en Degas.

Ik zag haar meteen toen we de zaal binnenliepen. Er was niemand aanwezig, afgezien van één persoon die voor ons reisdoel stond. We negeerden alle andere kunstwerken, werden door Frances aangetrokken als motten door een kaarsvlam. Toen we dichterbij kwamen, draaide de enige andere bezoeker zich om en tot mijn verbazing was het Sonia, in een spijkerbroek en leren jack. Ze zag er minder streng uit dan de vorige avond, in Carolyn's appartement, maar toch deed ze me griezelig aan iemand anders denken. Ze deed aarzelend een stap in onze richting om ons te begroeten.

'Ik was bij Weiz aan 't werk,' zei ze bijna verontschuldigend. 'Dat is maar één straat hiervandaan. Ik had je horen zeggen dat je hier om elf uur zou zijn.'

Ik wist niet of ik het vleiend of verdacht moest vinden.

'Is er binnenkort een opening?' vroeg Petra met onbeteugeld enthousiasme.

Sonia keek me even aan voordat ze antwoordde. Ze zocht, vermoedde ik, naar mijn goedkeuring. Ik draaide mijn lippen tot glimlach. 'Pas over drie weken, maar dan wel met beeldschermen. Het is op z'n minst een technische uitdaging.'

Toen richtten we allemaal onze aandacht op het schilderij. Ik ging even bij mezelf te rade. Sonia leek me wel aardig, ik zou er geen probleem mee moeten hebben om het schilderij met haar te delen. Ik had immers ook Petra meegenomen, dus had ik deze bezichtiging nooit als een op een bedoeld. En ik wist impliciet dat beide vrouwen mijn gevoel voor esthetiek deelden. Hun aanwezigheid zou de waarde van deze bezichtiging alleen maar verhogen en er was verder helemaal niemand in de zaal. Dus richtte ik mijn aandacht op Frances.

Toen ik het werk goed bekeek, werd ik getroffen door de breekbare schoonheid van dit meesterwerk. Frances was zonder twijfel geschilderd als een esthetisch experiment, Whistler heeft haar gereduceerd tot een verzameling schakeringen van gebroken wit – zelfs voor haar gezicht heeft hij simpelweg een ander mengsel gebruikt van dezelfde kleuren als van haar jurk, van de muur, de bloesem en de matten waarop ze staat. Het is een van de eerste pogingen tot ware abstractie op het schildersdoek. Het kleurenpalet is zo gedempt, dat het bijna één kleur lijkt. Door haar gewaad lijkt Frances Leyland op een heilige. Het lijkt op een jurk van een priester of een doopjurk, of zelfs op een eenvoudige trouwjapon, met zijn lange, ingewikkelde sleep, versierd met goudbrokaat en geborduurde gouden roosjes. Het mandenweverspatroon van de matten op de grond komt geabstraheerd terug in de lijst en dat compenseert de naturalistisch geschilderde amandeltakken in bloei aan de linkerkant – een verwijzing naar Whistler's diepe belangstelling voor Japanse schilderkunst. Het schilderij is rechtsonder in het midden gesigneerd met de symbolische vlinder van de kunstenaar, een vignet gebaseerd op zijn initialen: JMW.

Ik merkte dat Petra niet meer naar het schilderij keek, maar naar mij, langdurig en intens. Op haar verzoek droeg ik de pruik weer die ik ook op Carolyn's feest had gedragen.

'Je pruik is veel te rood,' stelde ze vast. 'De heersende kleur van het schilderij is echt nogal roze... Die tint contrasteert prachtig met het kastanjebruine haar van Frances Leyland.'

Ik keek haar vol bewondering aan, terwijl haar opmerkzame ogen weer naar het schilderij gleden. Ze concentreerde zich volledig op het werk.

'Ik heb haar kleding te wit gemaakt,' mompelde ze ten slotte, 'die moet nog een vleugje roze hebben. We zullen de stof moeten laten verven.'

Ook ik voelde dat ik getroffen werd door iets nieuws dat ik in het schilderij ontdekte, maar het had niets met kleurschakeringen te maken. Whistler mag dan geen goed gelijkende afbeelding van zijn model hebben geschilderd, hij was er wel in geslaagd om iets te vangen dat veel dieper lag dan haar uiterlijk. Ik dacht terug aan Holbein's *Christina van Denemarken* en besefte dat dit doek was doortrokken met dezelfde kwaliteiten: kennis en inzicht. Whistler had, net als Holbein, de essentie van de poserende weten te vangen. Vrijwel het gehele doek vullend, toont Frances een gevoel dat ik bij mijn weten nog nooit zo intens had gezien in enig ander portret. Ze berust in een diepe eenzaamheid. Door het model terug te brengen tot een bijna abstracte serie tinten, worden haar eenzame overdenkingen geïntensiveerd.

'Ik wil mijn hoofd erom verwedden dat ze zich ellendig voelde toen ze model stond,' hoorde ik mezelf zeggen, onbedoeld fel.

Sonia wierp me van opzij een blik toe, haar donkere wenkbrauwen opgetrokken. 'Frances Leyland mag dan rijk zijn geweest, je hebt wel gelijk, ze was erg ongelukkig,' zei ze.

'Waarom?'

'Haar huwelijk was bezig op de klippen te lopen.'

'Wat weet je verder nog over haar?'

Sonia glimlachte bevallig. Kennelijk was dit de reden waarom ze was gekomen. Ze begon ons alles te vertellen over haar favoriete schilderij in The Frick.

'De prerafaëlitische schilder Gabrielle Dante Rossetti schilderde Frances Leyland als eerste, introduceerde daarna Whistler bij de familie,' zei ze. 'Haar man was een reder uit Liverpool. Whistler kreeg de opdracht een tweede portret van haar te maken, maar toen Rossetti dat onder ogen kreeg, beweerde hij dat het helemaal niet leek. Daar zit iets ironisch in, omdat Rossetti's schilderij haar idealiseerde, afbeeldde als een prerafaëlitische schoonheid, zonder te proberen haar individuele karakter te laten zien.'

'Ik ken dat schilderij niet,' zei ik.

'Het wordt *Mona Rossa* genoemd,' zei ze. 'Volgens mij bevindt het zich in een particuliere collectie.'

'En hoe goed leerde Frances Leyland Whistler kennen?' drong ik aan.

Sonia haalde haar schouders op. 'Meneer Leyland was een van Whistler's belangrijkste beschermheren, maar ze kregen ruzie. Ik denk niet dat ze elkaar daarna nog vaak hebben gezien.'

Ik knikte, maar geloofde niet dat de kous daarmee af was. Er zat een kolkende onderstroom onder het oppervlak van dit schilderij, een veelbetekenende gevoeligheid die, wist ik uit eigen ervaring, iets diepers en meer gecompliceerds tussen de kunstenaar en zijn model suggereerde. Ik keek opzij naar Sonia, maar ze was alweer verdiept in het schilderij. Ook achter haar aanwezigheid hier zat meer dan aan het oppervlak zichtbaar was. Ik vroeg me af of ze was gestuurd om me te controleren, misschien zelfs te evalueren, door Greg Weiz, of Carolyn, of wellicht door iemand anders. Na de veiling zou ik er misschien achter komen. Waar waren we allemaal toch naar op zoek? Aidan bijvoorbeeld was allerminst bereid om zijn licht te schijnen op de onderstromen van het kunstenaarswereldje van New York.

Het grootste deel van mijn terugvlucht piekerde ik over de onderstromen die ik in New York had achtergelaten – en niet alleen die onder het oppervlak van het doek waarop Frances Leyland was geschilderd. Als hij in Manhattan was, kreeg ik het gevoel dat Aidan niet bij mij hoorde. Hij had al een gezin, een keurig gezinnetje, al was het dan een onconventioneel gezin, maar ook een verzameling oude, trouwe vrienden, van wie ik de meesten niet eens kende. En ook een familie – zelfs nog verder buiten mijn bereik – een vader en een moeder die ten noorden van New

York woonden en die hij regelmatig opzocht, en twee broers die aan het noorden van de Oostkust woonden. Ik denk niet dat ik ooit naar hen had gevraagd, was eerder nooit zo geïnteresseerd geweest. Ik begon echter te beseffen dat Aidan's redenen om met mij 'in het nu' samen te leven, heel anders waren dan de mijne. In tegenstelling tot mij, had hij er niet voor gekozen om het verleden af te stoten. Hij voelde simpelweg niet de noodzaak het met me te delen.

Ik keek naar de reproductie van het portret van Frances Leyland op mijn schoot. Ze keek achterom, ergens heen – naar een gelukkiger verleden? Naar haar eigen gevoelens van wroeging? Hangend in de straalstroom tussen de twee steden verschoof mijn belangstelling van haar naar ons einddoel en mijn woonplaats, Londen. Ik kon mezelf al zien, daar, alsof ik buiten mezelf was getreden, te hard lopend om de balans op te kunnen maken, me verschuilend voor camera's, zoevend tussen mijn privé- en publieke leven, me helemaal op mijn kunst stortend. En ik zag maar al te duidelijk hoe verbeten ik mijn privé-leven had afgeschermd naarmate mijn publieke persona was gegroeid, hoe terughoudend ik was over mijn verleden en hoe ongemakkelijk ik mijn relaties met mensen daardoor had laten worden – met Ava, Aidan en zelfs Petra, tot op zekere hoogte.

Ik was naïef geweest, maar Aidan ook. Samen hadden we geflirt met de media, hun belangstelling aangemoedigd, mijn projecten telkens sensationeler gemaakt, net zo lang tot ze hun gestoorde, meedogenloze aandacht permanent op me hadden gericht. Met dit laatste project, besefte ik, waren ze veranderd in demonen. Mijn werk was altijd een manier om te verbergen wie ik werkelijk was. Door me te verschuilen achter verzonnen identiteiten vermeed ik mijn eigen realiteit onder ogen te moeten zien. Maar nu voelde ik me plotseling naakt voor de ogen van de media. Sinds Kenny die schets had verkocht wist ik dat het nog maar een kwestie van tijd was, voordat ze genadeloos door al mijn listen heen zouden prikken.

Zonder aanwijsbare reden moest ik opeens aan Simeon denken. Ik vroeg me af wat hij van dit alles zou vinden, van de verandering die ik onderging. Hij was nu al meer dan vijftien jaar dood en terwijl ik naar huis vloog, miste ik hem zo erg, dat de diepte van dat gevoel me verbaasde. Mijn vader had de media-aandacht voor ons privé-leven of voor het leven in de commune altijd veracht. Als ze geprobeerd hadden om het veilige toevluchtsoord van Ickfield Folly binnen te dringen, had Simeon ons – en het – fel verdedigd. Het was gebeurd dat hij de politie belde om spionerende verslaggevers, belust op verhalen over het losbandige leven binnen de muren van het landgoed, te laten verwijderen. Toen ik jong was, intrigeerde die belangstelling me wel en vond ik het saai van Simeon, dat hij zo vastbesloten was om hen bij ons vandaan te houden. Onmiddellijk na zijn dood was er met mij zoveel gebeurd, dat ik niet fatsoenlijk om hem had gerouwd. Ik dacht aan Frances Leyland, vol spijt over haar schouder kijkend, en besefte dat ik ook spijt had en zelfs een zekere mate van schaamte over mijn gebrek aan consideratie met het leven van mijn vader. Ik had mezelf het voorrecht om hem te missen niet gegund, was in plaats daarvan naar voren gevlucht in mijn leven als onafhankelijke volwassene, in het geloof dat ik geen ouderlijke inbreng meer nodig had, of die nu van hem of mijn moeder kwam. Maar op dit punt in mijn leven realiseerde ik me dat zijn raad onbetaalbaar zou zijn geweest. Hij zou met wijsheid naar mijn carrière hebben gekeken, niet zo hardvochtig als Ava. Hij zou me ook wijze adviezen hebben gegeven over mijn toekomstige leven, met of zonder Aidan als galeriehouder of geliefde. Ik wenste dat hij bij me was.

Soms droomde ik dat hij op mijn deur klopte en als ik opendeed zei: 'Esther, waarom heb je me nooit opgezocht?' Elke keer duwden de woorden me omlaag, in een glijvlucht naar het ontwaken, voordat ik antwoord kon geven. Eenmaal wakker, besefte ik nu, dacht ik zelden na over Simeon. Ik had nooit begrepen welke waarde hij nu precies had voor mij – en had mezelf niet de tijd gegund om dat goed uit te zoeken. Ik dacht aan hoe Aidan de vorige avond naar Sam had gekeken, hoe verbeten hij de relatie met zijn kind beschermde. Ik besefte dat er niets van mijn kindertijd over was, dat ik op een of andere manier ook de meeste van mijn herinneringen eraan had verpletterd.

Mijn gedachten dwaalden weer af, terug naar dat moment waar ik weigerde om ze heen te laten gaan, naar dat jaar dat ik de Folly had verlaten, het moment waarop mijn verleden – en mogelijke toekomst – volledig in rook waren opgegaan. In plaats daarvan had ik een nieuwe wereld geschapen, eentje waarin het alleen maar draaide om nieuwe dingen ontdekken, jong en vrij zijn. Maar misschien had ik wel een fatale vergissing begaan. Misschien had ik niets anders geschapen dan een verzameling verzinsels, waarin ik nooit vaste grond onder mijn voeten zou vinden.

Ik keek weer naar *Mevrouw Leyland*. Wat probeerde Whistler ons over haar te vertellen? Zag ik iets over het hoofd? Of zocht ik te hard naar verborgen betekenissen? Misschien ging het niet verder dan een romantische gedachte van de kunstenaar, die het schilderij doordrenkt met een diepe melancholie. Of misschien zag ik gewoon dingen die er helemaal niet waren, dingen die mijn eigen emotionele eenzaamheid leken te weerspiegelen. Ik was weer als betoverd. Ik wilde meer weten.

Ik dook diep in mijn onderwerp in de week die volgde, op zoek naar aanwijzingen voor de aard van de relatie die de kunstenaar met zijn model onderhield. James McNeill Whistler was een productief brievenschrijver en frappant: ongeveer zevenduizend van zijn brieven worden bewaard door de universiteit van Glasgow. Alweer bewees internet zijn diensten. Binnen een paar uur na het ontdekken van hun bestaan, had ik zijn volledige correspondentie met Frances op mijn scherm staan. Hij schreef minstens een dozijn persoonlijke brieven aan haar, die een duidelijke intimiteit tussen kunstenaar en model onthullen. Een intimiteit waarvan de diepgang me verbaasde.

Whistler begon zijn portret van Frances in 1871, bij haar thuis in Speke Hall, bij Liverpool. Hij zou eraan blijven werken in de twee jaar die volgden. Toen het werd tentoongesteld op zijn eerste solo-expositie in 1874, verklaarde de kunstenaar dat het nog steeds niet af was. In die jaren werd hij een vaste bezoeker van de Leylands. Ook werd hij een toegewijde metgezel op de reizen van zijn model naar het Londense verblijf van de familie, bij Prince's Gate – meestal als haar echtgenoot was verhinderd door zakelijke verplichtingen in het noorden.

Ik vond verwijzingen naar roddels die in Londen volop de ronde deden, over een verhouding tussen de kunstenaar en Frances Leyland en hun mogelijke voornemen om samen weg te lopen. Frances zelf zei dat ze op niets gebaseerd waren. Vreemd genoeg was Whistler korte tijd verloofd met Frances' jongere zus Elizabeth. Misschien een poging van zijn kant om zijn gevoelens in andere banen te leiden? Of voelde ik me schuldig en probeerde ik de feiten in fictie te veranderen? Frances zei later dat haar zus 'knap was, maar niet geschikt als vrouw voor hem, en dat het goed was dat de verloving was afgebroken'. Goed voor wie, vroeg ik me af. Voor haar? Ik wist ook dat rond deze tijd Whistler een verhouding was begonnen met zijn nieuwe model, Maud Franklin, die model stond als Frances Leyland niet beschikbaar was. Misschien fantaseerde hij ook dat zij de ware was.

Ondanks de onzekerheid rondom hun verhouding tonen Whistler's brieven aan dat ze een emotionele en fascinerende band hadden, tenminste voor een bepaalde tijd. In zijn brieven zijn de diepte en intimiteit van zijn gevoelens voor zijn muze dan wel verhuld in formele taal, maar net als in zijn meesterwerk is de onderstroom niet te ontkennen. En in een van zijn brieven staat een passage die zijn verknochtheid niet duidelijker kan uitdrukken:

'Ik word al de hele dag herinnerd aan je afwezigheid!...
Prince's Gate is zo eenzaam en mistroostig zonder jou, dat ik tijdens mijn werk en gezwoeg in de treurige stilte de gedachte niet van me af kan zetten dat je me helemaal hebt verlaten – ik mis je en ik mis je verschrikkelijk!'

Het is dit gevoel van verlangen dat het doek zo beheerst, voor mij. Kunstzinnig mag Frances Leyland dan Whistler's eigendom zijn geweest, emotioneel bleef ze altijd buiten zijn bereik. Na de voltooiing van het schilderij eiste meneer Leyland dat zijn vrouw alle banden met Whistler verbrak. Niet lang daarna eindigde hun huwelijk in een scheiding.

Hoe moest ik deze informatie in mijn performance verwerken? Wat waren de essentiële waarden van Frances Leyland, in haar leven en in de kunst? Op het doek bleef ze in feite een kunstzinnig experiment, maar wel een waarin was onderzocht hoe verf de diepte van menselijke emoties, maar ook complexe esthetische ideeën, kon overbrengen. Wie was eigenaar van Frances? Haar man betaalde Whistler 210 pond voor het schilderij, maar was hij niet ook haar hart aan de kunstenaar kwijtgeraakt, tijdens het schilderen? Dat zou een hoge prijs zijn, voor welk schilderij dan ook.

Ik besloot om Frances op de vijfde dag van de *Possession*-serie te gebruiken. Het zou een raadselachtige performance worden, abstract en solitair, simpel en breekbaar. Ik zou de act in een sociale context opvoeren – een besloten omgeving, met slechts mijn koper en zijn of haar directe familie of kennissenkring aanwezig, bij hem of haar thuis, tijdens de thee, misschien. Ik vroeg me af met wie ze zich emotioneel verbonden zou voelen tijdens de performance. Misschien met niemand – de tijd zou het leren.

26

'Esther, met mij.'

Ik zat op de bank, omringd door een zee van papier over Frances Leyland. Aidan was nog steeds in Manhattan, maar de verbinding was zo goed dat het leek alsof hij naast me zat.

'Hoe gaat 't?' vroeg ik luchtigjes.

'Waarom heb je me niet gebeld?'

'Ik verzuip bijna in het werk. Weet je, ik denk dat Whistler verliefd was op Frances Leyland.'

'Kom op Esther, dat is niet de reden dat je niet hebt gebeld.'

'Is Jacqueline daar?'

'Jezus...'

'Nou?'

'Om eerlijk te zijn, ja. Ze is gisteren aangekomen. Maar het is zakelijk Esther, dat weet je verdomme ook wel.'

'Aha.' Ik voelde me breekbaar, erg breekbaar.

'Weet je, Esther, je gedraagt je nu als een idioot. Het ging allemaal prima toen ik nog in Londen was.'

'Dat was voordat ik naar Manhattan kwam en doorkreeg dat ik niet het hele plaatje te zien had gekregen.'

'Je hebt me als agent ingehuurd voor dit project, waarom laat je me nu niet mijn werk doen?'

'Omdat ik om een of andere rare reden het gevoel krijg dat je niet het achterste van je tong laat zien. Het heeft iets te maken met Jacqueline, of met het project. Dus vertel jij me maar, welke van de twee is 't?'

'Je gedraagt je als een verwend kind.'

'Waar logeert ze?'

'Ik ga je niet je zin geven,' zei hij.

'Goed, waarom belde je?' zei ik ijzig. Ik was gekwetst, maar voelde me ook vreemd onthecht.

'Ik dacht alleen...' Hij aarzelde.

'Wat?'

Hij antwoordde niet.

'Wat dan?' drong ik aan.

'Je bent niet eerlijk tegen me geweest over dit project, Esther,' zei hij zacht. 'Ik ben niet degene die stiekem doet, maar jij. Ik doe gewoon mijn werk en je kunt me daar maar beter mee verder laten gaan. Ik doe mijn uiterste best voor je. Ik kan geen details geven, omdat nog niets zeker is. En op de avond van je veiling zelf, nou ja, wie weet wat er dan allemaal kan gebeuren? Ik heb je in het begin gezegd: iedere idioot kan het hoogste bod uitbrengen en dat feit blijft overeind. Het enige wat ik kan doen, is de beste koper voor je zien te vinden en te zorgen dat je in goede handen terechtkomt. Want geloof het of niet, ik hou van je.'

Ik voelde mijn wangen gloeien van schaamte over mijn gedrag.

'Ik wil het niet erger maken tussen ons, Esther,' ging hij door, 'maar ik kan niet overweg met jouw onredelijke driftbuien.'

Ik voelde hoe mijn hele lichaam begon te beven. 'Goed,' hoorde ik mezelf antwoorden, flegmatisch, ondanks mijn gevoelens. 'Als ik iets nodig heb, bel ik Katie wel op de galerie.'

Hij slaakte een hoorbare zucht. 'Oké.'

Het voelde alsof ik implodeerde, ik kon amper ademhalen. Toen ik eenmaal weer genoeg gekalmeerd was om te praten belde ik Petra, probeerde haar te vertellen wat er was gebeurd, maar kon mijn tranen niet bedwingen.

'Het project trekt een wissel op je, omdat je voor het eerst in je leven jezelf als middelpunt hebt genomen,' zei ze beslist. 'Alles wat je hiervoor hebt gedaan was niet serieus, het waren bedachte verhaaltjes... Dit project is vermomd als een project over zeven meesterwerken, maar in werkelijkheid gaat het over de volwassen vrouw en kunstenares Esther Glass. Het is een volwassen kunstwerk. Geen wonder dat het je beangstigt en geen wonder dat het je relatie onder druk zet – werd tijd ook, trouwens.'

'Maar dat was helemaal niet mijn bedoeling.'

'Weet je dat zeker?' vroeg ze nieuwsgierig.

'Ik denk 't wel,' zei ik aarzelend.

'Ik denk dat je opnieuw je plaats moet bepalen,' zei ze teder, 'en ik begrijp waarom. Werk en privé door elkaar heen laten lopen is erg moeilijk. Wat je nu doet is essentieel voor de volgende stap, als jullie die samen willen nemen. Je had geen toepasselijker onderwerp voor je project kunnen kiezen: eigendom. Mijn god, Esther, is daarmee niet alles al gezegd?'

Het voelde alsof Aidan had besloten dat hij me volledig zou steunen, als hij niet van me kon winnen. Dit project ging over meer dan alleen kunst of geld. Wat hij ook had gezegd, ik wist dat het op een krachtmeting van wilskracht was uitgedraaid.

27

'Goed je weer te zien.'

Guy glom van goede zin. Hij rook zoet en zuidelijk, naar een prikkelend citroenachtige eau de toilette. Ik wist dat ik dit niet moest doen, maar ik had hulp nodig en bij hem voelde ik me veilig en goed. Er school iets vaderlijks in zijn voorkomendheid, hij speelde een rol waarvan ik pas sinds kort wist dat ik die miste in mijn leven, een leemte die ik in mijn vroege volwassenheid had ingevuld met minnaars als Jeff Richards. Door die misstap te vermijden met Guy, kon ik nu op waarde schatten hoe onbetaalbaar hij als vriend voor me kon zijn, met zijn ervaring. Guy had mijn waarschuwing voor mogelijke mediabelangstelling voor ons meteen weggewuifd en had mijn uitnodiging direct geaccepteerd. Gebruikte ik hem? Zijn trouwring maakte die vraag wat mij betrof irrelevant. Ik genoot van zijn gezelschap en ik had nu een vriend nodig. Het verbaasde me hoe goed het me deed hem weer te zien. Ik wist dat ik, om mijn project te laten slagen, mijn gedachten over Aidan en mijn problemen moest uitbannen. Guy was tenminste een goede afleiding en voortreffelijk gezelschap op de koop toe. Toen ik hem door de douane op Waterloo zag kuieren, voelde ik hoe mijn humeur opklaarde.

Het diner vond plaats in het restaurant op de bovenste verdieping van Tate Modern. De tien kunstenaars die betrokken waren bij de tentoonstelling waren gekomen, uit alle hoeken van de wereld. Terwijl onze auto langs het Millennium Wheel gleed dat langzaam, bijna onzichtbaar, ronddraaide aan de oever van een roerige Theems, vroeg Guy naar mijn voortgang.

'Vijf klaar, nog twee te gaan.'

'Wie is de volgende op je lijst?'

'Isabella d'Este.'

'Ah, de first lady van de Renaissance. Jullie hebben iets gemeen: roem. Is er weer een bezoek aan Parijs nodig?'

Ik wist dat het Louvre twee afbeeldingen van Isabella had.

'Helaas, het door mij gekozen portret van haar hangt in Wenen,' jammerde ik.

'Ah, de Titian – die laat natuurlijk een flatteuze gelijkenis zien van Isabella als jonge vrouw,' doceerde hij, 'maar ik wil toch beweren dat de Leonardo, hoewel het maar een spotprentje is, het essentiële beeld van haar geeft.'

'Je hoeft geen kunstwerken aan te prijzen om mij terug te lokken naar Parijs,' plaagde ik. 'Petra en ik houden volgende week een passessie. Ik zal de Da Vinci dan gaan bekijken, dat beloof ik je.'

Hij schudde zijn hoofd een beetje samenzweerderig. 'Als je het echte werk wilt zien, Esther, zul je mij toch weer nodig hebben. De tekening van Da Vinci is niet tentoongesteld voor publiek, wordt afgeschermd van licht. Ik zal een bezichtiging voor jou alleen moeten regelen.'

'Ik waardeer alle moeite die je voor me doet,' lachte ik.

'Alle wegen, ook die van Da Vinci, leiden naar Parijs,' zei hij veelbetekenend.

Ik haakte mijn arm door die van Guy en we slenterden achteloos langs de verzamelde fotografen, die rondhingen bij de wijd opengesperde ingang naar de oude turbinehal van het museum. Ik dwong mezelf vrolijk te lachen naar de camera's en poseerde met Guy voor de foto's. Toen werden we met een lift naar de bovenste verdieping gebracht. In het restaurant hing een sfeer van rivaliteit, genodigden drentelden rond met cocktails, praatten zacht met hun partners en keken uit over de Theems, in de richting van St. Paul's Cathedral, uitgelicht tegen de achtergrond van een donker wordende stad. De aanwezigen waren nog niet versmolten tot een groep. Wij waren opzettelijk als laatsten gekomen en ik kon merken dat iedereen dat moment had afgewacht. Steelse blikken schoten door de ruimte en vonden elkaar, gesprekken stokten. Zelfs de conservator, verantwoordelijk voor de tentoonstelling, stak als begroeting een hand omhoog en verontschuldigde zich meteen bij een gevierde Spaanse kunstenaar, om ons te begroeten.

'Geweldig dat jullie gekomen zijn.'

Jane Smithson is wereldwijd actief in de kunst, geeft les aan het Royal College of Art en is gastconservator van belangrijke internationale tentoonstellingen. Ze glimlachte breeduit naar Guy. 'Goed om je hier te zien,' zei ze, 'de laatste keer dat ik je zag was tijdens de heropening van het Palais de Tokyo.'

Ik was opgelucht dat Guy op bekend terrein was. Al snel konden we gaan zitten aan een lange tafel in het midden van het restaurant, dat voor de gelegenheid gesloten was. Ik kreeg een stoel tussen de conservator en Guy, in het midden van de tafel, tegenover een Duitse fotokunstenaar en zijn Parijse vriendje, die Guy ook allebei bleken te kennen.

'Hoe staat 't met je project? We hebben kaartjes voor de avond van de veiling,' zei de Duitser lijzig.

'Bijna klaar,' zei ik voorzichtig.

'Dus je zou kunnen stellen dat het project klaar is, voordat de week volgend op je verkoop begint?' viel Jane in.

'Nee, maar de zeven performances die ik opvoer, moeten wel nauwkeurig worden voorbereid, de kostuums moeten worden gemaakt en ga zo maar door.'

'Aha. Maar film je je performances in het verloop van die week?'

Ik knikte en nam een slokje wijn. Door haar belangstelling werd ik er weer eens aan herinnerd waarom ik überhaupt aan dit project was begonnen. Jane had een eigen belang bij mijn project. Als ik het niet rond kreeg, kreeg zij haar tentoonstelling niet compleet. Ze wist dat de recensies van mijn werk invloed hadden op haar bezoekersaantallen. Als ik faalde, zou ook zij falen. Het was allemaal zo klaar als een klontje.

'De zeven films worden het middelpunt van mijn expositie,' zei ik om haar van mijn goede bedoelingen te overtuigen, 'natuurlijk aangevuld met mijn eigen reactie op de veiling en op het feit dat ik een week "eigendom" van iemand ben geweest.'

'Dus de performances zijn,' ze wachtte even om haar gedachten te ordenen, 'thematische uitdrukkingsmogelijkheden waaraan jij als kunstenaar je richtsnoer ontleent.'

'Hebbes,' zei ik, nadrukkelijk oogcontact met Guy vermijdend. Jane is geweldig, maar ik heb altijd de neiging in lachen uit te barsten als ik haar gewichtige conservatortaaltje hoor. Ik kon me haar woorden voorstellen als flaptekst van de catalogus, of zelfs op de muur van de museumzaal, over drie maanden. Maar ze leek tevreden, knikte goedkeurend en nam toen een slok water. De Duitser daarentegen keek modieus verveeld.

'Waar hangt Aidan Jeroke vanavond uit?' vroeg hij en wierp een nadrukkelijke blik op Guy, die nu geanimeerd met Jane babbelde.

'In Manhattan, voor zaken,' antwoordde ik op mijn hoede.

'Oh ja, natuurlijk,' zei hij. 'Ik hoorde dat Jacqueline Quinet erheen is gevlogen om een paar potentiële bieders te ontmoeten.'

Paniek sloeg toe. Hij glimlachte achterbaks. Ik kende deze kerel alleen van horen zeggen, hoe wist hij zoveel over mij?

'Ik word nu door Greg Weiz vertegenwoordigd,' ging hij verder. 'Ik ben net terug van een bezoekje. Hij had het toevallig over jou, en over je verkoop.'

Ik haatte het om op een zijspoor gezet te worden. Misschien had ik in New York moeten blijven, Weiz zelf op moeten zoeken en alle problemen tussen Aidan en mij bij moeten leggen. Ik had Greg Weiz in het verleden een paar keer ontmoet, maar had niet veel aandacht aan hem geschonken – en hij ook niet aan mij. Iedereen leek wel iets met die galerie te maken te hebben vandaag de dag: Sonia, nu deze vent weer. Wat waren ze met mij van plan?

Ik kon niet geloven dat er in Aidan's grote plannen geen ruimte was voor mijn toekomstplannen – professioneel dan tenminste.

Niemand dronk te veel en de conversatie bleef puur gericht op ons werk – heel anders dan de bijeenkomsten van Britse kunstenaars, die steevast eindigen in een of andere rel of krachtmeting. Dit was veel serieuzer en intellectueler, maar daardoor ook lang niet zo leuk. We vertrokken meteen na de koffie. Guy zette me thuis af, voordat hij naar zijn kamer in het Charlotte Street Hotel vertrok.

28

Van Isabella d'Este kon ik nog wel het een en ander leren. Deze koningin van de Renaissance was in meerdere opzichten een buitenbeentje in mijn verzameling vrouwen. In tegenstelling tot de anderen, die allemaal door en voor mannen waren geschilderd, was Isabella in hoge mate onafhankelijk. Ze was een sterke vrouw die veel tijd alleen doorbracht en ze was zowel beschermvrouwe voor kunstenaars als model – en bovendien een symbool van politieke macht. Ik had research naar haar gedaan in de paar dagen die verstreken nadat Guy naar Londen was gekomen en was al snel gegrepen geraakt door haar rijke en historische wereld.

Isabella was de first lady van het zestiende-eeuwse Italië, de Jackie Kennedy van haar tijdperk. Ze hield ervan de touwtjes in handen te hebben. Ze was goed bevriend met koningen en pausen en maakte menig politieke omwenteling mee, zoals de Franse invasie van Italië, de plundering van Rome en de kroning van keizer Karel de Vijfde. Ze was machtig en intellectueel, kon Grieks en Latijn vertalen en bewoog zich binnen een kring van befaamde schrijvers, onder wie Machiavelli, Castiglione en Ariosto. Ze was bovendien een productief brievenschrijver. In het paleis van de hertog van Mantua worden vandaag de dag nog rond de twaalfduizend brieven van haar bewaard.

Het deed me deugd te ontdekken dat Isabella ook een gedreven verzamelaar was geweest. Ze gaf opdrachten voor duizenden kunstvoorwerpen, als versiering voor haar twee eigen kamers in haar paleis: de Studiola (studio) en Grotto (salon). Haar studio was versierd met friezen en haar familiewapen was in alle kastdeuren gegraveerd. Later werden de deuren door Mantegna voorzien van een serie allegorische schilderijen. Voor de Grotto gaf ze de broertjes Mola opdracht om de houten wandpanelen in te leggen met afbeeldingen van denkbeeldige steden en paleizen, muziekinstrumenten en sierlijke hoftaferelen. In deze kamer verzamelde Isabella allerlei soorten meesterwerken: kleine bronzen beelden, waardevolle manuscripten en een globe, waarop ze de route van de reizen van Columbus volgde. Slechts drie van de oorspronkelijk zestienhonderd voorwerpen die ze liet vervaardigen zijn bewaard gebleven.

Als kind verzamelde ik voorwerpen, verborg ze onder mijn stapelbed, zoals een eekhoorn nootjes verzamelt als wintervoorraad. Ik kocht mijn schatten voor een paar stuivers op lokale rommelmarkten; oude, beschadigde porseleinen borden, goudgerand en bedrukt met bloemen; glazen presse-papiers met ingegoten bloemen; zijden sjaals met geometrische dessins uit de jaren vijftig; halskettingen met rode en groene glaskralen; parelkettingen en oude ansichtkaarten, zwart-wit en in schuinschrift beschreven met de persoonlijke berichten van onbekenden. Ik verdedigde mijn schamele bezittingen vol vuur, wilde ze nooit delen met andere kinderen. Dat had, denk ik, veel te maken met het egalitaire mantra van 'zorgen en delen' binnen mijn wereld. Als kind moest ik ergens mijn stempel op kunnen zetten – op iets anders dan een belangrijk denkbeeld. Ik ontwierp mijn eigen embleem: een zespuntige ster, met op iedere punt een van de letters van mijn naam en in het midden een open oog. Ik zette het op het hoofdeinde van mijn bed, op mijn kastjes, in de omslagen van mijn boeken en naaide het embleem zelfs op sommige kledingstukken. Ik schilderde mijn embleem op schoenendozen, waarin ik mijn verzameling bewaarde.

Ik vloog naar Wenen op een dagticket. Ik had nog maar weinig tijd over voor research en dacht dat een eenmalig bezoek aan Titian's doek me zou voorzien van alle bijkomende emotie die ik aan Isabella zou kunnen ontfutselen. Ze kreeg al aardig vaste vorm in mijn gedachten. Ik kwam aan bij de receptie van het Kunsthistorisches Museum en vroeg waar ik haar kon vinden. Een enthousiaste student stuurde me per abuis naar een vitrine met munten op de tweede verdieping. Toen ik in de vitrine keek, zag ik een prachtige gedenkpenning van Isabella uit 1505. Hoewel niet zo bedoeld, leek deze introductie toch heel passend. De munt toont een buste in profiel van deze first lady van de Renaissance, even statig in haar pose als welke Romeinse keizer of koning dan ook – en met dezelfde financiële autoriteit. Het was toepasselijk dat de penning dateerde uit haar jonge leven. Titian schilderde zijn enige bewaard gebleven portret van haar dertig jaar later, als poging om het beeld van haar jeugdigheid dat deze penning gaf, opnieuw op te roepen.

Ze mag dan een hoop bezeten hebben, zelf was ze tijdens haar leven ook bezit: van haar echtgenoot, tenminste voor een tijd. Isabella werd op haar zesde verloofd met de markies van Mantua. Ze trouwden toen ze zestien was, hij was toen 25. Naar verluidt was de markies lelijk, maar eerlijk, en hij kon goed vechten: belangrijke eigenschappen als je succes wilde hebben in het Italië van de zestiende eeuw, dat werd geplaagd door geweld en machtsstrijd tussen landheren, indringers van buitenaf en de Kerk.

Maar toen ik me aan 't inlezen was over Isabella, kon ik me niet voorstellen dat de markies haar ooit echt als eigendom had gehad. Ze was veel te slim. Er gingen geruchten dat hij haar politieke interventies niet toejuichte, hoewel ze altijd in zijn voordeel uitpakten. Op een bepaald moment wist ze hem zelfs uit de gevangenis vrij te praten. Toen hij in 1519 stierf, werd hij opgevolgd door zijn negentien jaar oude zoon, Federigo II, maar de onbedwingbare Isabella hield als regentes de echte macht in handen. Dus kun je wel zeggen dat, hoewel hij erg zijn best deed haar te 'bezitten', Isabella de teugels nooit uit handen gaf als het ging om haar zucht naar echte macht.

Isabella was een drijvende kracht in de schilderkunst, belaagde systematisch de belangrijkste schilders van de Renaissance om portretten van haar te maken. Mantegna, Correggio, Perugino en Costa namen allemaal opdrachten van haar aan, maar ze kwam bij Leonardo da Vinci nooit verder dan die ene schets, nu in bezit van het Louvre.

Titian, de belangrijkste Venetiaanse schilder van zijn tijdperk, schilderde haar twee keer, toen hij zestig was. Eerst een natuurgetrouw portret op middelbare leeftijd, het andere werk moest haar jeugdige schoonheid opnieuw oproepen. Van de twee schilderijen is alleen het laatste bewaard gebleven. Voor dit meesterwerk was ik naar Wenen gevlogen, niet voor een oude munt.

Uiteindelijk vond ik de Titian. Hij schilderde Isabella in de jaren 1534 tot 1536, inderdaad maar twee jaar voordat Holbein Christina van Denemarken schilderde. Maar Isabella is afgekapt bij haar middel op Titian's schilderij. Ze draagt bont en rijk geborduurde kleding. Petra verheugde zich al op haar ontwerpen. Isabella's hoofd en torso zijn afgebeeld onder een lichte hoek, waardoor ze langs de toeschouwer heen kijkt. Haar jonge, zachte gelaatstrekken zijn stemmig en ze lijkt gepreoccupeerd met haar eigen belang. Ze is verheven en vreemd, afstandelijk en vastbesloten. Misschien dat er een vleugje van Jacqueline Quinet's heerszuchtige persoonlijkheid op haar geest was neergedaald.

Ik had, terugkijkend, een gevoel van teleurstelling over deze reis, de soberheid van deze koele, beschaafde Oostenrijkse stad leek niet te passen bij Isabella's warmbloedige renaissancekarakter. En dat had ze, voorzover ik wist. Hetzelfde gold voor Titian's afbeelding van haar. Maar misschien hadden deze gevoelens weer eens meer met mij, dan met mijn onderwerp te maken. Het mag dan idioot klinken, maar het model sprak me gewoon niet aan.

Ik wilde graag terug naar Londen om de balans op te maken, maar Guy's woorden bleven door mijn gedachten spoken. 'Leonardo's schets is nietig, maar essentieel.' Ik moest toegeven dat het mogelijk was dat een minder bekend werk me meer inzicht zou kunnen bieden in haar karakter dan dit formele en door haar gesanctioneerde portret.

Guy had de laatste tijd bewezen een goede vriend te zijn. Nadat ik Isabella had achtergelaten, besloot ik hem nog om één gunst te vragen.

'Nu meteen komen,' beval hij, 'niet eerst naar huis, je kunt net zo goed meteen naar Parijs vliegen.'

Ik volgde zijn advies op en regelde een andere vlucht, ging toen direct vanaf Charles de Gaulle naar het Louvre, waar hij me al opwachtte. Ik was bezorgd, wilde mijn kijk op deze koningin van de Renaissance helder krijgen. Guy bracht me naar haar toe, zonder inleiding. En meteen toen ik voor de tekening stond, wist ik dat de omweg de moeite meer dan waard was geweest.

Samen bekeken we haar langdurig in de half verduisterde kamer. Isabella is en profil afgebeeld op een eenvoudige houtskooltekening, ingekleurd met rood voor haar huid en haar, gele oliepastel voor haar jurk. Terwijl ik haar tot me door liet dringen, begreep ik opeens de term 'meesterwerk' in zijn meest elementaire betekenis. Guy moet de intense verrukking op mijn gezicht wel hebben opgemerkt. Ik weet zeker dat hij zijn uiterste best deed niet zelfgenoegzaam te lijken.

'De kleuren zijn buitengewoon,' fluisterde ik.

'Die toevoeging van geel maakt dat dit de enige bewaard gebleven pasteltekening van Leonardo is,' antwoordde hij. 'Dat feit alleen al maakt deze tekening tot een unicum.'

Ik bekeek haar langdurig en secuur. Wat boeide me toch zo in deze simpele schets?

Isabella is afgebeeld in een klassieke pose, niet in de latere en levendiger positie die de kunstenaar voor *Genevra de Benci* of inderdaad de *Mona Lisa* hanteerde. Isabella zit een beetje voorovergebogen, haar torso naar voren, maar haar hoofd weggedraaid tot profiel – net als op de munt die ik in Wenen had gezien. Ze heeft sterke gelaatstrekken, een prominente neus en grote ogen. Haar lippen staan vriendelijk, meegaand. Ze heeft lang, dik haar en laat één delicate hand zien, die op haar onderarm rust.

'Was ze zwanger?' vroeg ik, zonder te weten waarom.

Guy haalde zijn schouders op. 'De jaartallen suggereren die mogelijkheid. Sommige critici zeggen dat ze het was, net zoals ze zeggen dat het model voor de *Mona Lisa* ook zwanger was. Ze wijzen dan op de ronde gezichten en figuren in beide schilderijen en op het feit dat geen van beide vrouwen ringen draagt.'

Ik zou de jaartallen controleren. Er zat zeer zeker iets primitiefs in de tekening, hoewel hij aan de oppervlakte sober leek. De tekening had een menselijke kwaliteit, haar haar leek dik en zijdeachtig, haar vlees warm. Ik was al te weten gekomen dat Isabella dolgraag door Leonardo geschilderd wilde worden – dichter dan dit was ze niet gekomen bij een portret van zijn hand.

'Vier jaar lang heeft ze Leonardo op de huid gezeten,' zei Guy, 'uitzinnig om geschilderd te worden. Je kunt zien dat deze tekening opgeprikt is geweest, klaar om overgebracht te worden op het doek.' Hij wachtte even. 'Leonardo was het kennelijk wel van plan, maar hij had de reputatie dat hij nooit iets afmaakte.'

'Hij was zeker te druk met het vinden van de juiste glimlach voor de *Mona Lisa*.'

Guy lachte. 'Ik hoop dat Isabella later heeft ingezien dat hij met deze meesterschets al ruimschoots aan haar opdracht had voldaan.'

Ik had Petra opdracht gegeven een kostuum te ontwerpen, gebaseerd op het olieverfschilderij van Titian. Ik was nog steeds van mening dat dit meesterwerk de basis was voor mijn act als deze onafhankelijke geest. Ik bleef de daaropvolgende dagen bij Petra, terwijl ze aan het kostuum werkte. Het kastanjebruine kokerrokje en getailleerde jasje van een mengeling van wol en kasjmier werden rijkelijk voorzien van Isabella's embleem, geborduurd in een repeterend patroon van roodbruine garens. Het was een beeldschoon haute-couturepakje, met bont aan de kraag en de manchetten, en als accessoire een wollen hoedje in de vorm van een anemoon. Het kostte maar weinig moeite om voor te stellen hoe Parisiennes de komende winter in deze outfit de Champs-Elysées op en neer zouden lopen, poedels met bijpassende dekjes trippelend naast hun voeten.

Ik had Lincoln Sterne en zijn cameraman uitgenodigd om de laatste passessie bij te wonen. Alle kostuums waren inmiddels klaar, behalve dat van Klimt's *Judith*, dat pas afgemaakt zou worden nadat ik haar in Venetië had opgezocht. Ik gunde Lincoln een snelle voorvertoning van alle kostuums, behalve mijn pièce de résistance, de weelderige fluwelen jurk voor Marie Marcoz, die in het donker de avond van mijn verkoop afwachtte.

Het grootste feest van alles was Petra's ontwerp voor de jurk van Frances Leyland. Ze was op hetzelfde moment uit New York vertrokken als ik, met een map vol reproducties van voorbereidende tekeningen voor de jurk, die we in The Frick hadden ontdekt. Whistler bleek zichzelf naast kunstenaar ook als modeontwerper te zien en had eigenhandig het ontwerp voor Frances' jurk gemaakt. Je zou het een 'middagjapon' kunnen noemen, een type kledingstuk dat na 1870 een bloeiperiode beleefde in de Verenigde Staten en Engeland. Het was een gemakkelijk alternatief voor de strakke korsetten en sterk gedetailleerde kleding van die tijd en weerspiegelde een verband met een stuk geschiedenis dat zijn oorsprong had in de moderniteit.

De serie schetsen bracht Whistler's creatieve proces goed in kaart. De ontwerpen bevatten complexe tekeningen van de roosjes die op de jurk zijn geborduurd en talloze tekeningen van aanpassingen aan de jurk zelf, sommige met een lange sleep, of met een groter palet aan kleuren, zoals ivoorwit, lichtgeel en mandarijntjes-oranje, met de bloemen soms bloedrood getekend. Frances Leyland zal zelf waarschijnlijk niet model hebben gezeten voor de schetsen: haar hoofd is ofwel weggelaten of verstoken van gelaatstrekken. Petra ontdekte dat het ontwerp van haar gewaad was gebaseerd op schilderijen van Watteau, een Franse romantische schilder uit de achttiende eeuw. In het uiteindelijke portret is het ontwerp van de jurk eenvoudig gehouden, maar roept nog wel herinneringen op aan een voorbije tijd van elegantie, van een hoofse stijl: de lange sleep vanaf de schouders, de geplisseerde mouwen en de ruches rond de hals. In zijn schetsen leek Whistler bovendien een aantal poses te hebben uitgeprobeerd, om uiteindelijk te besluiten Frances van achteren af te beelden. Daardoor wordt de sleep in al zijn sierlijkheid zichtbaar, terwijl de kijker van het model alleen het melancholieke profiel te zien krijgt. Bij sommige schetsen van de roosjes stonden instructies in het Frans geschreven. Petra was verrukt toen ze ontdekte dat Whistler de jurk in Parijs had laten maken. Er wordt aan de japon gerefereerd in de brieven van Whistler aan zijn moeder en aan Frances Leyland, maar de jurk zelf is in de loop der jaren een stille dood gestorven. Nu had Petra hem waarachtig weer tot leven gewekt.

Eenmaal terug in Londen greep ik dagelijks terug op de reproductie van Leonardo's schets voor inspiratie. Ik had intussen contact gezocht met het gemeentelijke archief van Mantua en had ontdekt dat er, drie jaar na haar dood in 1542, een inventaris was opgesteld van Isabella's bezittingen in het paleis van de hertog. Er waren recentelijk reproducties van het complete manuscript gemaakt, waarvan exemplaren te koop werden aangeboden. Ik liet nooit een kans lopen om dichter bij de levens van mijn onderwerpen te komen, dus bestelde ik er een, die met ongebruikelijke Italiaanse efficiency binnen drie dagen werd afgeleverd. Het rijkversierde manuscript besloeg 48 pagina's, gekalligrafeerd in sepiakleurige inkt en gebonden in kunstleer met een goudrandje. De 236 voorwerpen die in de catalogus staan beschreven geven een intiem inzicht in Isabella's smaak en openden mijn ogen voor de ware gekte van haar obsessieve verzamelwoede.

Wat de performances betrof keek ik het meeste naar de hare uit, omdat het de meest flamboyante zou zijn en voor een groot publiek zou worden opgevoerd. Ik hoopte haar voor een grote menigte neer te kunnen zetten. Ik zou staand voorlezen uit haar inventaris en replica's van munten uitdelen om haar financiële waarde te onderstrepen. Want uiteindelijk was dat Isabella's manier om haar waarde aan mensen duidelijk te maken: door ze financieel, intellectueel en kunstzinnig tot haar eigendom te maken.

29

'De vorige keer in Venetië was 't 38 graden,' jammerde Petra rillend achter haar Dior-zonnebril voor het aankomende seizoen,
die haar waterige whisky-ogen verborg. Mijn gedachten schoten
terug naar de laatste Biënnale in Venetië. Ik kreeg zin om haar
schermutselingen met een zekere Italiaanse beeldhouwer in de
garderobe van Peggy Guggenheim op te rakelen, maar haar lijkbleke gelaat overtuigde me dat dit niet het moment was. Terwijl
de motorsloep ons langs de scheefstaande *palazzi* aan weerszijden van het Grand Canal voer, voelde ook ik me licht misselijk.
We waren op weg naar Ca' Pesaro, een schitterend barok paleis
op het Santa Croce-eiland, de thuishaven van het museum voor
moderne kunst van deze drijvende stad. Het was een sombere
dag in februari. Venetië ging schuil achter een griezelig ondoordringbare mist. Lichten van de oeroude huizen flikkerden op de
mysterieuze grachten; de volmaakte sfeer voor een ontmoeting
met *Judith*, mijn laatste onderwerp en een krachtig symbool van
mythe en moord.

We hadden een vliegtuig genomen in Parijs. Ik dacht terug
aan de oorzaak van onze gemene kater: een latertje met Guy en
'de Duitser' in een café bij rue de Faubourg St. Honoré, waar we
onder andere mijn ophanden zijnde veiling bespraken. Later in
de nacht waren we onvermijdelijk bij het laatste onderwerp van
mijn lijst aangeland.

'*Judith* van Gustav Klimt?' had de Duitser met gespeelde verbijstering gevraagd. 'We moeten allemaal angst hebben.'

'Waarvoor?' daagde Petra hem giechelend uit, haar arm losjes om zijn schouders.

'Een man die in de val van een femme fatale stapt, staat een zekere ondergang te wachten,' had hij geantwoord, terwijl hij gebarend naar Guy een vinger langs zijn keel haalde.

'Dat speelde zich allemaal in Klimt's hoofd af,' antwoordde die snel, terwijl hij proostte met een glas wodka. 'Hij was geobsedeerd door seks en de dood.'

Ik had in tijden niet zoveel lol gehad. Mijn verblijf in Parijs had de uitwerking van een pepmiddel, hielp me mijn gepieker over de problemen met Aidan ver naar de achtergrond te verdrijven. Het was ook geweldig om onder mensen te zijn die iets van mijn project wisten. Het verlichtte de spanning, voor even voelde het alsof ik de verantwoordelijkheid met hen kon delen.

'Judith gebruikte haar seksualiteit om een generaal ten val te brengen,' had ik gedoceerd, 'maar Klimt interpreteerde haar bedoelingen seksueel. Volgens de mythe waren ze dat niet.'

De Duitser probeerde me scherp aan te kijken, maar de wodka had hem al in z'n greep. 'Dus Judith is een mannelijke fantasie over wat vrouwen tot extremen drijft?'

'Absoluut.' Guy keek me helder aan en sprak langzaam. 'Het is voor mannen te beangstigend om te erkennen dat vrouwen uit rationele overwegingen moorden kunnen begaan. Het is gemakkelijker om te geloven dat een ontketende seksuele passie Judith tot de moord aanzette.'

'Je zou kunnen zeggen dat Esther en Judith wel wat gemeen hebben,' zei de Duitser. Hij praatte nu wel degelijk met dubbele tong.

Voordat ik mezelf kon verdedigen, sprong Petra al voor me op de bres. 'Ze neemt dan wel risico's,' stelde ze, 'maar onthoofdt haar vijanden niet.'

'Nee,' zei hij nadrukkelijk. 'Ik bedoel dat ze allebei Giocondas zijn.'

Het lukte Guy niet om een lachje te onderdrukken.

'Maar het is wáár.' De Duitser nam een grote slok. '*Mona Lisa* was het archetype van een femme fatale.'

'Wie heeft ooit beweerd dat ik model sta voor mijn mythes?' antwoordde ik.

Ik dacht na over Judith's mythologisch slechte gedrag, terwijl we haar naderden, deinend op de golven. Vijf van de zeven gekozen vrouwen waren echt – Christina, Isabella, Marie, Victorine en Frances. De twee anderen symboliseerden de meest extreme presentaties van vrouwelijke seksualiteit in de kunst: de onschuldige Maria en de zondige Judith.

Ik wilde dat het kringetje rond zou zijn in mijn project. Klimt had dit verhaal uit het Oude Testament naar de twintigste eeuw gesleurd, vers bloed aan Judith's handen gesmeerd en een nieuwe interpretatie gemaakt van haar verhaal, zodat het in de cultuur van zijn tijdsgewricht paste. Hij schilderde rond de eeuwwisseling, was een Oostenrijkse separatist, geobsedeerd door erotiek. Zelfs zijn landschappen lijken doordrenkt met een vrouwelijke sensualiteit. De thema's van Klimt waren in zwang in het Wenen van Freud. Hij vond een dankbaar gehoor voor het concept van de femme fatale, maar zijn schilderij zorgde voor verontwaardiging in sommige lagen van de Weense gemeenschap, met name – en begrijpelijk – onder de joodse middenklasse.

De oorspronkelijke legende beschrijft de daden van Judith, een jonge joodse weduwe uit de Israëlische stad Bethulia, die is belegerd door het Assyrische leger. Als zij hoort dat de wijze oude mannen op het punt staan de stad over te dragen aan de despoot Holofernes, besluit ze om zelf de stad te redden. Uitdagend gekleed in mooie gewaden en versierd met exotische juwelen gaat Judith naar het vijandelijke kamp en biedt zichzelf als slaaf aan bij Holofernes. Een paar avonden later nodigt hij haar 'dorstend naar intimiteit' uit in zijn tent. Op haar aandringen drinkt Holofernes 'meer wijn dan hij op enige dag sinds zijn geboorte had gedronken' en valt in een diepe slaap, voordat er ook maar een zondige handeling kan plaatsvinden. Judith grijpt dan zijn kromzwaard en hakt met twee halen zijn hoofd af. Ze roept snel haar bediende, stopt het hoofd in een zak en brengt het naar Bethulia. Daar draagt ze de Israëlieten op om het hoofd vanaf de kantelen van de stadsmuur aan de vijand te tonen. Niet lang daarna vluchten de Assyriërs. Judith verklaarde dat ze handelde in opdracht van God. Er zijn geen aanwijzingen in de oorspronkelijke tekst dat ze had genoten van de ervaring, laat staan dat ze er seksuele bevrediging uit had gehaald.

Klimt maakte twee nieuwe interpretaties van *Judith*, de eerste in 1901, toen een latere in 1909. Het eerste schilderij is even seksueel geladen als het latere, maar mist iconische kwaliteiten. Het eerste model was duidelijk een hedendaags Weens model, waarschijnlijk Klimt's muze Anna Bahr-Mildenberg. Karakteristiek voor het schilderij is het gebruik van bladgoud, platte vlakken die overvloeien in driedimensionale figuratieve schilderingen, een idiosyncratische mengvorm van traditionele en eigentijdse stijlen. Ze draagt een modieuze en dure gouden halsband en houdt het hoofd van Holofernes in haar hand. Ze kijkt afwezig, haar ogen geloken, haar mond half open en impliceert daarmee seksuele extase.

In de tweede interpretatie heeft Klimt Judith voorzien van wat symbolische strijdhaftige eigenschappen en straalt ze een seksuele energie uit die de joodse bourgeoisie van Wenen zowel irriteerde als verontwaardigde. Het schilderij werd vaak omgedoopt tot *Salome* door degenen die aannamen dat Klimt de mythes door elkaar had gehaald en daarmee, zonder dat te willen, Judith in diskrediet had gebracht. Maar Klimt wist wie hij had geschilderd – en waarom. Hij was er niet op uit om zich geliefd te maken bij het grote publiek, zoals Whistler en Manet. Deze kunstenaar geloofde vurig in *l'art pour l'art*. Ik kon amper wachten om haar te ontmoeten.

Na een boottochtje van amper vijf minuten in een motorsloep met een wit leren interieur, meerden we aan bij een kleine houten aanlegsteiger in de buurt van het palazzo uit de Renaissance. We liepen een stukje langs een smalle, azuurblauwe gracht, over een stille, met kinderhoofdjes bestrate kade, naar de brede ingang van het museum. In contrast met de kronkelende straatjes buiten, had het museum een ruimtelijke, met lichte stenen aangelegde binnenplaats, met in het midden een diepe waterput. We gingen het museum binnen via de ruime foyer en liepen toen de brede, stenen trap omhoog, naar de hoofdcollectie op de eerste verdieping. De zalen zelf waren verrassend klein en intiem. De bijzondere fresco's op de plafonds, in uiteenlopende staat van verval, waren boeiender dan de meeste kunstwerken die aan de muren hingen.

De tweede versie van *Judith en Holofernes* is door reproducties even beroemd als *Olympia* van Manet. Reproducties van delen van het werk zijn gebruikt om van alles te verkopen, van chocolade tot lingerie. Maar zelfs als de conservator haar een slechte plaats wijst, zoals hier, op een scheidingswand in het midden van de zaal, is het echte kunstwerk veel aangrijpender dan een reproductie ooit kan zijn. *Judith* is een feest voor de ogen. Net als Christina is ze ten voeten uit afgebeeld, het schilderij lijkt speciaal gemaakt om haar lengte te benadrukken. Door het brede, gouden kader lijkt *Judith* een uitsnede van een tafereel, alsof we een glimp van een bewegend onderwerp opvangen als ze langs een deuropening schrijdt, haar zinnen gezet op moord. Haar borsten zijn ontbloot, haar donkere haar glinstert, haar olijfkleurige huid vertoont een postcoïtale gloed. Haar gewaden hebben een druk patroon, de flamboyante juwelen rond haar onderlijf en polsen impliceren dat ze vastgeketend is geweest, maar nu is losgebroken. Ze houdt het bloederige, levenloze hoofd van Holofernes in haar klauwachtige vingers. De energie die van het schilderij straalt is buitengewoon, zeker als je ziet hoe dun Klimt het doek heeft beschilderd. Op basis van het geglitter in reproducties had ik een veel dikker beschilderd doek verwacht.

Klimt had zijn toevlucht genomen tot een mythe om te suggereren dat mannen machteloos waren ten overstaan van de seksuele aantrekkingskracht van vrouwen – en dat machtige vrouwen een kracht zijn om rekening mee te houden. Misschien was dit een waarschuwing voor de dingen die nog te gebeuren stonden? Het was immers 1909. Niet lang daarna zou Emmeline Pankhurst zichzelf aan de hekken van het Londense parlementsgebouw vastketenen en zouden westerse vrouwen de barricaden opgaan voor vrouwenkiesrecht.

Puur vanuit een theatraal oogpunt keek ik uit naar het opnieuw opvoeren van *Judith*. Als voorstelling was ze even extreem als Maria of Victorine, zelfs de meest extreme van de lijst. Zij zou mijn laatste performance zijn, de slotakte van de week. Ik noteerde mogelijke teksten voor Judith, fluisterde gedachten over haar manipulatieve verleidingskunsten en de daaruit voortvloeiende moord. De ideeën waren vastomlijnd, maar de aard van de performance zou afhangen van mijn koper. Ik wilde de details niet vastleggen, maar openlaten voor verandering. Deze performance zou in een besloten omgeving plaatsvinden en de kijker zou de aard bepalen; of dat nu een man of vrouw was en met of zonder seksuele dynamiek, als sluitstuk van een week die wel of niet een succes – kunstzinnig en persoonlijk – zou zijn geweest. Judith was mijn ongeleide projectiel: gevaarlijk, instabiel en sensueel. Ik zou haar kunnen gebruiken om tot een conclusie te komen van al het voorafgaande en met haar roerend, of niet zo roerend, afscheid nemen van mijn eigenaar.

Net als Ingres en Whistler ontwierp Gustav Klimt eigenhandig de kostuums voor zijn modellen. Ze waren geen afspiegeling van de toentertijd geldende mode van kraagjes, manchetten en franje, maar waren eerder symbolische metaforen voor de karakters op zijn doeken. Judith was onverhuld sexy. En Petra maakte een jurk voor haar waarin ze de bloemetjes buiten kon zetten. Ze had een stof ontworpen die op beide schilderijen was geïnspireerd: zijde bedrukt met roze, groene en oranje spiralen en vierkante, ronde en ovale figuurtjes, fijntjes afgezet met goudborduursel. Ze had met de stof een kimonoachtige jurk gemaakt, waarvan de ogenschijnlijke eerbaarheid een heel andere, onderliggende realiteit verborg. De voorkant van de kimono had verborgen linten die, eenmaal losgemaakt, een onderjurk lieten zien die nog net mijn tepels bedekte, alvorens een vrije val tot mijn navel te maken, waarna hij weer aan de kimono was bevestigd. Ik zou een met edelstenen ingelegde gouden choker dragen en talloze kettingen om mijn polsen en enkels. Klimt beeldde zijn vrouwen vaak blootsvoets af en ook mijn voeten zouden onbedekt blijven. Het eindresultaat was een kostuum dat de extravagante combinatie van slagveld en slaapkamer naadloos wist te verenigen.

Het einde van het project was in aantocht. Er waren nog maar twaalf dagen te gaan tot de avond van de veiling en de opwinding was voelbaar bij alle betrokkenen. Ik voelde een mengeling van opluchting en opwinding dat de voorbereiding bijna voltooid was. Een nieuwe fase in mijn carrière stond op het punt te beginnen. Mijn zorgen over Kenny Harper waren weggeëbd, hij had niets meer van zich laten horen en de pers leek de veiling van mijn schets helemaal vergeten te zijn. Misschien moest ik Kenny, hoe vreemd het ook klonk, wel dankbaar zijn. Het feit dat hij opnieuw was opgedoken, had mijn zintuigen wakker geschud. Ik had me scherper en levendiger gevoeld, meer bewust, mijn zenuwen gevoeliger, sinds hij me angst had aangejaagd. Ik voelde dat ik er klaar voor was om me weer te vertonen. De komende tijd zou vervliegen in een roes van persconferenties, besprekingen, generale repetities en filmsessies. De karakters in mijn verhaal lagen vast, de scripts waren geschreven, de rekwisieten stonden op hun plek. Het was tijd om ze op te bergen en me te concentreren op de kunst van het verkopen van mezelf. Voor één essentiële factor had ik echter nog steeds geen plaatsje kunnen vinden. Voordat ik ook maar in de buurt van dat podium van Sotheby's kon komen, moest ik nog een laatste generale repetitie houden, en het eerst weer goedmaken met Aidan.

30

De assistenten sleepten Petra's tassen uit de lift, mijn appartement binnen. Aidan zou na de lunch terugkomen en Katie en
Lincoln waren al op weg naar mij toe, met een cameraman op
sleeptouw. Sarah en Ruth zouden komen, evenals Billy. Dit zou
werkelijk op een publieke privé-bezichtiging uitdraaien.

Ik had Aidan maar één keer gesproken sinds onze laatste ruzie, gewoon om te vragen wanneer hij weer thuis zou zijn. Het
stemde me treurig, maar ik berustte erin. Ik kon het me niet per-
mitteren om me te laten overstelpen door onze problemen en
hoe meer de avond van de veiling naderde, des te geconcentreer-
der werkte ik. Hoewel ik van hem hield, realiseerde ik me steeds
meer dat Petra de hele tijd gelijk had gehad. Dit was een project
dat ik in mijn eentje tot een goed einde moest zien te brengen.
Het zou maar één week duren, daarna konden we voor al onze
meningsverschillen oplossingen vinden – als dat tenminste mogelijk was – en verder gaan met ons leven.

Alle bezoekers moesten een geheimhoudingsovereenkomst
tekenen voordat ze werden toegelaten in de studio, en we druk-
ten Lincoln op het hart dat we hem voor de rechter zouden slepen, mocht er iets uitlekken naar de media in de 24 uur die ons
restte tot de veiling. Ik had een geluidsman ingehuurd om te zorgen dat de opnames perfect zouden zijn, mijn camera's stonden
klaar om de performances te filmen. Als alles helemaal mis zou
gaan tijdens mijn week als eigendom, kon ik tenminste nog
terugvallen op deze opnames.

We ruimden mijn studio op en maakten ruimte in het midden van de vloer, waar ik een groot wit vierkant neerlegde. Deze mat was gemaakt van een nieuw, verend materiaal dat voor NASA was ontworpen. De mat liet zich tot een klein rolletje opvouwen en was daardoor gemakkelijk mee te nemen. Ik was van plan de mat voor al mijn performances te gebruiken. De zeven kostuums zaten elk in een aparte, gemarkeerde doos. De assistenten hadden ze op een rij gezet, pal onder de bijbehorende reproducties. Ik nam even de tijd ze te filmen: slapende geesten in hun huisjes. Victorine's kamerscherm stond er ingepakt naast. Het was het enige rekwisiet dat apart naar mijn bestemming moest worden verzonden.

'Ik heb nog één verrassing,' kondigde Petra aan, terwijl ze hielp een enorme, met touw dichtgebonden doos uit de lift te slepen.

Ik liep naar haar toe om haar te helpen en was verbaasd over het gewicht.

Ze gaf me een schaar en ik zakte door mijn knieën om de doos open te maken. 'Het is een cadeau – van Dior,' legde ze uit.

Ik zwom door de piepschuimpjes tot ik de rand van een grote, ouderwetse leren hutkoffer zag, met bolle koperen hoekbeschermers en metalen strips langs de randen. Leren riemen liepen over de deksel naar de voorkant.

'Dit wordt een Jenny Lind genoemd – het is precies de juiste grootte om al je kostuums in op te bergen,' zei Petra enthousiast. Ze keek van een afstandje toe, handen op haar heupen. Toen trok ze een papier uit haar achterzak en gaf het aan me. Ik vouwde het open en las:

Gemaakt in 1860 – deze hutkoffer is genoemd naar de Zweedse sopraan Jenny Lind. Door de helderheid van haar stem en haar natuurlijke zangstijl kreeg ze de bijnaam 'de Zweedse nachtegaal'. Ze maakte haar Amerikaanse debuut in het Castle Garden Theatre in New York op 11 september 1850. Dat optreden luidde het begin in van een tournee met

93 optredens, georganiseerd door evenementenorganisator Phineas T. Barnum. De tournee volgde direct op een trits fantastische en succesvolle optredens in Engeland, die aanleiding waren voor de term 'Jenny Lind-koorts'.

Ik keek omhoog naar Petra.

'11 september, laten we hopen dat het geen voorteken is.'

Ze haalde verontschuldigend haar schouders op. 'Louter toeval, echt waar. Toe, maak 'm eens open.'

Iedereen stond vol verwachting om ons heen. Dus deed ik de deksel omhoog.

In de binnenkant van de deksel waren acht paneeltjes gemaakt, zeven daarvan voorzien van voortreffelijke miniatuurkopieën van mijn zeven meesterwerken. De achtste was bedrukt met mijn naam, met daaronder in gouden letters de *Possession*-serie. In de hutkoffer zelf was een uitneembaar plateau gemaakt, met zeven kleine vakjes van verschillende grootte. Elk had een deksel en een eigen slot en sleutel. Op elk vakje stonden mijn initialen, vervlochten met die van een van mijn handlangers. Het waren de emblemen die ik had ontworpen voor de labels in de kostuums, voor de visitekaartjes die ik als mevrouw De Senonnes zou uitdelen tijdens de veiling en – in het geval van Isabella – als bedrukking van de stof voor haar kostuum.

'Elk vakje is op maat gemaakt om de juwelen voor het bijbehorende kostuum op te bergen.' Petra zat nu naast me op de grond. 'Haal het plateau er eens uit.'

Ik keek in de koffer. Er lagen drie, in rood pakpapier gewikkelde pakjes in. Ik maakte de eerste open en er viel een rubberen afgietsel van Holofernes' hoofd uit, met lang, golvend bruin haar, zijn ogen dicht. Het was zo levensecht dat er een rilling door me heen trok. Ik keek naar Petra, ze zag er gevaarlijk ondeugend uit.

Ik maakte het tweede pakje open. Er zat een zwarte, fluwelen sieradendoos in, met daarin een prachtige gouden ring met een robijn, die perfect om de ringvinger van mijn linkerhand paste. Ik ontdekte dat mijn embleem voor Christina aan de binnenkant was gegraveerd. Het was een exacte kopie van haar ring op Holbein's schilderij.

'Dior heeft de ring in eigen huis laten maken,' zei Petra zacht.

'Heb ik 'm te leen?'

'Natuurlijk niet, Esther. Toe, maak het derde pakje eens open.'

Ik scheurde het pakpapier kapot en ontdekte nog een doosje, met daarin een zilveren sleutel. Ze was een kei als 't ging om de spanning erin te houden. Ik keek haar vragend aan.

'Je hoeft de hutkoffer niet te gebruiken,' zei ze zakelijk, 'maar ik heb 'm precies op maat laten maken, zodat al je kostuums erin passen. Ik heb dozen laten maken voor elk kostuum, voor in de koffer. Als je de hutkoffer besluit te nemen, vergeet 'm dan niet op slot te doen, oké?'

Geen haar op m'n hoofd dacht erover de koffer niet te nemen. Ik kon 'm al zien staan op het podium, om samen met mij onder de hamer te gaan. Marie en haar uitzet – klaar voor de reis.

Petra had nu de inventarislijst in handen gekregen en liep de inventaris door, terwijl haar assistenten elk kostuum uit de verpakking haalden. Plotseling, nu we ons concentreerden op het echte werk dat ons te wachten stond, leek de sfeer weer gespannen. Zoals altijd werkten de assistenten stil en efficiënt, boden elk kostuum eerst aan voor inspectie door Petra, voordat ik ze een voor een aanpaste.

31

Evening Standard, kunstkatern, 24 februari.

'Terwijl we ons aan het warmlopen zijn voor de grote veiling van Esther Glass morgenavond, vragen we ons wel af wie het zal aandurven om een prijskaartje aan haar te hangen. In haar privé-leven lijkt de strijd om wie haar bezit in volle hevigheid losgebarsten – de veelgeprezen Franse conservator Guy Coligny begeleidde haar afgelopen week tijdens een diner in Tate Modern en werd een paar dagen daarna met haar in het Louvre gezien. Intussen werd Aidan Jeroke, haar galeriehouder en intieme vriend, op dinsdagavond gesnapt tijdens een etentje met Jacqueline Quinet, inkoopmanager van Sotheby's, voordat ze teruggingen naar zijn appartement aan de Upper East Side om laat op de avond nog wat zaken te bespreken – of ging het om meer dan iets strikt zakelijks? Wij vragen ons af wie Esther morgen naar de slachtbank leidt – en wie de meeste commissie vangt als ze wordt verkocht.'

'Zou Lincoln hier achter zitten?'

Ik haalde mijn schouders op en nam een trekje van mijn sigaret. Ik had geen zin om met Aidan over ons privé-leven te praten vanavond. De verkoop zou in nog geen 24 uur plaatsvinden. Hij was meteen uit het vliegtuig naar mijn generale repetitie gekomen. We hadden elkaar niet meer gesproken sinds dat vreselijke gesprek een week eerder. Toen ik hem zag voelde ik mijn borstkas zo sterk samentrekken, dat ik moeite had om adem te halen.

Maar er waren zoveel mensen in de buurt dat ik niet anders kon doen dan zijn vriendelijke omhelzing te accepteren, alsof alles goed was tussen ons. Toen ging ik door met de repetitie. Ik gebruikte de emoties van dat moment om mijn performances met alle intensiteit te doordrenken die ik op kon brengen. De reacties van het handjevol kijkers waren positief en ik had nu alle zeven vrouwen op video vastgelegd. Het liep al tegen middernacht toen Petra en haar assistenten eindelijk weggingen, tevreden dat ze klaar waren met alle veranderingen die op de valreep nodig bleken en dat mijn kostuums nu af waren. Alle kostuums, behalve dat van mevrouw De Senonnes, waren zorgvuldig opgeborgen in de hutkoffer, die de volgende ochtend door Sotheby's zou worden opgehaald.

Aidan en ik zaten ver van elkaar op de bank, ik in mijn ochtendjas met mijn voeten omhoog, de krant die hij had meegebracht opengeslagen tussen ons in. Ik voelde me uitgekakt, maar stond toch duidelijk op scherp. Ik zou wel een dag of twee ontspanning kunnen gebruiken, voor de veiling. Maar daarvoor was geen tijd meer. En tegen beter weten in merkte ik dat ik hem uitdaagde.

'Wat deed je met Jacqueline in jouw appartement?'

'Heb jij iets met Guy?'

'Jij bent wel de laatste van wie ik zou verwachten dat-ie alles geloofde wat hij in de kranten las.'

Hij zuchtte en leunde achterover, zijn ogen gesloten. 'Je was zo opgefokt in New York.'

'Ik opgefokt? Jij was degene die zich raar gedroeg.'

Hij ging weer overeind zitten en draaide zich naar me toe. Zijn ogen schoten vuur. 'Esther, luister nu eens en voor altijd. Er is niets aan de gang tussen mij en Jacqueline Quinet. Ze heeft bij mij gelogeerd, dat was alles. Waarom moet alles altijd om jou draaien?'

'Nou, als het niet om mij draait, waar draait het dan wel om? Ik wil gewoon weten wat je nu werkelijk uitspookt daar.'

Aidan pakte mijn handen, ik liet ze slapjes in de zijne rusten.

'Kunnen we het hier alsjeblieft na de veiling over hebben,' smeekte hij. 'Ik ben bijna rond met Greg – en ik heb er alles aan gedaan om jou veilig je idiote project uit te laten voeren.'

'Ga verder,' zei ik.

Hij wachtte even, zei toen zacht: 'Laat ik het zo zeggen, ik denk dat ik een koper heb gevonden.' Hij kon het niet nalaten te glimlachen. 'Eentje die we langdurig tegen het licht hebben gehouden.'

'Heb je mijn verkoop al vooraf bedisseld?' zei ik nerveus.

Hij zweeg.

Ik stond op van de bank, trillend van woede keek ik op hem neer. 'Aidan, wat is er verdomme aan de hand?'

Tot mijn verbazing keek hij me aan en begon te lachen. 'Esther, doe nou even rustig aan. Laten we het er maar op houden dat ik een koper heb gevonden, van wie ik graag zou zien dat hij je aan zijn collectie toevoegde. Maar het blijft een veiling, hij kan zomaar worden overboden.'

'Als je het maar niet in je stomme kop hebt gehaald om mijn veiling te manipuleren,' siste ik, terwijl ik me op mijn hakken omdraaide. Ik voelde me verward, uit het lood geslagen. Het was te laat om er nu nog over te praten. Ik moest mezelf in acht nemen, mijn krachten sparen. Er was maar één ding dat ik kon doen. 'Ik ga naar bed,' zei ik.

32

De catalogus

Kavel 143
De *Possession*-serie*

'Schoonheid, Politiek, Macht, Religie, Seks, Esthetiek, Mythe'
door Esther Glass

Een werk in samenwerking met
Marie, Christina, Isabella, Maria,
Victorine, Frances en Judith

Kostuums ontworpen door
Petra Luciana

De aankoop omvat:
het creatieve proces
en
het eigendom van de *Possession*-serie, na afronding van het
werk

---

* Er is toegezegd dat de serie wordt uitgeleend aan *The International Contemporaries*-expositie voor een periode van achttien maanden, volgend op de voltooiing.

Status, Begeerte, Rijkdom, Onderwerping, Zuiverheid, Ambiguïteit, Gevaar

Termijnen en voorwaarden

De koper krijgt Esther Glass, hierna te noemen 'de kunstenaar', gedurende een week in eigendom, ingaand onmiddellijk na haar veiling, en zal zorgdragen voor de volgende omgevingen voor performances, zodat zij haar werk kan voltooien:

Virtuele bezichtiging
Optreden voor publiek
Spirituele omgeving
Optreden voor genodigden
Thee met familie of vrienden
Diner voor twee

De koper zal zorgdragen voor:
Business class vervoer
Alle voorzorgsmaatregelen voor haar veiligheid
Een passende, veilige omgeving voor haar verblijf
Alle kosten voor het dagelijkse leven – voeding etc.
De zeven hiervoor genoemde omgevingen ter completering van de serie.

De kunstenaar zal zich voegen naar alle verzoeken die als 'redelijk' kunnen worden aangemerkt, maar behoudt het recht verzoeken te weigeren als zij vindt dat die buiten de reikwijdte van het project vallen.

Ik sloot mijn ogen en fluisterde de namen van mijn vrouwen, een voor een, als een mantra, deed mijn ogen weer open en gaf de beveiligingsbeambte een knikje. Terwijl hij de deur openzwaaide, stierf het gekwebbel weg en draaide het publiek zich om, om mijn entree te aanschouwen. Ik fixeerde mijn blik boven hun hoofden en schreed door het middenpad, een flauw lachje als gezichtsuitdrukking. Het urenlang oefenen was het meer dan waard geweest; de orkestratie was precies goed. De zwetende lichamen rondom mij ademden de bedompte lucht in en uit – Jacqueline Quinet had gezorgd voor een volle bak. Toen ik halverwege de eerste zaal was, vertraagde ik mijn pas en liet mijn blik over de menigte glijden, naar links, toen naar rechts. Om de paar passen stopte ik om visitekaartjes uit te delen, elk met mijn handtekening en embleem gedrukt in zwarte, cursieve letters, vervlochten met de naam van een van mijn zeven onderwerpen, in rood geschreven. De mensen namen ze gretig aan, in de wetenschap dat ze in de toekomst waardevol zouden worden.

De pers had een plaats op de tweede rang gekregen en moest het evenement volgen op een plasmascherm. Ik wist dat dit in mijn voordeel zou werken, dat ik er 'esthetischer' uit zou zien dan in 't echt.

Toen ik langs de ingang van hun zaal liep hoorde ik de journalisten, elkaar verdringend en balkend als dieren rond voedertijd.

'... ze is een hedendaagse *Mona Lisa.*'

Iemand lachte.

'Nee... ze is gewoon een dure hoer...'

Gegrinnik.

'... meer een Toulouse-Lautrec-achtige callgirl...'

Ik kende hun spelletje: ideetje neerpennen, citaatje noteren, zorgen dat 't voor negen uur op de redactie ligt, zodat het meekan in de eerste edities op zondag.

Snel liep ik door naar de hoofdzaal. De stemming was er afstandelijker, het publiek openlijk doordrongen van eigendunk. Het was onmogelijk geweest om kaartjes voor deze zaal te ritselen, wat je ook probeerde; de deuren gingen pas voor je open als je iemand was. Jacqueline had veel werk gemaakt van het toewijzen van de stoelen – alsof ze de tafelschikking voor haar eigen bruiloftsfeest had moeten maken. Ze zei dat ze 'het perfecte evenwicht zocht – een zweempje commotie, zonder het risico van een massale vechtpartij'. Daar leek ze helemaal in geslaagd te zijn. Europese en Amerikaanse kunsthandelaars deelden rijen met de meest vooraanstaande conservatoren uit de kunstwereld en voor het eerst tijdens een veiling van deze categorie, waren drie Aziatische verzamelaars gekomen. Iedereen wist dat deze avond het begin van iets groots zou worden: de jonge Britten wilden de macht grijpen in de hedendaagse kunst.

Eindelijk kon ik het podium beklimmen. Ik ging in het midden staan, vlak naast de hutkoffer. Het voelde alsof die mijn anker was, stabiliserend en sterk. In de koffer lagen de geschiedenissen van zes andere vrouwen; mijn succes bepaalde of ze al dan niet te voorschijn zouden komen uit de duisternis van het verleden. De druk was duidelijk voelbaar. Ik liet mijn blik over het publiek glijden. Proefde ik iets van onbehagen? Ik denk dat ze moeite hadden om te bevatten wat ze zagen: dit vrouwelijke kunstwerk werd vanavond geveild. Wie van hen zou levend, ademend vlees willen kopen? Ik wilde charisma, onafhankelijkheid en seksualiteit uitstralen. Petra had zichzelf overtroffen: ik voelde me als het perfecte evenwicht tussen de impliciete historische referenties en de openlijke, hedendaagse brutaliteit.

Mijn satijnen onderjurken hadden geritseld toen ik door het middenpad liep. Nu kon ik voelen hoe honderden ogen me hongerig bekeken, over mijn jurk gleden – prachtig wijnrood fluweel, hoog boven mijn middel getailleerd, waarna de stof moeiteloos naar beneden viel. Minuscule zilveren glittertjes schoten over de stof als vallende sterren.

De blikken verplaatsten zich al snel naar het lijfje, vervaarlijk diep uitgesneden onder een doorschijnende onderjurk die mijn borsten impliceerde te bedekken – maar het niet deed. Daarboven een drievoudige ring van blonde kant die mijn hals omsloot. Net als Marie Marcoz had gedaan, hield ik in mijn rechterhand een witte, linnen zakdoek, waarmee ik de aandacht vestigde op dertien met smaragd afgezette gouden ringen, die mijn vingers sierden als prullaria in een kerstboom. Drie gouden kettingen bungelden rond mijn hals, tot aan mijn middel. Aan een hing een kruis, de tweede droeg Guy's geurflesje met zijn opgerolde gelukwens, aan de derde hing alweer een smaragd, omgeven door diamanten. In mijn oren droeg ik bloedrode robijnen, afgezet met diamanten. Ze flonkerden verleidelijk onder het kunstlicht. Ik knipperde met mijn dikke kunstwimpers, mijn blauwe contactlenzen gaven mijn ogen een valse flonkering. Ik kreeg het warm – ik hoopte dat ik het volhield. Cameraploegen knielden voor het podium neer, als spinnen die wachtten tot ik in hun web verstrikt zou raken. Helemaal rechts ontdekte ik Aidan's bekende postuur, verscholen in het donker van de coulissen. Zijn aanwezigheid gaf me kracht, genoeg kracht om ze allemaal te overwinnen. Ik had hem de vorige avond naar huis gestuurd en had zijn begeleiding geweigerd vandaag. Ik moest, tenminste voor dit moment, geloven dat ik dit helemaal alleen deed. Maar nu ik hier in het felle spotlicht stond voelde ik me gerustgesteld, wetend dat hij daar naast het podium op me wachtte.

De aandacht van het publiek verplaatste zich naar de veilingmeester, toen die de zware klap van zijn hamer liet klinken. Veertien minuten te laat, precies volgens Jacqueline's planning, ging ik onder de hamer. Tijdens de eerste helft van de veiling waren goede prijzen geboekt en de veilingmeester begon op stoom te komen. Hij bekeek zijn kavellijst, controleerde of zijn medewerkers op hun plek stonden, of het telefoonteam klaar was en schraapte toen met veel dramatisch vertoon zijn keel.

'En dan nu kavel 143. De verkoop van kunstenares Esther Glass – sorry, ik bedoelde de *Possession*-serie.'

Hij voerde een toneelstukje op – het publiek wist 't en lachte. Even was de druk van de ketel.

'De koper zal mevrouw Glass een weeklang bezitten,' ging hij verder, serieus nu, 'alle details zijn in de catalogus te vinden – en zijn bovendien breed uitgemeten in de pers.'

Een lachsalvo fladderde door de zaal, hing boven het publiek als dansende vlinders. Wie kon de aanloop naar het belangrijkste moment voor de kunstwereld van dit seizoen zijn ontgaan?

Hij wierp me van opzij een snelle blik toe. Ik glimlachte flauwtjes terug. Toen verzocht hij om stilte en verstomde het rumoer. Eindelijk, met mijn hart bonzend in mijn keel, was het moment van mijn verkoop aangebroken.

Marie's zware fluwelen jurk was niet geschikt voor zulke intense podiumlampen en ik voelde me slap worden van de hitte, maar dit was niet het moment om de controle te verliezen. Ik was er klaar voor en wachtte, naast mijn hutkoffer. Ook het publiek was er klaar voor. Iedereen was volledig stil en zat recht op zijn stoel.

'We openen het bieden op 100 000 pond. Hoor ik 120?'

Een eenzaam kaartje werd opgehouden aan de linkerkant van de ruimte.

Met een kort knikje bevestigde de veilingmeester het bod. 'Ik heb een bod voor 120.'

Ik kende de Zwitserse kunsthandelaar Carl Ziegermann, corpulent en van middelbare leeftijd, en probeerde mijn verbazing te verbergen. Aidan had niet verteld dat hij mee zou bieden. Misschien was hij er wel door Jacqueline neergezet om het balletje aan 't rollen te krijgen?

Terwijl ik nog over die mogelijkheid nadacht, werd er alweer een nieuw bod uitgebracht.

'140, middenin.'

Ik keek naar de vrouw, maar ze keek me niet aan. Ze was zakelijk gekleed, keek gereserveerd. Het werd al wat aanlokkelijker – ik verkeerde liever een week in het gezelschap van een vreemde vrouw, dan overgeleverd te zijn aan Carl Ziegermann's 'vaderlijke' grillen. Mijn gedachten vlogen terug naar Christina's anonieme vrouwelijke financier. Maar misschien was deze vrouw een assistente, die met andermans geld bood op andermans smaak. Ik concentreerde me weer op de veilingmeester, die een hoger getal noemde. Ziegermann bood nog steeds mee en ik vroeg me af of Aidan hem daartoe had aangespoord. Gisteravond had ik geprobeerd van hem los te krijgen wie er op zijn shortlist stonden, maar hij liet zich niet verleiden tot een uitspraak, zei dat het geen zin had voorspellingen te doen, dat het beter was de veiling gewoon maar af te wachten.

'150 geboden.' De veilingmeester richtte zijn blik weer op de vrouw. 'Hoor ik een 160?'

Ze knikte kort. Voordat de veilingmeester de kans kreeg haar bod te bevestigen, stak Ziegermann opnieuw zijn kaartje omhoog.

'Ik heb 170 000 hier rechts van mij.'

Ze reageerde er onmiddellijk op.

'En 180 000 in het midden.'

Eindelijk weifelde Ziegermann, hield zijn blik op zijn schoot gericht.

'180 000 in het midden,' herhaalde de veilingmeester.

Nu keek Ziegermann op, liet zijn blik rustig over mij heen dwalen en stak toen twee vingers op.

De veilingmeester zag het gebaar en aarzelde geen moment om hem erop vast te pinnen. 'Ik heb een bod voor 200 000 pond.'

Mijn vriendin op haar beurt aarzelde geen moment, schudde alleen kort haar hoofd. Ik voelde teleurstelling, had graag geweten wie zij was.

De veilingmeester wachtte, keek zorgvuldig rond in het publiek en zei berispend: 'Ik heb een bod voor 200 000 pond. Is er nog iemand die hoger wil bieden?'

Een vochtige stilte drukte op het publiek. Ik voelde de aandrang naar Aidan te kijken, maar voor ik dat kon doen verbrak de stem van de veilingmeester de spanning.

'Ik heb een bod voor 220 000.'

Het collectieve uitblazen van ingehouden adem zond een vochtige vlaag door de futloze lucht. Het late bod kwam vrijwel zeker van een verkoopfunctionaris, oortelefoontje in. De veilingmeester richtte zijn aandacht onmiddellijk weer op Ziegermann, die zijn kaartje opstak en zijn lippen liet overmannen door een klein lachje.

'240 000 geboden,' herhaalde de veilingmeester. 'Ik heb een bod voor 240.'

Er werd onmiddellijk gereageerd.

'Nu overboden per telefoon met 250.'

Ziegermann's ogen keken me trouwhartig aan, toen schudde hij langzaam zijn hoofd, erkende zijn verlies. Ik vroeg me af of Victorine dezelfde opluchting had gevoeld als een bijzonder walgelijke klant haar prijs niet had kunnen betalen.

Maar wie was de andere bieder? Iemand die Aidan had benaderd? Ik stond bekend als iemand die risico's nam, nooit bang om extreme dingen uit te halen – en dit was niet het moment om het anders aan te pakken. Ik had mijn hoofd in de strop gestoken voor mijn kunst, voelde hoe mijn nieuwsgierigheid aanzwol. Ik richtte mijn aandacht weer helemaal op de veilingmeester.

'Ik heb een bod voor 250 000,' zijn stem klonk urgenter dan voorheen, 'hoor ik meer dan 250?'

Het was de geschatte verkoopprijs. Als het hierbij zou blijven, wilde hij graag door naar de volgende kavel. Hij hief zijn hamer op om het bod af te hameren.

Pas op dat moment knikte een andere verkoopfunctionaris met een telefoon, bijna onzichtbaar.

'Ik heb een laat bod, voor 275.' De bloeddruk van het publiek nam weer een streepje toe.

Alle ogen waren op de twee verkoopfunctionarissen gericht. Niemand keek meer naar mij. Voor even waren ze vergeten dat ik een menselijk wezen was. Mijn experiment was gelukt, in hun gedachten was ik veranderd in waardevolle, esthetische handelswaar – net als alle andere kavels.

De eerste verkoopfunctionaris praatte tersluiks in haar microfoontje. Toen keek ze op, knikte kort.

De veilingmeester bekrachtigde het bod. 'Ik heb 300 000.'

Een stroperige stilte viel over het publiek, terwijl hij zich op de andere assistent richtte. Aller ogen waren nu op hem gericht. De verkoopfunctionaris tikte razendsnel cijfers op een rekenmachine, terwijl hij naar de telefonische instructies luisterde. Hij aarzelde, fluisterde toen iets in het oor van de veilingmeester, voordat hij de rekenmachine aan hem gaf. Toen die er naar keek, betrok zijn voorhoofd. Was er een probleem? Het publiek zat op het puntje van hun stoel.

Ten slotte sprak de veilingmeester, snel maar duidelijk, zijn toon triomfantelijk. 'Ik heb een bod van één miljoen dollar. Omgerekend is dat 665 000 pond.'

Het publiek sprong op, als één man, alsof er onder hun zitvlak een veer was losgeschoten. Nu had ik weer hun onverdeelde aandacht.

Ik wist wat dit betekende, in hun ogen had het bedrag mij veranderd in een wezen van een hogere orde, in iemand die onaantastbaar was, iconisch en – zo wisten ze – vanaf dat moment buiten hun bereik. Ik, op mijn beurt, was volledig uit het veld geslagen.

Met dit bod was de veiling abrupt aan een einde gekomen. De veilingmeester keek nog eenmaal rond, riep toen boven het rumoer uit.

'Ik sluit de verkoop op 665 000.'

Niemand hoorde het neerkomen van zijn hamer op de tafel.

Mobieltjes piepten en rinkelden terwijl het rumoer aanzwol, maar mijn performance was nog niet afgelopen – ik moest eerst zien weg te komen. Ik draaide me langzaam om naar Aidan, die nog rondhing aan de linkerkant van het podium. Hij stak kalm zijn arm naar buiten en leidde me de trappen af, sloeg de Ingressjaal als een beschermende deken over mijn schouders en leidde me weg uit de veilingzaal. De geluidssterkte van de ovatie zwol aan terwijl ik vertrok; het publiek moest duidelijk stoom afblazen. Een horde journalisten achtervolgde ons en buiten werden we opgewacht door een batterij flitslichten en microfoons die in mijn gezicht werden geduwd, terwijl de politie probeerde de menigte op afstand te houden.

'Wie heeft je gekocht, Esther?'

'Wat is er afgesproken?'

'Waar ga je komende week naartoe?'

Ik ontdekte een verslaggeefster van de bbc en draaide me in

de richting van haar microfoon en cameraman – het was het beste de landelijke omroep de grootste brokjes aandacht toe te werpen. 'Ik moet vanaf morgen een weeklang gevolg geven aan de grillen van mijn koper,' zei ik. Mijn stem klonk alsof die een eigen leven had. 'Hij of zij mag met mij doen wat hij of zij wil, zolang het niet illegaal is...' ik hoorde iemand lachen, 'en ik mijn toestemming geef.'

'Wie is de koper, Esther?'

Aidan kwam tussenbeide. 'We kunnen helaas geen details naar buiten brengen voordat het veilinghuis de verkoop heeft bevestigd, net als bij alle andere kavels.'

'Esther – hoe voelt het om één miljoen dollar per week waard te zijn?'

'Ik denk dat ik beter *The International Contemporaries*-expositie als spreekbuis kan gebruiken om dat te vertellen,' zei ik, 'als ik eenmaal alle indrukken op een rijtje heb.'

Mijn antwoord ontketende een zwerm nieuwe vragen, die opsteeg in de koude lucht, waar de vragen rond bleven vliegen als vleermuizen rond een enkele lamp.

Aidan leidde me naar de achterdeur van een gereedstaande limousine. Net voordat een politieman de deur achter ons sloot hoorde ik John Herbert, mijn recente vertrouweling bij de *Clarion*, schreeuwen: 'Je bent dat geld niet waard, Esther. Je bent verdomme gewoon een vervalsing.'

En heel even moest ik weer aan Kenny Harper denken.

Achter in de auto begon ik onbeheerst te trillen. Aidan had zijn arm om me heen geslagen en kuste mijn haar.

'Wie was 't?' vroeg ik, 'wie geeft zo belachelijk veel geld uit?'

Aidan grijnsde breeduit en hield me strakker vast. 'We zullen op een belletje van Jacqueline moeten wachten; ze lopen nu alle details door. Het is maar beter om even te wachten, Esther, tot alles rond is.'

'Kom op Aidan, was het iemand die jij hebt benaderd?'

'Ik neem aan van wel, maar diegene was niet van plan om zoveel te bieden.'

Voordat ik de kans kreeg meer te vragen, ging mijn mobieltje en ratelde Petra in mijn oor.

In de galerie was een feestje voor genodigden georganiseerd, een *sound system* blies muziek tegen de gevels van de omringende leegstaande loodsen. De pers was er al en er ontstond een schermutseling toen Aidan en ik onze weg naar binnen vochten. Onmiddellijk klampte ik me aan Petra vast en we gingen min of meer verder met mijn performance. In het midden van de galerie was een rode loper gelegd, waarover we door de ruimte schreden, toegejuicht door vrienden en collega's. Ik deelde nog wat visitekaartjes uit, als aandenken aan de avond. Onder de genodigden ontdekte ik Guy en zijn vrouw, toen Lincoln, innig gearmd met zijn cameraman.

De woorden 'De *Possession*-serie' waren in zwart op de muur van de galerie geschilderd met daaronder, in roze neoncijfers, een dollarteken en een één met zes nullen. Degenen die niet bij Sotheby's waren geweest, hadden de veiling bekeken op een breed scherm aan de kopse muur van de galerie. De beelden werden herhaald, dus kon ik het nog eens bekijken. Het was een surrealistische ervaring. Ik keek naar mezelf, maar zag Marie Marcoz die me aankeek. Ik vroeg me af hoe ze zich zou voelen, in haar graf. Ik had het gevoel haar gerehabiliteerd te hebben, nu haar waarde publiekelijk was erkend, zelfs als het publiek nog niet helemaal doorhad wie het nou zo had bewonderd.

Aidan werd gebeld en zei daarna dat Jacqueline hem had verteld dat, omdat de verkoopprijs zo was opgelopen, Sotheby's de verkoop eerst wilde verifiëren voordat deze met meer informatie naar buiten kwam. We zouden de uitslag pas de volgende ochtend horen.

'Dus kun je net zo goed even uit je dak gaan. Maak je er maar geen zorgen over en ga lekker feesten,' moedigde hij aan, voordat hij in zijn kantoor verdween en een halfuur lang met iemand belde.

Ondanks de onzekerheid hield de feeststemming van de avond

me vrolijk. Ik trok me met Petra terug, die me hielp met omkleden. Ik deed de pruik af, maakte mijn haar tot plukjes met gel en trok een uitdagend jurkje aan – natuurlijk speciaal voor deze gelegenheid ontworpen door Petra. Het contrast was verbijsterend. Ik voelde me verdrietig dat Marie's tijd er alweer op zat. Petra's assistent legde het kostuum voorzichtig te ruste, toen gingen we terug naar het feest en hingen de beest uit. Het was mijn laatste avond in vrijheid – voor de komende week tenminste. Morgen zou ik vertrekken om een week bij mijn eigenaar te blijven, wie dat dan ook mocht wezen.

33

'De waarde van kunstenaar Esther Glass is daarmee opgelopen tot 35 miljoen pond per jaar. Waarom is dit levende kunstwerk voor de hedendaagse kunsthandelaren evenveel waard als een Picasso? We houden allemaal onze adem in voor de afloop. En dan nu het weer.'

Ik werd gewekt door de tv. Ik keek en zag hoe Aidan en ik het veilinghuis verlieten. De vorige avond leek ver verwijderd van onze schuilplaats in Soho op deze grijze zondagochtend.

'Geweldig! Een levende Picasso,' zei Aidan, terwijl hij de tv uitzette. Hij stond naakt naast het bed, twee bekers in zijn handen.

'Je gaat weer terug naar Manhattan,' zei hij nadrukkelijk.

Het duurde even voordat ik wist waarover hij het had, toen zonk me de moed in de schoenen.

'Wie heeft me gekocht?'

Hij ging op het bed zitten en gaf me een beker koffie. 'Hij heet Ben Jamieson.'

'Heb jij 'm benaderd?'

'Zeker weten,' zei hij zelfgenoegzaam.

'En verder?'

'Meestal koopt hij via Greg Weiz, maar kennelijk vindt Ben Jamieson het soms leuk om zelf te kopen. Houdt ervan zich in het spel van bieden te mengen, via de telefoon.'

'Waarom bood hij zoveel?'

'Ik denk dat hij zich heeft laten meeslepen.'

'Of er zit een steekje los bij hem,' zei ik. Ik merkte dat ik zenuwachtig werd.

'Nee, Est, hij weet alleen heel goed wat hij wil.' Aidan boog voorover en kuste mijn voorhoofd. 'Hij vond kennelijk dat je het waard was.'

Ik kon mijn opwinding over de verkoopprijs niet ontkennen. Zoveel geld zou een groot verschil betekenen voor mijn toekomst als kunstenaar. Het zou me de vrijheid geven om te experimenteren, of zelfs een tijdje te stoppen met werken en de balans op te maken. Ik kon in feite doen wat ik wilde. Ik kon het geld ook wegzetten, voor de toekomst van een kind, of kinderen. Het was meer geld dan ik ooit gedroomd had te bezitten. Maar toch, die geldelijke kant van de zaak was het laatste wat me de afgelopen paar maanden had beziggehouden. Ik was te veel opgeslokt door het project zelf, en met het op veilige afstand houden van Kenny Harper, om na te denken over mijn financiële waarde. Ik besefte nu dat de 25 000 pond smeergeld voor Kenny een schijntje was geweest, vergeleken met dit bod.

'Dus... vertel me alles wat je over hem weet,' zei ik dwingend.

Aidan vlijde zich tegen de kussens. 'Nou, hij is een goede vriend van Greg Weiz. Er is niets geks aan hem, hij is een belangrijke kunstverzamelaar, erg gespitst op hedendaagse Amerikaanse kunst en bezit ook wat kunst van na de Tweede Wereldoorlog, Pollock, Rauschenberg. Het gerucht gaat dat hij net een paar Warhols heeft gekocht, maar ik ken niemand die dat ook kan bevestigen.'

'Maar wat moet hij dan met een aankoop als de mijne?'

'Misschien vindt hij het een leuk idee om iemand te bezitten die beroemd en beeldschoon is.'

'Gelul.'

Aidan keek zuur. 'En ik denk dat hij het interessant vindt om zijn portfolio uit te breiden, om ook wat BritArt aan te kopen.'

'Is-ie daar niet een beetje laat mee?'

'Waarom zeg je dat?'

'Nou, de tijd dat je hier koopjes vond is wel voorbij, niet dan?'

Hij begon mijn nek te strelen. 'Ben Jamieson jaagt niet op koopjes, Esther. Hij is een van de rijkste handelaren op Wall Street. Hij let alleen op kwaliteit.'

Het voelde als een anticlimax.

'Wat is er nou? Alles is op z'n pootjes terechtgekomen. Hij is een goeie vent.'

'Tuurlijk, maar het is ook wel heel voorspelbaar dat ik gekocht zou worden door een Amerikaan.'

Aidan schudde zijn hoofd, vol ongeloof. 'Er zijn niet veel Europese verzamelaars die zich jou nog kunnen veroorloven.'

'Dat weet ik ook wel, maar het had ook een of andere onbekende Aziatische of Europese verzamelaar kunnen zijn, of zelfs een vrouw.'

'Maar zo zit de kunsthandel nu eenmaal niet in elkaar.'

'Sommige werken verdwijnen voor altijd in de obscuriteit,' zei ik, terwijl ik onder het laken gleed.

Ook Aidan kroop onder het laken en schoof in het donker tegen me aan. 'Dat gebeurt zelden als er zo'n hoge prijs is betaald.'

'Niemand weet waar Dr. Gachet is,' gromde ik, verwijzend naar de duurste Van Gogh die ooit op een veiling is verkocht en zich nu ergens in een privé-collectie bevindt. Niemand weet waar of bij wie, of wil het toegeven. 'Het is misschien wel toepasselijk dat ik door een rijke Amerikaan ben aangekocht,' ging ik verder, 'al mijn performances zijn ten slotte gebaseerd op vrouwen die op de vrije markt werden verhandeld door mannen. En nu word ik ook verscheept naar de andere kant van de grote plas, net als die arme Frances.'

Aidan omarmde me. 'Dit is wel een meesterwerk waarvan ik zeker wil weten dat het terugkomt naar Londen.'

'Ik ben niet van plan om in New York te blijven,' fluisterde ik. 'Dat komt door jouw verleden daar, vol van onaangename geheimen.'

'Ik heb geen geheimen voor jou, Esther. Het is helemaal voorbij tussen Carolyn en mij. En Jacqueline, dat was alleen iets wat zich in jouw fantasie afspeelde.'

'Ik voelde me de laatste keer niet op mijn gemak daar.'

'Je was gewoon gestrest.'

Daar was ik nog niet zo zeker van, maar ik wist dat hij zich niet uit de tent zou laten lokken.

'Wat denk je dat die Ben Jamieson van me wil?'

Aidan sloeg het laken omlaag en streelde mijn gezicht. 'Dat je hem begeleidt, wat kunst maakt, indruk maakt op zijn vrienden.'

'Zolang dat alles is.'

'Wat hij ook van je verlangt: je weet dat je het aankunt. En trouwens, in het contract staat dat je altijd "nee" kunt zeggen, weet je nog?'

'Ik maak me ook helemaal geen zorgen.'

'Mooi.'

'Ben je niet jaloers?' Ik plaagde maar wat, maar wist ook dat Aidan dit hele eigendomsgedoe persoonlijk opnam. En dat hij zijn uiterste best deed het te ontkennen.

'Hij is niet bepaald jouw type,' zei hij, net iets te snel, 'eerlijk gezegd ben ik jaloerser op Guy Coligny.'

'Die was er gisteravond met zijn vrouw Jeanne. Toch geen reden om jaloers te zijn?'

Guy had de veiling bijgewoond in gezelschap van zijn vrouw, een verfijnde schoonheid. Ze waren ook naar het feest gekomen en waren tot laat gebleven. Ik vond het intrigerend om de wederhelft van Guy te leren kennen. Ze was rond de veertig, zag er schitterend uit, droeg de mooiste kleding, had fraaie, hoge jukbeenderen en kleine kokette maniertjes – een hedendaagse versie van Audrey Hepburn, maar dan met een olijfkleurige huid. Haar zwarte haar was opgestoken in een klassiek knotje. Als make-up had ze genoeg aan een beetje crème. Misschien dat ze gewend was aan Guy's geflirt, of had ze geaccepteerd dat het deel uitmaakte van de overeenkomst. Ze maakte haar positie als Guy's vaste partner volmaakt en eenvoudig duidelijk, niet door wat ze zei, maar door de manier waarop ze naar me keek. Ik was blij te zien dat ze zo openlijk lieten blijken dat ze bij elkaar hoorden, zowel voor de pers als voor Aidan.

'Wanneer vertrek ik?'

'Je vlucht naar JFK vertrekt vanavond. Conform het contract vlieg je business class.'

'Ga je mee om me uit te zwaaien?'

'Denk je nu echt dat ik het meesterwerk van mijn collectie zonder begeleiding laat reizen?'

Opeens viel me op hoe uitgeput ik was, de aanloop naar de veiling en de avond zelf hadden veel van me gevraagd.

Aidan stelde me gerust door te zeggen dat al mijn koffers direct naar het vliegveld werden gestuurd en dat ik nog de hele dag had om te ontspannen, om absoluut niets te doen, als ik dat wilde.

'En jij?'

'Ik ben niet van plan je uit het oog te verliezen,' beloofde hij.

Mijn gezicht stond op de voorpagina van elke zondageditie, van de serieuze dagbladen én de tabloids. De veiling was een doorslaand succes geweest. Er werd druk gespeculeerd over de koper, maar nog niemand wist wie hij was, noch waar ik heen zou gaan. Die ontbrekende puzzelstukjes zouden een aanleiding zijn voor nog meer verhalen in de komende week, precies zoals ik had bedacht. En het leek erop dat ze ons spoor niet hadden kunnen volgen naar Soho, gisteravond. Buiten was geen journalist of fotograaf te bekennen. Ik zette mijn mobieltje op de voicemail. Katie was in de galerie en het pr-bureau zou alle andere vragen afhandelen. We genoten samen van dit gestolen moment. Om zes uur douchten we en trok ik mijn burqa aan; Aidan zette een donkere zonnebril op en trok een parka aan, met de capuchon over zijn hoofd. Toen gingen we de straat op, onopgemerkt, naar China Town voor *dim sum*. Na het eten werden we opgehaald door een zwarte Mercedes die ons naar Heathrow bracht. Niemand sloeg acht op ons.

Achter in de auto deed ik mijn sluier af en legde mijn hoofd in Aidan's schoot om wat te dommelen.

'Ik ben echt helemaal uitgeput.'

'Je kunt in het vliegtuig wel wat slapen, *Madame*. Business class, weet je nog?'

Ik moest glimlachen om zijn verwijzing naar Ingres. Aidan streelde afwezig door mijn haar en keek naar het verkeer, terwijl het steeds harder ging regenen. Er speelde een klein, maar duidelijk lachje om zijn lippen.

'Waar denk je aan?'

'Ik moest net denken aan de dag dat ik je ontmoette.'

'Hmm?'

'Toen betaalde ik voor al je werk ongeveer een kwart van de opbrengst van gisteravond.'

'Meer ben ik ook niet voor je, hè? Handelswaar.'

'Je hebt het helemaal begrepen.'

'Nou, ben ik een goede investering gebleken?'

'Ik zou zeggen dat je de verwachtingen ruimschoots hebt overtroffen.'

Ik dacht na over wat hij had gezegd. Op dit moment vond ik het geruststellend, in veel opzichten draaide mijn carrière ook om ons.

'Est.' Hij zweeg weer.

'Hmm?'

'Ik heb een verrassing voor je.'

Ik keek hem vol verwachting aan.

'Ik vlieg straks met je mee,' zei hij.

'Nee, dat kan niet.' Het was een instinctieve reactie.

Aidan keek ontstemd, maar zijn toon bleef beslist. 'Ik dacht dat je dat fijn zou vinden. Ik heb nog wat zaken te regelen met Greg. En zo ben ik dichtbij, voor het geval je me nodig hebt.'

'Ik hou niet van verrassingen. Dan heb ik geen tijd om me erop voor te bereiden,' zei ik, even beslist. 'Ik moet op z'n minst dit deel alleen doen. Om het te laten lukken als experiment, begrijp je?'

Aidan klonk een beetje geïrriteerd. 'Bekijk het eens van mijn kant: ik leen je voor een week uit aan een verzamelaar en kom je afleveren. Dat is helemaal geen onbekend fenomeen als het om zo'n waardevol kunstwerk gaat.'

Ik kreeg opeens een gevoel van claustrofobie. Dit was verdomme mijn project. 'Je mag dan mijn galeriehouder zijn, Aidan, maar ik ben verdomme niet je eigendom,' gromde ik.

Hij keek zwijgend uit het raampje. Toen ging zijn mobieltje. 'Hallo.' Ik voelde hoe zijn lichaam verstrakte. 'Tuurlijk, Ben. Gefeliciteerd. Wacht even, ze zit hier naast me.'

Hij gaf me zijn mobieltje. Mijn hart begon sneller te kloppen.

'Hey Esther, zo blij dat mijn bod hoog genoeg was.'

Het was raar om het stemgeluid van een onbekende te horen, zo ver weg, maar helder en energiek.

'Ik verheug me op onze ontmoeting,' zei ik, 'maar wat moet ik doen als ik eenmaal in New York aankom?'

'Er staat een auto op je te wachten. Je hoeft je nergens zorgen om te maken.'

Het geluid klonk opeens gedempt. Ben praatte met iemand, zijn stem klonk gehaast.

'Sorry Esther, moet gaan,' zei hij. 'Goede reis, ik neem contact met je op als je er bent.'

Hij verbrak de verbinding voordat ik kon antwoorden. Ik gaf de telefoon zwijgend terug aan Aidan en keek naar buiten, naar de regen.

Ik bracht de vlucht door met afwisselend te doen alsof ik sliep en uit het raampje te staren, terwijl het vliegtuig westwaarts schoot door een lucht die almaar donkerder werd, van bedrukt grijs naar een dreigend mauve. Aidan negeerde – typisch voor hem – mijn stemming en bracht de vlucht door met het spellen van de zondagskranten. Het was niet zo dat ik Aidan niet bij me in de buurt wilde hebben, maar deze week ging het om de *Possession*-serie en niet om ons. Ik had me altijd voorgesteld dat ik een sprong in het ongewisse zou moeten maken. Maar nu het door Aidan leek te zijn bekokstoofd, liep ik in feite zijn domein binnen, waar hij alle touwtjes in handen had.

Die gedachte maakte me mistroostig, maar toen JFK vergeven bleek te zijn van de pers, was ik opeens blij dat ik me aan Aidan's arm kon vasthouden. Er was extra beveiliging ingehuurd, die ons naar een gereedstaande auto bracht. Die raasde al snel richting Manhattan, waar we tot mijn verbazing naar het centrum reden, om uiteindelijk in een smoezelige zijstraat vol afval en duistere plekken te stoppen voor een bedrijfspand. Het was onverwacht en onbekend terrein voor me, het trendy Meatpacking District, ingeklemd tussen Chelsea en West Village. Ik kende de wijk niet en was verbaasd dat een welvarende New Yorker hier wilde wonen. Ik dacht dat hij meer een type voor de Upper East Side zou zijn, vlak bij de uitvalswegen naar de Hamptons, voor de weekends.

De gebouwen waren industrieel en non-descript. Maar ik wist dat in New York, net als in Londen, de buitenkant vaak niet prijsgaf wat zich binnen afspeelde.

Aidan hield me vast, zijn stem klonk vriendelijk.

'Ga je het wel redden?'

'Tuurlijk.'

'Bel me maar als je me nodig hebt.'

'Hoeft niet.'

Hij kuste me lang. 'Je weet dat je me mag bellen, hè?'

'Ik zie je zondag wel weer op het vliegveld,' zei ik beslist, terwijl de chauffeur de deur voor me opendeed.

Schaars licht sijpelde uit de ramen boven mijn hoofd. Het was ongewoon stil, afgezien van een diepe brom van draaiende machines. Het geluid klonk bekend, ik dacht na waar ik het eerder had gehoord. Toen ontdekte ik de oorsprong: het was het gedreun van de koelmachines van de vrachtwagens die in de straat geparkeerd stonden, klaar om de volgende ochtend vlees naar de markt te brengen. Het was net Smithfield in Londen. Er hing zelfs dezelfde vage, metalige geur van opgedroogd bloed.

Het gebouw was met vier verdiepingen laag voor Manhattan. De chauffeur belde aan, toen hielp Aidan hem de hutkoffer en mijn andere koffers uit de kofferbak te halen. Even later zwaaide de voordeur open. Een lange, dunne man met lang, dik bruin haar keek me verwachtingsvol aan.

'Ben Jamieson?'

'Kom maar binnen.'

Ik zwaaide naar Aidan en voelde me opgelucht toen de auto langzaam wegreed. Een enkel peertje verlichtte een breed, leeg voorportaal, met postvakjes langs de muren. Er hing een subtiel vleugje lijnzaadolie in de lucht. Het leek een complex met studio's. Ik voelde me direct al meer op mijn gemak.

'Ben is er niet. Ik ben Joe, de manager van zijn studio.'

Hij keek al pratend over mijn schouder, naar de stapel koffers. Ik was een beetje teleurgesteld, maar vond mezelf tegelijkertijd naïef. Ik had kunnen weten dat deze hippieachtige vent geen miljoenendeals zou sluiten in de Amerikaanse financiële wereld.

'Wat is dit voor een gebouw?'

'Het is een verzameling van 22 studio's voor kunstenaars en staat bekend als het Kunsthol,' zei hij, 'Ben is de eigenaar en hij geeft jaarlijks werkbeurzen aan de studenten hier. Oh, maar jij komt in het penthouse terecht,' hij keek naar boven, 'het is op de bovenste verdieping, kom maar mee.'

Hij negeerde mijn bezwaren, pakte een paar koffers en wees naar een ijzeren trap.

'Drie verdiepingen. Laat mij die koffers nu maar dragen.'

Ik keek achterom naar de hutkoffer, die eenzaam midden in het voorportaal achterbleef. Hij zag mijn blik en stelde me gerust.

'Maak je maar geen zorgen, het is veilig. Ik ga hem zo halen.'

We begonnen aan de klim, voetstappen weerkaatsten op de stenen vloer.

'We hebben met z'n allen je veiling op televisie bekeken. Het was echt geweldig.'

Vreemd om te beseffen dat de hype me vooruitgesneld was.

'Dank je. Is bekend gemaakt waar ik verblijf?'

'Nee nee, de pers heeft er nog geen lucht van gekregen. Ik denk dat het wel even duurt voordat ze het hebben uitgevogeld.' Hij stopte even, draaide zich om en keek me met pretoogjes aan. 'Ze verwachten niet dat Ben een miljoen betaalt voor een kunstwerk en het vervolgens opslaat in het Kunsthol.'

Joe klonk achteloos, mijn waarde was kennelijk geen probleem voor hem. Ik was opgelucht, kon wel wat tijd voor mezelf gebruiken om mijn gedachten te ordenen voor de eerste performance. Aangekomen bij een zwarte, gepantserde deur, draaide hij een grote sleutel om. Kermend zwaaide de deur open en onthulde een donkere ruimte.

'Nou, bel me maar als je iets nodig hebt tijdens je verblijf hier, of als er iets misgaat. Ik zit in kamer 11. Ik ga nu je hutkoffer halen.'

Joe deed het licht aan. Ik stapte naar binnen terwijl hij razendsnel de trap afrende.

Het was een enorme studio, met twee grote, rode banken en een zwart wollen vloerkleed in het midden van de ruimte. De donkere mahoniehouten vloer was tot hoogglans geboend. Voor de brede ramen aan één kant hingen rolgordijnen in hetzelfde rood als de banken, geflankeerd door dikke, crèmekleurige gordijnen. De neonlichten buiten flitsten groen en rood licht naar binnen. Ik wist niet precies wat ik had verwacht, maar nu ik hier was, wist ik dat dít het niet was geweest. Er hing een vage zweem van olieverf en bijenwas in de lucht. Iemand had hier gewoond, nog maar kortgeleden.

De ruimte had nog drie deuren. De eerste gaf toegang tot de badkamer, versierd met hout in een Japanse stijl, met een verzonken bad en een douche, wc en wastafel aan één kant. De tweede ruimte was de keuken, prachtig uitgerust. De laatste deur leidde naar een kleine, witte slaapkamer met een groot bed, opgemaakt met dikke crèmekleurige lakens en nachtblauwe wollen dekens. Op het nachtkastje stond een vaas met rode rozen. Geen spoor van Ben Jamieson en het zag er ook niet naar uit dat hij zich die avond nog zou laten zien. Het was al tien uur plaatselijke tijd, drie uur 's nachts in Londen. Joe klopte op de deur en sleepte de hutkoffer de studio binnen. Hij sloeg mijn uitnodiging om even te blijven af en ging er direct weer vandoor.

Ik douchte me, ging in bed liggen en deed het licht uit. Maar de jetlag, in combinatie met de intensiteit van de afgelopen 24 uur, bleef beelden projecteren aan de binnenkant van mijn oogleden. Ik probeerde ze te ordenen. Alles liep gesmeerd. De media hadden me overwegend toegejuicht en het geld had mijn stoutste verwachtingen overtroffen. Maar Aidan's aanwezigheid op weg hierheen had die ervaring alweer bezoedeld. Dit leek echt de *Possession*-serie te gaan worden, in de diepste zin van het woord. Was het de vermoeidheid of de inspanning van de reis, het feesten, de drugs, uitputting? Ik voelde me helemaal uitgewrongen. Hield ik van Aidan? Maakte dat wat uit? Hoe moest het verder met de serie? Van wie of wat was ik het eigendom? Uiteindelijk gaf ik het idee om te gaan slapen op en ging ik terug naar de studio. Ik hoorde een vreemd gebrom en wist het te volgen, naar een van de kasten. Onder de kast stond een luchtbevochtigingsmachine, die daar net geïnstalleerd leek te zijn. Het leek alsof Ben me echt zag als een waardevol kunstwerk. Ik droeg een lang zwart T-shirt en zwarte kniekousen. Mijn silhouet tekende zich af tegen de rolgordijnen, af en toe overstraald door het neonlicht.

Ik maakte de hutkoffer open. Ik had de zeven reproducties van mijn onderwerpen op het plateau gelegd. Ik haalde ze er een voor een uit en vlijde ze neer op de vloer, in de volgorde van mijn performances. Eerst Marie, dan Christina, Isabella, Maria, Victorine, Frances en als laatste Judith. Ik voelde me meteen rustiger worden. Ik moest niet toestaan dat Aidan de zaken vertroebelde. Deze week draaide om mijn project, Aidan kon wel wachten tot volgende week. Het was allemaal volgens plan gegaan. Ik was erin geslaagd me te laten verhandelen als dure handelswaar, even waardevol als de door mij gekozen meesterwerken. En, net als bij mijn onderwerpen, moest ik blijven beseffen dat er in mij meer schuilging dan aan de oppervlakte zichtbaar was. Ik haalde nog een map met papieren uit de hutkoffer, de scripts voor de performances. Elke performance zou ongeveer zeven minuten duren. Sommige voerde ik zwijgend op, andere met muziek of gesproken woord, maar ik zou het geluid later toevoegen, eenmaal terug in Londen. De banden lagen klaar in de koffer, samen met de prachtige kostuums van Petra. Het enige wat ontbrak, waren de omgevingen om uit te voeren. Ik hoopte dat Ben Jamieson daarmee groots uit zou pakken. Hij was immers duidelijk een machtig man in deze stad en hoefde waarschijnlijk maar met zijn vingers te knippen om het door mij gevraagde te regelen. Toen ik me dat realiseerde, voelde ik me alweer een stuk beter. Dit was immers waarom ik hier was: om te werken.

Ik ontdekte een stapel papier op een van de onderste kastplanken en daaronder een paar grote, zijden kussens. Ik ging in lotushouding midden in de ruimte zitten, voelde me meer op mijn gemak en stak een sigaret op. Ik schreef 'KUNSTTRANSACTIE' aan de bovenkant van een vel papier, wachtte even en begon toen te tekenen. Er ontstond langzaam maar zeker iets dat leek op een mengeling van een diagram en een ontwerp voor een productielijn: pijlen, cijfers en letters ontsprongen aan mijn zwarte viltstift en tekens verschenen overal op het papier, dat langzaam veranderde in een labyrint van doodlopende lijnen, valse beginnetjes, duidelijke lijnen, rijtjes en sommetjes. In de hoek linksboven schreef ik mijn geboortedatum. De lijnen weken uiteen en kwamen weer samen bij andere, latere data, iedere datum vergezeld van tekeningetjes van mensen en plekken, aangevuld met woorden of losse zinnetjes. De tekening bereikte een hoogtepunt in de hoek rechtsonder, met een schetsje van een grote appel, waaruit een hapje was genomen, pal naast een som: £665 000 : 63kg = £10 555,55 per kilo. Daarmee was alles gezegd over mijn financiële gewicht en waarde.

Toen ik eenmaal klaar was met het uittekenen van mijn gedachten, drong een schemerig licht de studio binnen. De ijzeren radiatoren aan de muur kwamen krakend tot leven, de buizen sisten tijdens het opwarmen. Ik liet de tekening op de vloer liggen en stond langzaam op. Mijn spieren waren stijf geworden. Ik stampte met mijn voeten, probeerde het bloed terug te krijgen naar mijn benen. Toen ging ik weer naar bed en viel eindelijk in slaap.

34

Gekletter van metaal, een hoog gepiep – een vrachtwagen die achteruitreed... het duurde even voordat ik me herinnerde waar ik was. Toen kwamen de bekende geluiden van New York bovendrijven; het onophoudelijke geloei van sirenes en toeterende auto's dat uitsteeg boven het voortdurende, lage geronk van een eiland, zoemend van activiteit. Ik stond op en liep de studio in, stapte over mijn vrouwen en de achtergelaten tekening op de grond en trok een rolgordijn omhoog. Een waterig zonnetje zond gele strepen licht tussen de gebouwen door. De laatste koelwagen reed net de smalle straat uit; ik had door de markt heen geslapen. Uit een ventilatieopening in het midden van de straat kronkelde stoom, hier en daar lagen dozen opgestapeld op het trottoir. Uit een druppelde bloed, dat een streep trok door de platgetrapte, grijze sneeuw.

De koelkast was gevuld met vers vruchtensap, yoghurt en fruit. Ik at gretig en zocht vergeefs naar koffie. Ik sleepte mijn hutkoffer naar de slaapkamer en hing de kostuums een voor een in de ruime kledingkast. Ik duwde de hutkoffer eronder, de juwelen en toebehoren zorgvuldig opgeslagen. Toen begon ik mijn tweede performance voor te bereiden. Vandaag zou ik Christina van Denemarken onthullen. Ik wist niet wanneer Ben me zou vragen de performance te doen, maar ik had mijn video en laptop al klaargezet. Als hij geen andere locatie zou aangeven, was de studio net zo geschikt als waar dan ook om een virtuele Christina te zijn.

Ik legde haar dikke, zwarte gewaad, de zeven kantsluiers en het gebedenboek klaar. Het kostuum was een perfect contrapunt van mijn recente performance als Marie Marcoz, de bloedrode vrouw. Ik wilde dat het contrast verbluffend zou zijn. Marie gaf alles, terwijl Christina vrijwel niets zou geven. Zij symboliseerde politiek en onbevredigde verlangens, een geschikte metafoor voor een week in het bezit van een machtige financier, die alles kon kopen wat zijn hart begeerde. Holbein's schilderij onthulde net genoeg van Christina's ware innerlijke en uiterlijke schoonheid om te verzekeren dat ze gewild zou zijn, maar zelf gaf ze maar weinig prijs. Ik bekeek de reproductie zorgvuldig. Wat was er door Christina heen gegaan, toen ze poseerde voor deze hofschilder? Misschien had hij het portret mooier gemaakt om de koning, zijn beschermheer, een plezier te doen? Als hofkunstenaar werd Holbein immers betaald om zijn werk te doen – om met een schilderij van een mogelijke koningin terug te komen. Hij kon de neiging hebben gehad de waardevolle handelswaar op te dirken, en zo geschikt te maken voor het voorgenomen doel. Gezien Holbein's situatie, zou hij Henry VIII niet hebben willen teleurstellen. Om hem een gepaste indruk te geven, maakte hij Christina niet openlijk mooi, maar gaf haar die blik, die haar net zo raadselachtig maakt als de *Mona Lisa*. Het was duidelijk waarom zij nummer één stond op Henry's lijstje. Maar de politieke belangen waren groot. Hoewel Henry VIII bekendstond als iemand die kreeg wat hij van vrouwen wilde, was het de vraag of zij wel een verstandige keus was voor een koning die zo achteloos omsprong met de wetten van Rome.

Ik hoopte dat mijn koper besefte wat hij over zich had afgeroepen door mij te kopen. De week was onvoorspelbaar begonnen en ik had geen flauw idee hoe het verder zou verlopen. Ik vroeg me af wat ik nu verder moest doen en ging op bed liggen, keek of er berichtjes waren binnengekomen op mijn mobieltje. Ik had drie gemiste oproepen. Eén ervan was van Petra. Ik belde haar in Parijs. De Duitser was bij haar, ze klonk nog steeds opgetogen.

'Je bent in heel Europa het gesprek van de dag,' ratelde ze.

'Is iemand de verwijzing naar Ingres opgevallen?' vroeg ik. Ik had geen informatie gegeven over mijn inspiratiebronnen. Dat stukje van de legpuzzel zou ik pas prijsgeven als het kunstwerk tentoongesteld zou worden.

'Nee, maar we hebben al meer dan honderd telefoontjes gehad van mensen die de jurk wilden bestellen,' zei ze.

Petra was duidelijk ingenomen met de reacties. Het was immers ook haar carrière die hier voor het voetlicht werd gebracht. Ze had buitensporig hard gewerkt aan dit project en ik vond dat ze alle lof verdiende die haar nu toevloeide.

'Maar hoe gaat 't daar? Hoe is die Ben?'

Ik vertelde Petra hoe Aidan me had gebracht en over het gebrek aan contact met mijn koper. Ze luisterde aandachtig.

'Laat je niet gek maken, Est,' drong ze aan, 'en zorg dat Aidan je niet voor de voeten loopt. Hij heeft zijn ding gedaan, heeft je verkoop geregeld, nu hoef jij het alleen maar af te maken.'

Nadat ik had opgehangen, liep ik de studio weer in en keek eens goed rond. Ik had niet veel over het hoofd gezien de eerste keer, behalve een telefoon, die verscholen onder een van de planken stond. Ik nam de hoorn van de haak en was verbaasd toen ik een kiestoon hoorde. Misschien zou Ben me hier bellen? Ik voelde me besluiteloos. Moest ik hier blijven zitten en wachten? Ik wist niet eens of hij mijn mobiele nummer wel had. Maar ik snakte naar koffie. En ik voelde me raar, hier, niet op mijn gemak. Petra had wel gelijk: ik moest grip krijgen op de situatie en er wat van maken deze week. Ik trok mijn nepbontjas aan, deed een zonnebril op. Tijd om naar buiten te gaan, besloot ik, om het gezoem van New York om me heen te voelen en de buurt te verkennen. Ik schreef een briefje voor het geval Jamieson langs zou komen, klemde het onder de deur en liep naar buiten.

De koude lucht gaf me een klap in mijn gezicht, het trottoir voelde spekglad aan onder mijn voeten. Ik had geen andere keus dan het eerste restaurantje in te duiken dat ik op mijn weg vond. Binnen was het warm en benauwd, de lucht doordesemd met de geur van slappe koffie en gebakken patat, op de toog een televisie, waarop een basketbalwedstrijd te zien was. De serveerster noteerde mijn bestelling zonder ook maar op te kijken van haar notitieblokje. Ik besefte dat dit de eerste keer in weken was dat ik zonder vermomming naar buiten was gegaan. Ik leunde achterover en las de voorpagina van *The New York Times*, maar kon me niet concentreren op de woorden, kreeg alleen het weerbericht mee: gevoelstemperatuur min twintig voorspeld. Toen ontdekte ik een berichtje van één alinea in de laatste tekstkolom:

MENSELIJK KUNSTWERK KOMT AAN IN NEW YORK
BritArt-koningin Esther Glass landde gisteravond op JFK, direct na haar veiling in Londen, afgelopen zaterdag. Het gerucht gaat dat de gevierde beurshandelaar Ben Jamieson haar voor een week heeft gekocht, voor het buitensporige bedrag van één miljoen dollar.

Ik was onthutst door de plek op de voorpagina die het verhaal had gekregen en voelde me meteen kwetsbaar. Ik haalde mijn mobieltje uit mijn jaszak: weer vier berichtjes, drie van Aidan, eentje van Katie. Ik klikte zijn berichtjes een voor een open. Het eerste: RUOK? Het tweede: RUOK2? De derde: HE, E, WAAROM BEN JE ZO STIL?

Mijn neiging om Aidan te bellen sloeg om in irritatie. Jezus, het was nog maar een paar uur geleden dat we elkaar hadden gezien. Ik klapte mijn mobieltje dicht, zonder zijn berichtjes te beantwoorden. Ik had hem al gezegd dat ik deze week op eigen kracht door moest komen. Ik dwong mezelf koffie te drinken, hopend op de cafeïnekick, betaalde, pakte de *The New York Times* en slenterde terug. Het was aanlokkelijk om wat rond te zwerven, om mijn omgeving wat beter in kaart te brengen, maar besloot het niet te doen. De lucht was zo koud, dat die als zuur op mijn huid brandde, en ik wilde geen risico's nemen of Ben Jamieson tegen de haren in strijken op mijn eerste dag als zijn eigendom – virtueel of anderszins.

Het briefje lag er nog, dus stak ik een sigaret op en rookte, liggend op het dikke zwarte vloerkleed en staarde naar het plafond. De ruimte was groot, voor zo'n compacte stad, maar had iets vreemds. Mijn gedachten bleven op drift. Ik zette mijn mobieltje weer aan, gooide het heen en weer tussen mijn handen en schrok toen het overging. Het was Katie, die me vanuit Londen lastigviel met een vragenlijst voor *The Guardian* die ik had beloofd in te vullen voordat ik vertrok.

'Ik heb 'm tijdens de vlucht ingevuld,' loog ik. 'Ik mail 'm straks wel. Verder nog nieuws?'

'De kranten in Engeland publiceren allemaal profielen van Ben Jamieson.'

'Nog iets negatiefs?'

'Nee, ze zijn alleen maar geïntrigeerd. Niemand schijnt echt hoogte van hem te kunnen krijgen. Hé, gelukkig heeft nog niemand ontdekt waar je verblijft – nog niet, tenminste. Maar goed, hoe is hij?'

Ik legde haar uit dat ik hem nog niet had gezien.

'Maak je maar geen zorgen, hij zit waarschijnlijk midden in een of andere miljoenendeal,' lachte ze, 'hij komt wel.'

'Het is frustrerend.'

'Bekijk mijn knipselmap over hem maar eens,' zei ze vriendelijk, 'het lijkt me een goede vent, investeert veel in kunst. Dat geeft je zeker een beter beeld van hem.'

Ik voelde me beter na het gesprek met Katie. Ze kende mijn neuroses en wist ermee om te gaan. Haar rust en vertrouwen in Ben sloegen over op mij. Ongetwijfeld zou hij vroeg of laat wel opduiken, het had geen zin om me daar zorgen over te maken. Dus deed ik wat ze had gezegd en haalde haar knipsels te voorschijn, spreidde ze uit op de vloer, naast mijn vrouwen die nu waren omgeven door een zee van papier. Ik omcirkelde details en noteerde opmerkingen en kreeg zo een versnipperd beeld van mijn nieuwe eigenaar. Er waren tientallen knipsels uit financieel-economische bladen, sommige ouder dan tien jaar. Hij was manager van een hedgefonds, wat dat dan ook mocht zijn. Ik kreeg het beeld voor ogen van een beursjongen in pak die bezig was een liguster te snoeien. Er kon geen grotere kloof gapen tussen mijn en zijn wereld. Ben Jamieson leek een ongrijpbaar figuur. Het was moeilijk aan de weet te komen voor wie hij nu precies werkte en hoe hij zijn klanten vond. Eén artikel stelde in zoveel woorden dat dit mysterie een van zijn meest effectieve zakelijke kwaliteiten was. Anderen waren minder goedgezind en suggereerden schimmige zaken uit het verleden, waarop zijn huidige succes was gebaseerd. Eén artikel stelde dat zijn grootste ambitie was om alleen zaken te behartigen voor miljardairs. Dit was een wereld die ik niet kende, noch begreep. De miljoen dollar die hij voor mij had betaald, leek opeens een schijntje.

Ik las de artikelen vluchtig, veel details bleven er niet hangen. Wat ik zocht was een analyse van zijn karakter, zijn persoonlijkheid. Uiteindelijk stuitte ik op een paar onscherpe foto's van een lange, donkerharige man, genomen op een bijeenkomst voor een goed doel of een zakelijke conferentie. Toen ontdekte ik een portretfoto van hem, een halve pagina groot, die het beste beeld gaf tot dusver. Ik bestudeerde zijn regelmatige gezicht, zijn vastberaden ogen, zijn golvende, donkere haar met vlokjes grijs. Hij droeg een casual overhemd en hield zijn handen gevouwen onder zijn kin, alsof hij aan het bidden was. Zijn mond was bevroren op weg naar een lachje. Achter hem lag Manhattan uitgespreid als een rijkgevulde dis. Hij had iets wolfachtigs, leek in staat om die helemaal te verslinden. Ten slotte vond ik een paar korte stukjes over Jamieson's kunstcollectie, eentje uit *Art in America*, het andere uit *The Washington Post*. Aidan had het al verteld; hij bezat belangrijke Amerikaanse werken van na de Tweede Wereldoorlog. Ik was verrast, maar ook verheugd toen ik las dat hij verschillende installaties van Sonia Myrche in zijn collectie had. De connecties kwamen al wat dichter bij huis.

Jammer genoeg wierp de knipselmap nauwelijks licht op het privé-leven van mijn eigenaar. Geen woord over een vrouw of kinderen. Hij was midden veertig, de zoon van een advocaat aan de Oostkust en was opgegroeid in Camden, Massachusetts. *Ivy*

League-opleiding achter de rug. Een perfect cv voor de schitterende carrière die hem te wachten stond in de financiële wereld. Was hij misschien homo? Ik pakte nog wat vellen papier en legde die rechts naast de tekening van de voorgaande avond. Boven aan een vel schreef ik: *Ben Jamieson leren kennen: de top-10 van feiten.* Toen stak ik nog een sigaret op, leunde achterover op het kussen en dacht over hem na, terwijl ik de rook in de lucht blies.

Om te kunnen overleven moeten kunstenaars de realiteit van het financieel eigendom onder ogen zien. In de regel zijn we eigendom van iemand die van kunst houdt, zoals Ben, meestal van iemand met macht en aanzien. En daardoor hopen we zelf invloedrijk te worden. Uit wat ik bij elkaar had gesprokkeld, kwam Ben naar voren als een volmaakt voorbeeld van een hedendaagse Amerikaanse mecenas. Waarom wilde hij kunst bezitten? Als filantropisch gebaar, of wilde hij er zijn status mee verhogen? Misschien om ontwikkeld te lijken? En waarom had hij besloten om, door mij te kopen, een aanval te doen op de Britse kunstwereld? Misschien was zijn aankoop niets meer dan een publiciteitsstunt. Het leverde hem immers een paar vierkante centimeters op de voorpagina van *The New York Times* op. Misschien was ik wel een koopje. Ik kon moeilijk geloven dat een miljoen dollar voor Ben Jamieson niet meer dan zakgeld was, maar dat was het, als ik de knipsels moest geloven. Hij was serieus en onbeschaamd rijk.

Tot dusver had Aidan me altijd afgeschermd van het financiële reilen en zeilen, waardoor ik me vrij kon concentreren op het maken en promoten van mijn kunst. Maar met dit project was ik midden in de commerciële wereld beland. Wat kon ik daarvan leren? Ik sloot mijn ogen. Ik voelde me slaperig worden. Toen ik ze weer opende, keek ik nog eens rond. Iets zorgde ervoor dat ik me hier niet op mijn gemak voelde. Misschien was er iemand gestorven in de studio? Het verbaasde me dat ik zulke morbide gedachten koesterde, probeerde ze buiten te sluiten en onderwierp de studio nogmaals aan een inspectie.

Pas toen ontdekte ik ze: kleine cameralenzen, keurig verstopt in de hoeken van het plafond, allemaal op mij gericht. Waarom had ik ze niet eerder gezien? Camera's zijn tenslotte mijn eigen gereedschap. Gefascineerd bekeek ik ze op hun beurt, vroeg me af of ze aanstonden. Ik rolde me op mijn buik, over mijn zij en rug op mijn andere zij. Een lens volgde langzaam mijn bewegingen. Ik rolde weer terug en de lens volgde me. Ik werd bekeken. Ik stootte een nerveus lachje uit en liet mijn hoofd op mijn handen steunen. *Hij bekeek me.* Mijn gedachten draaiden op volle toeren en ik vroeg me af of er ook geluid bij het beeld was.

Toen realiseerde ik me de betekenis van dit alles: ik was al de hele tijd het eigendom van Ben Jamieson; ik werd al tentoongesteld, als een kunstwerk. Die gedachte was verontrustend, maar desondanks voelde ik me weer helemaal in het middelpunt staan. Maar de vraag was: waarvan? Ik genoot altijd wel van wat publiek in mijn leven. Maar hoeveel toeschouwers waren er in deze galerie? Eén man? Of de hele beursvloer? Hoe dan ook, ik kon maar beter met de camera's gaan spelen. Ik hoopte dat hij – of ze – mijn ontdekking niet hadden opgemerkt. Het was beter hen te laten geloven dat ik me nog onbespied waande. Dan kon de gein pas echt beginnen.

Ben belde niet. Maar nu ik de camera's had ontdekt verwachtte ik ook niet dat hij dat nog zou doen. Hij was immers al hier. Misschien raakte hij geïrriteerd dat ik mijn 'virtuele bezichtiging' nog niet had uitgevoerd – dat het leek alsof ik de hele dag alleen maar rokend rondhing, in plaats van het beloofde optreden te doen. Ik pakte de reproductie van Christina van Denemarken en legde die in het midden van mijn witte mat. Het midden van de studio was nu als podium ingericht en ik hoopte dat dit duidelijk genoeg aangaf dat ik van plan was mijn performance te doen. Toen ging ik naar de badkamer, keek of er camera's hingen en was opgelucht toen dat niet het geval bleek. Ik lag langdurig in bad, voordat ik begon aan de voorbereiding.

Petra had Dior opdracht gegeven om verschillende setjes make-up te maken voor elk van mijn performances. Ik maakte het etui van Christina open. Er zat perzikkleurige foundation in, lippenstift in de kleur van aardbeien, groene contactlenzen en bruine mascara. Op de toneelschool had ik alle aspecten van het theater geleerd; ik kon net zo geroutineerd mezelf beschilderen, als met olieverf een stilleven op een doek kwakken. Ik schilderde haar bleke, ovale gezicht, deed toen haar groene ogen in en kleurde haar volle, licht perzikkleurige lippen. Toen oefende ik haar beginnende glimlachje in de spiegel. In de laatste drie maanden had ik meer tijd gestoken in het oefenen van de gezichtsuitdrukkingen van mijn vrouwen, dan in enig ander aspect van hun persoonlijkheid. Ik was het aan hen verplicht om de essentie van hun uiterlijk volmaakt te imiteren.

Tevreden kleedde ik me aan. Eerst het frisse, kraakwitte overhemd afgezet met roesjes van kant, toen de lange zwarte jurk. Ik trok de kastanjebruine pruik over mijn haar, maakte daarna de zeven dunne zwarte sluiers vast, die mijn gezicht zouden bedekken. Als laatste deed ik haar vier ringen om mijn vingers en deed het cadeautje van Dior, de gouden ring met de robijn, aan mijn linkerhand. Toen pakte ik het koningin Elizabeth 1-gebedenboek en liep langzaam terug de studio in, alsof ik een podium betrad. Terwijl ik me had aangekleed, was de studio donker geworden, af en toe verlicht door het neonlicht. Ik hoopte dat Ben keek, maar om er zeker van te zijn dat hij de performance niet zou missen, had ik mijn eigen videocamera's opgesteld om mijn optreden te registreren. Ik deed alle lichten aan en stond zwijgend stil in het midden van de mat. Ik kon minutenlang doodstil blijven staan – een andere handige vaardigheid die ik op de RADA had geleerd en die ik nu in praktijk bracht.

Na zo'n zestig seconden boog ik langzaam voorover, kwam weer rechtop en begon een hele draai te maken. Ik hield het gebedenboek met mijn linkerarm tegen mijn middel aangeklemd en liet de ring met de robijn zien; mijn rechterarm was uitgestrekt, de hand fladderend als de vleugels van een vlinder. Toen ik helemaal rond was gedraaid, bladerde ik door het boek en opende het op een gemarkeerde bladzijde. Toen begon ik hardop, zonder hapering, voor te lezen:

'Een gebed: voor Marie Marcoz, mevrouw De Senonnes.
God, verlos ons van al de blindheid van het hart; van trots,
ijdele roem en hypocrisie, van afgunst, haat en kwaad, en
van alle onbarmhartigheid.'

Langzaam sloot ik het boek, sloeg de eerste sluier op en herhaalde toen de cyclus zesmaal, telkens een andere handlanger noe-
mend, elke keer een kort gebed om vergeving voorlezend uit
mijn boek, totdat ik aan al mijn onderwerpen had gerefereerd.
Uiteindelijk haalde ik de laatste sluier weg en toonde Christina's
naakte gezicht aan de camera's. Ik stond volkomen roerloos,
toen toverde ik haar subtiele, maar veelbetekenende glimlach op
mijn lippen. Ten slotte boog ik me nog eens, liep toen langzaam
naar de slaapkamer. Ik sloot de deur, trok het kostuum uit, waste
Christina van mijn gezicht en ging in bed liggen.

In mijn droom hing ik ondersteboven aan het plafond, als een
vleermuis, en bekeek de zestienjarige Esther Glass, die onder me
aan het schilderen was in haar kamer in Maida Vale. Ze was
naakt, afgezien van een doornenkroon op haar hoofd. Haar buik
stak naar voren – groot, glad en rond. Er werd op de deur geklopt
en toen ze opendeed liep Christina de kamer binnen, met Kenny
Harper aan haar arm. Ze lachten allebei hysterisch. Toen stapte
Kenny op mijn puberale verschijning af en viel Christina op de
vloer, rolde heen en weer terwijl ze haar buik vasthield en de
vreugdetranen over haar wangen liepen. Opeens zag ze hoe ik
haar vanaf het plafond bekeek, werd bleek en viel helemaal stil.
Terwijl ik naar beneden viel, wierp ze me een sinister glimlachje
toe.

35

Ik werd plotseling wakker. De droom vervloog voordat ik er vat op kon krijgen, maar de hele ochtend bleven stukken ervan door mijn gedachten schieten. Het voelde alsof ik getuige was geweest van iets wat ik niet had mogen of kunnen zien – en dat maakte me nerveus. Ik vroeg me af of Kenny weer contact had gezocht met de pers. Ik belde Katie om te vragen wat er die ochtend in de kranten was verschenen, maar ze verzekerde me dat alles tot rust was gekomen. Misschien waren het de camera's om me heen die mijn ongerustheid veroorzaakten. Ik vroeg me af of Ben me had bekeken in mijn slaap.

Ik probeerde die gedachte uit te bannen en bracht de morgen door met het bekijken van de opname van mijn performance van de vorige avond. Het optreden was etherisch en ambigu. Ik was blij dat ik echt op Christina van Denemarken leek, het effect was angstaanjagend. Het leek alsof ze was opgestaan uit haar graf en daarmee ook alle andere vrouwen in mijn serie weer tot leven had gewekt. De video-opname kon daarentegen wel wat ingrepen gebruiken. De performance was interessant, maar het tempo was veel te gewoontjes. Ik besloot om sommige van de gebeden te versnellen, waardoor mijn lichaam op verschillende snelheden werd vertoond, veranderde de tijdsduur van de hele opname en maakte een remix van het geluid, in combinatie met de gebeden, waardoor die ook wat abstracter werden. Vier uur gingen voorbij, zonder dat ik bewust was van de tijd. Maar dit was de reden dat ik hier was: om de *Possession*-serie te maken. Ik was aan het werk en voelde me meteen een stuk beter. Ik hoefde me nergens voor te haasten, hoefde alleen de volgende stap van Ben af te wachten. Toen ik tevreden was over het resultaat bewaarde ik de bestanden, zette mijn laptop uit en ging naar het restaurantje voor een brunch.

De zon scheen feller vandaag en de stad ademde een meer positieve sfeer. Er was geen markt geweest, de straat was schoongeveegd. Eenmaal terug beoordeelde ik opnieuw het diagram waarmee ik mijn waarde had uitgetekend, op de avond dat ik aankwam. Toen draaide ik het rond naar een van de camera's, zodat Ben of wie er dan ook keek het kon lezen, mocht men daar behoefte aan hebben. Toen ging ik aan de slag met 'de top-10 van feiten' over Ben. Ik had er lol in, nu ik wist dat hij het misschien las. Ik had al snel vier omschrijvingen opgeschreven, in dikke zwarte hoofdletters: RIJK, FILANTROPISCH, BEVOOGDEND, VIRTUEEL.

Ik speelde nog met het volgende woord, toen er zachtjes op de deur werd geklopt. Joe stond in de gang, glimlachte onderdanig en bleef treuzelen voor de drempel, zelfs toen ik een stap terug deed en wenkte dat hij binnen moest komen.

'Ik heb een boodschap voor je van Ben.'

Ik knikte.

'Hij heeft gevraagd of je vanavond naar een feest in de stad wilt komen. Het gaat om de presentatie van een nieuw tijdschrift.'

Ik vroeg wat meer details. Ben bleek de voornaamste geldschieter achter het tijdschrift te zijn en hij zou om zeven uur met de presentatie beginnen. Daarvoor zou er tijd zijn om mijn volgende performance op te voeren. Het klonk ideaal, Isabella d'-Este voor een publiek van de kunstelite van New York. Ik liet blijken dat ik verrukt was. Echt, deze week kon niet beter zijn begonnen, er was geen betere omgeving denkbaar om de Jackie O van de Renaissance te onthullen.

Het liep al tegen drieën. Ik vroeg Joe of hij ook naar het feest ging, het leek me goed om in zijn gezelschap binnen te komen, maar hij zei schamper: 'Ik probeer evenementen te vermijden waarop mijn onbeduidendheid als persoon zo moeiteloos wordt onderstreept. Heb je nog iets nodig voordat je gaat?'

Hij had de rare gewoonte oogcontact te ontwijken en ik aarzelde. Maar zijn bescheidenheid vond ik aantrekkelijk.

'Misschien kunnen we even iets gaan drinken?'

Nu keek hij me aan, zijn ogen vol verbazing, maar zijn stem klonk vrolijk. 'Tuurlijk, uurtje of zes? Er zit een goeie kroeg aan het einde van de straat. We kunnen daar wachten op de auto die je komt ophalen.'

Ik had mijn volgende kostuum al klaargelegd en was gereed om me te verkleden. Het was een gemakkelijk ensemble om naar een feest aan te trekken. Petra had een tweedelig pakje ontworpen, gebaseerd op Titian's meesterwerk van Isabella d'Este, maar met een overduidelijke verwijzing naar Jackie Kennedy in de jaren zestig. Ik begon weer met het beschilderen van mijn gezicht, deze keer met een heel lichte foundation, voegde toen roodbruine rouge toe om mijn jukbeenderen te accentueren, stiftte mijn lippen donkerbruin en accentueerde mijn ogen met chocoladebruine kohl. Ik trok de strakke pruik met korte, roodbruine krullen over mijn hoofd en zette het buitenissige anemoonhoedje op. Het stond eigenaardig, maar leuk; hedendaags en toch anachronistisch. Ik besloot dat Petra het werkelijke genie achter dit kunstwerk was geweest. Ik oefende voor de spiegel op een gestaalde, wereldwijze gezichtsuitdrukking, voegde er nog een vleugje flegmatiek aan toe. Ik bevroor de blik in mijn ogen.

Tevreden zocht ik de accessoires voor deze performance bij elkaar; een zilvergrijs vossenbontje dat als een willig slachtoffer om mijn nek zou hangen, het in leer gebonden boek met de inventaris van mijn esthetische eigendommen, dat ik in mijn hand zou dragen. Ik had ook een beursje van beige suède, vol met replica's van Isabella's munt. Mijn hoofd was aan de ene kant geslagen, aan de andere zijde dat van Isabella en aan beide kanten ons gecombineerde embleem. Het beursje zou ik aan mijn pols hangen, de munten klaar om in het publiek geworpen te worden. Ik zou ze strooien als aalmoezen, als kruimeltjes van mijn buitensporige rijkdom, voor het geval iemand de echte waarde van mijn macht niet herkende.

Toen ik zeker wist dat ik helemaal klaar was trok ik mijn nepbontjas aan, deed de lichten van de studio uit en ging op zoek naar Joe.

In Gas Light, een passend bescheiden *gothic* café op de hoek van de straat, bestelden we wodka. Joe leek er helemaal thuis te horen, de alcohol haalde mijn doortastende kant naar boven.

'Hoe vaak zie je Ben Jamieson eigenlijk?' vroeg ik glimlachend.

'Niet zo vaak.' Joe keek peinzend in zijn glas. 'Ieder kwartaal vergaderen we in de studio. Duurt ongeveer een halfuurtje, om de gewone administratieve dingen te bespreken. Daarna kijkt hij meestal even rond om te kijken of iemand iets nieuws heeft gemaakt.'

'Koopt hij ook kunst van de mensen in de studio's?'

'Soms wel ja...' hij keek even op, maar zodra ik zijn blik ving, sloeg hij zijn ogen weer neer, 'maar ik heb nog nooit meegemaakt dat hij levend vlees kocht.'

'Dat laat hij zeker over aan de kerels op de markt hier tegenover, hè?' zei ik.

'Zeker, maar dat is geen mensenvlees, tenminste voorzover ik weet.'

We dronken, er viel een ontspannen stilte. Ik vroeg me af of Joe de camera's had geïnstalleerd voor Ben. Misschien weigerde hij daarom telkens om de studio binnen te komen, wilde hij niet op video opgenomen worden. Ik besloot er niet naar te vragen – nog niet.

'Maar als Ben er niet is, wat gebeurt er dan?'

'Hij laat het beheer min of meer aan mij over. Eenmaal per jaar geef ik hem een shortlist met gegadigden voor de studio's en hij maakt daaruit een keuze.'

'Hij zal wel erg druk zijn, met het beheer van al die hedgefondsen.'

Joe vatte de ironie en glimlachte. 'Zeker weten. Meestal regel ik dingen met zijn assistente Sarah. Zij zorgt dat alle rekeningen worden betaald. Ze is er vanavond ook,' hij trok zijn wenkbrauwen op, 'ze zal je ongetwijfeld begeleiden na je aankomst.'

Terwijl hij praatte, had ik een zwarte auto de straat in zien rijden.

Nu zag hij hem ook, knikte met zijn hoofd in de richting van de auto. 'Die zal voor jou zijn.'

Ik voelde me warm van de wodka – en het gezelschap. Ik was helemaal klaar om te vertrekken.

Het was niet ver. Al snel stopte de taxi voor een gebouw van tien verdiepingen, in hartje Soho. Het moest wel hier zijn, want de stoep stond vol mensen en een smaragdgroene pluchen loper leidde naar een steile trap en de geopende deuren van de ingang, met aan weerszijden een bewaker. New York was overspoeld geraakt met beveiligingsmensen, iedereen was geobsedeerd met veiligheid. Waartegen beschermden ze ons eigenlijk? Niet tegen flitslicht van camera's, zoveel was wel zeker. De fotografen vochten om een plekje. Langzaam liep ik de trap omhoog, terwijl de camera's klikten. Ik was bekend, ze riepen mijn naam, smeekten me om even voor hen te poseren. Alleen in New York ging de presentatie van een nieuw tijdschrift met zoveel glitter gepaard, zelfs na 11 september. Ik vroeg me af hoeveel beroemdheden ik binnen aan zou treffen. In Londen zou je moeite hebben het adres te vinden, een gespierde uitsmijter zou achterdochtig naar je uitnodiging kijken, voordat hij je grommend langs liet glippen. Al met al beviel dit me beter.

Het was druk in de foyer, maar niet chaotisch druk. Mensen stonden in de rij om in te tekenen bij twee meisjes in rode rubberen mini-jurkjes, hun gezichten geschminkt als geisha's. Ze stonden timide achter hun tafeltje, controleerden namen en deelden nummers van het tijdschrift uit. Op de omslag stond een groene, grafische afbeelding van de loop van een revolver, met alleen het woord *So*, in hetzelfde groen als de loper buiten. Kennelijk was het een thematisch tijdschrift, met een trits beroemdheden om de lezers te trekken die nodig zijn om de advertentiepagina's gevuld te krijgen. Ik besloot in de rij te wachten, maar werd onmiddellijk benaderd door een jonge Chinese vrouw in een wit pakje.

'Esther, welkom in Manhattan.' Ondanks de charmante glimlach die ze op haar gezicht had getekend, hadden haar intrigerende ogen mijn vermomming onmiddellijk doorzien. 'Ik ben Sarah, de assistente van Ben.'

Sarah gebaarde en ik gaf haar mijn jas. Ze gaf die meteen door aan een geisha, liet haar ogen toen quasi-bewonderend over mijn uitmonstering glijden. 'Geweldig kostuum. Ben is er nog niet. Het idee is dat hij het spits afbijt, jou introduceert en pas aan de presentatie van het tijdschrift begint als jij klaar bent met je...' ze aarzelde even, 'performance.'

Ik vroeg of ze van plan waren mijn optreden te filmen. Ik zag aan een sprankje in haar ogen dat ze meer wist, maar het was weer weg voordat ik het kon vangen. Ze wist dus ook dat er camera's in mijn studio hingen. Ze bevestigde dat ze de performance van vanavond zouden filmen.

Sarah bracht me naar een grote zaal, waar een andere roodrubberen geisha ons drankjes serveerde. Ik nam een champagnecocktail en keek rond. Sarah was alweer weggeroepen en ik kon eventjes alleen rondkijken op het feest. Het werd gehouden in een enorme beeldhouwersstudio, die het geluid hard deed weerkaatsen. De kunstenaarsscene van New York vulde de ruimte. De welvaart die van hen afstraalde, deed alles aan de overkant van de Atlantische Oceaan in het niets verdwijnen, zelfs vandaag de dag. Ik zag flitsen van vergelijkbare evenementen in Londen; de enorme, donkere loodsen aan de smerige dwarsstraten van East End, de rokerige kroegen aan Brick Lane waar we rondhingen en Aidan's glimmend witte galerie, het alternatieve Mekka voor de hedendaagse Britse kunstwereld. Nu ik hier eenmaal stond, leek het allemaal minder voor te stellen. Misschien waren we wel níet het middelpunt. Er was in New York zoveel geld, dat je het in de vezels van de kleding van de genodigden kon ruiken.

Drie immense gipsen plastieken, enorme obelisken voor een onbekende god, elk in een ander stadium van voltooiing, domineerden de ruimte. Ik herkende het werk en wist meteen in wiens studio ik me bevond. Waarom had Joe me dit niet verteld? Jake Keene was het onderwerp geweest van een van mijn speciale werkstukken op de academie. Ik kon me moeilijk voorstellen dat ik mijn performance zou opvoeren in zijn creatieve domein. Ik keek omhoog naar de ruimte boven me. Een galerij omcirkelde de lagergelegen ruimte, doorsneed de hoge ramen die de skyline van New York naar binnen lokten. Katrollen en steigerplanken hingen afwachtend aan het plafond, als een verzameling ouderwetse hulpmiddelen voor een circusact.

Ik werd zo in beslag genomen door mijn omgeving, dat het een paar minuten duurde voordat ik oog kreeg voor de andere gasten: een amorfe massa, de golfslag van hun gesprekken beukte op mijn oren, details vervaagden. Ze waren allemaal tot in de puntjes verzorgd, droegen voornamelijk zwart, in verschillende schakeringen. Hier en daar zag je een kunstzinnige excentriekeling met shockerend gekleurd of geknipt haar. Ik herkende een paar gezichten uit roddelbladen: schrijvers, acteurs, kunstenaars. Toen zag ik Sonia Myrche aan de andere kant van de ruimte. Ik zou met haar gaan praten, maar niet meteen. Ze was in een diep gesprek verwikkeld met een man van middelbare leeftijd die me bekend voorkwam. Hij was in het zwart gekleed, had zijn grijze haar strak achterovergekamd. Het was Greg Weiz, die aandachtig naar haar luisterde, terwijl hij langzaam heen en weer wiegde, handen op zijn rug. We hadden elkaar een paar keer ontmoet en als ik iets wist over deze man, was het dat hij nooit stilstond. Hij wiegde permanent heen en weer op zijn stevige benen, alsof hij een weegschaal was; geen vreemde typering voor iemand die van het op waarde schatten van al het esthetische zijn beroep had gemaakt. Mijn gedachten dwaalden af naar Aidan. Als hij zich erg moest concentreren, verraadde hij zichzelf door met zijn vingers op zijn bureau te trommelen; afgezien daarvan bewoog hij weinig. Op dat moment realiseerde ik me dat ik hem miste, temeer omdat ik wist dat hij ergens in deze stad was, maar niet bij mij.

Ik keek langzaam rond en merkte dat mijn ogen naar de achterkant van een perfect gekapt blond hoofd werden getrokken, een paar meter rechts van me – en zag toen het onderwerp van mijn gedachten. Aidan liep op haar toe, met in beide handen een drankje. Het was Carolyn, natuurlijk. Ik had kunnen weten dat ze hier zou zijn. Ik keek toe hoe hij haar een cocktail aanreikte en hun hoofden zich intiem naar elkaar neigden. Er was zo'n vertrouwelijkheid tussen hen, dat ik een steek van jaloezie voelde. Ik wist dat het nergens op sloeg en verdrong het gevoel.

Een stem achter me verstoorde mijn observaties.

'Esther, fijn je eindelijk te ontmoeten.'

Ik draaide me om en zag Ben Jamieson, met Sarah pal naast hem, die – zo leek het – de grijnslach op haar gezicht had vastgeplakt. Ik had deze ontmoeting verwacht sinds ik op JFK was geland, maar werd toch overrompeld door het moment. Hij was langer en breder dan ik had verwacht. Meestal maken foto's de werkelijkheid groter, maar in zijn geval hadden ze het omgekeerde effect gehad. Langzaam reikte ik hem mijn hand, die hij schudde en een seconde langer vasthield dan strikt noodzakelijk was. Ik wist dat ik op mijn tellen moest passen.

'Ik vind je kleding geweldig,' zei hij verrukt, 'helemaal de first lady.'

Hij had de verwijzing volledig begrepen – misschien door de zinspeling op Isabella in de veilingcatalogus, of omdat hij me had bekeken toen ik me aankleedde voor deze performance, of misschien had iemand het wel voor hem ontrafeld. Hij zou zich wel schriftelijk laten briefen over alles, van zijn laatste beurstransacties tot in dit geval de kostuums die ik, de kunstenaar die hij op dit moment in zijn bezit had, zou dragen. Het was een raar idee dat hij me misschien wel had bekeken terwijl ik me aankleedde. Het verontrustte me dat ik gefascineerd was door de macht die hij daarmee over me had.

'Ik hoop dat het je goedkeuring kan wegdragen,' zei ik afge-meten,'alles wat je ziet is tenslotte van jou.'

Ben glimlachte breed en onthulde perfect witte tanden. 'Heb je je draai al een beetje gevonden in het Kunsthol?'

'Ja, dank je.'

'Mooi. Ik kan amper wachten tot je volgende performance.'

'Ik ben er klaar voor.'

'Geweldig. Ik spreek je later nog wel, na mijn toespraak. Oh, en ik heb gehoord dat Sonia Myrche een kennis van je is.'

Ik keek in de richting van Sonia, die nog steeds diep in gesprek was met Greg.

'Ik heb haar gevraagd om je te interviewen voor *So*. Ik weet dat jullie qua kunst op één lijn zitten en ze heeft gezegd dat ze het een uitdaging vond om eens een stuk te schrijven.'

Sarah wierp me een bereidwillige glimlach toe, zoals een moe-der naar een ondeugend jochie lacht, en leidde Ben in de richting van het podium. Ik keek weer naar Aidan – hij keek naar mij, door de menigte heen. Ik stuurde hem het halve lachje van Christina. Hij vatte het op als uitnodiging en slalomde sierlijk tussen de gasten door mijn kant op. Toen ik hem zo zag schrok ik van het verlangen dat ik voelde. Hij kuste me vluchtig op mijn wang, pakte mijn hand.

'Waarom reageer je niet op mijn berichtjes?'

'Dat heb ik je toch al verteld? Ik wil proberen om deze week op eigen kracht door te komen.'

Ik had de neiging hem te vragen wat hij hier met Carolyn deed, maar wist dat dat kinderachtig was en hield mijn mond.

'Ik hou van je, Est. Je ziet er fantastisch uit.'

Ik zei niets.

'Hoe is 't bij Ben?' vroeg hij.

'Ik heb hem vijf minuten geleden pas ontmoet,' mompelde ik, 'hij heeft overal in het appartement camera's opgehangen, waar-mee hij me bekijkt.'

Aidan lachte, maar de greep van zijn hand om de mijne werd strakker. 'Wil dat zeggen dat hij het zou zien als ik bij je naar binnen glipte om je te helpen Victorine's hoofdkussenboek te verbeteren?'

Ik voelde mijn humeur opklaren. 'Geen hoofdkussenboeken meer, Aidan. Ik probeer me te concentreren.'

We werden onderbroken door een uitbarsting van applaus. Ben stond op het podium. Het was tijd voor zijn performance. Ik zag dat hij net als ik in zijn element was op een podium. Zijn dictie was vlekkeloos, zijn humor droog: hij wist het publiek een warm gelach te ontfutselen. Als mecenas zorgde hij waarschijnlijk voor brood op de tafel voor de meesten van hen – dit was nu eenmaal Republikeins Amerika, met z'n aftrekposten voor de belasting. Aidan legde zijn hand voorzichtig op de onderkant van mijn rug terwijl we toekeken. Ik ontweek hem niet. Ben had inmiddels zijn welkomstwoord afgesloten en richtte zijn toespraak op mij.

'... en dus deed ik iets wat ik nog nooit eerder heb gedaan,' zei hij, terwijl hij naar me glimlachte. 'Ik kocht een levend, ademend kunstwerk. Ik weet zeker dat de meesten van jullie het werk van Esther Glass hebben gezien, of tenminste iets over haar performances in de pers hebben gelezen. Mensen vragen me vaak waarom ik zoveel voor haar heb betaald. Het enige wat ik kan zeggen is dat ik geloof dat zij een van de belangrijkste kunstenaars van dit moment is.

Nog even en dan zal Esther de derde van de zeven acts opvoeren waaruit haar laatste project, *The Possession*-serie, bestaat. Tate Modern in Londen zit met smart te wachten tot het project is afgerond, om het vanaf mei te kunnen exposeren, waarna het over de hele wereld te zien zal zijn. Maar eerst wil ik graag dat jullie samen met mij genieten van het moment waarop ik de beste aankoop van mijn carrière als verzamelaar deed.'

De verlichting werd gedimd. Toen kwam een televisiescherm flikkerend tot leven en waren we weer terug bij die avond. Mijn hele verkoop duurde niet meer dan vijf minuten. Ik zag Marie Marcoz op het podium en mijn hart bonsde in mijn keel toen het drama, dat zo sterk op haar eigen leven leek, zich afspeelde. Toen de lichten weer aangingen, merkte ik dat het publiek hier even hard applaudisseerde als de toeschouwers op die avond. Ik vatte het op als startsein en schreed langzaam naar het podium, klom er rustig op, stond roerloos en wachtte tot het applaus wegstierf. Ik dwong mezelf tot concentratie op mijn volgende onderwerp. Isabella d'Este was een zelfverzekerde intellectueel, muzikante en politica, die over de welvaart, macht en invloed beschikte om haar idealen tot werkelijkheid te maken. Ze was erop gespitst om haar stempel te drukken op de kunstwerken die ze in opdracht liet maken, voorzag die van haar eigen embleem en symbolen. Ze was de Jackie Kennedy van haar tijd. Ze zou deze avond geweldig hebben gevonden. Ik herinnerde mezelf aan de feiten. Vanavond zou ik een statige vertoning neerzetten van een vrouw die meer bezat, dan dat ze bezit was.

Ik stond een minuut lang als bevroren zo stil, begon toen om me heen te kijken, pikte gezichten uit het publiek en liet blijken ze te herkennen, wuifde en wees naar hen, alsof ik vrienden ontdekte. Ik kon me Isabella nu goed voorstellen, aan de hoven van Italië, als zelfgekozen middelpunt van de belangstelling. Ze zou iedereen hebben gekend, had geweten wie ze in het publiek moest bespelen, wie van pas zou kunnen komen, wie het waard was om geld te betalen om haar te voorzien van wat ze op dat moment begeerde. Mijn optreden ontlokte al snel een onderdrukt gegiechel aan het publiek. Ze genoten ervan om deel te nemen.

Toen sloeg ik mijn inventaris open en begon voor te lezen: 'Mantegna, Correggio, Perugino, ik heb hun schilderijen, hun meubels, hun kunstvoorwerpen.'

Hoorbaar zuchtend sloeg ik mijn ogen hemelwaarts, glimlachte en sloeg het boek weer dicht.

'Ik kan er niets aan doen,' biechtte ik vrolijk op, mijn stem omfloerst met een lyrisch Italiaans accent, 'maar als ik een werk met grote esthetische prestaties zie, moet ik het hebben. Voorwerpen overleven ons allen, zij zijn het intellectuele kapitaal waardoor we kunnen ademhalen en waarmee we ons kunnen ontwikkelen. Zonder kunst zou er geen cultuur te erven zijn. Ik ben een vrouw, machtig door land en geld, en ik kan een zekere creatieve invloed uitoefenen.'

Ik legde het boek neer op het podium, pakte toen mijn beursje en schudde het. De munten rinkelden. Ik trok de rits los, nam een handvol, keek uit over het publiek en begon de munten toen een voor een naar mensen te werpen, terwijl ik telkens 'per tu' zei, totdat ze op waren.

Iedereen probeerde de munten te vangen en een gelach steeg op als de mensen ontdekten dat Isabella d'Este's gezicht op de ene en mijn gezicht op de andere kant stond. Sommigen moeten de koningin van de Renaissance hebben herkend. Toen het beursje leeg was, schudde ik het langzaam heen en weer en haalde mijn schouders op. Toen maakte ik een korte buiging en verliet het podium, onder een klein applaus.

De genodigden pakten hun gesprekken al snel weer op – mijn performance was niet meer dan een korte, surreële onderbreking geweest. Hoewel het leek dat ze ervan hadden genoten, was het zeker geen monumentaal moment geweest. Ze waren hier veel te rijk en beroemd om mij het middelpunt van de belangstelling te laten zijn. Die houding van 'take it or leave it' vond ik vreemd genoeg geruststellend. Dit was niet Londen, ik was een van de velen binnen deze elite. Toch was ik al snel omringd door geïnteresseerden. Mijn verkoop was kennelijk goed gevallen. Aidan probeerde me weg te leiden, maar al snel werd ik opgeslokt door het ene babbeltje na het andere, totdat ze – aangewakkerd door adrenaline en alcohol – samenvloeiden in één gesprek. Ik begon me steeds levendiger te gedragen. Op een gegeven moment werd Aidan door de getijdenstroom meegesleurd, en ook Ben bleek verdwenen in de zee van mensen.

Ik rolde van het ene gesprek in het andere. Februari was een drukke maand voor de kunstwereld van New York. Ik had graag de verschillende uitnodigingen voor etentjes en openingen aangenomen en werd voor interviews gevraagd voor invloedrijke bladen, maar ik had mijn eigen lot nu niet in handen. Ik miste

Katie's aanwezigheid erg: meestal was zij wel in de buurt om mediazaken af te handelen. Het lag in de handen van Ben hoe, met wie, waar en wat ik zou doen deze week. Het was moeilijk een spel te spelen waarvan de spelregels niet bekend waren.

Tijd om op water over te gaan. Maar misschien eerst nog een drankje. Ik pakte er eentje toen een rubbergeisha langskwam met een blad. Sonia Myrche kwam in mijn kringetje staan, net toen ik een slokje van de onbekende roze vloeistof nam.

'Het was een meesterzet van Greg en Aidan om Ben over te halen jou te kopen, een echte coup,' zei ze enthousiast. Wie wist er nog meer het fijne van mijn verkoop, vroeg ik me af.

'Ben zei dat je me wilde interviewen voor *So*,' zei ik, de kwestie omzeilend.

'Heel graag, ja. Morgenmiddag, misschien?' zei ze, 'bel me maar, als je tijd hebt. Ik ben in de stad, werk aan mijn komende expositie in de galerie van Greg Weiz. We kunnen afspreken voor een *high tea*, dat is momenteel de nieuwe rage in New York.'

'Ik hou het liever op koffie.'

'Oké, dan weet ik waar je moet zijn,' zei ze, terwijl ze op haar horloge keek. 'Ik ga nu uit eten met Greg, als ik hem tenminste kan vinden. Wat ga jij doen?'

Ik haalde mijn schouders op.

'Ik wacht tot mijn meester me duidelijk heeft gemaakt wat ik verder moet doen. Anders ga ik terug naar de studio om te slapen, denk ik.'

'Je gaat me toch niet vertellen dat je in het Kunsthol logeert?'

Toen ik de inrichting beschreef, slaakte ze een kreet van verrukking.

Sonia gaf me haar kaartje en excuseerde zich. Ik besloot om Aidan te zoeken, maar voordat ik de kans kreeg botste ik frontaal tegen Sarah op. Haar grijns was nog niet van haar gezicht verdwenen, maar ze keek wel lichtelijk gegeneerd. Ik had de neiging me voorover te buigen en die grijns van haar gezicht te vegen. Herinneringen aan feesten in Londen kwamen bovendrijven. Dat was precies het soort gedrag waarmee ik de voorpagina's van de kranten haalde, vaker nog dan door de waarde van mijn kunst.

'Ben laat zich verontschuldigen, hij moest terug naar kantoor om wat urgente zaken af te handelen. Hij had je mee uit eten willen nemen. Ik moest van hem zeggen dat hij je wel zal bellen.'

Ik voelde me gekleineerd. Voelde het zo om een betaalde maîtresse te zijn? Ik moest deze week als werk blijven zien. Ik dwong mezelf om begrijpend te glimlachen.

'Ach, weet je, ik ben ook aan 't eind van mijn Latijn,' loog ik, 'is er iemand die me mijn jas kan brengen?'

'Tuurlijk,' zei ze vriendelijk, 'buiten staat al een auto voor je klaar.'

Voordat ik vertrok wilde ik Aidan gedag zeggen, maar er was geen spoor van hem, noch van Carolyn, te bekennen.

Ik kwam chagrijnig in de studio aan en ontdekte dat Aidan me een nieuw berichtje had gestuurd: 'Waar ben je?'

Ik besloot het te negeren. Hij was te laat. Ik had mijn pakje alweer verwisseld voor het zwarte T-shirt en de lange sokken. Maar de pruik had ik nog op en het zag er vreemd en theatraal uit toen ik op de kussens in het midden van de vloer ging zitten om sushi te eten, systematisch, met stokjes. Ik staarde onbewogen naar de camera's, alsof ik voor de buis naar nachttelevisie staarde. Laat hem maar kijken, dacht ik. Laat hem maar zien hoe ik alleen moet eten.

Ik draaide mijn Top-10 om en voegde een vijfde omschrijving toe: ONBETROUWBAAR. Toen draaide ik het vel om, naar de camera.

Ik vroeg me af wat hij daarvan zou denken. Ik was nog steeds aangeschoten van alle cocktails. De rauwe vis maakte me misselijk. Ik besloot naar bed te gaan. Op weg naar de badkamer verbrak de telefoon in de studio de stilte. In het donker nam ik de hoorn van de haak. Het was Ben, natuurlijk.

'Hoi Esther, ik hoop dat ik je niet wakker bel.'

'Nee. Ik wilde net naar bed gaan.'

'Het spijt me dat ik zomaar ben weggegaan. Ik heb er een hekel aan om onbetrouwbaar te zijn. Maar ik moest onverwacht nog wat zaken regelen.'

Zijn stem klonk wat ieler dan tijdens de presentatie. Hij zou wel moe zijn. Maar zijn verwijzing naar het laatste bijvoeglijk naamwoord op mijn lijst was bewust. Een steek van schuldgevoel ging door me heen.

'Heb je genoten van de performance?' De alcohol had me loslippig gemaakt. Ik wilde weten wat hij ervan vond, was bezorgd dat ik niet genoeg indruk had gemaakt. Om eerlijk te zijn had ik een warmere respons van het publiek verwacht.

'Nou, het was...' hij wachtte even, 'op z'n minst interessant.'

'Het is maar één aspect van de serie,' antwoordde ik snel.

'Dat begrijp ik.' Zijn reactie was afgemeten, maar vriendelijk. 'Ik heb het gevoel dat we scènes uit een toneelstuk krijgen voorgeschoteld dat we pas helemaal zullen begrijpen als de laatste is opgevoerd.'

Ben had gelijk en ik was opgelucht dat hij het begreep. Ik wilde niet teleurstellen, maar ook niet dat het project verkeerd uitgelegd zou worden.

'Ik ben er morgen overdag niet,' ging hij verder, 'maar 's avonds zie ik je in de stad. Ik heb de kapelaan van de St. Mark's kerk omgepraat om jou je "meditatie in spirituele omgeving" te laten opvoeren als een van de optredens op dinsdagavond. Er zullen ook een paar dichters voorlezen uit hun werk.'

'Hoe laat?'

Ik kon horen dat hij een bladzijde omsloeg. Hij zat zeker in zijn agenda te kijken. Hij was echt terug op zijn kantoor, kon het beeld van de camera's dus op zijn eigen computer zien.

'Ik heb Joe gevraagd om met je mee te gaan. Hij weet alle details. De performance staat gepland voor acht uur.'

Mijn interesse laaide weer op. Aidan had goed werk geleverd, deze vent begreep precies wat ik nodig had. Het idee om Maria in een kerk op te voeren was verleidelijk, zij het wat controversieel.

'Klinkt goed.'

'Oké Esther, is er verder nog iets, voordat ik ophang?'

Ik dacht snel na.

'Vind je het erg als ik morgen wat musea bezoek?'

'Nee, ga je gang. Misschien is het een idee om wat hedendaagse kunst in het Whitney te bekijken. Ben benieuwd wat je ervan vindt.'

Ik voelde mijn humeur opklaren. Ben zei dat hij een auto voor me zou regelen, beschikbaar vanaf tien uur 's ochtends. Eigenlijk wilde ik alleen op pad, maar wist dat ik me dan niet veilig zou voelen. Hij zei gedag en hing op. Ik bruiste weer van nieuwe energie. Ik was teleurgesteld geweest dat ik zo vroeg en alleen weer terug was gekomen naar de studio, maar nu gingen mijn gedachten alweer uit naar mijn volgende performance. Telefoongesprekken laat op de avond hadden iets erotisch, vooral als ze werden gevoerd met een virtuele vreemde. Ik stond op het punt om naar de badkamer te gaan om me uit te kleden, toen ik een idee kreeg.

De performance van morgen zou over zuiverheid gaan. Ik moest mezelf schoonwassen, als voorbereiding op een dag van zuiverheid in woord en daad. Ik vroeg me af of Ben de camera's al had uitgezet en zijn kantoor had verlaten, of dat hij nog aan zijn bureau zat en nog even naar me keek, voordat hij zijn jasje aantrok en naar huis ging. Langzaam liep ik terug naar de studio en ging zwijgend in het midden van de ruimte staan. Ik wachtte even, terwijl de neonlichten hun rode en groene gloed op me wierpen, aan, uit, aan, uit. Toen trok ik langzaam mijn T-shirt uit en trok een voor een mijn sokken uit. Daarna de zwarte bodystocking en de string die ik onder Isabella's pakje had gedragen. Ik stond even helemaal naakt en liet het neonlicht over mijn lichaam glijden, toen liet ik mijn hand langzaam naar de pruik gaan, trok die van mijn hoofd en liet hem op de vloer vallen. Mijn haar was strak achterovergekamd, mijn hoofd zou er in het halfduister sculpturaal uitzien, mijn huid wit als albast. Ik stond een paar minuten lang zonder me te verroeren, draaide me toen een halve slag, zoals ik de vorige avond als Christina ook had gedaan. Toen liep ik naar de badkamer en sloot de deur achter me. Zo kan hij precies zien wat hij voor zijn geld heeft gekregen, dacht ik.

36

'Ben benieuwd wat je ervan vindt,' had Ben gezegd. Ik voelde aan m'n water dat ik hier niet zou vinden wat ik zocht, toen ik rondliep in het Whitney. De kunst hier was lang niet zo confronterend als wat in Londen werd gemaakt – het had wel een intellectuele lading, maar was gespeend van elk beetje humor. Onze bende, dacht ik afwezig, moet de boel hier eens komen oppeppen. Het overkoepelende thema van de tentoonstelling was 'reizen'. Misschien was 'ruimte' wel de oorzaak van het fundamentele verschil tussen hedendaagse Amerikaanse en Britse kunstenaars. Ons kleine eilandje had duidelijk getrokken grenzen waardoor het de taak van kunstenaars leek om die te overschrijden. Hier heerste de gedachte dat je altijd je materiaal kon inladen en ergens anders opnieuw kon beginnen. Sterker, je kon blijven reizen in de Verenigde Staten, peinsde ik, en elk jaar in een andere staat wonen, meer dan vijftig jaar lang, zonder ooit het land te verlaten of op dezelfde plek terug te komen. Misschien had dat wel zijn weerslag op de begrenzingen in de kunst.

In Engeland lagen de zaken meer zwart-wit. Voor mij was er maar één plek: Londen. Het Engelse landschap wees ik af als irrelevant; na mijn ontsnapping eraan had ik nooit de behoefte gehad om er terug te keren. Ik voelde het ook als een diepe en resolute verplichting om in de hoofdstad te blijven. Maar ik hield wel erg van bezoekjes aan Parijs en de recente reisjes naar Venetië en Wenen. Het voelde altijd alsof ik het verlaat-de-gevangenis-zonder-betalen-kaartje had getrokken als ik een vliegticket in mijn kontzak had zitten. De trap in je rug van de turbomotoren betekende ook het begin van een vlucht uit mezelf; het bracht me in dezelfde roes als opwekkende drugs, zorgde dat ik me vrij voelde van de dagelijkse zorgen, die ik achterliet op Engels grondgebied. Misschien overheerste in de Verenigde Staten wel het gevoel dat je weliswaar op reis kon, maar nooit kon ontsnappen.

Het was al in de middag. Mijn gedachten waren ver naar de buitengebieden afgedwaald – een veeg teken dat deze tentoonstelling me niet wist te boeien. Ik had afgesproken dat Ben's chauffeur me buiten op zou pikken. Ik verliet het Whitney, opgelucht om weer buiten op straat te zijn en zoog de ijskoude lucht door mijn tanden naar binnen. Ik was al vroeg wakker geworden, mijn hoofd voelde nog steeds mistig van de cocktails van de avond ervoor. Ik vroeg de chauffeur naar het tijdelijk onderkomen van het MOMA in Queens te rijden. Ik had een portie echte meesterwerken nodig, nu, meesterwerken die je een klap in het gezicht konden geven. Terwijl we erheen reden struikelden mijn gedachten over de brokstukken van de vorige avond; de glamour van de presentatie, een eindeloze rij glimlachende gezichten, Sonia, en als laatste mijn middernachtelijke striptease – ongetwijfeld helemaal op video vastgelegd. Ik stelde me voor hoe Ben er tot in de kleine uurtjes naar had gekeken. Ik voelde me een beetje gespannen door mijn gedrag. Ik wist dat het dom was geweest, maar het was wie ik was, mijn oude rebellerende ik, en ik kon niet anders dan genieten van dat gevoel.

Het MOMA was tijdelijk gehuisvest in een verzameling moderne loodsen. Er waren een paar verzamelingen die ik liever bekeek, zelfs in dit tijdelijk onderkomen. Ik stond al snel voor een werk van Gilbert en George, stadsgezichten van East London, en het gevoel van verlangen naar thuis verbaasde me. Toen stuitte ik op een schilderij van Frida Kahlo, net na haar scheiding van Diego Riviera: in pak gestoken, haar kortgeknipt, de afgeknipte lokken als rattenstaarten op de grond geworpen. Nu pas wist ik waar ik Sonia eerder had gezien. De gelijkenis met haar was treffend, haar Latijns-Amerikaanse huidskleur, het androgyne lichaam, haar kleine postuur, de witte handjes. En het pak. Misschien speelde Sonia hetzelfde spel als ik en was zij ook op het idee gekomen om zichzelf als haar heldin uit te dossen. Ik vond het een opwindend idee en wist zeker dat wij vrienden konden worden. Ik keek uit naar de afspraak met haar die middag.

Ik kocht wat kunstbriefkaarten in het winkeltje en was blij verrast toen de student achter de toonbank door mijn slechte vermomming van bonthoedje en een hoge kraag heen keek en me om mijn handtekening vroeg – vreemd genoeg versterkte het mijn zelfvertrouwen, zorgde het dat ik me groter voelde. Ik vroeg de chauffeur om tot halverwege het centrum te rijden en op Fifth Avenue te stoppen. Ik moest even wandelen. Toen ging mijn mobieltje. Het was Sonia. We spraken af elkaar in een café op de West Side te ontmoeten.

Ik liep richting centrum, anoniem in de drukte van de voetgangers, die de ijzige lucht vulden met pluimen adem, en door naar Times Square, langs de schaatsers die pirouetten draaiden voor het Rockefeller Centre. Ik kwam vroeg aan bij het adres dat Sonia me had gegeven; een elegant joods cafeetje met roodgedekte tafels en de eetlustopwekkende geuren van pastrami en roggebrood. Opeens hongerig bestelde en at ik een broodje, leunde daarna achterover en dronk sterke, bittere koffie. Sonia was te laat.

Ik probeerde de balans op te maken. Ik genoot van de performances, maar zou ik er wel een concreet kunstwerk van kunnen maken, zoals ik Ben gisteravond aan de telefoon had beloofd? Mijn gedachten dwaalden af naar Ava. Ik had haar sinds de veiling niet meer gesproken, maar ze schoot vaak door mijn gedachten als ik een moeilijk probleem moest oplossen. Ik vroeg me af wat ze van het resultaat van de veiling zou vinden, hoe ze alle losse eindjes die ik achterliet tot één geheel zou knopen? Ik wilde het niet, maar haar goedkeuring was wel degelijk belangrijk. Hoe vijandig Ava dan ook tegenover mijn huidige project had gestaan, zij was ironisch genoeg waarschijnlijk wel de enige die er een diepere betekenis aan kon ontfutselen, en die moest ik nog vinden. De opdrachtgevers verwachtten het, Ben en Aidan verwachtten het en de media zouden hun lol niet op kunnen als het me niet lukte. Maar ik kon haar niet vragen om me te helpen. Ik kon het niet uitstaan om die 'heb ik het niet gezegd'-grijns op haar gezicht te zien, als ze mijn noden zou zien en zich warmliep om de oplossing te geven – die ze al glashelder klaar zou hebben liggen in haar gedachten.

Ik viste de Gilbert en George-kaart uit mijn tas en begon op de achterkant te krabbelen: *Ik krijg heimwee van dit stadsgezicht, hoop dat met jou alles goed gaat. Alles gaat goed hier. Terug op zondag. E. x.*

Toen ik opkeek zag ik dat Sonia naast me stond en voelde ik me onmiddellijk opleven. Ik had het niet verzonnen, ze wás de reïncarnatie van Frida Kahlo.

Ze nam niet de moeite haar jas uit te doen, ging gewoon zitten en schoof haar stoel aan. We keken elkaar recht in de ogen, met het tafeltje tussen ons in.

'Kaartje voor het thuisfront?'

'Ja,' zei ik glimlachend, 'voor mijn moeder.'

Het viel me op hoe recht voor z'n raap Sonia was. Waarom vertrouwde ik haar dan toch niet?

'Hebben jullie een goede band?' Ze haalde een cassetterecorder uit haar tas en legde die op tafel.

'Oh, was dat al je eerste vraag?' zei ik, net alsof het me verbaasde.

Ze glimlachte en zette de recorder aan, me intussen strak aankijkend.

'Ik heb eens tegen een journalist gezegd dat ik ben grootgebracht op ideeën,' zei ik langzaam. 'Wat ik waarschijnlijk beter had kunnen zeggen was: op mijn moeders ideeën.'

Sonia maakte nog geen aanstalten om haar jas los te knopen. 'Was dat iets slechts, dan?'

Er kwam een ober op ons af. Ze bestelde snel een kopje koffie, was gretig om verder te gaan.

'Nee, niet altijd slecht,' zei ik, vastbesloten om binnen mijn eigen, vooraf bepaalde grenzen te blijven. Je vertelde gemakkelijk te veel, om het later te berouwen, had ik in de loop der jaren geleerd. 'Het was alleen onconventioneel. Zij heeft een dikke vinger gehad in de keuze voor mijn huidige beroep.'

'Hoe dat zo?'

'Nou, als we niet tegen het een of ander liepen te protesteren, bekeken we samen schilderijen.'

'Wat deed ze voor werk?'

'Ze was een academicus – of eigenlijk is ze dat nog steeds.'

'Op welk gebied?'

'Politicologie. Ze is een fervent feministe.'

'Heeft ze ook boeken geschreven?'

Ik knikte en vertelde haar hoe Ava als in één klap beroemd was geworden met haar boek *Raising Women*, dat ze een paar jaar na mijn geboorte had geschreven. Ik gaf een korte beschrijving van het leven op Ickfield Folly, ze luisterde aandachtig.

'En je vader?'

Ik praatte nooit over de ontwrichte relatie tussen Ava en Simeon, of zijn gebrek aan vaderlijk verantwoordelijkheidsgevoel voor mij. 'Hij overleed toen ik zestien was,' zei ik.

'Dat spijt me te horen. Was hij ook schrijver?'

'Nee, maar wel een academicus, in zekere zin.'

'Mis je hem?'

Sonia deed hevige pogingen om met mij in het diepe te duiken. Mijn watervrees nam navenant toe.

'Natuurlijk. Maar tijd heelt alle wonden.'

Sonia's koffie werd gebracht, maar ze sloeg er geen acht op. Oranje vlekjes kleurden haar ogen. 'Zie je Ava nog vaak?' vroeg ze.

Ik schudde mijn hoofd. Ze wist haar naam dus al, wist veel meer dan ze liet blijken. Het verbaasde me niet, maar ik viel daardoor wel stil. Mijn werk ging over het hier en nu. Dát was de tijd van Ava. Maar ik dacht dat ik Sonia wel aardig zou vinden, dus wilde ik haar ook niet te veel buitensluiten.

'En wat vindt zij van je kunstwerken?'

Ik keek hoe de gele taxi's grijze drab uit de goot lieten opspatten en lachte cynisch. 'Ze vindt dat ik mezelf in de uitverkoop heb gegooid.'

'Ik neem aan dat ze het idee om jezelf te verkopen verachtelijk vindt.'

'Het strookt nou niet bepaald met haar traditioneel feministische idealen, nee.'

'En het moest natuurlijk een man zijn die je kocht.'

'Wat vind jij eigenlijk van Ben?'

Ik dacht terug aan mijn nachtelijke striptease. Waar wás ik toch mee bezig? Ik dacht dat ik zulk onnadenkend gedrag wel was ontgroeid. Het keerde zich altijd tegen me. Dit was één aspect van de serie dat ik niet graag openbaar zou willen maken.

'Is het voor hem allemaal een publiciteitsstunt? Hij heeft nog nauwelijks aandacht aan me besteed.'

Ze lachte veelbetekenend. 'Voldoet Ben daarmee niet helemaal aan het beeld van de meeste verzamelaars door de eeuwen heen? De aankoop dient om haar waarde te kunnen tonen. Hij zal niet veel tijd besteden aan het kijken naar jou. Net als met elk ander meesterwerk, zal hij je aan het publiek tonen als het zijn pr-doelen dient, zoals gisteravond. De rest van de tijd laat hij je stof verzamelen.'

'Is hij getrouwd?' Ik deed mijn best ongeïnteresseerd te klinken.

'Oh god, nee,' zei ze nadrukkelijk. 'Hij is dol op vrouwen en is gezien met een aantal goede partijen in New York, maar hij lijkt zich niet te willen settelen. Hij is een rare kruising tussen een filantroop en een hedonist.'

'Op welke manier?'

'Hij houdt ervan om dingen tot in het extreme door te voeren,' zei ze, 'zoals het hele oeuvre van een kunstenaar te kopen. Hij lijkt ervan te genieten om kunst en mensen te bezitten. Je hebt Sarah zeker wel ontmoet? Nou, hij betaalt letterlijk alles voor haar.'

'Maar hij gaat niet met haar naar bed?'

Sonia haalde haar schouders op.

'Vind je hem aardig?' Ik besloot de tegenaanval in te zetten. Hij was immers haar belangrijkste begunstiger. Hoewel ze oprecht ongeïnteresseerd leek in zijn persoonlijk leven, schudde ze nu hevig van ja. 'Ik kan 'm moeilijk niet aardig vinden. Hij is grappig, slim, goedgeïnformeerd – en er is weinig dat hij niet weet. Maar je krijgt niet echt vat op hem.'

'Heb je ooit de tijd gekregen om hem beter te leren kennen?'

'Nee, niet echt. Hij is een uurtje hier, dan weer een halfuur daar. Ik denk dat hij in de weekends naar de Hamptons gaat om te ontspannen.'

Ik vroeg hoe goed hij Greg kende.

Haar antwoord was stellig: 'Erg goed.'

'Wie neemt de beslissingen?'

Ik hoopte dat ik mijn geluk niet al te zeer beproefde, maar Sonia leek het geen probleem te vinden om mijn vragen te beantwoorden.

'Greg Weiz is zonder twijfel de motor achter de aankopen. En hij geeft goede adviezen aan Ben. Maar weet je, Ben heeft er zelf ook een goed oog voor. Ik weet zeker dat hij geen kunstwerk zal kopen als hij niet gelooft dat het waardevol is. Ik denk echt niet dat hij kunst alleen als investering koopt, hoewel dat zeker een belangrijk motief zal zijn.'

'En de fiscale voordelen?'

'Natuurlijk, alle Amerikaanse kunstverzamelaars houden hun aftrekposten in de gaten.'

'Waarom denk je dat Greg hem heeft overgehaald om mij te kopen?'

'Oh, ik weet zeker dat hij je als een goede investering ziet.'

Ze glimlachte bemoedigend, maar er klonk iets gewiekst door in haar stem dat me van mijn stuk bracht. De oranje vlekjes die ik eerder in haar ogen had gezien, hadden het hazenpad gekozen. Ik wist zeker dat Sonia niet het achterste van haar tong liet zien.

Ik vroeg naar haar komende tentoonstelling bij Weiz. Ze zette de recorder uit. De titel was *Schaduwland*, zei ze, en bestond uit twintig schermen die elk een ander moment ná een gebeurtenis lieten zien. Figuren liepen in en uit beeld en zorgden voor negatieve weerklanken. De kern van het idee was om te laten zien hoe de hersenen zichzelf voor de gek houden en, aanvullend daarop, hoe gebrekkig ons geheugen meestal werkt.

'Ik kan amper wachten om het te bekijken. Ik hoop dat ik daar nog de kans voor krijg, voordat deze week voorbij is,' zei ik. Ik was jaloers op haar vaardigheid ideeën in woorden uit te drukken.

Sonia keek me verbaasd aan. 'Die kans krijg je zeker. Greg zei vanochtend dat je morgenavond je 'optreden voor genodigden' opvoert in zijn galerie.'

Op weg naar het centrum vlogen mijn gedachten heen en weer tussen Sonia en Ava. Het interview was goed verlopen, maar had me ook van mijn stuk gebracht. Sonia had me het gevoel gegeven dat ik niets wist over mijn eigen leven, althans voorzover zich dat in New York afspeelde. Het lag voor de hand dat ze op de hoogte was van de handel en wandel in de galerie, omdat Greg Weiz haar galeriehouder was. Maar over mij leek ze veel meer te weten dan strikt noodzakelijk of ethisch was.

Sinds de week die voorafging aan de veiling, had ik met Ava niet meer dan een paar staccato telefoongesprekken gevoerd, ingeklemd tussen interviews, vliegvelden en de tijd die ik met Aidan of Petra doorbracht. Ik wist dat ze mijn huidige succes maar niets zou vinden. En ik was ervan overtuigd dat ze haar standpunten uitvoerig zou uitleggen aan Lincoln. Van een ieder van wie ik onvoorwaardelijke steun verwachtte, was uitgerekend mijn moeder mijn meest kritische toeschouwer. Het was niet zozeer wát ze zei, maar de stiltes tussen haar woorden die haar standpunt duidelijk maakten. Het was vervelend om zo met haar bezig te moeten zijn, vandaag, maar ik nam aan dat het onvermijdelijk was, aangezien mijn volgende performance om het ultieme icoon van moederliefde draaide.

Zoals afgesproken vergezelde Joe me naar de St. Mark's kerk. Ik zweeg tijdens de rit, concentreerde me op de performance die me te wachten stond, maar ik was gespannen. Ik wist dat dit de belangrijkste performance tot dusver zou zijn, de performance die me het meest op de proef zou stellen. De rij voor de ingang kronkelde zich als een slang over het kerkplein, tot op het trottoir. Ik droeg een lange, zwarte cape over mijn kostuum, de capuchon over mijn hoofd. Joe leidde me naar een ingang aan de zijkant voordat iemand onze aankomst opmerkte en John, een jonge kapelaan en duidelijk homo, liet ons binnen.

'Dit is de oudste kerk van het centrum van New York,' legde hij trots uit, 'en de kerk heeft een jarenlange traditie om plaats te bieden aan performancekunst, met name poëzie. W.H. Auden werd hier herdacht en de dichters van de *beatgeneration* hebben hier allemaal voorgelezen in de jaren zestig.'

Ik verkeerde in goed gezelschap, zoveel was duidelijk. Ben had een voorbeeldige locatie voor me uitgekozen.

De kerk was leeg, verlicht met kaarsen, de lucht zwaar van wierook.

'Dit is de reguliere avond om poëzie voor te dragen,' ging John opgewekt verder, 'maar op verzoek van meneer Jamieson hebben we jou op de valreep aan het programma toegevoegd. De *Village Voice* heeft er vandaag extra aandacht aan besteed, daarom staat er nu een rij tot het einde van de straat.'

'Hoeveel mensen komen er normaal?' informeerde ik, terwijl de zenuwen door mijn keel gierden.

'Meestal zo'n man of dertig, maar vanavond zal de kerk afgeladen zijn,' zei hij. 'Ik maak me overigens wel een beetje zorgen over de media. Er kwamen zojuist een paar televisieploegen opdagen, maar St. Mark's heeft als richtlijn om die niet binnen te laten.'

'Het spijt me dat ik zoveel heisa veroorzaak,' zei ik. Ik begon ook bezorgd te raken over mijn eigen veiligheid. En meer dan een beetje bezorgd over mijn performance. Maar Joe was tenminste in de buurt. Hij hielp me met het opzetten van mijn twee camera's, ik rolde mijn witte mat uit in het midden van de kerk, waar ruimte was gemaakt door wat kerkbankjes weg te halen. Toen ging ik naast hem zitten in een bankje aan de zijkant van de kerk. Ik begreep inmiddels dat hij meestal zweeg en was opgelucht dat ik daardoor aan mijn eigen overpeinzingen was overgeleverd.

De kerk begon vol te lopen. Ik hield mijn capuchon op, mijn hoofd gebogen en hoopte dat niemand me ontdekte. Al snel was elk plaatsje bezet. De kapelaan kondigde het eerste optreden aan; twee jonge schrijvers wier tekeningen, gedichten en daaraan gerelateerde teksten, vertelde hij, al in een groot aantal literaire bladen en tijdschriften in de vs waren verschenen. Ik was gepreoccupeerd met het overdenken van mijn eigen performance, kon me niet concentreren op hun prozagedichten, waarvan de regels als een pingpongbal tussen hen heen en weer kaatsten.

Het publiek klapte beleefd toen hun voordracht was afgelopen, maar de meesten wisten net zo goed als ik voor wie ze gekomen waren. Ze wachtten ongeduldig tot ik zou verschijnen. Niemand, nam ik aan, was het opgevallen dat ik er al was. John hield een korte inleiding en er viel een diepe stilte over de kerk. Het was amper te geloven dat we in hartje Manhattan waren.

Langzaam stond ik op en liep naar het midden van de ruimte. Alweer wachtte ik een minuut lang, doodstil, voordat ik mijn zwarte cape afdeed en die aan de zijkant neerlegde. Eronder was ik de reïncarnatie van *De Madonna met de Anjelieren*, van haar strakke, beige lijfje tot aan haar klokkende blauwe zijden rok, zo gesneden dat hij mijn smalle middel accentueerde. Een ragfijne, witte sluier bedekte mijn voorhoofd en ik droeg een pruik van dunne, blonde vlechtjes. Ik had mijn gezicht opgemaakt met de zachtste perziktinten die ik kon vinden, op mijn lippen lag een gelukzalige glimlach. Ik hield een boeketje van zijden anjelieren in één hand en het door mij gekozen boek, *De uren van de Maagd*, in de andere.

Ik stond zwijgend en sloot mijn ogen in een poging Maria's

belangrijkste eigenschappen tot me door te laten dringen. Ik voelde een sterke verschuiving in mijn bewustzijn, vanuit het diepste van mijn ziel. Ik was een gewone vrouw en hoewel ik me niet kon identificeren met het idee van onversneden en onbaatzuchtige vrouwelijkheid, of met Maria's maagdelijkheid die amper overeenkomsten had met mijn eigen houding op dat punt, trof de Madonna een gevoelige snaar, heel diep in mij. In mijn eigen seculiere wereld had ik, net als zij, een heel ander soort cultstatus verworven; zo lag mijn privé-leven sinds kort meer onder het vergrootglas dan de boodschap die ik met mijn kunstwerken probeerde onder de aandacht te brengen. Net als bij Maria werd ook mijn oorspronkelijke betekenis opnieuw toegeëigend, om de emotionele behoeften en de nieuwsgierigheid van mijn publiek te bevredigen. Daarom was de kerk zo vol vanavond, wist ik. Ik concentreerde me kort op deze belangrijke punten, terwijl het publiek afwachtte. Toen begon ik mijn meditatie.

Ik sprak niet harder dan een streepje boven gefluister, maar mijn stemgeluid bereikte met gemak de hele verzamelde gemeente.

'Mijn naam is Maria. Mijn vlees is zuiver, ik ben de Maagd, Madonna, Moeder van God, Bruid van Christus. Mijn wortels liggen verankerd in de levens van oeroude godinnen. Ik weet alles wat er te weten is. Toch hebben anderen me tot meer gemaakt.'

Ik dacht wat opschudding te horen bij het publiek, wachtte even, maar het bleef stil en dus ging ik verder.

'Aldus staat geschreven. Ik ben de onbevlekte ontvangenis, mijn geboorte is omgeven met wonderen. Mijn wereldlijke ouders huwden me uit aan de tempel. Zes maanden oud liep ik zeven stappen. Op mijn eerste verjaardag werd een feest gegeven dat door het hele volk Israëls werd bezocht. Toen ik drie was, danste ik op de trappen van de tempel en brachten engelen mij voedsel uit de hemel. Toen ik twaalf was, verzamelde hogepriester Zacharias alle weduwnaars van Israël en verloofde God mij met Jozef. Ik bleef kuis tijdens het jaar dat volgde. Toen verscheen de engel Gabriël aan mij en deelde mij mede dat ik Gods zoon in mij droeg.'

Ik wist zeker dat ik nu geroezemoes hoorde in de gemeente, maar ging toch door met mijn voordracht.

'De rest van mijn verhaal gaat over goddelijkheid, tot vlees geworden in het leven van mijn kind, Jezus Christus. Toen ik stierf werd ik weggevoerd, lichaam en ziel, om me bij de heilige drie-eenheid te voegen. Ik was zuiver vlees dat onsterfelijk werd.'

Alle ogen waren op mij gericht, een beeld dat heiligheid uitstraalde, flakkerend in het kaarslicht. Toen begon iemand langzaam te klappen, een onheilspellend geluid dat door de kerk galmde.

'Velen vragen mij om vergeving, redding, liefde en raad. Vragen steun, dragen rozenkransen, dreunen weesgegroetjes op.'

Het geklap werd harder en ik verhief mijn stem.

'Ze bouwen schrijnen voor me en zeggen dat ik terugkeer in verschijningen. Mijn liefde voor de mensheid is zuiver en moederlijk. Ik voer Gods wil uit. Ik werd geboren als sterfelijke boodschapper, maar werd onsterfelijk gemaakt.'

Ik aarzelde toen ik iemand 'Je moest je schamen' hoorde schreeuwen en daarna 'godslaster!'. Anderen begonnen mee te doen, totdat een koor van kelen de kerk met verwensingen vulde – allemaal aan mij gericht. Ik liet mijn hoofd hangen en liet hun beledigingen over me heen komen. Ik voelde me deels beschaamd, maar een ander deel van me – mijn analytische kant – vond deze verstoring van mijn act erg interessant. Ik overwoog of ik verder moest gaan, besloot toen dat ik zou proberen mijn performance tot aan het einde uit te spelen, tenzij iemand me fysiek zou bedreigen. Ik keek weer op, liet mijn ogen brutaal over het publiek glijden en sprak met nog meer stemverheffing.

'Hoe ziet u mij? Ben ik een dochter, een bruid, een moeder? Of ben ik een eenvoudig jong meisje, een hoveling, een koningin of een heilige? Wat wilt u dat ik ben? Maak uw keuze, betrek uw stellingen. Ik ben tempera op perkament, fresco op pleisterwerk, olieverf op linnen. Ik ben verf op houtsnijwerk, een beeld uit steen, klei of brons. Ik ben een boodschapper en een boodschap, een icoon en een cultus.'

Mijn laatste woorden gingen verloren in het lawaai, ik wachtte even met gebogen hoofd en liet me overspoelen door het gescheld, toen voelde ik een arm om mijn schouders. Ik sloeg mijn blik op en keek in Ben Jamieson's grijze ogen.

'Ik denk dat we maar beter kunnen gaan,' zei hij beslist en leidde me door het publiek, dat me langzaam klappend de kerk uit joeg. Buiten kwam de stilte aan als een stomp in mijn maag, plotseling voelde ik de volle kracht van hun woede. Ik leunde tegen een ijzeren hek en kotste in de goot. Ben legde zijn hand tussen mijn schouderbladen en liet die zacht rondjes draaien, totdat ik klaar was. Toen gaf hij me een zakdoek, waarmee ik mijn gezicht afveegde.

'Ik denk dat ik je maar beter naar huis kan brengen,' zei hij. 'Jeetje Esther, je weet wel hoe je een statement neer moet zetten.'

Ik keek hem door mijn tranende ogen aan en zag zijn gezicht, oplichtend met een milde en onbezorgde glimlach. Op een of andere manier was hij helemaal niet van zijn stuk gebracht door het mislukken van mijn performance. Ik voelde hoe een golf van opluchting door me heen trok en beantwoordde hem met een grijns.

'Ik herinner me nog de eerste keer dat ik werk van je zag,' mijmerde Ben achter in de zwarte limousine die ons naar het centrum bracht. 'Het was in 1992. Je had net de *Estheris*-serie afgerond. Zoiets was nog nooit vertoond in de Verenigde Staten. Het was schokkend, maar boeiend.'

Ik leefde op door zijn woorden, voelde hoe mijn interesse groeide.

'Het werd een nog groter succes nadat de BBC een jaar later de nabewerkte versies had uitgezonden,' biechtte ik op.

'Werd je daardoor even bekend als een merknaam?'

'Onder andere.'

'Wat nog meer, dan? De aanvaring met die politicus?'

Net als Sonia had Ben zijn huiswerk gedaan. Er waren maar weinig tegels in mijn privé-leven waaronder nog niet was gekeken. De media wist ze altijd te lichten.

'Het is merkwaardig dat je door sensationele gebeurtenissen sneller een reputatie krijgt bij het publiek, dan door esthetische hoogstandjes,' zei ik glimlachend.

'Zeker – en door de veiling is dat alleen maar erger geworden,' zei hij. 'Hoe liep het uiteindelijk af?'

Ik wist zeker dat hij het verhaal al kende, maar het gewoon nog eens uit mijn mond wilde horen. Dat voorrecht had hij, wat mij betrof. Hij betaalde me immers.

'Het begon allemaal pas goed toen ik publiekelijk een minister aanviel, tijdens een goed bekeken televisie-interview,' zei ik. 'Ik heb hem toen helaas een stomme rukker genoemd – live op de BBC. Natuurlijk openden de volgende dag alle kranten ermee.'

'En toen?'

'Nou, daarna volgde een langdurige woordenwisseling tussen mij en de Conservatieve Partij, die in de weken daarop breed werd uitgemeten in de media. Het eindigde in een rechtszaak die veel schade toebracht aan mijn carrière.'

Ben genoot zichtbaar van het verhaal. 'Heb je nog geprofiteerd van die hele toestand?'

'De prijzen van mijn kunstwerken schoten omhoog, ik was opeens erg gewild.'

Terwijl de auto doorreed, vertelde ik hem over de achtergronden. Het was een tijd van consensus geweest in de politiek en mijn harde aanval op de regering werd verwelkomd als het aanbreken van een nieuw tijdperk. Natuurlijk werd ik daarna door de Labour-oppositie gebruikt als een van hun belangrijkste voorstanders, om stemmen bij de jeugd te trekken. Intussen kreeg zelfkritiek de overhand in mijn kunstwerken; ik gaf de meest persoonlijke mentale en fysieke details van mijn dagelijkse leven prijs en liet de vertwijfeling zien die gepaard ging met het volwassen worden in het Engeland van de vroege jaren negentig. Daarna deed ik de *Therapy*-serie – ik in een quasi-open-hartig gesprek met mijn psychiater. Ik wist door mijn vaders amateur-praktijk genoeg van psychologie om de effecten van analyse te kunnen onderzoeken. Door dat project groeide de schare van bewonderaars nog verder. Ik werd zelfs bestempeld als een van de meest kritische vrouwen van mijn generatie, dege-ne die een nieuw publiek vond voor de feministische strijd door de *laddism*-beweging een koekje van eigen deeg te geven.

'Laddism?' Ben keek me vragend aan.

'Oh ja, die nieuwe mannencultus die *Loaded* en andere tijd-schriften in Engeland propageren. Om eerlijk te zijn had ik wel het probleem dat er een boel tegenstrijdige boodschappen in mijn vroege werk zaten.' Ik wachtte even, voordat ik ernstiger verder ging: 'Vaak nam ik te veel hooi op mijn vork. Ik zag mezelf als een leeg vat, dat ik kon vullen met elk nieuw idee dat op mijn pad kwam. Ik nam nooit de tijd om van een afstandje te kijken welk effect zulke intieme onthullingen, hoe fictief dan ook, op mijzelf hadden. Ergens in die tijd ben ik gestopt met nadenken over wat realiteit en wat verzonnen was, de kunst ging mijn echte leven overschaduwen.'

'Wel beter dan vluchten in drugs of alcohol.'

Ben sloeg de spijker op z'n kop. Hij had volkomen gelijk. Mijn creativiteit was, tot nu toe, altijd een goede manier geweest om te ontsnappen, om niet over de echte problemen in mijn leven na te hoeven denken.

'Ja, dat was 't zeker, maar op een of andere manier lukt het me de laatste tijd niet meer,' zei ik oprecht.

'Je bent die geweldige capaciteit die we onervarenheid noe-men kwijtgeraakt,' zei Ben, vriendelijk lachend. 'Hoe ben je van plan de gevolgen daarvan het hoofd te bieden?'

Goede vraag, maar moeilijk te beantwoorden.

'Succes is altijd bitterzoet,' zei ik ten slotte, 'maar goedbe-schouwd is het in mijn geval meestal zoet. Ik geniet van mijn succes. En Aidan is de beste adviseur die ik me kan wensen.'

Hij knikte instemmend. Ik zag dat we bijna bij het Kunsthol

waren. 'Wat vind je van zijn plannen met Greg? Ik denk dat dat wel een enorme impact zal hebben op de manier waarop jij en Aidan in de toekomst samen zullen werken.'

'Aidan is toch vooral mijn zakelijke partner. Wat mijn kunst betreft, die is tamelijk autonoom. Zijn transacties zouden geen effect mogen hebben op mijn productie.'

Ben knikte driftig. 'Aidan heeft altijd al gezegd dat jij, en jij alleen bepaalt wat je maakt.'

'Was Greg Weiz bij je toen je op me bood?'

Ik wist zeker dat ik zijn ogen zag oplichten, geamuseerd en strijdlustig.

'Nee, sterker nog, hij en Aidan vonden allebei dat jouw waarde te veel is opgeblazen door mijn bod. Maar we zijn bezig het weer in evenwicht te brengen. Ze weten dat mijn interesse in jou voor de lange termijn is.'

Wat bedoelde hij met dat ze het weer in evenwicht wilden brengen? Had Aidan zonder mijn toestemming beloftes gedaan over mijn toekomst?

'Hé Esther, het spijt me, dat was erg onbeleefd.' Hij voelde de omslag in mijn stemming goed aan. 'Het was niet mijn bedoeling om over je te praten als handelswaar. Het is gewoon dat de kunstwereld net zo goed een onderneming is, net als elke andere – wel een heel aangename, natuurlijk. Ben ik alweer onbeleefd. Het is natuurlijk wel iets anders als het om een menselijk kunstwerk gaat.'

Ik had van meet af aan geweten dat deze ervaring een leerproces voor me zou worden. Het bleek een groter, cynischer proces dan ik had verwacht, dat was alles.

De auto stopte bij het trottoir, Ben sprong eruit en liep naar de andere kant om de deur voor me open te houden.

'Esther, mijn felicitaties met het irriteren van de christelijk-gereformeerde gemeente. Ik wens je een goede nachtrust.'

Plotseling schaamde ik me voor de performance van die avond. Het was immers uitgelopen op een klucht. Ik vroeg me af of er nog iets was dat ik recht kon zetten voor de serie. Ik hoopte dat ik het geluid kon vervangen en het daarmee kon veranderen in een verhaal met een boodschap, één die mijn publiek zou begrijpen en niet zou weghonen.

'Het spijt me van vanavond,' zei ik met onvaste stem.

Ben keek me aan, fronste toen. 'Waarom spijt 't je in hemelsnaam? Had je die reactie niet verwacht?'

Ik antwoordde niet. Ik had me zo geconcentreerd op de voorbereiding van mijn optredens dat ik helemaal was vergeten dat sommige, zoals deze, voor publiek zouden worden opgevoerd.

'Ik weet nooit zeker wat ik kan verwachten, maar deze reactie was een tikkeltje fanatieker dan ik gewend ben,' bekende ik.

Ben lachte en pakte mijn hand beet. 'Dan heb je nog nooit de Wedergeboren Christenen van New York tegenover je gehad,' grinnikte hij. 'Het is te prijzen dat je de confrontatie aanging, meestal laten ze hun gevangenen niet in leven.'

Ik was opgelucht door zijn houding van laisser faire. Ben bleek een cool en complex figuur te zijn.

'Goedenacht Esther,' sprak hij resoluut. 'En nu naar bed, je hebt morgen weer een drukke dag voor de boeg.'

37

'Wat is er verdomme gebeurd?' Aidan aan de telefoon. Hij had doorlopend gebeld, zes keer achter elkaar, dus uiteindelijk had ik maar opgenomen.

'Ik had die reactie niet aan zien komen,' zei ik.

'Nou, hij ís er al wel. Het hele mediacircus is erop gesprongen. Zelfs NBC had er een item over in het ochtendnieuws.'

'Shit.'

Aidan lachte. 'Dat kun je wel stellen, ja. Het zal mij benieuwen wat voor effect dit zal hebben.'

Ik keek uit het raam, naar de straat. 'Niemand weet waar ik verblijf, toch?'

'Nee schatje,' zei Aidan. 'Ik heb Ben vanochtend gesproken, hij laat het Kunsthol in de gaten houden door twee extra beveiligingsmensen.'

'Kom je ook naar Weiz toe?'

'Natuurlijk,' zei hij, 'ik zou je optreden voor genodigden voor geen geld willen missen.'

'Je moet me vertellen wat er speelt,' zei ik langzaam, 'Ben had het over een grotere transactie met Greg.'

Het gesprek viel stil; ik confronteerde Aidan duidelijk op een onverwacht moment.

'We zitten nog midden in de onderhandelingen,' zei hij, 'we praten er vanavond wel over, na je performance.'

We kwamen nu tot de kern van de zaak. Ik was dit project begonnen als persoonlijke uitdaging aan Aidan – en dat wist ik. Hij wilde niet dat ik eraan zou beginnen, maar nu besefte ik dat hij de hele tijd de touwtjes in handen had gehad. Ik vroeg me af tegen welke prijs.

Ik ging naar Weiz, probeerde hard om me op Victorine te concentreren. De timing was goed gekozen, ze was de sleutelfiguur op mijn lijst, wist alles over de kunsthandel en over haar waarde daarin. Greg was er niet, maar hij had instructies gegeven aan zijn assistente Carla, een enthousiaste, maar licht neurotische New Yorkse die als een witvis om me heen zwom. Ze had voor de performance een bloedrode chaise longue gehuurd, bekleed met pluche en mooier dan die ik in Londen had gebruikt voor *The Painted Nude*. Mijn Japanse kamerscherm was vanaf JFK direct naar de galerie gestuurd. Ik was onder de indruk van de efficiency. Er zaten wel een paar, zo niet vele, voordelen aan de nauwe samenwerking met Aidan en zijn vrienden in New York.

Sonia was zo vriendelijk geweest voor deze avond twee van de drie ruimtes van de galerie ter beschikking te stellen, haar videoschermen waren verwijderd. Eerst pakten we het kamerscherm uit. Het was verleidelijk en erotisch. Het was verdeeld in vier panelen van rood eikenhout en berkenhout, de achterkant bekleed met Japans rijstpapier, waarop met acrylverf orgiastische, half-abstracte figuren waren geschilderd, opgenomen in een geborduurde verzameling vormen en patronen. Het was één meter tachtig hoog en tweeënhalve meter breed, met tien verborgen kijkgaatjes om mij aan de andere kant te kunnen zien.

Victorine zou als performance het moeilijkst te filmen zijn, dus stelde ik drie camera's op; een voor het scherm, om het publiek te laten zien, de andere twee achter het scherm om een goed beeld van me te geven terwijl ik mijn act opvoerde. De definitieve video zou nog uren aan postproductie vergen.

Joe had bij de studio een briefje achtergelaten met het aanbod me te begeleiden naar de galerie. Een halfuur voordat we zouden vertrekken was ik al klaar, dus ging ik op het bed zitten en belde Guy.

'Door al het nadenken over Victorine moest ik ook weer aan jou denken,' zei ik, 'en ik wilde je bedanken dat je zo ruimhartig je kennis en vriendschap hebt gedeeld.' Ik meende het oprecht.

Guy lachte vriendelijk, ik denk dat hij zich een beetje geneerde voor mijn openhartigheid. 'Hoe gaat 't, Esther?' zei hij, 'is alles goed daar?'

Ik wachtte even, vroeg me af of ik hem kon belasten met mijn problemen. Maar ik kon het niet laten, al snel vertelde ik over de moeilijkheden die ik in New York tegen was gekomen.

'Denk maar aan Victorine en waaraan zij werd blootgesteld,' zei hij nadrukkelijk, 'en vergeet niet dat je autonoom bent. Je kunt als kunstenaar met deze ervaring doen wat je zelf wilt.'

Guy's woorden stelden me als altijd gerust. Ik bedankte hem en wilde net ophangen, toen hij zei: 'Esther, ik moet je nog één ding zeggen.' Hij klonk ernstig.

'Wat dan?'

'Over Aidan.'

'Zeg 't maar,' zei ik argwanend.

'Ik denk dat hij erg veel van je houdt,' zei hij alleen maar.

Ik ging zitten en probeerde de reproductie van Victorine nog eenmaal op me in te laten werken. Had Guy gelijk over Aidan? Hield hij meer van mij, dan van de kunst die ik maakte? Ik keek naar Victorine en kon haar gedachten lezen. Ze stonden in haar ogen geschreven: 'Je kunt me neuken, maar verneuken kun je mij niet.' Ik vroeg me af of ik diezelfde houding had uitgestraald, al die jaren. Of ik, net als zij, te angstig was geweest om mijn masker af te werpen. Victorine was duizenden keren misbruikt, mentaal én fysiek. Ze is er geweest, heeft het gedaan, ze zal er weer zijn en zal het weer doen, maar je zult niets nieuws krijgen van haar, niets meer dan wat je aan het oppervlak ziet. Dat is haar boodschap aan ons. Er is geen mysterie, er komen geen verrassingen. Ik hoopte dat ik niet zo overkwam, dat er voor Aidan altijd nog meer te zien was.

Ik kleedde me zorgvuldig aan en veranderde langzaam in de

reïncarnatie van Victorine op late leeftijd, in een slonzige zwarte, negentiende-eeuwse rok en jasje, met daaronder een vergeelde witte blouse met opstaande kraag. Met zwarte, leren handschoenen omklemde ik een wandelstok. Op een modeshow van Dior zou dit kostuum nooit te bewonderen zijn, wat Petra ook probeerde. Ik droeg een slordige, grijze pruik, met een knotje dat los aan de achterkant bungelde. Mijn gezicht was opgemaakt om de voortschrijdende decennia en het lichamelijk verval duidelijk te maken; vegen karmijnrode lippenstift rond mijn mond, ogen plakkerig van te veel mascara, grote gouden ringen in mijn oren. Joe was duidelijk van zijn stuk gebracht toen hij mijn vermomming zag. Ik had eigenlijk verwacht dat hij me wel had bekeken terwijl ik me aankleedde, dat hij Ben's 'ogen' achter de camera's was. Hij wilde graag weten wie ik uitbeeldde, maar ik hulde me in stilzwijgen. Zou Ben een telefoontje van hem verwachten om de details te horen, vroeg ik me cynisch af?

Ik zou beginnen met de laatste levensdagen van Victorine Meurent en van daaruit terugwerken naar het moment waarop ze op de toppen van haar kunnen was, als Manet's *Olympia*. Ik was erop gespitst om te laten zien hoe de tijd Victorine's geest had vernietigd – terwijl haar geschilderde waarde juist toenam.

Tegen de tijd dat we bij de galerie aankwamen, leek het alsof ik valium had genomen. Ondanks zijn weerzin om iets over zichzelf los te laten, had Joe's zwijgende gezelschap een ontspannend effect op mij. Misschien juist omdat hij geen spier vertrok, me behandelde alsof ik volkomen normaal was. Meestal waren mensen aan het schatgraven onder mijn oppervlak, zochten ze het goudklompje waardoor ze een mening over mij konden vormen, een betere mening dan de meningen van anderen over mij. Het was een voorrecht, als je 'Esther Glass' of iemand anders die ook maar een beetje beroemd was kende, het leverde je bonuspunten op. Roem was immers als een valuta, waarvan de koers opeens omhoog was geschoten, dat had het opduiken van Kenny Harper me recent nog geleerd. Ik wist instinctief dat Joe een straatveger met een goed verhaal net zo interessant zou vinden.

Greg daarentegen wreef zich onbewust in zijn handen terwijl hij me terloops bekeek, dollartekens in zijn ogen.

'Het is een grote eer je hier te ontvangen,' zei hij en stak een zweterige hand uit.

'Het genoegen is geheel mijnerzijds,' mompelde ik met zijde-zachte acteerstem.

De performance stond gepland voor zeven uur 's avonds. Greg leidde me naar een achterkamertje vol schildersdoeken, die tegen een van de muren gestapeld stonden. Carla had een poging gedaan de ruimte om te toveren tot een kleedkamer voor mij, met een tafeltje en een spiegel, een stoel en een paar kleerhangers, die aan de deur hingen. Het kamertje stond vol met beveiligingsbeeldschermen, waarmee de galerie in de gaten kon worden gehouden. Terwijl ik mijn optreden nog eens repeteerde, hield ik één oog gericht op wat buiten gebeurde. Het was moeilijk om me op Victorine te concentreren terwijl de geijkte gasten op kwamen dagen.

Sonia kwam als eerste aan, gekleed in een voor haar kenmerkend grijs pak, maar deze keer met een knalroze overhemd, versierd met oranje bloemen. Ze liep direct op Joe af en toen ze elkaar omhelsden, leek de ruimte tussen hen te verdwijnen. Ze waren duidelijk vertrouwd met elkaars lichaam. Daarna kwamen Ben en Sarah. Ben was meer casual gekleed dan anders, in spijkerbroek en leren jack, als een Hollywoodster van middelbare leeftijd: knap, maar net iets te oud voor de hoofdrollen. Sarah volgde hem in een conventioneel crèmekleurig pakje. Ben en Greg zonderden zich van de groep af, ik zag hoe ze in de richting van Greg's kantoor liepen. Toen kwam Aidan aan, op de voet gevolgd door Carolyn. Tot mijn verbazing spurtte Sonia recht op haar af, met uitgestrekte armen. Arm in arm met Carolyn boog Sonia voorover en gaf Aidan luchtkusjes, waarna de drie een geanimeerd gesprek begonnen. Joe kuierde op hen af en voegde zich bij hen. De sfeer tussen hen was er een van volmaakte ontspannenheid. Toen begreep ik waarom. Dit waren alle sleutelfiguren in Aidan's oude kringetje, ze kenden elkaar waarschijnlijk al van vroeger, toen ook Aidan nog in New York woonde. Tot op dit moment had hij ze niet met mij willen delen.

Al snel kwamen er ook andere mensen, een eclectisch gezelschap van jong en oud, poenige pakken en creatievelingen, zij aan zij met de in voorgeschreven zwart gestoken kunstgarde. Sommigen van hen kwamen me bekend voor, misschien van de presentatie van *So* op dinsdag. Dit was een uitgelezen kans voor Greg. Ik zag hoe hij weer te voorschijn kwam en berekenend de groepjes afging, zijn armen uitgestrekt als begroeting, waarna hij, als het gesprek eenmaal op gang kwam, zijn handen achter zijn rug vouwde en het karakteristieke wiegen weer begon. Intussen liep Ben op Aidan af. Ik keek met stijgende belangstelling hoe Aidan een schouderklopje kreeg, waarna de twee mannen stevig handen schudden.

De setting voelde vertrouwd aan, zelfs tot in het achterkamertje voelde ik hoe een sfeer van verwachting de lucht vulde. Dit was meer dan zomaar een voorrecht. Mijn optreden voor genodigden was voorbehouden aan een select gezelschap van hooguit dertig personen. Greg had me gevraagd of de media welkom waren en we hadden besloten om alleen een gevierde fotograaf van *Vanity Fair* binnen te laten. Hij was net zo'n beroemdheid als de rest, liep rond en maakte foto's van het babbelende en champagne drinkende publiek.

Weiz' galerie bestaat uit drie aaneengesloten ruimtes. De gasten werden eerst naar de achterste galeriezaal gestuurd. Mijn performance zou in de middelste ruimte plaatsvinden, waar het kamerscherm en de chaise longue al stonden opgesteld. Om vijf voor zeven zag ik hoe Greg en Carla iedereen naar de voorste zaal leidden, waar Sonia's beeldschermen nog stonden. Van daaruit zouden ze in groepjes van tien langskomen om mijn performance te bekijken.

Ik zou de zeven minuten durende act drie keer opvoeren, waardoor iedereen de gelegenheid kreeg voor een eigen bezichtiging. Zoals afgesproken legde Carla het lukraak opengeslagen hoofdkussenboek op een groot, rood kussen in het midden van de achterste ruimte. Er stond een bordje bij met de tekst: GELIE-VE AAN TE RAKEN. De kijkers zouden hier na de bezichtiging weer samenkomen.

Het gaf me een heerlijk gevoel om ongezien naar de middelste ruimte te lopen, in de wetenschap dat iedereen zo dichtbij op me wachtte. Ik nam mijn positie in, achter het scherm, maar voor de chaise longue, die met een zwarte lap was overdekt. Carla keek om de deur. Ik knikte. Ze zette de geluidsband aan die ik had gemaakt om mijn performance te begeleiden en dimde de lampen. Rood spotlicht verlichtte de ruimte.

Pictures at an Exhibition is een compositie van Mussorgsky uit 1874, een jaar nadat Manet *Olympia* schilderde. Het was zijn muzikale reactie op de dood van een goede vriend, de Russische kunstenaar Victor Hartmann. Het stuk begint met *Promenade*, met een thema dat vier keer terugkomt en daarmee het muziekstuk tot een eenheid smeedt. *Promenade* beslaat tien grotere muziekstukken en geeft de indruk van een bezoeker die langs schilderijen loopt, stopt voor sommige tentoongestelde werken en weer doorloopt naar een volgend werk. Het leek een geschikte achtergrond voor mijn performance als Victorine Meurent.

De eerste maten van de muziek waren het teken dat ik klaar was. Ik luisterde, mijn hoofd gebogen, hoe de eerste tien kijkers stilletjes de ruimte binnen schuifelden. Naast het kamerscherm stond een zwart doosje met een gleuf in de bovenkant, de woorden 'donaties, s.v.p.' op de zijkant geschreven. Ik kon horen hoe ze een voor een munten en opgevouwen biljetten in het doosje stopten. Toen de deur achter hen werd gesloten wist ik dat ze klaar waren, dat hun gretige ogen me door de kijkgaatjes bespiedden.

Ik was een oude vrouw, kromgebogen en mank. Ik tikte met mijn stok en mompelde, een fles gin in mijn hand. Voor mijn voeten lag een oude Franse baret met daarin een paar francs. Ik schuifelde eromheen, probeerde vergeefs mijn lichaam op de maat van de muziek te bewegen. Het was een groteske vertoning van armoede en slechte gezondheid.

Ik stond stil en liet de stok wegrollen over de vloer. Toen onderging mijn houding een langzame metamorfose. Eerst rechtte ik mijn benen, toen mijn rug en schouders. Ik richtte mijn hoofd op en staarde naar het kamerscherm, alsof ik het – en hun aanwezigheid – zojuist had ontdekt. Met mijn blik strak op het scherm gericht, trok ik mijn grijze pruik af en gooide die van me af. Er zat een tweede pruik van koperkleurig haar onder, opgestoken achter mijn hoofd. Ik raapte de baret op en stak de munten in mijn zak. Toen begon ik neurotisch door de ruimte te bewegen. Eerst pakte ik een handspiegel en veegde met een doek alle make-up van mijn gezicht, stiftte toen mijn lippen en deed mascara op mijn ogen. Daarna sloeg ik de Japanse sjaal over mijn hoofd, pakte een zwart koffertje van de vloer en begon onrustig te ijsberen.

Opeens ging ik op het bed zitten, alsof ik weer tot mezelf moest komen en liet het koffertje vallen. Ik pakte een gitaar en begon daar afwezig op te spelen, een paar akkoorden over de klassieke muziek op de achtergrond heen. Toen legde ik hem onder het bed en trok de zwarte lap van de chaise longue, waarop een stapel kussens en een wit laken lag. Ik ging ervoor staan, draaide mijn hoofd en keek naar het kamerscherm met de verveelde uitdrukking van Manet's Victorine. Toen begon ik me uit te kleden.

Eenmaal naakt deed ik de koffer open en haalde er een bloem uit, die ik achter mijn oor stak, deed de ringen om mijn vingers en schoof een gouden armband om mijn linkerpols. Ik knoopte met een zwart kanten lint een strik rond mijn hals. Daarna legde ik de sjaal over het witte laken, ging erop liggen, in de exacte pose van *Olympia* en legde mijn linkerhand in mijn schoot. Als laatste liet ik mijn linkerslipper van mijn voet vallen.

De muziek klonk nu zachter en ik begon hees te fluisteren.

'Mijn naam is Victorine-Louise Meurent. Ik ben kunstenaar, muzikant, model – en hoer. Ik woon in Pigalle, in Parijs. Het is het jaar 1872. Noem je prijs, vertel me wat je wilt. Een foto? Een schilderij? Muziek? Ik speel gitaar...' Ik wachtte even voor een maximaal effect. 'Of misschien wil je alleen maar neuken?'

Ik had door wekenlang oefenen voor de spiegel thuis Victorine's starende blik geperfectioneerd en haalde 'm nu te voorschijn. Hij was net als de hare volslagen schaamteloos en ongepast brutaal. Ik veranderde van toon, liet de woorden nu scheller klinken.

'Meneer Manet hield ervan om naar me te kijken, om me naakt te schilderen. Hij noemde me zijn muze. Maar de *Salon* weigerde de meesterwerken die hij maakte, tot het te laat was en hij al in zijn graf lag. Ik was getuige van mijn groeiende roem – in verf. Zijn werk werd waardevoller dan diamanten.'

Ik lachte demonisch.

'Stel je eens voor! Toen ik stierf lag ik als oud vuil op de straten van Pigalle, terwijl de mensen voor musea in de rij stonden om mijn geschilderde lijf te bekijken. Maar hoe ze ook lonkten naar mijn vlees, uiteindelijk was alleen ik baas over de gedachten in mijn hoofd.'

Zoals opgedragen werden even later alle lampen in de ruimte gedoofd en stopte de muziek. Het publiek achter het scherm was stil. Ze werden naar de derde galerieruimte geleid en de deur sloot zich achter hen. Ik kwam omhoog van de chaise longue, pakte de spiegel en mijn kleren en begon me weer aan te kleden, om weer van voren af aan te kunnen beginnen.

'Je weet wel hoe je mijn aandacht moet trekken,' zei Ben met een scheef lachje.

Greg keek steels naar Ben, maar leek erg in zijn nopjes.

'Ik ben vooral opgelucht dat ik niet dezelfde reacties kreeg als gisteravond in St. Mark's,' biechtte ik op.

'Je bent hier louter tussen vrienden,' lachte hij. 'Goed, heb je zin om te komen eten?'

Mijn gedachten waren al bij het gesprek met Aidan dat vanavond plaats zou vinden. Ik vroeg me af of Ben het me kwalijk zou nemen als ik de uitnodiging afsloeg. 'Weet je,' zei ik aarzelend, 'ik ben helemaal kapot. Vind je het erg als ik niet op je uitnodiging inga?'

Tot mijn opluchting leek Ben niet van zijn stuk gebracht. 'Natuurlijk niet,' verzekerde hij me, 'het is heel belangrijk dat je uitgerust aan je performance begint en met name morgen wordt een belangrijke dag. Na je theekransje staat ons nog een lange reis te wachten, dus ik heb liever dat je eerst een goede nachtrust krijgt.'

Ik kreeg niet de indruk dat hij het reisdoel wilde verklappen. Waar we ook heen gingen: mijn laatste performance, het diner voor twee met Klimt's Judith, zou zich buiten New York afspelen.

Het was waar, ik voelde me uitgeput na mijn opvoering van Victorine. Bovendien voelde ik me nog steeds wankel door de agressieve reacties van de vorige avond. De respons vanavond was in elk geval wel hartverwarmend geweest. De bladzijden van het hoofdkussenboek waren grondig doorgebladerd, Ben had met nadruk gevraagd of hij het mocht houden. Ik verzekerde hem dat het een integraal onderdeel van het kunstwerk was. Deze avond voelde als een hoogtepunt in mijn carrière. Niet zoals de avond bij Sotheby's, die vooral een schokeffect op me had gehad; hier bestond het publiek uit een internationaal gezelschap scherpzinnige kunstminnaars, die duidelijk maakten dat ik nu een van hen was. Maar ik moest nog steeds iets met Aidan afhandelen en voordat ik hem had gesproken voelde ik me niet voor honderd procent zeker. Aidan was er al tussenuit geknepen en had Carolyn achtergelaten met Joe en Sonia. Dus gaf ik de chauffeur opdracht om naar zijn appartement te rijden.

Aidan hing onderuit in een leunstoel van Charles Eames, zijn stropdas losgetrokken, biertje in zijn hand.

'Wat heb je precies afgesproken met Ben en Greg?' vroeg ik zonder omhaal van woorden.

'Je performance vanavond was fantastisch,' antwoordde hij.

'Niet van onderwerp veranderen, Aidan, ik wil weten wat er aan de hand is.'

Aidan hield er niet van om in een hoek gedreven te worden. Hij stond op en begon te ijsberen. 'Nou, vóór de veiling hebben Greg en ik de voorwaarden besproken met Ben. We wisten dat hij waarschijnlijk de hoogste bieder zou zijn, maar suggereerden dat 350 000 wel genoeg zou zijn om je veilig te stellen. In ruil daarvoor hebben we toegezegd dat hij als eerste gegadigde in aanmerking komt voor nieuw werk.'

'Voor een speciale prijs zeker?'

Zijn mobieltje ging. Hij viste het uit zijn zak, keek op het schermpje, bedacht zich en zette het uit.

'Esther, er is nog niets definitief besloten. Daarom heb ik de details ook nog niet met je besproken.'

'Ik neem aan dat Greg meer invloed heeft gekregen door Ben's idioot hoge bod, waardoor het lastiger is geworden om met hem te onderhandelen,' gokte ik.

Aidan keek uit het raam en zei langzaam: 'Je hebt ergens wel gelijk. We hadden niet verwacht dat hij zo hoog zou bieden. En ja, het heeft gevolgen voor de manier waarop we zaken zullen doen in de toekomst. Hij heeft meer macht, nu, en wil grotere kortingen op de kunstwerken die hij van Greg koopt, niet alleen die van jou, maar ook die van andere kunstenaars. Je moet wel beseffen dat Ben Jamieson Greg's belangrijkste klant is, ze zijn in feite ook partners. Ze werken nauw samen om de markt hier te bespelen, dus moet ik het nog slimmer aanpakken om ervoor te zorgen dat ze ons geen oor aannaaien.'

Ik ging achter hem staan. 'Is het verlies van mijn integriteit niet een te hoge prijs?'

Hij draaide zich om en zei zacht maar resoluut: 'Ik sta helemaal aan jouw kant, Esther, en je integriteit is bij mij in goede handen. Maar ik wil mijn kunstenaars wereldwijd op de kaart zetten. Het is niet meer genoeg om alleen maar goed te verkopen. Ik wil dat jullie werk een overheersende impact zal hebben op een hele generatie. En dat gaat niet gebeuren als ik in Londen blijf zitten en elk jaar een paar kunstwerken verkoop aan mensen in Duitsland en de Verenigde Staten.'

'Maar als mijn verkoop de basis vormt voor een grotere overeenkomst tussen jullie drieën en ten goede moet komen aan alle
kunstenaars van je galerie, dan verdeelt dat mijn verkoopprijs
als een taart in punten,' zei ik. Ik begon het langzaam te begrijpen.

'Door het bod van Ben is je marktwaarde omhooggegaan. Dat
zou je een goed gevoel moeten geven.'

'Ja, maar het lijkt er sterk op dat ik word weggestreept tegen
Ben's toekomstige aankopen. Ik denk daardoor dat het juist
moeilijker wordt om werk van de anderen te verkopen, omdat
hun prijzen in vergelijking te hoog lijken.'

'Dat is precies waarom we zo voorzichtig zijn in de onderhandelingen en waarom ik deze week hier ben. Het ligt gevoelig,
maar het gaat zeker lukken.'

'Jammer dat je niet eerst even hebt geïnformeerd of ik wel
permanent Ben's eigendom wil zijn of niet, voordat je deze overeenkomst hebt gesloten,' zei ik afkeurend.

Na al het onderzoek dat ik had gedaan naar vrouwen in de
kunstgeschiedenis, hoe ze werden verhandeld en behandeld, begon ik nu pas, nu ik zelf het onderwerp was, iets te begrijpen over
de prijs van geld en kunst en de wurggreep die eigendom met
zich meebracht.

Aidan op zijn beurt zag er zichtbaar geërgerd uit. 'De meeste
kunstenaars die alom erkend worden hebben één belangrijke
mecenas,' zei hij. Ik hoorde een donderpreek naderen achter zijn
woorden. 'Waarom walg je toch zo van dat idee?'

Ik gaf geen antwoord.

'Er is nog niets vastgelegd,' probeerde hij me te overreden, 'als
we zondag naar Londen terugvliegen kunnen we samen de details doornemen, als Carolyn's medewerkers klaar zijn met het
opstellen van de contracten.'

'Carolyn?' Eindelijk viel het allemaal op z'n plaats. 'Regelt Carolyn's advocatenkantoor de onderhandelingen?'

Hij deed alsof het hem verbaasde dat het muntje bij mij niet
eerder was gevallen. 'Tuurlijk. Ze is een van de beste advocaten.'

'Maar het is toch verboden om je als advocaat met privé-zaken te bemoeien?'

'Een van de andere partners doet het eigenlijke werk. Ze houdt alleen maar in de gaten of alles goed gaat.'

'Nou, da's reuze aardig van haar. Een echt familiebedrijfje.'

Aidan wilde iets zeggen, maar sloot zijn mond weer.

'Wat?'

'Niets, Esther.'

Hij pakte mijn linkerhand. Victorine's ring zat nog om mijn middelvinger, hij draaide hem rond tussen twee dunne vingers.

Toen ik hier aankwam, wilde ik me concentreren op de *Possession*-serie – en daarmee bedoelde ik de performances. Maar nu begreep ik dat mijn verkoop veel grotere implicaties had gehad, dat alles met alles samenhing.

'Kom op, Aidan, vertel me nu eens wat er allemaal speelt,' zei ik rustig.

Aidan stak zijn handen omhoog. 'Kom maar even zitten,' zei hij, 'dan leg ik je uit waar we ongeveer zijn.'

Ik ging weer op de bank zitten, Aidan plofte in zijn leunstoel. Hij leunde voorover en praatte me bij. 'Greg en ik willen een stichting opzetten in Philadelphia, een "mekka voor Britse kunst" voor de States,' begon hij, 'en we hebben kapitaal nodig. We zouden graag een deel van het geld van de veiling gebruiken als startkapitaal. Natuurlijk laten we jou niet met lege handen vertrekken, maar ons voorstel is om jouw deel van de veilingprijs terug te brengen tot vijftien procent. Dat betekent dat je na aftrek van de commissie door Sotheby's ongeveer 100 000 pond ontvangt. In plaats van het resterende geld krijg je een aandeel in onze nieuwe onderneming en leg je je vast op het maken van een bepaald aantal kunstwerken in de komende vijf jaar. Ben Jamieson wil ook graag investeren, maar eerst wil hij de toezegging dat wij hem het recht op eerste koop geven voor al je toekomstige werk, tegen gereduceerde prijzen.'

Ik keek naar Aidan, zag hoe hij zijn best deed zijn ongerustheid te verbergen, zag hoe hij om mijn medewerking zat te springen, hoe onzeker hij was over wat ik zou gaan doen. Zijn vingers hadden hun oude gewoonte weer opgepakt en trommelden nerveus op de stoelleuning, het enige uiterlijke blijk van zijn innerlijke tumult, dat werd veroorzaakt door een brandend verlangen naar iets dat hij misschien niet zou kunnen krijgen.

'Ik krijg het idee dat je mij probeert vast te leggen om me in de toekomst veel meer op Amerika te richten.'

'Nou, dat is een ander aspect, Esther,' zei hij zacht. Hij pakte mijn handen beet.

Ik bekeek zijn prachtige, ernstige gezicht en zag dat niets van dit alles uit kwade wil was ontstaan. Hij probeerde het beste te maken van iets wat ik was begonnen. Mijn kunst ging nooit alleen maar over mij. Maar ik kreeg het voorgevoel dat er nog iets zou komen.

'Ik had dit pas in Londen met je willen bespreken,' ging hij verder, 'omdat het diep ingrijpt in de toekomst van ons allebei, maar ik denk dat we het er beter maar gelijk over kunnen hebben.'

Ik wachtte zwijgend af.

'Esther, ik wil samen met jou naar New York verhuizen en die stichting beginnen. Ik wil dat we een open, liefdevolle en glasheldere toekomst tegemoet gaan. En het belangrijkste: ik wil dat we samen zijn, dat we doen waar ons hart naar uitgaat. En ik wil meer tijd voor Sam hebben.'

Ik voelde donkere wolken boven me samenpakken. 'Dat kan ik niet,' zei ik. 'Het spijt me, Aidan, maar ik zal nooit uit Londen weggaan.'

Aidan keek me volslagen onthutst aan, legde toen zijn hoofd in zijn handen en zuchtte diep. Ik was niet van plan uit te leggen waarom. Ik stond stilletjes op en verliet het appartement.

Toen ik het gebouw uitkwam hoorde ik een bekend gezoem, toen een klik, gevolgd door meer geklik. Toen riep een stem: 'Goddeloze hoer!' Andere stemmen begonnen te scanderen: 'Esther rot op! Esther rot op! Esther rot op!'

Een groepje fotografen stond opeengepakt op de stoep tussen

de betogers, die borden omhooghielden met mijn foto, waarover ze rode kruisen hadden getrokken. Op één spandoek had iemand in grote rode blokletters de woorden 'Blasfemische Britse Bimbo' geschreven. Mijn god, dacht ik, dit is nou niet bepaald het moment om door de pers ontdekt te worden. Ik schoot langs hen heen en sprong in de gereedstaande auto. Ik zei tegen de chauffeur dat hij naar het centrum moest rijden, en snel, in de hoop dat ze me niet zouden volgen. Ik was doodsbang. Tot mijn opluchting wees niets erop dat we werden achtervolgd.

Joe stond al bij de deur te wachten, deed die snel open en trok me naar binnen. Twee beveiligingsmensen hingen rond in het voorportaal, ze waren een paar minuten geleden gebeld over de demonstratie en verzekerden me dat niemand bij het Kunsthol had rondgehangen. Ze beloofden me ook dat ze me vanaf dat moment de klok rond zouden bewaken.

Ik ging meteen naar bed en belde Aidan in het donker. Het duurde even voor hij opnam, zijn stem klonk mat. Ik vertelde wat er was gebeurd en zei dat ik spijt had van mijn reactie op zijn voorstel, maar dat ik tijd nodig had om het allemaal op een rijtje te zetten.

'Zondag vliegen we terug,' zei hij rustig, 'dan praten we er wel verder over, of als we eenmaal thuis zijn, in Soho. Wees toch niet zo bang voor de toekomst, Esther, het komt allemaal helemaal in orde.'

Nadat hij had opgehangen lag ik in het donker en luisterde hoe de sirenes van New York elkaar toeschreeuwden, verwachtte dat er eentje de straat zou inrijden, voor ons gebouw zou stoppen. Ik was ongerust. Aidan had me voor het blok gezet, had me gevraagd om mezelf vast te leggen, op zoveel gebieden. Ik begreep hoe waardevol zijn voorstellen waren en in veel opzichten waren zijn aanzoek en de toekomstplannen perfect. Misschien zou het goed voor ons zijn, een paar jaar in Amerika. Ik zou Aidan in zijn eigen omgeving leren kennen, ik zou ook eindelijk deel van zijn wereldje uit gaan maken. Hij had gelijk, het was tijd dat we echt samen verder gingen met ons leven. Het probleem was dat ik Londen, laat staan Engeland, niet kon verlaten. Hier was mijn thuis, hier lagen mijn wortels en hier lag – psychologisch – mijn hart.

38

Ik was de laatste jaren overal op bezoek geweest, van de nestjes van popsterren op Holland Park Avenue tot aan de villa's van oud geld in Chelsea en Belgravia. Maar toen de auto stopte voor het huis van Ben Jamieson in Manhattan, wist ik dat geen enkel woonhuis in Londen hiermee te vergelijken was. Het negentiende-eeuwse herenhuis glom alsof de buitenkant regelmatig werd gepoetst – de stenen, het cement, alles. Het telde acht verdiepingen en stond in een van de meest gewilde huizenblokken aan de oostkant van Central Park. Het was vier keer zo breed als de huizen die er aan weerszijden tegenaan stonden.

Een butler deed de enorme deur open en wenkte me naar binnen. De traditionele buitenkant stond in schril contrast met de koele, ruimtelijke foyer, die leek op een ultramodern, hip hotel – maar dan zonder receptiebalie. In het midden stond een glazen wenteltrap, die blijkbaar zonder ondersteuning naar de eerste verdieping draaide. Aan weerszijden, op duizelingwekkend hoge witte muren, hingen enorme abstracte schilderijen, die de ruimte toch amper wisten te domineren; een De Kooning, een Rothko. Een enorme en complexe mobile van gekleurde en zorgvuldig geregisseerde doorzichtige vlakken, danste van het midden van het plafond naar beneden, waar je normaalgesproken een schitterende kroonluchter had verwacht. Links van de trap torende een gladde, eendenei-blauwe obelisk minstens zes meter omhoog, in een dappere poging de ruimte te vullen – zonder daarin te slagen. Het was een sculptuur van Jake Keene. Geen wonder, dacht ik, dat de presentatie van het tijdschrift op dinsdagavond bij hem had plaatsgevonden.

De butler leidde me de trap op, naar de bibliotheek op de eerste verdieping. Kennelijk was ik de eerste gast. Vier paar ramen over de volle hoogte van de ruimte gaven een indrukwekkend uitzicht op Central Park, met lichtjes die flonkerden in de schemer. Het was nog maar vier uur 's middags, maar de lucht kleurde al donker. De muren waren bekleed met boeken, van astrologie tot biogenetica, kunst en technologie. Ik liet mijn blik vluchtig over de ruggen glijden en vroeg me af of Ben ze had gelezen, of dat ze alleen dienden als decor. Toen ving ik in een spiegel die boven de open haard hing een glimp op van mezelf. Mijn spiegelbeeld verraste me.

Ik zag er bleek en abstract uit in de op Whistler geïnspireerde jurk die Petra voor me had gemaakt. Een doorschijnende poeder had mijn gezicht spookachtig wit gemaakt, mijn lippen glommen met een parelachtige glans. Ik zag er jonger en veel onschuldiger uit dan de vrouwen die ik recentelijk, en meer provocerend, tot leven had gebracht. De jurk van wit, fijn gaas had een hoge hals, de stof was diagonaal gesneden en viel licht klokkend, net onder de knie. De sleep liep wijd uit en veegde de vloer achter me, alsof ik gevouwen engelenvleugels achter me aan sleepte. Ik vroeg me deze keer echt af of de kunstzinnige verwijzing niet te ondoorzichtig was, of die zelfs Ben niet zou ontgaan. Ik droeg de lange, kastanjebruine pruik die Petra na ons vorige bezoek aan New York opnieuw had geverfd. Nu paste de kleur perfect bij de roze gloed waarmee mijn gewaden waren doordrenkt.

Ik dacht na over de rol die Frances in mijn serie vervulde en over het contrast dat ze vormde met mijn laatste performance als Victorine. Toen het modernisme ontstond werd de kunst uit zijn Hof van Eden verjaagd, en Victorine ging maar al te graag mee. Zij is de antithese van onschuld, ze heeft al één voet over de drempel gezet, in de toekomst. Ze weet dat het een lelijke toekomst wordt, maar heeft zich neergelegd bij alles wat haar nog te wachten staat. Frances daarentegen richt haar blik nog steeds achterom, lijkt bevroren op het moment dat het verleden verloren gaat. Ze staat voor Whistler's preoccupatie met natuurlijkheid, eenvoud en waarheid. Die middag in Manhattan voelde ik affiniteit met beide perspectieven. Ik was nog steeds in de war door gisteravond. Ik wilde een stap naar voren doen om Aidan's toekomst binnen te wandelen, maar een deel van me hield me nog vast op mijn plaats, mijn blik was nog steeds naar achteren gericht, gefixeerd op het verleden.

Er werd zachtjes op de deur geklopt. Ik draaide me om en zag Ben binnenkomen. Hij droeg een tweedjasje en een spijkerbroek en zag er ongewoon opgetogen uit. Even schoten Petra's woorden door me heen, over hoe ik altijd voor de bourgeoisie val. Ben zei niets, maar stond stil en liet zijn ogen over mijn kostuum glijden. Een glimlachje ontsnapte aan zijn lippen en ik zag een warme gloed in zijn ogen, maar misschien was dat ook wel een weerspiegeling van het haardvuur. Uiteindelijk stak hij zijn hand naar me uit en ik legde de mijne erin. Zijn hand was glad en warm.

'Toen ik rond de 25 was, woonde ik een paar straten bij The Frick vandaan,' zei hij zacht, 'ik ging er elke zaterdag een uur heen, koos één schilderij uit en bekeek het tot in de details. Frances Leyland was mijn favoriete werk, denk ik. Whistler heeft in haar een uiterst bekoorlijke muze gekozen.'

Ik liet mijn hand in de zijne rusten.

'Je performance wordt vandaag, zoals gevraagd, in de zitkamer gehouden, bij de thee vanmiddag,' zei hij warm, 'de andere gasten zijn voor halfvijf uitgenodigd. Maar eerst wil ik je iets laten zien.'

'Wat heb je gekocht?' vroeg ik, terecht aannemend dat zijn duidelijk zichtbare opwinding iets met een aankoop te maken zou hebben.

'Esther, door jou geef ik nu geld uit als water,' zei hij in gespeelde wanhoop, liet toen mijn hand los en stak beide armen in de lucht. 'Je was de inspiratie voor de aankoop van een erg belangrijk kunstwerk.'

Hij ging me voor, liep snel de bibliotheek uit, door een lange witte hal en stapte door een geopende deur zijn kantoor binnen, met bordeauxrode muren en een enorm mahoniehouten bureau. Achter het bureau hing het nieuwe schilderij; mijn ogen werden er meteen naartoe getrokken en konden zich niet meer losmaken. Mijn eerste gedachte was of het wel of niet het origineel was, toen ging ik bij mezelf te rade. Ben Jamieson zou echt niet aanrommelen met kopieën, hij zou alleen het echte werk willen hebben.

Het kwam me erg bekend voor. Ik voelde me vreemd toen ik voor haar stond en haar bewonderde, gekleed als haar evenbeeld.

'Het lijkt wel alsof je een geest hebt gezien,' zei Ben. Hij klonk buitengemeen tevreden over zichzelf.

Hij had gelijk. Mijn huid was klam. Ik kon onmogelijk iets terugzeggen en bleef maar staren, eerst naar haar gezicht, toen naar haar kastanjebruine haar, de plooien in haar ivoorwitte en gouden jurk, haar prachtige, ineengestrengelde handen in de mand met rozen die ze schikt.

'Ken je het?' Zijn stem klonk zacht, maar vervuld van voldoening.

Ik wendde me af van het schilderij en keek naar hem. Ben was licht gebruind, nogal een prestatie voor iemand in New York, midden februari. Alleen degenen met een flinke voorraad geld konden zich zo'n zelfverzekerd air van welvaart veroorloven in deze tijd van het jaar. Ik knikte langzaam met mijn hoofd, maar kon niets uitbrengen. Dit was het enige schilderij voor mijn serie dat ik niet in 't echt had kunnen zien. Het was een zeldzaam bezit, een meesterwerk dat altijd in privé-collecties was gebleven. Als Sonia Myrche me er niet over had verteld, was ik de reproductie ervan waarschijnlijk nooit op het spoor gekomen. Na mijn vorige bezoek aan New York was ik er actief naar op zoek gegaan.

Ik hoefde niets meer te zeggen, nu. Ben voelde mijn misnoegen op dit punt haarfijn aan.

'Ik moest het hebben, Esther,' smeekte hij, 'jij bent maar tijdelijk. Dit kan ik de rest van mijn leven houden, als een herinnering aan het eerste levende kunstwerk dat ik kocht.'

'Hoe heb je het gekregen?'

'Net zoals ik jou in mijn bezit kreeg.' Ben kon de twinkeling in zijn ogen niet onderdrukken. 'Ik deed ze een aanbod dat ze niet af konden slaan.'

'Maar waarom? Je verzamelt toch geen kunst uit de negentiende eeuw?'

'Ik herkende je verwijzing naar Frances al toen ik de beschrijving in de catalogus zag.' Hij glimlachte, evenzeer naar zichzelf als naar mij. 'Maar ik kon natuurlijk niet weten dat je de Whistler en niet de Rossetti als inspiratiebron zou gebruiken.'

'Weet je 't zeker?' Ik dacht terug aan mijn ontmoeting met Sonia in The Frick. Natuurlijk, zij had hem op het spoor van het schilderij gezet.

'Nou, misschien heb ik een tip gekregen,' biechtte hij grijnzend op, 'maar die versie kon ik met geen mogelijkheid in handen krijgen. Alleen Getty kan meesterwerken in publieke collecties bedreigen, zoals de Engelsen wel weten, na de recente schermutselingen over *De Madonna met de Anjelieren*.'

Er was niet veel waarvan Ben niet op de hoogte was. Mijn gedachten schoten even langs Guy en zijn onstilbare honger naar kunsthistorische feiten, zijn volledige overgave aan esthetiek. Ben daarentegen haalde zijn voldoening niet alleen uit de macht van zijn kennis, maar ook uit de macht van het bezitten.

'Waarom verzamel je kunst?' Ik wilde het opeens weten.

Hij staarde naar het schilderij. 'Het is een erg persoonlijke verslaving. Ik denk dat je kunt stellen dat kunst voor mij een toevluchtsoord is. Gelukkig heb ik genoeg geld verdiend om mijn verslaving te bekostigen.'

'Maar waarom moet je de kunstwerken bezitten? Waarom heb je er niet genoeg aan om ze in een museum te bekijken?'

Hij staarde een poosje naar de Rossetti voordat hij antwoordde. 'Kunst is als familie voor me. Het geeft me zekerheid.'

De woorden leken recht uit zijn hart te komen.

'Dat gaat in mijn geval dan niet op,' antwoordde ik.

Hij keek weg van het schilderij en nam me doelbewust langzaam en taxerend op. 'Hoe kon ik de kans laten schieten om de essentie van het werk te kopen?'

'En je houdt ervan om spelletjes te spelen?'

Hij deed alsof het hem kwetste, maar zijn ogen straalden nog van de roes. 'Het was geen spelletje om jou te kopen, Esther. Ik kocht je omdat het concept zo origineel was. En toen ik je op dat podium zag, nou... je was magistraal. Ik heb een niet-aflatende, geheime passie voor de vrouwen van Ingres. Dus raakte je me onopzettelijk op twee niveaus. Zo'n kans doet zich niet vaak voor.'

'En je hebt zoveel voor me betaald om te zorgen dat je naam op de voorpagina van *The New York Times* terechtkwam?'

'Dat was een onverwacht neveneffect.'

Zijn woorden verbaasden me. 'Je was niet op zoek naar publiciteit?'

'Nee.' Die gedachte leek hem echt dwars te zitten. 'Mijn klanten verwachten absolute discretie van me.'

'Wie zijn dat eigenlijk, die "klanten" van je?'

Ik merkte dat mijn vragen een afstand schiepen tussen ons. Hij deed een stap terug en keek weer naar *Mevrouw Leyland*.

'Particuliere investeerders,' zei hij vlak, 'die serieuze sommen geld beleggen. En om heel eerlijk te zijn, Esther, ik haalde op de dag dat ik je kocht meer aan commissie binnen dan jij me kostte. Ik had haast, ik begreep hoeveel je waard was. Ik kwam met dat bedrag op de proppen om de koop snel te bezegelen. Ik zat op dat moment achter een grotere vis aan. Dus ik zou me maar geen zorgen maken over dat geld.'

Zijn woorden kwamen aan als een stoot in mijn maag. Voor mij was een miljoen dollar een miljoen dollar. Geen kleingeld, uit wiens zak het ook kwam. Ben keek glimlachend omhoog naar het geweldige schilderij van Rossetti, kennelijk onbewust van hoe kwetsend hij was geweest. Hij werd overspoeld door een gevoel van triomf. Ik vroeg me af of Aidan hoopte eens net als hem te worden, of zijn verlangen om mij te zien slagen diende om hem dezelfde financiële autoriteit te verschaffen. Ik hoopte van niet, maar wist het niet zeker. Er zat iets extreems in zo'n kil, berekenend verlangen naar succes. Ben was altijd op zijn hoede.

Ik merkte dat iemand in de deuropening stond en zag de butler rondschuifelen.

'De gasten worden opgevangen in de bibliotheek, meneer.'

Ben legde zijn hand lichtjes op mijn rug. Ik deed een stapje opzij. Die reactie ging langs hem heen, of hij koos ervoor hem te negeren. Hij bleef vrolijk tegen me aan babbelen. 'Ik kan amper wachten om jouw geheel eigen variant van de prachtige *Mevrouw Leyland* te zien,' zei hij, 'het is de hoogste tijd, laten we gaan.'

Hij loodste me uit het kantoor. Ik kon het niet laten om achterom te kijken. *Mona Rossa, portret van Frances Leyland*, bleef achter in het halfduister, het model bevroren in de tijd, onwetend van het drama dat zich om haar heen ontvouwde, voor altijd stil en rustig, haar aandacht voor eeuwig gericht op het schikken van haar volmaakte bloemen.

Ben en ik liepen door de hal naar de ruime zitkamer, de plek voor mijn performance. Een passende omgeving, bedacht ik, gezien het feit dat Frances bij herhaling voor Whistler model had gestaan in zijn eigen woonhuis aan Lindsey Row in Chelsea. Ik voelde me uit de koers geraakt. Urenlang had ik de reproductie van het schilderij geanalyseerd, juist omdat het zo nauw verwant was aan Whistler's latere portret van haar. Het voelde alsof Frances Leyland me letterlijk achterna was gekomen tot in Ben's huis. Ik was hier, als kunstenaar en als haar medium, en zij was hier ook, als kunstwerk.

Er stond een glanzend witte vleugel aan één kant van de zitkamer, een setje bruine leren banken vulde het midden, tegenover een laaiend haardvuur met daarboven een immense spiegel in een vergulde lijst. Aan de andere kant van de zitkamer hing, als enige schilderij in deze ruimte, een gigantische vroege Jackson Pollock.

Ik vroeg of de lichten gedimd konden worden. Eerder op de dag had Joe mijn camera's opgesteld in de kamer. We werden al een echt team. Ik was er helemaal klaar voor. Ik zette de camera's aan, ging toen staan met gebogen hoofd, mijn gezicht in de richting van het haardvuur en met mijn rug naar de genodigden: Ben's vrienden die in ganzenpas de kamer binnenkwamen. Ik voelde hoe ze stopten en naar mijn verschijning staarden, waarna ze rondschuifelden om te zorgen dat ze het allen goed konden zien. Ik was niet van plan me van de wijs te laten brengen door de bekende gezichten die naar mijn rug staarden en van wie ik op dit moment de meesten voor geen meter vertrouwde. Greg was er ongetwijfeld bij, Carolyn, Aidan, Sonia misschien ook. Ze hadden allemaal het idee dat ze een aandeel hadden in mijn eigendom, psychologisch dan wel financieel. Maar ik liet me niet op de kast jagen. Niet nu. De woorden van Petra en Guy kwamen weer boven: mijn kunst was belangrijker. Wat ik met de camera's vastlegde zou blijvend zijn, lang nadat deze week was afgelopen. Net als Whistler 130 jaar geleden, moest ik me op de esthetiek concentreren, zelfs al was de verstandhouding tussen de kijker en het model – zowel nu, als toen hij Frances schilderde – veel te complex om ooit onder woorden te kunnen brengen.

Langzaam hief ik mijn hoofd op en keek om, over mijn schouder, mijn blik gericht op een punt ergens halverwege in de verte, in de exacte houding die Frances voor de schilder had aangenomen. Mijn hart lag zwaar in mijn borstkas. Ik voelde me fragiel, broos, zonder houvast en, op dat moment, merkwaardig verbonden met haar geest. Ik hield mijn handen gevouwen voor me, maar sloeg ze toen ineen achter mijn rug, net als Frances had gedaan al die jaren geleden. Terwijl ik het deed, wankelde ik lichtjes. Het was een opzettelijke beweging: ik wilde onevenwichtig lijken, ondraaglijk licht. Op het randje van. Ik wiegde zachtjes heen en weer, bijna onzichtbaar. De kamer was gedompeld in stilte, afgezien van het zachte geluid van ademhaling en het getik van een antieke klok.

Op dit punt nam de performance een nieuwe en verrassende

wending. Terwijl ik nadacht over Frances, over haar ongelukkige huwelijk, haar dubbelzinnige vriendschap met Whistler en haar onzekere toekomst, voelde ik de tranen in mijn ogen branden. Een druppel gleed over mijn wang, gevolgd door nog eentje, toen nog een. Daarna stroomden de tranen snel en ik huilde in stilte, met schokkende schouders. Ik huilde ook om de anderen, vooral om Victorine, om Christina en om Marie. En ik huilde om mezelf, om de angst die ik voelde nu ik er eenmaal middenin zat. Ik was bang voor de toekomst, bang om beslissingen te nemen en ik had genoeg van mijn verleden en de greep die het op me had. Ik dacht aan mijn angst voor Kenny, voor de media, de angst om door de mand te vallen en toen dacht ik aan mijn angst om Aidan kwijt te raken, als ik het allemaal niet tot een goed einde zou brengen. Het haardvuur was erg heet, ik voelde hoe mijn make-up zacht werd in de gloed. En toen voelde ik hoe ik het bewustzijn verloor en zeeg ineen op de vloer.

Ik maakte een reis door tijd en ruimte, weg uit Manhattan, terug naar Engeland, maar niet naar Londen. In plaats daarvan reisde ik terug naar Ickfield Folly. Ik zweefde hoog boven de commune, keek neer op de torentjes, maakte duikvluchten over de prachtige, lommerrijke tuinen. Ik zag Ava zitten in een tuinstoel op het gazon. Naast haar in het gras lag Simeon te lezen, hij hield zijn boek omhoog tegen het zonlicht. Ik zweefde naar beneden en landde blootsvoets op het bedauwde gras. Ik stond achter mijn moeder en luisterde. Ik was nog erg klein, had kleine meisjesvoetjes. Simeon las gedichten voor aan Ava, ze lag met haar ogen gesloten, haar gezicht omhoog om de zachte stralen van de zon op te vangen.

'Waar is Esther?' vroeg ze opeens, zijn gedicht onderbrekend. Ze keek naar alle kanten, bezorgdheid in haar lichtgrijze ogen. Ze zag er erg jong uit, haar haar was donkerbruin en golvend, haar huid rimpelloos, lippen vol en rood. Ze was inderdaad erg mooi.

'Ik ben hier,' fluisterde ik in haar haar.

Ze draaide zich om in de richting van het geluid, maar zag me niet. In plaats daarvan keek ze dwars door me heen, in de richting van de folly. 'Esther? Esther, waar ben je?' riep ze uit.

'Ik ben hier,' zei ik nog eens.

Toen trok ze zichzelf omhoog uit de tuinstoel, stapte ernstig kijkend door me heen en ging terug naar het huis. Ik keek hoe haar gestalte verdween, keek toen naar Simeon. Hij ging weer achterover liggen en sloot zijn ogen.

'Esther! Esther! Wakker worden!'

Ik hoorde het dringende in Aidan's stem en deed mijn ogen open. Ik lag op een van de leren banken, hij hield mijn hoofd in zijn armen. Rondom me keken gezichten op me neer. Een onbekende vrouw met kastanjebruin haar gaf me een glas water; iemand anders vroeg of ze een dokter moesten bellen. Langzaam zag ik haar gezicht scherp worden. 'Ik ben een dokter,' zei ze stellig.

Ik ging voorzichtig rechtop zitten en schudde mijn hoofd. Mijn gedachten werden weer helder. Ik dronk het water op en boog naar voren om het bloed beter naar mijn hersenen te laten stromen.

'Weet je zeker dat het verder goed met je gaat?'

'Ik voel me prima,' stelde ik Aidan gerust. Hij stond bij Ben's voordeur, had zijn jas en handschoenen aan. Hij zag er erg terneergeslagen uit.

'Ik zou willen dat je niet weg hoefde te gaan.'

'Aidan, ik heb er zin in. En de week is bijna voorbij. Nog maar twee dagen en dan gaan we weer naar huis.'

Hij glimlachte droevig. 'Vergeet niet dat ik van je hou, Esther,' mompelde hij.

Het was een emotioneel beladen middag geweest. Aidan leek er evenzeer door aangeslagen als ik. Ik kuste hem, hij streelde mijn wang.

'Ik zie je wel weer op JFK,' zei ik beslist en deed hem uitgeleide.

327

'Nu wegwezen, ga je gesjoemel maar afronden. En vergeet niet, ik teken niets van Greg voordat ik alle kleine lettertjes heb gelezen.'

Hij glimlachte gedwee. 'Doei.'

Ik voelde een last van mijn schouders vallen toen de butler de deur achter hem sloot. Hij was als laatste gebleven. Nu waren Ben en ik aan de beurt om te gaan. De auto stond al klaar om ons naar het vliegveld te brengen. Kennelijk hadden we voor onze reis zijn privé-vliegtuig nodig.

39

Wat is je lievelingsgeur?
Lijnzaadolie.
Wat is je lievelingswoord?
Ja.
Hoe reis je het liefst?
Boven de wolken.
Wanneer en waar was je het gelukkigst?
17 juni 1991, eindexamenexpositie van St. Martin's.
Welk zinnetje gebruik je het vaakst?
Ik maak het vandaag af.
Welke karaktertrek betreur je het meest in jezelf?
Niet luisteren.
Welke karaktertrek betreur je het meest in anderen?
Niet willen horen.
Hoe vaak doe je aan seks?
Heb je geen reet mee te maken.
Wat is je meest gekoesterde bezit?
Mijn koffer.
Waar lig je 's nachts van wakker?
Verboden middelen.
Wat heb je altijd bij je?
Videocamera.
Hoe zou je willen sterven?
Lichamelijk.
Hoe zou je herinnerd willen worden?
Esthetisch.

Vier uur eerder was ik in elkaar gezakt op een bank in Manhattan. Nu probeerde ik deze verdomde vragenlijst in te vullen, zoals ik Katie had beloofd, terwijl ik in een Boeing 727 door de nachtelijke hemel vloog. Ik begon door te krijgen dat Ben's verzamelwoede niet tot de kunstwereld beperkt bleef – hij had al laten vallen dat dit 'een van zijn vliegtuigen' was. Meteen na het opstijgen had hij zich geëxcuseerd en zich teruggetrokken in de 'werkcabine', mij achterlatend in de luxueuze, met tapijt beklede lounge. Vergeleken hierbij stelde business class niets voor. Ik lag achterover in een erg comfortabele leunstoel, nippend van een glas champagne. Na het instorten van Frances voelde ik me een beetje licht in mijn hoofd, maar verder wel goed, alsof het flauwvallen mijn hersenen had gereinigd. Ik was verfrist uit mijn flauwte bijgekomen, alsof ik wakker werd na een lange en diepe slaap.

Het raadsel van Sonia's verhouding tot Carolyn had zichzelf opgelost, recht voor mijn wazige ogen, toen ik ze hand in hand zag zitten op de bank tegenover me. Nu begreep ik waarom Sonia me zo intrigerend vond. Carolyn had kennelijk graag alles over mij willen weten – en wie kon dat beter boven tafel krijgen dan haar geliefde en mijn esthetische geestverwante in New York City. Ik vond de gedachte aan Carolyn met Sonia geruststellend. Zij en ik waren bezig bevriend te raken en misschien kon zij zorgen dat ik me meer op mijn gemak voelde in de omgang met Carolyn en Sam. Misschien moest ik maar eens diep inademen en akkoord gaan met Aidan's plannen. Als ik alleen maar het gevoel had dat ik Londen achter me kon laten. Vreemd genoeg had deze ommezwaai iets met Frances te maken. Haar eenzaamheid had een gevoelige snaar in mij geraakt vandaag. Ze was het slachtoffer van een lang en liefdeloos huwelijk. Ik wist dat mijn relatie met Aidan in de kern het tegenovergestelde was en dat de eenzaamheid die ik voelde geheel voor mijn rekening kwam.

We zouden 'in de lucht eten,' had Ben gezegd, nadat hij een kleine, maar spoedeisende transactie had afgehandeld. Ik keek uit over de Verenigde Staten, in het duister. We vlogen naar het westen. Ben had geen grapje gemaakt toen hij zei dat hij me met kleingeld had gekocht. Maar ik zou er niet langer een oordeel over vellen. Ik had nog steeds geen idee waar we heen gingen. Hij had me beloofd het tijdens het diner te vertellen. De reis zou zo'n vijf uur duren. Ik begon door te krijgen dat Ben getrouwd was met zijn werk; dat kunst de enige luxe was die hij zich permitteerde, als hij even vrij was.

Toen hij weer opdook, klapte ik mijn laptop dicht. Ik moest nog vier vragen beantwoorden, maar ik dacht erover de vragenlijst onafgemaakt te mailen: ik kon Katie er niet langer op laten wachten. Ze moest namens mij maar even creatief zijn met die laatste vragen.

Ben ging in de leunstoel naast me zitten en legde zijn voeten op het voetenbankje voor hem. Hij leek bijzonder ontspannen. 'Wat was je aan 't schrijven?' zei hij.

Ik vertelde het hem. Hij haalde me over om de antwoorden te laten lezen.

'Dus je houdt ervan de hoogte te hebben?'

Ik keek hem vragend aan.

'Ik bedoel het letterlijk – boven de wolken.'

'Ik hou van de ruimte tussen plekken; om niet in de ene, noch in de andere plaats te zijn.'

'En plekken op grote hoogte dan?'

Ik begon te begrijpen waar dit gesprek heen ging.

'Zoals bergen of zo?'

'Precies.' Hij boog zich iets voorover en keek me aan. Hij was min of meer, nou ja, perfect – als je viel voor perfectie, tenminste. Aidan was aantrekkelijk op een heel andere, interessantere manier. Hij had iets raafachtigs, iets verontrustends. Ben daarentegen was ronduit knap. Ik kon geen andere, subtielere omschrijving voor hem bedenken.

'Waar gaan we heen, Ben?'

'Naar Aspen natuurlijk. Waar moet je in de States anders heen in februari? Ik heb er net een weekendhuis gekocht.'

'In de bergen?'

'Nee, het ligt in een plaatsje met de naam Hayden Peak, maar je kunt vanuit de ramen de vier bergen zien die er tegenover liggen. Het is prachtig. Enorm weids landschap, geweldige sneeuw... zoveel ruimte en schone lucht. En het mooiste komt nog: ik heb opdracht gegeven voor een aanbouw, bedoeld om kunstwerken tentoon te stellen. Eindelijk krijgt mijn collectie een eigen, permanent onderkomen.'

'Zijn er nu al kunstwerken in het huis?'

'Nee, er hangt helaas nog niets. Ik heb morgenochtend eerst een afspraak met de architect om de definitieve tekeningen door te nemen. En in de middag heb ik skiles. Ik dacht dat je wel zou willen zien waar ik van plan ben de *Possession*-serie te laten eindigen.'

Ik vond het een moeilijk te bevatten idee, aangezien ik nog maar halverwege het uiteindelijke kunstwerk was. Normaalgesproken maakte ik mijn kunstwerken eerst af, voordat ik ze te koop aanbood.

'Hou je van skiën?' vroeg hij.

'Het maakte – hoe zal ik 't eens zeggen – nou niet bepaald onderdeel uit van mijn opvoeding.'

Ben keek teleurgesteld. 'Zou je het willen proberen?'

Ik kon me niets vreselijkers voorstellen. 'Ik ben er bang voor,' zei ik, met een eerlijkheid die me verbaasde.

'Ik weet zeker dat we wel iemand kunnen vinden die je een introductieles kan geven op de babyhelling. Ik weet zeker dat je het leuk zult vinden,' drong hij aan.

Skiën was een tijdverdrijf dat belachelijk werd gemaakt binnen mijn kringetje op school. Het was iets voor de rijke stinkerds. Het idee om in een skipak over een steile rotswand naar beneden te kijken, vervulde me met afgrijzen. Maar ik knikte en glimlachte. Ik wilde Ben beslist zijn zin geven, wat hij ook wilde.

Ik dacht na over Ben's neiging om vragen te ontlopen terwijl we in stilte verder vlogen en over zijn belangstelling voor materiële zaken: straalvliegtuigen, kunst, huizen – en het ontbreken van diepgaande, persoonlijke relaties in zijn leven. Waarom liet hij niemand dichtbij komen? Hij was niet het type dat zich gemakkelijk blootgaf, leek er maar een paar intieme vriendschappen op na te houden. Ik was vastbesloten meer over hem te weten te komen tijdens deze reis.

'Welke antwoorden zou jij geven?'

Hij had achterover gezeten, met zijn ogen dicht. Nu keek hij me aan, duidelijk verward.

'De vragenlijst. Wat zou jij als antwoorden geven?'

Hij wist dat hij hier niet onderuit kon. En wat ik al wel over Ben te weten was gekomen, was dat hij een uitdaging niet graag afsloeg.

'Geef maar hier. Ik laat je mijn antwoorden wel lezen als we bij het huis zijn aangekomen,' zei hij.

Peinzend vulde Ben de vragenlijst in. Zoals alles in zijn leven, nam hij ook deze taak serieus. Ik viel al snel in slaap. Toen we landden, was het middernacht in het oosten, vijf uur 's ochtends in Colorado. We reden in het donker over stille wegen door sparrenbossen naar een landgoed, waarvan de verlichting als begroeting opdoemde in de nacht. In het midden stond het huis: een verzameling moderne, zeskantige glazen blokken, van binnenuit verlicht en aan elkaar geschakeld met glazen loopbruggen. Het huis werd omringd door geometrisch aangelegde tuinen. Ben leidde me zachtjes naar binnen. Ik sliep nog half.

Ik werd naar een kamer met een bed op een verhoging gebracht. De vloer was bekleed met beige suède, overal lagen enorme pluchen kussens. De ramen hadden geen gordijnen en zouden, zo verwachtte ik, een indrukwekkend uitzicht geven. Op dat moment zag ik alleen de witte bergtoppen, stralend in het licht van een wassende maan.

Ik voelde me klein, heel klein, toen ik boven aan de berghelling stond en naar beneden keek. Voor Ben zal het wel de babyhelling zijn geweest, maar voor mij was dit de Hogeschool der Skiërs, binnen twee uur te doorlopen. Ik wist werkelijk niet of ik in staat zou zijn om ook maar één stap naar voren te doen. Ben had me hier achtergelaten en was haastig verder omhooggegaan naar de pistes voor gevorderden, voor een of andere les in hoge snelheid. Ik wist dat het uitzicht geweldig zou zijn, als ik mezelf zover kon brengen om mijn ogen open te doen en rond te kijken. Maar als het aan mij lag, ging ik liever meteen naar de après-skibar en wachtte ik daar wel tot hij terugkwam. Ben had een barbiepop in een roze skipak ingehuurd om me skiles te geven, die me nu breed glimlachend begroette en haar gehandschoende hand naar me uitstak. Ik aarzelde even, maar wist me toen aan haar vast te klampen.

Toen het allemaal achter de rug was dronk ik koffie, opgelucht dat ik mijn eerste les in de elitaire kunst van wintersport had overleefd. Ik had nog nooit eerder in mijn leven een totale paniekaanval gehad – en de rand van een skihelling was niet de beste plek om daarmee te beginnen. Gelukkig bleek Roze Barbie ook een gediplomeerd masseur en ontspanningstherapeut. Ze was er uiteindelijk in geslaagd me genoeg te kalmeren om me centimeter voor centimeter naar het einde van de helling te kunnen slepen. En, ik moest het toegeven, het had me opgekikkerd.

Het leukst was nog wel de skilift terug de berg op. Overal om me heen zag ik maagdelijk wit schildersdoek, helder glinsterend onder de strakblauwe hemel. Ik werd overmand door de grootsheid van de bergen, de uitgestrektheid van de sneeuw. De lucht was scherp en koud, maar de zon voelde verbazingwekkend warm op mijn gezicht. Ik zat op het terras, dronk mijn koffie en liet het uitzicht op me inwerken. Het voelde alsof mijn gedachten ten prooi vielen aan een razende voorjaarsschoonmaak. Al het gepieker van New York en Londen verdampte en mijn gedachten raakten vervuld met niets anders dan het uitzicht. Toen, alsof hij een seintje had gekregen, kwam Ben aanwandelen.

Ik glimlachte breeduit. 'Dat was een van de moeilijkste, meest beangstigende en toch geweldigste dingen die ik ooit heb gedaan.'

Hij leek enorm in zijn schik. Voor het eerst sinds ik hem had ontmoet, dacht ik een glimp van de echte Ben Jamieson op te vangen: iemand die ervan hield om de dingen goed, erg goed te doen – en die buitengewoon genoot als hij iemand anders van zijn wijsheid en vrijgevigheid kon laten profiteren. Dat was een kant van zijn controlerende karakter die me wel aansprak. Ik dacht na over wat hij in New York tegen me had gezegd, dat ik het geld dat hij voor mij had betaald als een soort mecenaat moest zien. Misschien was het dat ook wel. Hij hield er echt van om invloed te hebben op mensen die hij bewonderde. En hij was rijk genoeg om die invloed te kunnen bekostigen.

We gingen met de skilift weer naar beneden, ons koesterend in de middagzon, die al fletser scheen op het uitzicht diep beneden ons. Onder in de vallei schitterde een meer, een rivier meanderde door de sneeuwbedekte velden.

Terwijl we naar huis reden over de hectares heuvelachtig landschap vertelde Ben met jongensachtig enthousiasme over bergwandelingen en het vissen in de zomer. Hij werd een echter mens door de natuur en het gezonde buitenleven. We kwamen weer aan bij het fantastische glazen huis, waar ondanks de perfect werkende vloerverwarming een vuur brandde in de moderne open haard van elk vertrek. De sneeuw weerkaatste een serene gloed over het lichte meubilair van de kamers. Dit was mijn idee van de hemel. Ik vond het hier geweldig. Voor de eerste keer in mijn leven merkte ik hoe ik genoot van de weidsheid, van de uitgestrekte ruimte die me omringde.

Ik trok me terug om mijn laatste performance voor te bereiden, maar had een paar uur over, dus ging ik douchen, wikkelde mezelf in een van de dikke, zachte handdoeken die klaar lagen en plofte neer op een van de grote pluchen kussens. Vredig keek ik uit over het landschap, terwijl de schemer inviel en het vuur knetterde in de open haard. Ik was nog nooit op zo'n hemelse plek geweest. Manhattan's Meatpacking District, East End in Londen: het leek allemaal ver, ver weg. Het enige wat de sneeuw hier bezoedelde waren vogelpootjes en de sporen van wilde dieren. En er heerste een absolute stilte, het landschap was zo uitgestrekt dat het elk geluid verslond voordat het ook maar een paar meter kon afleggen. Ik was lichamelijk uitgeput, maar het voelde heel anders dan geestelijke uitputting. Het voelde beter, veel beter.

'Esther, wakker worden.' Ben's stem kwam amper boven gefluister uit.

Langzaam kwam ik weer bij mijn positieven, ik voelde me warm en zacht – ik moest een flinke tijd hebben geslapen.

De kamer was donker, alleen de helderheid van de sneeuw verschafte net genoeg licht om iets te kunnen zien. Het haardvuur was geluwd tot gloeiende kolen.

Ben zat op zijn hurken naast me, zijn gezicht dicht bij me. Toen ik mijn ogen opendeed fluisterde hij: 'Ik heb je een tijdje zitten bekijken.'

Ik keek hem aan. 'Wat zag je dan?'

'Iemand die er vaker zo uit zou moeten zien.'

'Wat bedoel je?'

'Al je zorgrimpeltjes zijn uit je gezicht weggetrokken. En je draagt geen maskers meer: Frances is weg, net als Victorine en Marie. Ik kreeg een glimp van de echte Esther te zien.'

Ik ging rechtop zitten, knipperde met mijn ogen. Ik voelde zijn adem tegen mijn wang. Toen boog hij zich naar voren en gaf me een aarzelende zoen op mijn wang. Toen ik mijn hoofd niet afwendde, liet hij zijn lippen naar mijn mond gaan. Hij smaakte lekker, warm en een beetje zout.

Hij trok zich weer terug. 'Sorry.' Hij wachtte even, slikte. 'Het leek het enige wat ik kon doen.'

Ik gaf geen antwoord.

Hij stond op en liep weg, maar draaide zich om bij de deur en zei zacht: 'Ben je niet te moe voor je performance? Dat zou ik wel begrijpen, hoor.'

'En jou Judith laten missen? Onder geen beding.'

Hij leek opgelucht. 'Oké, zeg maar wanneer.'

Met een zachte klik sloot hij de deur achter zich.

Ben had echt een goede sfeer gecreëerd voor Judith, dacht ik peinzend, maar meer nog was ik verbaasd over mezelf. Ik wilde niets met deze man, wist niet eens zeker of ik hem wel aardig vond. Maar ik merkte door mijn reactie op zijn omhelzing hoezeer ik fysiek contact had gemist. Het was nog maar een week geleden dat Aidan en ik samen in Soho waren, maar het leek wel jaren geleden. Ik miste hem, ik miste zijn aanrakingen. Opeens besefte ik dat niemand anders ooit zijn plaats in zou kunnen nemen, maar misschien waren er te veel hindernissen; misschien zou ik nooit evenwichtig genoeg zijn om een toekomst samen mogelijk te maken.

Nog maar één dag en dan zouden we samen terugvliegen naar Londen, herenigd, weg van New York en zijn wereldje. Dan konden we alle voorstellen van Weiz samen doornemen. Het kon een succes worden, als we in Londen zouden kunnen blijven, tenminste. Het ging uiteindelijk niet alleen om geld. Als een deel van de veilingopbrengst werd verrekend met mijn volgende project, was dat wellicht ook in orde. Misschien was het wel goed als Ben mijn voornaamste mecenas zou worden. Als we de seks er maar buiten wisten te houden. Het zou wat al te gecompliceerd worden als ik naar bed ging met mijn galeriehouder én met mijn mecenas.

Ik was opgelucht dat Ben de catastrofe had weten af te wenden. Ik besloot te beginnen met mijn voorbereiding en kwam omhoog uit de kussens. Als ik de komende 24 uur op mijn tellen paste, zou alles op zijn pootjes terechtkomen. Toen schoot me de vragenlijst te binnen die hij had ingevuld. Nieuwsgierig pakte ik mijn laptop en zette die aan.

Wat is je lievelingsgeur?
Naaldbomen boven de sneeuw.
Wat is je lievelingswoord?
Juliet.
Hoe reis je het liefst?
Zoals nu.

Wanneer en waar was je het gelukkigst?
Op elk moment en overal voor mijn tiende.
Welk zinnetje gebruik je het vaakst?
Heb je een momentje?
Welke karaktertrek betreur je het meest in jezelf?
Niet in staat zijn verliefd te worden.
Welke karaktertrek betreur je het meest in anderen?
Als ze eerst mijn geld zien en dan mij pas.
Hoe vaak doe je aan seks?
Als ik zin heb.
Wat is je meest gekoesterde bezit?
De trouwring van mijn moeder.
Waar lig je 's nachts van wakker?
Klanten.
Wat heb je altijd bij je?
Mobieltje, portemonnee, foto's.
Hoe zou je willen sterven?
Gezond, op 89-jarige leeftijd, in een lawine.
Hoe zou je herinnerd willen worden?
Met gulheid.

Dit waren nou niet bepaald de antwoorden van de man die me bezat. Het was intrigerend. Wat was er met hem gebeurd toen hij kind was? En wie, vroeg ik me af, was Juliet?

Voorzichtig keek ik de kamer rond. Ik wist welhaast zeker dat ik hier niet werd gefilmd. Ik pakte het kostuum uit de hoes van mousseline en spreidde het uit op het bed. De lange, kimono-achtige jurk was bedrukt met roze, groene en oranje spiralen, afgezet met gouddraad en verhulde het minuscule, sexy onderjurkje. Ik trok het kostuum aan, knoopte de linten vast en was verheugd dat ik er nu uitzag als het toonbeeld van deugdzaamheid. Ik deed de pruik met de lange, donkere krullen op. Dior had een unieke, dunne make-up gemaakt die mijn huid liet glanzen met een suggestieve gloed. Ik smeerde de crème uit over

338

mijn gezicht, mijn hals en mijn borstkas. Daarna tekende ik met zwart één enkel schoonheidsvlekje onder mijn linkeroog, maakte mijn wenkbrauwen donker en stiftte mijn lippen in een opvallend donkere, oranje kleur. Ik plakte de lange, rode en klauwachtige kunstnagels op, klikte de met edelstenen ingelegde gouden choker om mijn nek en schoof de talloze armbanden rond mijn polsen. Door het gewicht voelden de juwelen aan als een maliënkolder, alsof ik me voorbereidde op een gevecht.

Petra had me apart genomen, een paar minuten voordat de veiling begon.

'De rekwisieten voor Judith,' had ze nadrukkelijk gezegd, 'zijn gisteren pas aangekomen, dus heb ik ze ingepakt en op de bodem van de hutkoffer gelegd. Ze zijn zwaar. Zorg dat je ze niet vergeet. En pas op: bedenk wel dat Judith tot moord in staat is.'

Ik had de hutkoffer achtergelaten in New York en had alleen deze bijzondere rekwisieten meegenomen. Ik maakte het zware pak open, de inhoud was ongeveer wat ik had verwacht. Een leren foedraal, met daarin een miniatuur van een kromzwaard. Het was een opwindend object met een vlijmscherp, gekromd lemmet van roestvrijstaal en een prachtig bewerkt houten heft, met daarop mijn embleem, de letters vervlochten met de naam Judith. Ik had geen idee hoe Petra eraan was gekomen. Ik oefende met het zwaard, bekeek mezelf in de spiegel terwijl ik het heen en weer zwaaide. Het maakte een opwindend, licht suizend geluid als het door de lucht sneed. Het echte gevaar ervan wond me een beetje op. Ik kon er nog heel wat lol aan beleven, als ik Ben er vannacht de stuipen mee op het lijf zou jagen. Ik zou hem graag even zien twijfelen aan zijn macht.

Er zat een smal leren riempje aan het foedraal en ik ontdekte lusjes aan de binnenkant van de kimono waar het riempje doorheen gehaald kon worden. Ik trok de kimono aan, de kromming van het zwaard viel gemakkelijk in de ronding van mijn been. Ik besloot dat het geen kwaad kon het zwaard daar te laten. Ik liep in gedachten door mijn performance en vond tot mijn vreugde een moment waarop het zwaard bij zou kunnen dragen aan het drama.

Toen ontdekte ik een glazen flesje met een lichte, troebele vloeistof en een opgevouwen papiertje, dat met het kromzwaard was ingepakt. Ik vouwde het open en las:

Bedenk wel, Est, dat Klimt's voorkeur voor erotiek alomtegenwoordig was, of hij nu een vrouw portretteerde of de bomen in een bos. Maak er een potente performance van!
P xx

Ik kreeg de zenuwen, zo toepasselijk was dit citaat, zeker gegeven het feit dat ik niet alleen werd omringd door het indrukwekkendste landschap dat ik ooit had gezien, maar ook doordat ik zojuist was gekust door mijn koper. Eén ding was zeker: dit was het ideale moment om een femme fatale te spelen. En het was ook nog eens mijn laatste performance. Ik dacht na over Ben's opmerking, over hoe hij een glimp van de echte Esther Glass had gezien. Maar dat was niet het doel van dit project – en het was zeker niet waarvoor hij had betaald. Hij had de *Possession*-serie gekocht en daarin was ik niet Esther Glass, maar een kunstenaar en een kunstwerk. Vanavond zou hij het laatste thema te zien krijgen: de vrouw als mythe.

Maar wat voor vloeistof zat er in het flesje? Ik draaide het papiertje om. Onderop, aan de linkerkant, had Petra in kleine blokletters twee woorden geschreven: SPECIAL K! Het duurde even voor ik doorkreeg wat ze bedoelde, maar toen begreep ik ook dat het niets met cornflakes te maken had. Misschien was dit één stap te ver. Ik pakte mijn mobieltje om haar te bellen, zag dat ik geen bereik had. Ik was helemaal afgesneden van de buitenwereld. En onder geen beding zou ik Ben's huistelefoon gebruiken om met Petra over hallucinogene middelen te babbelen.

Ik wist wel wat er in het flesje zat. Special K, de koosnaam voor ketamine, is een legale drug die in de regel als verdovingsmiddel wordt verkocht aan dierenartsen. Bij gebruik door mensen treden effecten als delirium en levendige hallucinaties op. Een overdosis kan leiden tot agressief gedrag, geheugenverlies of in extreme gevallen coma. De laatste jaren is de drug vaak geassocieerd met verkrachtingen na een date. Het duurt tien tot twintig minuten voordat de effecten merkbaar worden; die duren meestal niet langer dan drie uur. Net als bij andere drugs is het gebruik ervan op te sporen in het lichaam, tot twee dagen erna. De effecten van ketamine worden versterkt door het gebruik van alcohol.

Hoe wist ik dit allemaal? Tijdens onze periode in The Eastern Palace hadden Petra en ik alles gebruikt wat er maar te krijgen was – hoewel we godzijdank een grens hadden getrokken bij crack. 'Met een beetje K kom je er wel' was een gevleugelde uitspraak, zeker als het samen werd gebruikt met cocaïne, onze favoriete partydrug.

Ik draaide het flesje een paar keer rond in mijn hand. Welke bedoeling had Petra ermee? Ik dacht aan Judith, hoe ze Holofernes had volgegoten met drank, hem een delirium had bezorgd, waarna hij in slaap was gevallen. Toen pas had ze hem vermoord. Hoever was ik bereid te gaan? Wilde ik dat Ben voor de volle honderd procent zou ervaren wat een femme fatale kan doen? Ik had altijd risico's genomen, maar misschien was dit een te grote gok.

Ben hield ervan spelletjes te spelen, de touwtjes in handen te hebben. Ik dacht aan de kus die hij me gaf: niet echt iets voor hem. Of toch wel? Misschien had hij me bewust gezoend om me uit balans te brengen. Het was een klassieke manipulatiemethode – je tegenstander van zijn stuk brengen. Hij had me al uitgelegd dat hij alleen berekenbare risico's nam. Ik dacht na over zijn aankoop van de Rossetti, de absurde som geld die hij voor mij had betaald om Greg Weiz te slim af te zijn. Zijn houding ten opzichte van bezit stootte me af. Veel verschil met de Gettys, die met hun geldbuidels hadden gerammeld om *De Madonna met de Anjelieren* te krijgen, was er niet. In beide gevallen lag de waarde van het kunstwerk in de macht die de eigenaren konden uitoefenen. Door mij te kopen wilde hij – voor een deel tenminste – gewoon even zijn spierballen laten zien.

Ik bekeek mezelf in de spiegel. Ik besloot dat ik hem weleens zou laten zien hoe je spelletjes speelt. Ik wilde hem opeens met alle geweld te slim af zijn, hem meer geven dan waarop hij rekende. Mannen hadden de macht in handen, al zolang de geschiedenis van de kunst werd geschreven. Mannen hadden controle over de vrouwen achter de doeken en over de vrouwen óp de doeken, waarvoor ze opdracht gaven en die hun bezit werden. Kunsthandelaren dachten vrouwen als aandelen te kunnen verhandelen. Ik moest een manier ontdekken om in zijn huid te kunnen kruipen, om hem in te laten zien dat ik, net als al mijn handlangers, méér was dan wat je met het blote oog kon zien. Ik moest zien dat ik hem de stuipen op het lijf joeg – alleen omwille van Judith, natuurlijk.

Ik bekeek mijn spiegelbeeld nog eens. Het kostuum was fenomenaal: ik zag er van top tot teen uit als een creatie van Klimt. Ik oefende in het losmaken van het buitenste kledingstuk, liet de kimono net een beetje openvallen. Het zag er erg erotisch uit, wat me opwond. Toen ontdekte ik een binnenzakje, net onder mijn linkerborst. Ik pakte het flesje en probeerde of het erin paste. Het gleed moeiteloos in het zakje. Petra is een volmaakt ontwerper. Ik keek naar mijn spiegelbeeld, klopte op het binnenzakje, deed toen de kimono weer dicht. Het kon geen kwaad om het bij me te hebben. Het was tenslotte een legale drug.

Toen ik de kamer uitliep, was alleen het zachte zuchten van zijde op mijn naakte huid hoorbaar. Op mijn blote voeten sloop ik geruisloos over de gepolijste houten vloer. Ben wachtte op me in de huiskamer, deed alsof hij *Time* las, opgekruld op een grote, witlederen bank. Hij keek op en zijn gezichtsuitdrukking veranderde onmiddellijk.

'Draai je 'ns om. Laat me je eens wat beter bekijken,' zei hij.

Ik draaide langzaam rond en imiteerde een kleine Japanse buiging.

'Is het een Klimt?' vroeg hij, me beter bekijkend.

Ik knikte. 'Judith, een bijbelse heldin die generaal Holofernes

verleidde en daarna zijn hoofd afhakte om haar stad te redden.'
Ik had in beide handen een koffer. Ik liep naar hem toe en gaf
hem de eerste. 'Dit is je kans als medewerker,' zei ik. 'Je mag me
filmen.'

Hij keek blij verrast. Snel maakten zijn vingers de riempjes los
en haalde hij de camera uit de koffer. Ik keek toe terwijl hij in beslag werd genomen door de techniek, probeerde uit te vinden
hoe hij de camera moest gebruiken. Ik zette de andere koffer op
de grond. Daarin zaten twee draagbare studiolampen en het
hoofd van Holofernes.

'Wat ben je van plan?'

Ik lachte. 'Dat mag jij bepalen.'

Hij keek me vragend aan.

'Dit is je kans om invloed te hebben op de performance,' legde
ik uit.

Hij glimlachte geamuseerd en begon me te filmen, liet de lens
in- en uitzoomen, alsof hij een nieuw speeltje had gekregen.

'Zeg maar wat ik moet doen,' suggereerde ik.

Hij keek op, hulpeloos, maar hervond zich toen weer. 'Vertel
het verhaal,' zei hij toonloos.

Ik vroeg hem om de bank naar achteren te schuiven, zodat ik
meer ruimte zou hebben. Daarna hielp hij me met het opstellen
van de twee lampen, die Judith in een helder, theatraal licht zouden vangen. Toen begon Ben om me heen te lopen, al filmend,
terwijl ik mijn performance begon.

'Mijn naam luidt Judith,' zei ik. 'Ik heb een gruwelijke misdaad begaan, uit liefde voor God en uit liefde voor mijn volk. Ik
ben uit mijn huis geslopen, aangekleed om te verleiden. Ik was
van plan om de generaal te beheksen met mijn vrouwelijke
listen.'

Ik stopte en lachte provocerend, recht in de lens starend. Ik
kon Ben zien grijnzen achter de camera. Hij leek van het drama
te genieten, dus ging ik door.

'Ik ging naar het kamp van Holofernes en bood mezelf aan als
zijn slavin. De soldaten begrepen wat ik wilde, of dachten ten-

minste dat ze het begrepen. Ik werd naar zijn tent gebracht. De generaal was als betoverd toen hij me zag.'

Ik stopte weer en staarde Ben aan. Hij staarde even hard terug, richtte de camera op mij en mimede: 'Ga door.'

'De generaal had honger... en dorst.' Ik ging op mijn hurken tegenover Ben zitten en vertelde zacht verder. 'Dus ging ik zitten en spoorde hem aan om wat wijn te drinken. Toen hij genoeg had, stelde ik voor nog wat te drinken. En toen hij de fles had leeggedronken, vroeg ik of er nog een gebracht kon worden. Eerst weigerde hij, maar ik wist hoe ik hem kon overhalen.'

Ben grijnsde toen ik weer opstond en me omdraaide. Met mijn rug naar hem toegekeerd, maakte ik langzaam de linten van de kimono los en liet hem open vallen, waardoor de extreem laag uitgesneden onderjurk werd onthuld. Ik controleerde of het zwaard nog steeds schuilging onder de kimono voordat ik me weer omdraaide. Ik zag de camera wiebelen, bespeurde een nieuwe nervositeit bij mijn eigenaar. Ik boog me voorover, dichter bij hem en de lens van de camera. Ik zag hoe hij inzoomde op mijn buik, mijn naakte huid. Ik ging verder met mijn verhaal.

'Ik wachtte. Holofernes begon al aardig dronken te worden – en begeriger. Maar ik liet me niet door hem betasten. In plaats daarvan haalde ik hem over nog iets te drinken, toen nog wat meer, totdat hij uiteindelijk in slaap viel. Toen haalde ik mijn zwaard te voorschijn.' Terwijl ik dat zei, haalde ik langzaam het kromzwaard uit zijn foedraal en hield het vlak voor Ben's gezicht. De camera begon zichtbaar te trillen. Ik deed een stap terug en kakelde van het lachen, terwijl ik het zwaard heen en weer zwaaide. 'En met twee snelle halen,' zei ik, 'hakte ik zijn hoofd eraf.'

Ben filmde nog steeds, maar keek tegelijkertijd bezorgd over de camera heen. Ik deed een charge in zijn richting, hij bukte snel. Ik liet het zwaard uit mijn hand vallen. Toen pakte ik het afgietsel van Holofernes' hoofd uit de koffer en zwaaide het wild heen en weer voor zijn ogen. 'En toen bracht ik zijn hoofd naar mijn volk, als bewijs dat deze bezitter zijn eigendom kwijt was.'

Ik bevroor in de pose waarin Judith is geschilderd en ving Ben met dezelfde gekke, maar erotische blik. Er viel een stilte, terwijl ik het hoofd heen en weer liet bungelen aan mijn hand.

Toen begon Ben aarzelend te lachen. Ik maakte een diepe buiging en begon mijn kimono weer dicht te knopen.

'*Cut*,' zei hij, zette de camera uit en liet zich op de bank vallen. 'En berg verdomme dat ding op.' Hij gebaarde lachend naar het hoofd. 'Dat is gewoon ziek.'

Ik liet het hoofd weer in de koffer zakken.

'Geef me nu dat mes maar even, Esther. Ik vertrouw jou niet met dat mes.'

Ik raapte het zwaard op en gaf het hem aan, lemmet vooruit. Hij stak zijn handen op. Ik draaide het om en hij pakte het aan, bekeek het nauwkeurig en legde het toen op de tafel.

'Jij bent wel behoorlijk geschift,' zei hij hoofdschuddend, maar met pretoogjes. 'Goed. Heb je al trek?'

'Ik ben uitgehongerd,' zei ik.

Het avondeten werd opgediend in de lange, smalle eetkamer. Alle muren waren tot halverwege beschilderd met een hyperrealistische voorstelling van een maïsveld in het Midden-Westen. Tussen de kolven door keken slonzige kinderen met strakke en verontrustende gezichtjes me achterdochtig aan. Ik herkende de stijl: de kunstenaar was ook opgenomen in de tentoonstelling van hedendaagse Amerikaanse kunst in het Whitney, die ik in New York had bezocht. Ik was verrast over Ben's keuze. Het werk was onbeholpen, leek hier niet op z'n plaats. Maar misschien kwam dat door de winter. Ik keek naar buiten, naar de sneeuw die het dode landschap aan het oog onttrok en ons gevangen hield, als in een crypte.

Recht tegenover me hing een groot plasmascherm. Ik vroeg me af welke kunstzinnige films hij daarop bekeek. Of misschien was het scherm wel aangesloten op de camera's in het Kunsthol, of op camera's in mijn slaapkamer hier. Misschien kende zijn voyeurisme geen grenzen. Ben wees me een plaats aan één uiteinde van de tafel en ging tegenover me zitten. Een berg fruits de mer op ijs – kreeft, oesters, langoesten, garnalen – stond tussen ons in.

'Het is beangstigend hoeveel plezier je had in het vertellen over zo'n misdaad,' zei hij, kijkend naar mijn klauwachtige nagels, die tegen de schaaldieren tikten terwijl ik het vlees eruit trok. 'Ik hoop niet dat je overeenkomsten ziet tussen je historische antiheldin en jij zelf, in je huidige situatie.'

Ik was blij dat Ben zich had geamuseerd. 'Misschien wel,' zei ik, 'maar als die er is, is het natuurlijk wel de vraag wie de generaal is en wiens hoofd uiteindelijk wordt afgehakt.'

'Wie komen er volgens jou dan in aanmerking om de generaal te spelen?'

Ik legde de oester waar ik net aan wilde beginnen neer. 'Even kijken hoor... Je hebt natuurlijk...' Ik aarzelde. 'Aidan.'

Ben knikte aanmoedigend.

'En Greg, natuurlijk.'

Weer knikte hij, maar nu wilder.

'Of misschien is Joe wel de echte generaal?'

Nu schudde Ben zijn hoofd, zijn gezicht vertrokken van spijt.

'En dan is er nog altijd... Jij.'

Hij deed alsof hij huiverde. 'Zoiets zou ik nooit doen. Ik bied mezelf juist aan als beschermheer tegen de elkaar bevechtende generaals in New York.'

'Nou, ik kan alleen maar zeggen dat het een privilege is om zo hogelijk door jou gewaardeerd te worden – en om een week in jouw bezit door te brengen.'

Hij hief zijn wijnglas naar me op. 'Het genoegen was geheel mijnerzijds, Esther.'

Na het eten trokken we ons terug in de huiskamer. Het kromzwaard lag nog steeds op tafel en flonkerde vervaarlijk.

'Nog een slaapmutsje?' vroeg Ben.

Ik was blij dat de avond nog niet voorbij was, hoewel ik geen idee had wat er verder zou gebeuren. Hij gaf me een groot glas whisky en schonk er zelf ook een in, zei toen dat hij de huishoudster voor de rest van de avond naar huis zou sturen.

Mijn hersenen draaiden op volle toeren. Ik wilde ergens wel dat Ben me zou proberen te verleiden, ik wilde hem uit zijn evenwicht brengen en het kringetje van het project rondmaken. De eerste performance was een virtuele bezichtiging geweest. Christina was onaanraakbaar geweest. Judith lag misschien wél binnen zijn handbereik, al was het dan maar voor even. Maar Ben had tijdens het eten amper gedronken van de wijn. Ik had de fles praktisch alleen opgedronken. Moest ik het doen, vroeg ik me af. Ik stak mijn hand onder mijn kimono en haalde het flesje te voorschijn.

Ik wist niet of ik ook hier door beveiligingscamera's in de gaten werd gehouden, dus hield ik het flesje verborgen in mijn hand en trok de dop eraf. Toen stond ik op, liep naar de tafel, pakte de videocamera en deed alsof ik iets controleerde. Even later goot ik stiekem een paar druppels van de vloeistof in zijn glas.

Zelfs als er camera's hingen, zouden die het niet hebben geregistreerd. Ik ging weer op de bank zitten en nam een grote slok whisky. Het was niet genoeg om schadelijk te zijn, stelde ik mezelf gerust. Het zou Ben alleen maar meer ontspannen maken, mogelijk met wat geheugenverlies 's ochtends.

Het licht was gedimd, ik zat op de enorme witte bank en staarde naar buiten. De sneeuw glinsterde in het maanlicht. Er heerste een peilloos diepe stilte. Ben kwam al snel terug en ging aan de andere kant van de bank zitten. Ik zat met mijn benen opgetrokken, maar nu strekte ik ze uit om de plek tussen ons in te vullen. Ik zag hoe Ben naar mijn tenen staarde en hoe hij zijn blik snel afwendde, alsof ik hem had betrapt. Hij keek uit het raam, nam een paar slokken whisky, toen nog een paar. Al snel waren onze glazen leeg.

'Ik heb ervan genoten dat je hier was, Esther,' zei hij ten slotte. Hij begon al een beetje met dubbele tong te praten en gaapte lang. Hij stak zijn hand uit en streelde een van mijn voeten. 'En ik heb vooral genoten van vanavond.' Hij keek me recht aan.

Ik staarde terug.

'Dit kostuum is niet te geloven gewoon.'

Ik schoof dichter naar hem toe. 'Wil je je meesterwerk eens wat beter bekijken?' zei ik.

Hij antwoordde niet, maar liet zijn vingers langs mijn voet glijden, omhoog langs mijn been en naar de linten van de kimono. Langzaam knoopte hij ze los, een voor een. Zijn handen trilden en zijn ademhaling werd merkbaar sneller. Hij sloeg het buitenste kledingstuk open en liet één vinger tussen mijn borsten door glijden, over mijn buik, tot aan mijn navel. Eindelijk had ik hem weten te ontwapenen.

Ik schoof weg van hem, wilde het nog wat rekken en afwachten tot het moment waarop de drugs hun maximale effect zouden hebben. Dan zou deze avond pas echt interessant worden. Ik bracht mijn gezicht dicht bij het zijne. 'Ik heb de antwoorden van je vragenlijst gelezen,' zei ik. 'Wie is Juliet?'

Door die vraag veranderde de stemming volledig. Ben schoof weer naar de andere kant van de bank en keek uit een van de ramen naar buiten. Even bleef het doodstil.

'Juliet...' Zijn stem klonk ongelooflijk zacht. 'Juliet was mijn moeder.'

'Wat is er met haar gebeurd?' zei ik zacht.

'Ze is vermoord,' zei hij onaangedaan, 'neergeschoten bij een straatroof in Boston toen ik tien was.'

Ik pakte zijn hand en legde die weer op mijn voeten. 'Wat deed ze vroeger?' zei ik.

Hij draaide zich naar me toe. Bezorgd zag ik hoe zijn ogen troebel werden, hoe zijn woorden steeds onduidelijker klonken.

'Ze was schilder. Abstracte werken in olieverf.'

Ik trok hem weer tegen me aan, hij verzette zich niet. Toen ik zijn hoofd op mijn borsten legde, zag ik hoe een traan over zijn wang rolde. Ik streelde door zijn haar en hij zoende me, heel voorzichtig, op mijn sleutelbeen. Toen hoorde ik hoe zijn ademhaling vertraagde, voelde hoe zijn hoofd steeds zwaarder werd. De drugs hadden extremer en abrupter toegeslagen dan ik had verwacht. Maar ik voelde me enorm opgelucht, had het gevoel dat ik mezelf aardig in een hoekje had geschilderd. Dit was het ideale moment om mijn optreden te beëindigen. Maar ik was ook verdrietig, om Ben, om zijn tragedie. Dit was geen spelletje meer: ik was voor één moment doorgedrongen tot het diepste van hem.

Ik voelde zijn pols. Die klopte langzaam, zijn mond hing open en hij snurkte. Hij leek in orde, was alleen maar verzonken in een heel diepe slaap. Het lukte me om hem neer te leggen, maakte toen zijn boord en broekriem los en trok het overhemd uit zijn broek. Daarna pakte ik zijn glas, spoelde het om en goot de karaf enkele centimeters verder leeg. Ik vulde zijn glas weer voor de helft en zette het voor hem neer op de tafel. Hij verroerde zich niet.

Uit de koffer waarin het hoofd van Holofernes zat, haalde ik het laatste rekwisiet: een rechthoekig plakplaatje, zo groot als een speelkaart. Ik draaide Ben op zijn zij en plakte het voorzichtig in de kromming van zijn rug. Toen begon ik in langzame cirkelbewegingen te wrijven. Na een paar minuten trok ik de plastic onderlaag weg; mijn embleem bleef in watervaste zwarte inkt achter op zijn naakte huid. Toen trok ik zijn overhemd naar beneden en draaide hem weer op zijn rug.

Als laatste maakte ik de linten van de kimono los, trok 'm uit en legde hem uitgespreid naast Ben op de bank. Ik pakte het mes, de camera en het hoofd en ging naar bed.

40

Ik werd pas laat wakker, maar zat meteen rechtop in bed toen de herinneringen aan de vorige avond me weer te binnen schoten. Ik raakte verstijfd van angst. Dit waren het soort stunts van de Esther Glass van vroeger. In de afgelopen jaren had ik mijn best gedaan om me niet te misdragen. Ik dacht dat ik volwassen was geworden, dat ik meer verantwoordelijkheid nam – voor mijn kunst en voor mijn daden. Maar gisteravond was ik regelrecht in mijn oude gewoontes vervallen. Ik schaamde me, was ontstemd over mezelf en maakte me daarna erg zorgen. Wat nu als de drugs hem het hoekje om hadden geholpen? Ik stond snel op, liep op mijn tenen naar de huiskamer en deed de deur voorzichtig open. De kamer was leeg: het whiskyglas, mijn kimono en Ben – allemaal weg.

Ik dwaalde door het huis. Geen beweging merkbaar. Stilte. Er was niemand meer, zelfs de huishoudster niet. Toen hoorde ik het geluid van een motor, keek naar buiten en zag hoe een auto kwam aanrijden. Tot mijn opluchting stapte Ben uit, maar toen ik zag dat twee mannen in donkere pakken achter hem aan liepen, sloeg de schrik toe. Mijn maag draaide zich van paniek om. Ze zagen er officieel uit, misschien waren het agenten die me op kwamen halen. Ik rende terug naar mijn kamer. Representatie of realiteit? Deze keer was ik wellicht te ver gegaan, veel te ver.

Ik ging op mijn bed zitten en wachtte, maar er kwam niemand. Uiteindelijk douchte ik en kleedde me aan, hoopte tegen beter weten in dat, als ik me normaal zou gedragen, de verdenking niet zo snel op mij zou vallen. Toen pakte ik mijn koffers en wachtte weer.

Uiteindelijk werd er zachtjes op de deur geklopt. Mijn hart sprong in mijn keel. 'Kom binnen,' zei ik.

De deur ging langzaam open en Ben kwam binnen, mijn kimono hing slap in een van zijn handen. Lusteloos reikte hij me het kostuum aan. Hij keek ernstig, zijn gezicht zag er flets uit. Ik pakte de kimono aan en hij ging zenuwachtig op het randje van het bed zitten.

'Esther,' zei hij.

Ik glimlachte afwachtend, vol gemaakte onschuld.

'Ik weet niet wat ik gisteravond had. Het spijt me heel erg als ik iets onbetamelijks heb gedaan. Het is heel raar, ik herinner me niets. Toen ik vanochtend wakker werd, was jij weg, maar...' Hij gebaarde naar de kimono, nu weer veilig in mijn handen. 'Je jurk...'

Ik voelde een enorme opluchting door me heen trekken. Hij had het nog niet uitgeknobbeld. 'Het was leuk,' viel ik hem snel in de rede, 'ik heb wel genoten, hoor. Het zal het Judith-effect wel zijn geweest.'

Hij keek me verbaasd aan. 'Het is tenminste niet op moord uitgedraaid.'

'Integendeel,' zei ik dubbelzinnig. Ik vroeg me af wat er door zijn hoofd ging. Ik zag zijn hulpeloosheid, eindelijk. Maar ik nam aan dat hij de neptatoeage nog niet had opgemerkt. 'Waar ben je vanochtend geweest?' Ik wilde nog wel weten wie die mannen waren.

'De architecten zijn komen kijken,' zei hij, duidelijk opgelucht dat ik een ander onderwerp aansneed. 'We hebben de bouwplannen vastgesteld. En nu is het jammer genoeg alweer tijd om terug te gaan naar Manhattan.'

'Omdat ik zeker weet dat je ze nergens kunt kopen, dacht ik dat je dit wel leuk zou vinden als aandenken,' zei ik in de auto, op weg naar het vliegveldje. Ik gaf Ben een stapeltje met zeven kaarten, reproducties van de zeven meesterwerken. Hij liet ze een paar keer door zijn handen gaan, keek me toen droevig aan. 'Ze zijn prachtig,' zei hij, 'maar het belangrijkste gezicht zit er niet tussen. Er zit geen plaatje van jou bij.'

Hij verdween in de werkcabine zodra het vliegtuig was opgestegen en bleef daar de hele weg terug naar New York. Ik probeerde me te ontspannen, maar ook ik voelde me ongemakkelijk. Ik dacht terug aan wat Lincoln had gezegd aan het begin van dit project, over Icarus en het vuur. En ik had zojuist mijn staartveren gebrand. Ik had echt geluk gehad dat er niets ergs was gebeurd tijdens mijn laatste performance, met mij of met Ben. Wat zou er gebeurd zijn als hij in coma was geraakt? Dan zou ik de rest van mijn leven in een Amerikaanse gevangenis hebben moeten slijten. Het was een grote stommiteit geweest. En, realiseerde ik me, ik was te oud voor zulke spelletjes. Ik handelde altijd impulsief als het om mijn kunst ging, deed dingen om te zien welke reacties ze uitlokten en maalde niet om de gevolgen. Maar ik was veranderd, nu. Ik maakte me meer zorgen om de gevolgen.

Ik dacht aan Ben's onthulling over de dood van zijn moeder en vroeg me af of hij zich nog herinnerde dat hij het mij had verteld. Nu begreep ik zijn passie voor kunst. Het was voor hem een manier om dicht bij haar creatieve geest te blijven, om de herinnering aan haar levend te houden. Maar het was wel uit de klauw gelopen. Hij was bezig met het opbouwen van een kunstcollectie, in plaats van een relatie – en dat was eeuwig zonde.

Voordat we landden kwam hij weer te voorschijn en ging in de stoel naast de mijne zitten. Ik wilde met hem over zijn moeder praten, maar zag dat het daarvoor te laat was. Ik had gisteravond mijn kans gehad – en had 'm verprutst. Hij was weer even gesloten als voorheen.

'Ik heb Joe al gebeld,' zei hij. 'Hij wacht op je in het Kunsthol.'

Ik voelde me verslagen. Het was mijn laatste avond in Manhattan en het leek erop dat Ben de plaat zou poetsen en mij alleen zou laten. Ik had hem kennelijk echt de stuipen op het lijf gejaagd.

Hij pakte mijn hand en hield die stevig vast. 'Het was echt geweldig om je als gast te hebben, Esther. Ik kan amper wachten om te zien wat je op basis van deze week gaat maken.'

'Kom je naar Londen voor de opening?'

Hij glimlachte breed. 'Die zou ik voor geen geld willen missen.'

'En hoe zit 't met de rest van de overeenkomst?'

'Oh, dat moet ik allemaal nog met Greg bespreken. Ik neem aan dat ik de komende weken nog wel wat mensen uit jouw clubje zal ontmoeten. Misschien kan ik wel een paar kunstenaars overhalen om ook een tijdje in het Kunsthol te werken.'

'Met of zonder camera's?'

Ben antwoordde ernstig: 'Dat begrijp je toch wel? Die camera's zijn alleen bedoeld voor extreem waardevolle kunstwerken.'

Op het vliegveld stonden twee auto's voor ons klaar. Ben omhelsde me met een duidelijk vaderlijke genegenheid – en weg was hij. Op weg naar de studio voelde ik me teleurgesteld en weemoedig, toen ik terugdacht aan de afgelopen dagen. Ik had nog nooit iemand als Ben ontmoet. De mengeling van dynamiek, gevoeligheid en de extreem gemakkelijke omgang met hem was uniek. Maar op een bepaalde manier leken we ook veel op elkaar; hij droeg immers ook een geheim met zich mee, een verleden met een scheur erin, een verhaal dat hij gewoonlijk niet vertelde. Ik wist zeker dat hij dacht dat we gisteravond verder waren gegaan dan hij zich kon herinneren. Maar hij liet zich niet in de kaart kijken, daar had Sonia gelijk in gehad. Ik was blij dat hij me had gezoend, dat zijn handen mijn voeten hadden gestreeld. Ik had hem voor me weten te winnen, zowel esthetisch als seksueel en hij op zijn beurt had mij gestimuleerd, als vrouw en als kunstenaar. En om eerlijk te zijn: die twee waren allebei belangrijk voor me. Maar ik begreep ook dat Ben een raadsel zou blijven, iemand die altijd net buiten handbereik zal blijven, maar handig om in je kennissenkring te hebben. Misschien had Aidan wel gelijk en was Ben de ideale mecenas.

Ik moest Aidan spreken, moest hem vertellen hoeveel ik van

hem hield en dat hij gelijk had gehad. Ik had hem opgezadeld met al mijn zorgen over dit project, had al mijn faalangst uitgeleefd in uitbarstingen van woede en achterdocht tegen hem. Maar mijn zorgen gingen verder dan alleen dit project – en dat wist ik maar al te goed. Naarmate de dagen verstreken, lukte het me steeds slechter om ze te negeren. Het was de hoogste tijd voor een goed gesprek met Aidan, tijd om het bij te leggen.

Joe opende de deur met een glimlach toen de auto voor het Kunsthol stopte. Het was alsof hij op wacht had gestaan, wachtend tot ik terug zou komen. Hij haalde mijn koffer uit de kofferbak en hielp me die omhoog te sjouwen. Toen we aankwamen bij het appartement, draaide hij zich om en zag ik een rare, verwachtingsvolle blik in zijn ogen. Ik draaide de sleutel om, duwde de deur open en zag een oogverblindend en onverwacht tafereel. De studio stond helemaal vol met winterlelies – honderden grote, witte bloemen in enorme glazen vazen vulden de lucht met hun zware geur.

Joe gaf me een envelop. 'Ze zijn vanmiddag gebracht.' Hij haalde zijn schouders op. 'Vraag míj niet van wie ze zijn.'

Ik scheurde de envelop open en herkende meteen Aidan's handschrift.

E, hoop dat de reis een succes was. Heb je gemist in Manhattan. Sorry, maar ik moet hier nog een paar dagen blijven. Overeenkomst bijna rond. Bel me maar, hier of vanuit Londen. Stapelgek op je. A.

Spijkers draaiden rond in mijn buik. Ik kon Joe niet aankijken.

'Hé, alles goed?'

Ik mompelde iets en bedankte hem voor zijn hulp met mijn bagage en voelde me enorm opgelucht toen hij zich omdraaide en wegliep.

Na de recente omslag in mijn gevoelens voor Aidan, voelde dit briefje als een koude douche. Ik was teleurgesteld. Misschien had ik het toch fout gehad, misschien gingen voor Aidan inderdaad de zaken voor alles. Ben's persoonlijkheid was wellicht een toevallige gelukstreffer geweest. Ik voelde me leeggezogen. Het besluit om Aidan deelgenoot te maken van mijn ware ik had me tijdelijk met meer optimisme vervuld dan ik in jaren had gevoeld. Maar hoe kon hij denken dat een vrachtwagen vol bloemen goed zou maken dat ik alleen terug naar huis moest gaan? Ik dacht na ons gesprek van een paar avonden geleden dat hij wel begreep hoe belangrijk het voor me was om zo snel mogelijk zijn plannen te bespreken. En daarbij: nu moest ik me zonder zijn hulp door de chaos op Heathrow zien te vechten. Hoe meer ik erover nadacht, hoe sterker het gevoel werd dat hij me had laten zitten. Wat die overeenkomst betrof, nou, om eerlijk te zijn, die kon hij in z'n reet steken. Ik wilde geen deel meer uitmaken van zijn grote plannen, dat wist ik opeens absoluut zeker. Ik ijsbeerde door de studio. Om te beginnen moest ik van die verdomde bloemen af, ik werd misselijk van hun geur. Ik schoof een van de enorme ramen van de studio open en slurpte de koude lucht naar binnen.

Een voor een begon ik de lelies uit het raam te gooien. Ze dwarrelden als lappenpoppen naar beneden en kletsten zacht tegen het trottoir. Het gaf me een louterend gevoel, er was niemand op straat. Toen dacht ik een scherpe klik te horen. Ik luisterde. Toen hoorde ik er nog een en vervolgens een heel spervuur van geklik en flitslicht. Nu zag ik ze pas: een groepje figuren, verscholen in het donkere portiek van een pakhuis schuin links tegenover me. Ik dook terug in de studio en sloeg vloekend het raam dicht. Ze hadden me toch nog weten te vinden. En als beloning had ik ze zojuist een spectaculaire demonstratie van mijn woede voor Aidan gegeven. Ze zouden ongetwijfeld hebben gezien hoe de bloemen eerder die dag waren bezorgd, zouden zeker de bezorger de details over de afzender hebben ontfutseld. Informatie was makkelijk te krijgen. En nu zouden ze denken dat alles wat ik deed voor de media was bestemd.

Ik liet me op de vloer glijden en probeerde rustig te blijven ademen. Na een paar tellen kroop ik door de kamer en glipte de slaapkamer in. Godzijdank waren de gordijnen er dicht: alleen Joe en Ben konden me hier zien – als ze tenminste keken. Ik deed het licht in de slaapkamer aan, keek toen recht in een van de camera's. Ik zou er snel achter komen of de camera's ook geluid opnamen.

'Joe of Ben, kom me alsjeblieft halen. Er hangt buiten een kudde paparazzi rond. Klop vier keer, dan doe ik de deur open.'

Het duurde niet lang of ik hoorde vier klopjes op de deur. Opgelucht kroop ik over de vloer naar de andere kant van de studio en deed de deur open.

Joe kwam binnen zonder een woord te zeggen en deed de deur stevig achter zich dicht.

'Het spijt me echt vreselijk.' Hij klonk aangeslagen. 'We hebben de boel in de gaten gehouden, maar er was geen hond te zien.'

'Het is goed,' zei ik berustend. 'Het hoort erbij.'

Het was bijna onmogelijk om niet ontdekt te worden, dat wist ik maar al te goed uit mijn dagelijkse leven in Londen. Maar ik had voorzichtiger moeten zijn. Eén onbedachtzaam moment en al mijn kwetsbaarheid lag weer op straat.

'Er is een brandtrap aan de achterkant. Ik denk dat we daarlangs wel wegkomen,' zei Joe. 'Ik heb met Ben gebeld en hij heeft me gevraagd je naar zijn huis te brengen. Ik heb al een auto gebeld, die staat op ons te wachten aan het einde van de steeg.'

Ik knikte hevig. Dit was niet het moment om de confrontatie met de media aan te gaan. Ik had ze al genoeg theatraals gegeven voor één avond.

Eerst gingen we een inpandige trap op, toen door een nooduitgang naar buiten en naar beneden over een stalen wenteltrap die langs de buitenmuur liep als een blootliggende ruggenwervel, onze voeten tikkend terwijl we ons naar beneden draaiden.

Het steegje lag vol afval van de vleesmarkt. Joe greep mijn hand en samen renden we naar de auto, af en toe glibberend over de sneeuw. De auto stond aan het einde van de steeg, motor zachtjes snorrend, lichten uit. We gingen op de achterbank zitten en de auto gleed weg. De koplampen wierpen lichtbundels door de straat. Ik keek uit de achterruit, happend naar adem. Het bleef rustig in de straat. Niemand leek de achtervolging in te zetten.

Joe liet me achter bij Ben. Ik was blij er weer terug te zijn. Ik hoopte dat ik mijn mecenas nog een laatste keer kon zien, maar de butler bracht me meteen naar een suite en vroeg of hij iets te eten voor me klaar moest maken. Ik sloeg zijn aanbod af en besloot naar bed te gaan. Ben Jamieson was al uit mijn handen geglipt, terug naar zijn eigen, raadselachtige wereld.

De volgende ochtend kwam er een auto om me naar het vliegveld te brengen. Voor ik vertrok, sloop ik door de gang naar Ben's kantoor en klopte op de deur, maar er kwam geen reactie. Ik glipte naar binnen en wierp een laatste blik op Rossetti's geweldige portret van Frances Leyland. Ik fluisterde een afscheid en draaide me om. Ik had te doen met Frances. Het leek erop dat ze nu aan alle kanten gevangenzat in New York. Ik had gelukkig een retourticket naar Londen – en thuis was precies waar ik nu wilde zijn.

41

The Today Programme, BBC Radio Four

'Had je zelf verwacht dat je zoveel geld zou opbrengen?'

'Nee, dat was een complete verrassing.' Mijn stem klonk dik van het gebrek aan slaap.

'En kun je zeggen dat Ben Jamieson waar voor zijn geld heeft gekregen?'

Ik wachtte even. 'Ik denk dat hij wacht met zijn oordeel totdat ik de serie heb voltooid.'

De interviewer grinnikte. 'Hoe behandelde hij je? Ik neem aan dat hij je niet heeft opgeborgen bij de rest van zijn collectie?'

'Min of meer wel, voor een tijdje, maar maakte dat later goed door me in het weekend mee te nemen naar Colorado.'

'Dus je werd niet aan publiek getoond?'

'Er waren een paar optredens voor genodigden.'

De interviewer sloeg een samenzweerderig toontje aan. 'Denk je echt dat je door jezelf op een veiling te verkopen mensen aan het denken kunt zetten? Of was het alleen maar een publiciteitsstunt?'

Waarom was ik toch akkoord gegaan me hieraan te onderwerpen, meteen na mijn terugkomst? 'Weet je, ik zeg dan wel altijd dat mijn werk naar zichzelf verwijst, maar het gaat over meer dan alleen mijzelf. Ik zie mezelf als een vehikel voor mijn ideeën – als een wit schildersdoek, zo je wilt. Beter leren kijken, daar gaat het in mijn kunst over. 99 procent van de tijd krijg je bij een eerste indruk maar een heel klein deel van het grotere geheel te zien.'

'We kunnen wel vaststellen dat de media deze week net zoveel – zo niet meer – interesse toont voor je relatie met Aidan Jeroke als voor de waarde van je project. Kun je voor ons een tipje van de sluier oplichten? Jullie zijn natuurlijk wel het stralende stel van de kunstwereld. Een mogelijke breuk betekent vette koppen, zowel in de roddelpers als in de serieuze kranten.'

Die vraag stond niet in de briefing. Ik probeerde me niet op de kast te laten jagen, maar toch klonk mijn stem één octaaf hoger.

'Daar heb je eerlijk gezegd niets mee te maken. Hij zit in New York, werkt aan een andere transactie.'

'Esther Glass, onze tijd zit erop. Bedankt dat je in ons programma wilde komen en welkom terug in Londen.'

'Dat stond verdomme niet in de briefing.'

Ik zat in een taxi en had Katie aan de lijn.

Ze aarzelde even. 'Heb je de kranten al gezien?'

Er lag een dikke stapel kranten op mijn schoot. Overal stond ik op de voorpagina. Het hele mediacircus had gisteravond mijn aankomst op Heathrow gefotografeerd; ik was helemaal in het zwart, zonnebril op, mijn lippen samengeperst tot een bloedrode streep. Ik had niet kunnen slapen tijdens de vlucht, te veel gedachten in mijn hoofd. Om het allemaal nog wat erger te maken, hadden *The Times* en de *Telegraph* net als de roddelbladen een tweede, kleinere foto van een poëtisch bundeltje lelies, eenzaam achtergelaten in de sneeuw bij de mijne geplaatst. De fotobijschriften waren van hetzelfde laken een pak: Esther's symbolische gedenkteken voor haar relatie met Aidan Jeroke. Katie had me er wijselijk niet naar gevraagd – nog niet. En ik bood niet aan het uit te leggen.

'Heb je de *Clarion* daar ook?' vroeg ze aarzelend.

De kop op de voorpagina luidde: 'Kunstsnol vliegt terug'.
'Ja. Zoveel heb je dus aan John Herbert als 't erop aankomt. De voorpagina van de Clarion is de ergste van allemaal.'
'Nee, ik bedoelde het verhaal binnenin,' zei ze ongeduldig.
Mijn maag draaide om, toen ik de krant opensloeg. Op pagina drie waren de drie schetsjes die ik van Kenny Harper had gekocht, naast elkaar afgedrukt. Het verhaal eronder luidde:

Nu Esther Glass zichzelf heeft verkocht, geven we ook u de kans om een stukje kunst van haar te bezitten. De Clarion heeft de hand weten te leggen op exclusieve kwaliteitsreproducties van deze drie vroege meesterwerken(!), om weg te geven aan lezers die er een toepasselijke titel voor weten te bedenken. 'Blauwe periode' was de eerste term die ons op de redactie te binnen schoot.

Zoals altijd, als emotionele stormen me dreigden weg te vagen, vluchtte ik in mijn werk. Ik sloot de wereld, met zijn lenzen permanent op mijn ramen gericht, buiten. Tussen nu en de opening wilde ik geen woord meer van, of over de media horen. Ik kon toch niet tegen hen op en besloot me ervan af te sluiten. Het leek een foute inschatting te zijn geweest om te denken dat ik kon winnen door hun spelletje mee te spelen. Aidan had gelijk gehad: hoe hoger de nieuwswaarde van mijn kunst, des te bloeddorstiger werd de pers – en ik had te weinig innerlijke reserves om hun belangrijkste donor te zijn. Ik was eerder verbaasd dan teleurgesteld dat Kenny hun kopieën van de schetsjes had verkocht. Ik kon hem daar niet meer van weerhouden. Ik zou een rechtszaak aan kunnen spannen, maar wat had dat voor zin? De tekeningen waren nu toch al openbaar gemaakt, voor iedereen te bekijken. Ik had tenminste de originelen nog. Ik vroeg me af hoe lang het zou duren voordat de journalisten genoeg kregen van verhalen over de relatie tussen Aidan en Esther en gingen graven in de achtergrond en context van de schetsen. En dan zouden ze vanzelf verder graven, mijn jeugd blootleggen. Ik wist dat het slechts een kwestie van tijd was.

Het was nu de tweede week van maart. De tentoonstelling in Tate Modern zou eind mei worden geopend. Ik zou de tussenliggende tijd nodig hebben om mijn materiaal in de juiste vorm te kneden. Inhoudelijk had ik alles wat ik nodig had: de research naar mijn zeven onderwerpen, de kostuums, de scripts en de films van mijn performances. Maar om al die elementen samen te vlechten en te verweven met mijn persoonlijke ervaringen was een grootschaliger operatie dan ooit tevoren. Ik wilde een evenwichtige serie neerzetten – een serie die visueel aangrijpend zou zijn, met een heldere thematiek. Het feit dat ik zelf was verkocht zou een sterke basis leggen voor de tentoonstelling. Maar dat gegeven zou gemakkelijk ondergesneeuwd raken door de verhalen van mijn zeven vrouwen. Ik moest een manier vinden om de relatie duidelijk naar voren te laten komen.

Ik begon alle films op mijn iBook in te laden. Toen begon ik te monteren. Dat was een langzaam en tot op zekere hoogte arbeidsintensief werk, maar de afzondering die het vereiste paste perfect bij mijn fragiele gemoedstoestand. Het was magisch om te zien hoe de karakters op mijn scherm tot leven kwamen. Ik had al wat afstand genomen van mijn performances en toen ik ze allemaal achter elkaar bekeek, vergat ik soms bijna dat ik in alle kostuums stak. Ik had duidelijk bezit van me laten nemen – niet alleen door Ben, maar door elk van de vrouwen – en dat was te zien in de films.

Het optreden van Marie op de veiling was sterk geladen. Ze leek zelfverzekerd over haar seksualiteit, maar had toch duidelijk een zekere waakzaamheid over zich, was onzeker over haar waarde als persoon. Christina was het schimmigst, maar reageerde zelfbewust en intens op de camera, misschien omdat ze haar gebeden voor de hele serie uitsprak. Isabella leek alles volkomen in de hand te hebben – en had nog het meeste plezier op de koop toe, genoot ervan haar publiek te bespelen. Victorine aan de andere kant leek opgesloten in haar eigen, losbandige wereld – een beklagenswaardig en verdoemd oord zonder uitweg – geïsoleerd en woedend. Maria was de meest excentrieke performance; loodzwaar en gewaagd. Haar persoonlijkheid was duister, moeilijk grijpbaar. Maar die dubbelzinnigheid beviel me. Eeuwenlang hadden mensen immers haar wereld geïnterpreteerd zoals het hun 't beste uitkwam. Het was niet mijn bedoeling om haar vast te nagelen op één idee. Wat Frances Leyland betrof: haar performance was etherisch, bij vlagen prachtig en aangrijpend – evenzeer romantisch als wanhopig. De camera's waren blijven lopen toen ik begon te wankelen en vervolgens in elkaar zakte. Het leek alsof dit sluitstuk van haar performance zo bedoeld was. Telkens als ik ernaar keek, draaide mijn maag zich om.

Iedere keer dat ik de performance van Judith opnieuw bekeek, wist ik dat ik ternauwernood aan een ramp was ontsnapt. De beelden dropen van spanning en complete waanzin; het was een onbezonnen actie, geheel in lijn met de aanvaring die ik bijna tien jaar eerder met de politicus had gehad. Dit kwam voor een deel omdat het was gefilmd vanuit het perspectief van de toeschouwer. Ben had wild geëxperimenteerd met de camera – lukraak in- en uitzoomend op mijn gezicht, mijn kostuum, het kromzwaard en het hoofd van Holofernes – en dat droeg bij aan de algehele sfeer van gekte. Er zat meer waanzin in de ogen van Judith dan ik had bedoeld en haar lichaam leek doortrokken met gefrustreerde seksuele energie. Ik besefte dat tijdens die performance alles wat vooraf was gegaan tot een kookpunt was gekomen. Geen wonder dat het bijna op een catastrofe was uitgedraaid. Ik was op dat moment compleet in bezit genomen door mijn kunst.

Ik realiseerde me dat de films, als ze eenmaal gemonteerd waren, het publiek versteld zouden doen staan. Elke film zou beginnen met een stilstaand beeld van het originele meesterwerk, dat vervolgens zou overvloeien in de beelden van mijn performance, voorzien van geluid, om na afloop weer terug te vloeien naar een close-up van het gezicht van de vrouw in kwestie. Het waren allemaal meesterwerken, met reden. Hun impact was enorm. Maar er ontbrak nog iets, een verbindend element. Een levende ziel moest het middelpunt van het project vormen – ikzelf, en mijn relatie met de toeschouwer. En dat was de oorzaak van mijn crisis. Mijn gedachten speurden langs de verschillende paadjes, de paadjes van mijn eigen geschiedenis, herinneringen die ik jarenlang had geprobeerd uit te wissen, maar die geëtst stonden in mijn geheugen. Ik moest mijn identiteit gebruiken als verbindend element, maar een verzonnen identiteit volstond deze keer niet. Ik moest de echte Esther Glass zien te vinden om als middelpunt van mijn werk te dienen.

Een weeklang nam ik de telefoon alleen op als Petra of Katie belde. Petra had ruzie gekregen met de Duitser en zat weer eens in de put. Waarom hielden haar verliefdheden toch nooit stand? Misschien kon ik mezelf binnenkort diezelfde vraag stellen. We besloten om vlak voor de opening op reis te gaan naar een zonnige bestemming. Het zou goed zijn om even vakantie te houden, om de zon op ons gezicht te voelen voordat de media ons het vuur weer na aan de schenen zouden leggen. Sinds de veiling was Petra's ster razendsnel omhooggeschoten aan het firmament van het ontwerperswereldje. En ze hadden de rest van de kostuums nog niet eens gezien. Na de opening zou ze met grote stappen over de catwalk van de modewereld richting succes marcheren.

Katie drong er voorzichtig op aan om Aidan te bellen. Hij maakte zich zorgen, zei ze, maar ik hield voet bij stuk. Ik begon de dingen net weer onder controle te krijgen en werd opgeslokt door mijn werk; het leek me niet het juiste moment voor afleidingen die mijn blik zouden vertroebelen. Hij was terug uit New York, maar ik moest eerst uitvogelen wat ik van de toekomst wilde, voordat we zijn voorstel verder konden bespreken. Ik wist dat mijn gedrag op de avond voordat ik terugging naar Londen infantiel was geweest, maar ik vond dat Aidan veel, misschien zelfs te veel van me had gevraagd. Ik besloot er niet over te piekeren totdat de serie klaar was. Maar toen kreeg ik een handgeschreven brief van Ben – en stortte mijn wereld in.

Lieve Esther,

Hoe gaat 't met je? Voelt het goed om weer van mij verlost te zijn? Ik kan maar niet rustig slapen 's nachts, omdat ik weet dat ik oneerlijk ben geweest tegen iemand die ik zo bewonder, iemand die zelf zo integer is – zowel op het persoonlijke als het kunstzinnige vlak. Daarom voel ik me genoodzaakt om je een bekentenis te schrijven – en een verzoek.

Eerst de bekentenis: ik heb je bekeken, de hele tijd – nou ja, tot aan Aspen, tenminste. Camera's hebben elke beweging van je geregistreerd en niet alleen op het podium of in het Kunsthol. Ik kan nu de film bekijken en de momenten opnieuw beleven, zoals het moment in de studio, toen je me Christina gaf – en dat zo genereuze, onthullende kijkje op Esther Glass, mijn levende meesterwerk. Ik kan je bekijken als Victorine, slecht bij kas, of als de maagdelijke Maria, als de machtige Isabella, zelfs als je verdiept bent in kunst van anderen in de musea van New York, of koffie drinkt met Sonia in een café in de stad. Maar de beelden die ik wil zien, de beelden waarvan ik droom ze terug te kunnen halen, lijken al verloren in de tijd. Ik kan Judith niet uit mijn gedachten krijgen en vraag me onophoudelijk af wat ze die nacht met me heeft uitgespookt, of wat ik met haar heb gedaan. Ik vond je merkteken op mijn lichaam, maar ik denk niet dat ik ooit zal weten hoe je het hebt aangebracht. Een meesterwerk dat haar eigenaar signeert – een vreemde draai aan het einde van het verhaal. Ik herinner me je prachtige huid, die dunne, zilverkleurige lijntjes op je buik toen je Judith's gewaad opensloeg. Waarom wist ik niet dat je een kind hebt gebaard? Wat weet ik nog meer niet over de echte Esther Glass? En waarom is de volgorde van deze herinneringen verdampt, meteen na het moment waarop ze ontstonden?

Dat was de enige keer dat ik je performance bekeek door je eigen lens, niet door mijn camera. Je was geweldig, betoverend – en angstaanjagend. Ik weet dat ik je warme, zachte voeten heb aangeraakt. Maar nu het verzoek: lieve Esther, vertel me alsjeblieft, is er meer gebeurd of zijn die andere beelden in mijn hoofd slechts fantasie?

Nu begrijp ik waarom je het de *Possession*-serie noemde en waarom ik me genoodzaakt zag zoveel geld te betalen voor het genoegen om je als mijn eigendom te hebben. Ik had echter niet verwacht dat ik uiteindelijk degene zou zijn van wie bezit werd genomen.

Ten slotte wil ik je bedanken. Mijn week met jou heeft me een waardevolle les geleerd – namelijk dat kunst het leven nooit kan vervangen. We moeten allemaal omgaan met andere menselijke geesten, om onze eigen geest te kunnen voeden.

Voor altijd de jouwe, mecenas – en vriend
Ben

ps: Je hebt het lijstje nooit afgemaakt. Ik vraag me af in welke vijf bijvoeglijke naamwoorden je je serie zou schetsen.

Ik verfrommelde de brief en gooide 'm in de prullenbak. Mijn wangen gloeiden, mijn hart bonkte in mijn borstkas. Zonder na te denken pakte ik mijn mobieltje en koos Ben's nummer. Het was zeven uur 's ochtends in Londen – in New York zou het twee uur 's nachts zijn, maar dat kon me niet schelen.

Uiteindelijk nam hij op, slaapdronken.

'Waar haal je het lef vandaan om zulke dingen te insinueren... om op basis van wat littekens op mijn huid maar van alles over mij aan te nemen,' gilde ik. 'Je weet niets over mij, niets over mijn verleden en je hebt er al helemaal niets mee te maken.'

Ben klonk uit het veld geslagen. Hij probeerde me te kalmeren, maar ik was te overstuur om naar hem te luisteren. In plaats daarvan schreeuwde ik beledigingen in mijn mobieltje, verbrak de verbinding en zakte toen als een hoopje ellende in elkaar op mijn bed. Terwijl ik snikkend op mijn kussen lag, legde ik mijn hand op mijn buik en liet mijn vingers langzaam over de amper waarneembare lijntjes uit het verre verleden gaan, een verleden waarvoor ik mezelf zo lang had afgesloten. Ondanks al zijn gezoek onder mijn oppervlak en ondanks de jaren dat we elkaar hadden uitgekleed, waren Aidan de lijntjes nooit opgevallen. Ze waren met de tijd zo vervaagd dat zelfs ik ze bijna was vergeten – en waardoor ze waren ontstaan.

Hoe had Ben ze opgemerkt? Ik dacht terug aan de laatste performance, aan hoe ik mijn gewaad recht voor zijn neus opensloeg, onder de felle studiolampen. Op dat moment had hij ingezoomd op mijn lichaam. Ik dacht dat ik het leven van een mythe uitbeeldde, maar in plaats daarvan had ik per ongeluk het grootste geheim van mijn leven, getekend op mijn huid, voor hem onthuld.

Ik probeerde mezelf te kalmeren, na te denken. Ik had dit geheim met alle geweld uit de pers weten te houden, zelfs Ava en Petra – en natuurlijk Aidan – wisten er niets van. Daarom had ik me een jaar lang in een kamertje verscholen, mijn naam veranderd in Emmeline, terwijl ik het kind in me liet groeien en de wereld buiten wachtte tot Esther weer boven water zou komen na haar periode van... ik vroeg me af wat ze hadden gedacht. Depressie? Rouw? Nukken? Wat had Ava gedacht over de afstand die ik schiep, over mijn maanden van eenzame opsluiting, afgezonderd van iedereen die ik kende?

Ik had dit geheim verborgen gehouden voor iedereen die ik kende, had naderhand moedwillig de banden met mijn vrienden uit de Maida Vale-periode doorgesneden – deels omdat ik alleen kon leven met wat was gebeurd door het te verdringen. Realiteit? Ik kon niet al te veel realiteit verdragen. Representatie? Kunst en gekunsteldheid? Vermommingen? Verhalen verzinnen? Iemand anders zijn? Onnodige risico's nemen? Dat was allemaal een stuk gemakkelijker dan onder ogen zien wie ik werkelijk was en verder te leven met wat ik had gedaan.

De telefoon ging weer. Het was Ben, dus nam ik op.

'Esther, het spijt me zo, ik had geen idee...'

Ik voelde me schuldig over mijn uitbarsting: het was niet de schuld van Ben.

'Ik ben degene die zijn excuses moet maken,' zei ik zwakjes. 'Je brief heeft me nogal geschokt. Je hebt een deel van me geraakt dat nog niemand ooit heeft gezien, een geschiedenis waarvan niemand deel uitmaakt. Dat moet zo blijven, het moet geheim blijven, alsjeblieft.'

Hij beloofde erover te zwijgen en nadat hij had opgehangen, streek ik zijn brief weer glad en dwong mezelf zijn woorden te lezen. Het leek erop dat Ben en ik uitersten waren in hetzelfde spectrum van emotionele verlamming. De laatste regels van zijn brief waren een waarschuwing aan mijn adres. Misschien kwam die waarschuwing net op tijd. Net als hij had ik me veel te lang achter kunst verscholen. Het was de hoogste tijd dat ik mijn eigen toekomst in de hand nam, en alle menselijke relaties daarin. Ik moest eigenaar over mezelf worden, over mijn kunst – en, dat was nog het belangrijkste, ik moest greep krijgen op mijn verleden en het als het mijne accepteren.

Ik had de *Possession*-serie gemaakt met één speciaal iemand in gedachten. Zestien jaren waren verstreken sinds mijn tijd in Maida Vale. Er waren zestien jaren van een bepaald leven voorbijgevlogen – van iemand die leefde, ademde, de wereld waar ze op gezet was ontdekte – waarvan ik geen getuige was geweest. Onder de dochters van de revolutie aan wie ik deze serie op wilde dragen, bevond zich één hele speciale: de mijne. Ze was nu oud genoeg om zelf beslissingen over haar toekomst te nemen en om te besluiten of een mogelijke relatie met mij daarin paste. Misschien zou ze besluiten me te zoeken – ik hoopte dat ze me zou vinden. Maar dat zou moeilijker zijn als ik uit Londen zou weggaan. Ik voelde me verplicht om beschikbaar te blijven, dicht bij haar in de buurt. Voorzover ik wist woonde het gezin dat haar had geadopteerd nog steeds in de hoofdstad.

42

Ben's brief ontgrendelde mijn hart en toen ik was gekalmeerd nam ik een taxi naar de galerie. Het was voor het eerst in twee weken dat ik de flat verliet en ik voelde me misselijk en onvast op mijn benen. Aidan zat aan zijn bureau te werken, ik liep zachtjes op zijn kantoor af. Toen hij opkeek, zag ik dat alle vreugde en energie die in New York door zijn lichaam hadden geraasd, waren weggesijpeld. De opgewektheid van Manhattan, de scherpe vouwen die hij daar had geperfectioneerd, begonnen te vervagen.

Hij zag me naderen en glimlachte droevig.

Ik deed de deur zachtjes achter me dicht en liet de jaloezie naar beneden zakken. Toen liep ik zwijgend naar hem toe en ging op zijn schoot zitten. Hij sloeg zijn armen rond mijn middel en ademde in mijn haar.

'Hoe is 't met je, Est?' mompelde hij. 'Ik heb je gemist.'

Voordat ik iets kon zeggen ging zijn telefoon. Even negeerde hij hem, maar het indringende geluid hield niet op. Het was Katie die hem intern belde. Aidan nam zuchtend op, luisterde even en gaf toen de hoorn aan mij.

'Esther, het spijt me dat ik je stoor,' zei Katie, 'maar ik heb John Cressfield aan de lijn. Hij zegt dat 't dringend is. Onder toets twee.'

Ava wist haar momenten wel te kiezen. John's stem klonk ver weg en beverig. 'Ava is ernstig ziek, Esther. We zijn in mijn huis in Frankrijk. Het spijt me, maar ik denk dat je maar beter meteen kunt komen.'

43

Als hij niet het woord 'ernstig' had gebruikt, was ik niet meteen in actie gekomen. Maar ik was al één ouder kwijtgeraakt en het vooruitzicht er nog eentje te verliezen joeg me onverwacht veel angst aan. Ik had het gevoel dat ik moest overgeven en wist niet of dat nu door de turbulentie of door mijn bezorgdheid kwam. Hoewel het een heldere en zonnige dag was, stond er een ongewoon sterke wind; hoog in de lucht danste het vliegtuig de horlepiep. We slingerden over het zuidwesten van Frankrijk en ver beneden ons toverde de zon de brede, kronkelende rivieren tot zilveren linten. Lage heuvels, bespikkeld met lichte huisjes, lagen uitgespreid als een eigentijdse Dürer, gezien vanuit vogelperspectief.

Op het piepkleine vliegveld van Bergerac rookte ik een halve sigaret en kotste daarna in de wc, voordat ik naar buiten strompelde. John hing rond bij een oude Renault, in de verzengende hitte. Naast hem stond een jonge man, zandkleurig haar en met een slordige, verschoten spijkerbroek aan. Ik kon aan zijn rooie kop zien dat John al flink bezopen was. Het was halverwege de middag. Mijn misselijkheid werd erger. De jonge man, die werd voorgesteld als Jacques-de-timmerman, pakte mijn tas, terwijl John me zwaar omhelsde. Het was bourgognedag. Ik rook het niet alleen aan zijn adem, de geur sijpelde als aftershave uit zijn huid.

'Hoe is 't met haar?'

Zijn uitleg over Ava's gezondheidsproblemen over de telefoon was warrig geweest: iets met hartruis, ze was in elkaar gezakt. Ze was thuis, terug uit het ziekenhuis. Ik kon het maar beter zelf gaan bekijken.

We stapten in de auto en begonnen een moeizame reis, anderhalf uur lang in de rammelende roestbak. We beklommen uitputtende hellingen in de eerste versnelling, zoefden zonder motor door scherpe bochten en denderden trillend over steile passen naar beneden. Mijn misselijkheid stak eens te meer de kop op, maar ik wist die te beteugelen met een gesmolten snoepje, plakkend in het papiertje, dat ik op de achterbank vond. Sinds ik uit New York terug was, droeg ik Christina's ring, het cadeau van Dior, maar nu kon ik de ring slechts met moeite van mijn vinger krijgen. Mijn handen waren tijdens de vlucht flink opgezwollen. Ik was hard bezig ziek te worden.

Er werd niet al te veel gezegd, maar ik kwam erachter dat Jacques door John was ingehuurd om boekenkasten te bouwen, bedoeld voor de karrenvracht aan tijdschriften van een van de oude 'kameraden' uit de commune, die nu op weg was uit Londen. Uiteindelijk verwisselden we de hoofdweg voor een landweg en sloegen later een hobbelig pad in, dat zich door een schaduwrijk naaldbos slingerde. De auto pruttelde over een open plek in het bos en kwam tot stilstand voor een oud, afgelegen stenen huis. Een trap voerde naar een lang, overdekt balkon en een massief eiken voordeur op de eerste verdieping.

John kloste omhoog, ik volgde gelaten. De timmerman sjouwde mijn tas naar boven, nam toen afscheid en ging er weer vandoor in zijn auto. Ik keek hoe hij achteruitrijdend verdween en besefte dat ik nu helemaal gestrand was. Het enige overgebleven vervoermiddel was een roestige oude fiets, die als een reumatische teef in de tuin beneden lag. John duwde tegen de deur, die krakend openging. Binnen was het koel en donker, de muren van de kamer witgesausd, een grote open haard. Het eerste wat me opviel was de geur van zaagsel. Toen zag ik Ava, die op de bank lag met een dekentje over haar benen en me een waterig glimlachje zond.

Ik omhelsde haar en voelde hoe tranen in mijn ogen sprongen.

Ze streelde mijn haar en mompelde: 'Lieveling, wat fijn dat je bent gekomen.'

Er klopte iets niet.

Ava was duidelijk verzwakt. Ze bleef de hele avond op de bank liggen, maar bleef vaag over hoe erg haar ziekte was, of over de details ervan. Kennelijk had ze een 'onregelmatige hartslag'. Ze wist de precieze medische terminologie niet, maar had stabiliserende medicijnen gekregen. Het leek dat John en Ava door de taalbarrière moeite hadden gehad de diagnose van de doctoren te begrijpen. Ze liet zich niet uithoren. Ik maakte me zorgen om haar en hoopte dat ze niets terminaals zou blijken te hebben.

De nacht viel als een blinderingsdoek over ons heen en de temperatuur daalde opeens scherp. Het huis voelde koud en zielloos, zonder de zonnestralen die langs de luiken naar binnen slopen. Ik rilde, maar er was geen hout om een haardvuur aan te steken.

Na een tijdje rommelde John wat rond in de keuken en kwam te voorschijn met wat paté, een uitgedroogd stokbrood, een halve camembert en een paar tomaten. En nog een fles wijn. Ava zei dat ze geen honger had, ik voelde me nog steeds misselijk, dus keken we toe terwijl hij zijn eten naar binnen werkte en het wegspoelde met rijkelijke hoeveelheden wijn.

'Wat is nu de echte diagnose?'

John keek me opgelaten aan. Ava was naar bed gegaan en had de tijd genomen om naar de andere kant van de kamer te lopen en de trap omhoog te klimmen, maar had alle hulp onverbiddelijk afgeslagen. Mijn vragen deden hem alleen maar vaker naar de fles grijpen. Ik kreeg de indruk dat – ook hij – nog in een ontkenningsfase zat. Ik ging naar bed, vastbesloten om me de volgende ochtend door de timmerman naar het ziekenhuis te laten rijden. Ik zou zelf met haar arts gaan praten om uit te vinden wat er aan de hand was. Ik maakte me zorgen dat ze geen medicijnen leek te hebben. Ava zag er plotseling oud, broos en hulpeloos uit. Ik nam me voor om al het mogelijke te doen om haar te helpen.

Ik werd wakker door het geluid van gezaag, rolde uit bed en liep de trap af. Jacques was aan 't werk in de huiskamer. Hij glimlachte naar me en ging verder met het schaven van een plank. Het was een ambitieus project: er moesten planken langs alle muren van de kamer komen; hij maakte die zorgvuldig op maat. De zon scheen door de open ramen naar binnen en ik keek naar buiten. Het bos omsloot ons aan alle kanten, maar het gras van de open plek was nog steeds groen van de winterregens. De stilte was me nog niet eerder opgevallen, noch de zoete geur van naaldbomen en wilde bloemen in de lucht. Het was een sprookjesachtige plek – maar de schoonheid ging vergezeld van iets ongrijpbaars en verontrustends, alsof er een rondzwervend roofdier op de loer lag. We waren kilometers verwijderd van wie of wat dan ook.

In de geïmproviseerde keuken zette ik een pot thee van een paar lepels uitgedroogde theebladeren. Er zat bijna geen eten in de koelkast, maar de wijnrekken waren goed gevuld. Ik schonk een kopje thee in en ging in de woonkamer op het randje van de bank zitten. Ik had niet meer dan mijn middelbare school-Frans; met Guy was het niet nodig geweest de taal te spreken.

'*Je veux aller à l'hôpital,*' zei ik onbeholpen.

Jacques hield op met zagen en keek me bezorgd aan. '*Vous êtes malade, mademoiselle?*'

Ik schudde heftig mijn hoofd en wees naar boven. '*Ma mère, Ava. Je voudrais voir le médecin.*'

Hij bleef me aankijken, vol twijfel. Ik deed mijn uiterste best maar vreemd genoeg leek hij nog steeds niet te begrijpen wat ik hem wilde zeggen. Net op het moment dat ik mijn geduld dreigde te verliezen, begon er licht te dagen in zijn groene ogen.

Hij haalde omstandig zijn schouders op, iets wat me even aan Guy deed denken, legde toen in verbazingwekkend goed Engels uit: 'Ik wist niet dat je moeder ziek was. Sinds ik hier ben, gaat het goed met haar. Geen dokters, geen '*opital.*'

Nu was ik degene die het niet meer wist. Ik vroeg hoe lang hij al aan het werk was in het huis.

'Drie weken,' zei hij geruststellend. 'Ze is heel gezond geweest. De '*ele* tijd.'

Geen enkel moment van *maladie*? Ik nipte van mijn thee en dacht na. Was het mogelijk dat al de dramatische gebeurtenissen langs hem heen waren gegaan? Gegeven het feit dat John en Ava geen auto hadden leek me dat moeilijk voor te stellen.

'Ik heb foto's van je gezien in de *journaux*,' doorbrak hij mijn concentratie, schaapachtig grijnzend. Hij wees naar een stapel kranten en tijdschriften op een tafeltje in een hoek, afgedekt met een telefoonboek. Ik haalde de stapel te voorschijn: een overvloed aan krantenknipsels. Zelfs hier had Ava haar vinger aan de pols gehouden. Het laatste knipsel, uit *Paris Match*, dateerde van twee dagen geleden. De afgelopen maand in Londen had ik de pers doelbewust genegeerd. Maar nu voelde ik me genoodzaakt om alle verhalen woord voor woord te lezen, alsof ik op andermans dagboek was gestuit, opengeslagen op een pagina doorspekt met mijn naam. Ik pakte de hele stapel, ging in de ochtendzon op het balkon zitten en las alle verhalen, een voor een. Het waren er minstens vijftig. Ze had ze zorgvuldig gemarkeerd met een rode pen, meningen onderstreept die over mijn waarde of die van de veiling gingen. Ik voelde me ongemakkelijk bij het zien van dit intense, nauwkeurige onderzoek; het deed me denken aan die avond in New York, toen ik de knipsels over Ben doorspitte. Nu het om mij ging, was ik geschokt hoe ver de broodschrijvers waren gegaan om mijn reputatie te beschadigen.

In de eerste weken na mijn terugkomst hadden ze zich op mijn liefdesleven gestort, op de zogenaamde affaires met Aidan, Ben en Guy. Ze boorden me de grond in omdat ik seksueel afwijkend gedrag vertoonde, omdat ik er een immorele en hebzuchtige driehoeksverhouding op nahield. De artikelen stelden min of meer dat ik een duurbetaalde hoer was, een hedendaagse *Olympia*. Ze hadden beeldmateriaal van mijn performance als Victorine afgedrukt om mijn losbandige gedrag te illustreren. De foto's zagen er clandestien uit, alsof ze door een slaapkamerraam waren genomen. Hoe hadden ze die foto's in hun bezit gekregen? Ik kon me niet voorstellen dat *Vanity Fair* hun een rolletje had verkocht, tegen welke prijs dan ook.

Daarna had de pers zich vastgebeten in het stuklopen van mijn relatie met Aidan, zowel privé als zakelijk. Verhaal na verhaal ging over hoe mijn verkoop van tevoren was bekokstoofd, over een grotere overeenkomst en het publiek, dat zand in de ogen werd gestrooid. In één stuk werd zelfs de term 'Esthergate' gebruikt.

Iemand van binnenuit moet die verhalen hebben gelekt – iemand die er duidelijk op uit was om mij te ondermijnen. En de persmuskieten deden de grootste moeite om te zorgen dat hij of zij daarin zou slagen. Maar wie? En waarom? Verdiende ik werkelijk zoveel minachting? Ik voelde me opnieuw misselijk worden. Ik wist niet zeker of ik deze karaktermoord wel zou overleven. Ik had de hele tijd gedacht dat mijn kunst de moeite van het risico waard was. Maar de pers zag de veiling alleen maar als een flauwe publiciteitsstunt, mijn verkoop als niets anders dan een in scène gezette gebeurtenis, hoe uitputtend Ben het ook had ontkend – zelfs met een formele bekendmaking in *The Washington Post*. Daarin ontkende hij ook dat we iets hadden gehad, tijdens mijn week als zijn eigendom.

Toen stuitte ik op een knipseltje uit de *Clarion*. Het was het enige knipsel dat Ava tweemaal had omcirkeld.

Esther Glass gaat er dan misschien prat op alles over zichzelf te onthullen, maar de *Clarion* kan nu bekendmaken dat ze niet altijd zo gebrand is geweest op de aandacht van de pers voor haar privé-leven. Herinnert u zich de lichtzinnige tekeningen nog, die we vorige week te koop aanboden? Nou, die heeft ze gemaakt als tiener – werkelijk een wonderkind! Kort daarna verliet ze de hippiecommune, verhuisde naar een kamertje in Londen en veranderde haar naam in Emmeline Glass. Wat probeerde ze te verbergen? Het gerucht gaat dat er een baby op komst was en dat Esther niet wilde dat de vader er lucht van zou krijgen. Maar ook vaders hebben rechten en in dit geval wil de vader er wel het fijne van weten. Dus vooruit Esther, wanneer ga je ons vertellen hoe het zit?

Ik smeet de krant neer, vloog het huis binnen en rende omhoog naar de kamer van mijn moeder. Ava lag nog te slapen, ze zag er klein en kwetsbaar uit, zo roerloos liggend op haar zij. Ik gooide met veel kabaal de luiken open en ze sloeg één ooglid op, al snel gevolgd door het andere. In het daglicht viel me op dat ze al een aardig kleurtje had, dat het wit van haar ogen er fris en gezond uitzag.

'Ik wilde Jacques vragen om me naar het ziekenhuis te brengen, om met je arts te overleggen,' zei ik.

Ava bekeek me waakzaam, ging rechtop zitten en streek nerveus de beddensprei glad.

'Maar,' ik deed mijn best niet te schreeuwen, kreeg zin om haar vast te pakken en eens goed door elkaar te rammelen, 'hij vertelde me dat je helemaal niet ziek bent geweest, nog geen moment. Geen bezoekjes aan het ziekenhuis. Geen zwak hart.'

Ze deed geen pogingen het te ontkennen, leek zich bij mijn woede neer te leggen maar weigerde om iets te zeggen. Ze leunde slechts achterover in de kussens en keek me aan.

'Dus, wat doe ik hier in godsnaam? Ik heb nog maar drie weken, dan is de opening van mijn tentoonstelling. En jij vindt het een goed idee om mij naar dit hutje op de hei te halen? Ongelooflijk!'

'Esther, kom eens even bij me zitten.'

'Nee, ik ben woedend,' schreeuwde ik, als een nukkige puber. Hoe lukte het haar toch om dit gedrag in me los te maken? Ik stampte de kamer uit en ging weer naar beneden.

'Ik wil dat je me naar het vliegveld brengt,' zei ik tegen Jacques.

Hij keek verontschuldigend op van zijn zaag. 'De auto is kapot,' zei hij. 'Ik heb alleen mijn *moto*.'

Ik kreeg het afwisselend warm en koud, ging naar de wc en gaf weer over.

Ik had geen idee waar ik heen ging, maar toen ik eenmaal was vertrokken kon ik niet meer ophouden. Eerst liep ik het onverharde pad op, toen over een uitgesleten voetpad door het zielloze naaldbos, met bomen die de dorre grond het licht ontzegden en uitdroogden. Eerst wandelde ik tussen de bomen, maar daarna over golvende heuvels bedekt met kleine eiken, hun wortels als oeroude klauwen, uitgeslagen in de scherven kalksteen waarmee de grond bezaaid lag. Stroompjes vochten zich tussen de rotsblokken door een weg naar beneden, nog een maand en hun beddingen zouden stoffig en droog zijn. Ik dacht niet na, liep alleen maar, concentreerde me op mijn ademhaling en de bewegingen van mijn voeten op de hobbelige ondergrond. Ik had geen oog voor het uitzicht, maar zoog de stilte in me op.

Na twee of drie uur verscheen een torentje van een kerk aan de horizon. Ik besloot erheen te lopen. Maar het was verder weg dan ik had verwacht en tegen de tijd dat ik de eerste huizen van het kleine dorp had bereikt, was alweer minstens een uur verstreken. Op dat moment waren mijn benen moe, mijn mond kurkdroog. 'Monde ancien' stond te lezen op een handgeschilderd bordje, dat als een losse tand aan een stang bungelde. Ik liep verder, langs een paar nederige huisjes, niet hoger dan één verdieping. Ik kwam niemand tegen. Een paar honden blaften lui naar me, krabden hun lendenen en hielden toen weer op. Ten slotte kwam ik bij de kerk. Net als de huisjes was de kerk gemaakt van lichte kalksteen en had een smalle torenspits die omhoog priemde in de blauwe lucht.

De deur stond open, dus ging ik naar binnen. De lucht in de kerk was bezwangerd met wierook. Ik ging op een koude kerkbank achter in de kerk zitten en wachtte tot mijn ogen aan de schemer waren gewend. Het was maar een kleine kapel – een groot contrast met de laatste kerk waar ik binnen was geweest, St. Mark's in Manhattan. De kapel was versierd met vergulde ornamenten en iconen van Onze Lieve Vrouwe. Haar aanwezigheid had onmiddellijk een kalmerende uitwerking op me; het was als het weerzien van een oude vriendin. Naast het altaar stond een beeld van Maria met het kindje Jezus in haar armen en een gelukzalige gloed over haar overdadig beschilderde gezicht. Er stond een gouden kroon op haar gevlochten haar en ze droeg blauwe en roze gewaden.

Ik liep het middenpad af tot ze pal voor me stond, keek toen omhoog naar haar gezicht. De Maagd had poppenogen, groen als erwten, die recht door me heen keken. Was ik werkelijk haar aandacht niet waard? Er stond een kleine doopvont naast de voorste kerkbanken. Ik doopte mijn vinger erin. Het water was ijskoud. Ik liet het langs mijn vingers druipen, kijkend naar haar, liet toen wat druppels op mijn tong vallen. Het smaakte verschaald en muf.

Het roosvenster boven het altaar was zwaar en donker; een patroon van doffe rode, groene en blauwe vlekken viel op de kansel. Kaarsen verlichtten de ruimte naast de kerkbanken. Ik voelde in mijn zakken, maar vond maar een paar centen. Ik ruilde ze voor een kaars. Ik wilde de lont net bij een brandende kaars houden, maar aarzelde toen. Voor wie brandde ik mijn kaars? Mijn zeven vrouwen schoten door mijn gedachten, maar ik wees ze stuk voor stuk van de hand. Toen kwamen de gezichten van Aidan, Ben en uiteindelijk Ava voor mijn geestesoog, maar ook hen wees ik af. En toen, voor het eerst in al die jaren, liet ik eindelijk de herinnering aan Jasmine May Glass toe.

Wist ze wie ik was? En zo ja, wat vond ze dan van mij? Was ze net als al die andere tienermeisjes druk bezig haar diepste gedachten op haar prachtige, jonge huidje te schilderen? En maakte ze zich daardoor niet juist kwetsbaarder, een slachtoffer van de roofzuchtige ogen en dagdromen van puberjongens, of misschien zelfs van nog gevaarlijker roofdieren? Had mijn waaghalzerij, het voorbeeld dat ik had gegeven, er niet voor gezorgd dat zij minder veilig was?

Het kwam natuurlijk door haar dat ik de reactie van het publiek op *The Painted Nude* zo angstaanjagend had gevonden. Het kwam door haar dat ik creatief zo verlamd was geraakt. En het kwam doordat zij zo onlosmakelijk met Kenny, met die dag, die tekening was verbonden, dat het opnieuw opduiken ervan me zo met afschuw had vervuld. En dus had ik besloten de *Possession*-serie te maken.

Ik wilde haar duidelijk zien te maken dat ze een waarde had, een grotere en hogere waarde dan haar kennismaking met jongens, met seks, met het patriarchaat, zou suggereren. Ik kon haar niet direct aanspreken, maar misschien, heel misschien zou ze – als ze mijn werk zou kennen – door mijn kunst iets van haar eigen waarde herkennen. Het was een kleine kans, maar de enige die ik had. In de afgelopen week was ze jarig geweest, voor de zestiende keer. Ze was nu oud genoeg om me op te sporen als ze dat al wilde. Ik wist dat ik afstand had gedaan van mijn rechten op het moment dat ik de papieren voor de adoptie tekende, maar ik wilde dat ze wist dat ik er voor haar was, mocht ze me ooit nodig hebben. Dus moest ik iets ondernemen om haar aan te moedigen te voorschijn te komen en me op te zoeken. Ik rilde van de kou toen mijn bevende hand een kaars aanstak en het abstracte, afwezige zelf van mijn dochter door me heen vloeide, zich in alle lege plekken nestelde en me vulde met de warmte van haar levende, pulserende wezen.

Ik keek weer omhoog naar de Madonna met haar kind. Waar zou Jasmine nu zijn? Ik wist zelfs niet hoe ze eruitzag, of hoe ze tegenwoordig werd genoemd. Misschien hadden haar ouders haar een andere naam gegeven, al op het moment dat ze het ziekenhuis hadden verlaten. Ik werd opeens overmand door verdriet. Wat had ik in hemelsnaam gedaan? Hoe had ik haar ooit af kunnen staan? Ik knielde voor het altaar en vouwde mijn handen. Ik keek omhoog naar de Madonna. De mensen hadden haar altijd gemaakt tot wat hun het beste uitkwam: ze hadden de belangrijkste kernwaarde van Maria genomen en die aangewend voor hun emotionele behoeften. Nu had ik vergeving nodig. Ik sloot mijn ogen en bad tot haar voor vergiffenis.

44

'Baby Glass', had ze met blauwe balpen op het polsbandje geschreven, voordat ze het voorzichtig aantrok om haar pasgeboren huid.

'Ze heet Jasmine May,' fluisterde ik. De zuster knikte vriendelijk en gaf klopjes op mijn hand.

De laatste zes weken van mijn zwangerschap was mijn kamertje gevuld met de zware geur van witte bloemetjes, die door de deur van mijn balkonnetje naar binnen stroomde. Ahmed, Clara en George, mijn vrienden in het huis, hadden me als rotsen in de branding ondersteund toen mijn buik boller werd en mijn kind acrobatiek oefende in mijn baarmoeder. Ik was zelf amper meer dan een kind, maar mijn lichaam wist instinctief wat het moest doen. Met haar in me bloeide ik op, met alle gezondheid en natuurlijke gave die me door mijn jeugd werd geschonken.

Jasmine kwam ter wereld onder een met sterren gevulde hemel, in het holst van een vroege zomernacht – het was de eerste dag van mei. Ze gleed heel gemakkelijk uit me, mijn lichaam opende zich en presenteerde haar als een geschenk uit de hemel, volmaakt en onbekommerd, glanzend en nieuw, klaar om aan haar kandidaat-ouders gegeven te worden, die bezorgd wachtten op de gang. Ze had een glad, ovaal hoofdje, sterke ledematen en een natte, maar heel herkenbare bos zoethoutkleurig Kennyhaar. Haar ogen hield ze stijf dichtgeknepen voor mij en de rest van de wereld, maar haar vingers kneep ze tot kleine vuistjes, die ze strak tegen haar borst klemde. Ze beefde en knorde en een paar minuten na de geboorte begon ze langs mijn lichaam omhoog te klauteren, op zoek naar de voeding uit mijn borsten. Het was op dat moment dat ik hun vroeg haar bij me weg te halen.

45

Buiten het kapelletje vond ik een kraan en dronk gulzig van het water. Ik voelde me slap, had niets meer gegeten na het overgeven van die ochtend. Ik moest iets eten, maar er was niets te vinden. Dus ging ik op weg terug naar het huis. Het duister omsloot me terwijl ik me door het bos haastte. Ik voelde een irrationele angst, alsof ik Roodkapje was, vluchtend voor de wolf. Mijn pas versnelde zich tot ik uiteindelijk rende, chaotisch en hysterisch door het bos stampte. Toen ik terugkwam bij het huis was het aardedonker. De ongewone hitte van de dag had plaatsgemaakt voor een snijdende kou. Het was immers nog pas mei. Het weer was grillig en veranderlijk.

Ava stond op het balkon, bij het schijnsel van één enkele lantaarn. Ze zag er verloren uit, had een grote marineblauwe sjaal omgeslagen. Ik liep de trap omhoog om haar te begroeten, ze strekte in stilte haar armen naar me uit. Plotseling herinnerde ik me de ochtend na de begrafenis van Simeon, op de folly. We waren weer terug bij af. Ik omhelsde haar met tegenzin, voelde me uitgeput en ontheemd. Het was al te laat voor het eten, maar ze dwong me een kop soep te nemen. John was nog steeds weg, ik vroeg niet waar hij uithing. Ook Jacques was vertrokken. Meteen na de soep ging ik naar bed.

Ik viel in slaap, de geur van Jasmine sijpelde door in mijn zintuigen.

Toen ik weer wakker werd voelde ik me nog steeds beroerd, maar bovendien flink gedeprimeerd. Al mijn ledematen deden zeer van het rennen. Ik ging naar beneden en trof Ava aan, die koffie zette. De geur daarvan maakte me nog misselijker. Ik nam een kopje kruidenthee en at een stuk droog brood met aardbeienjam, en daarna nog een stukje. Toen ik weer op krachten was gekomen ging ik naast haar op het balkon zitten.

'Is het waar wat ze zeggen?'

Ik keek over de rand van mijn theekopje naar Ava. 'Er is niets gebeurd tussen Ben en mij,' zei ik vlak.

'Dat bedoelde ik niet.'

Ik haalde mijn schouders op. Ik wist wat ze wilde weten, maar mijn lippen weigerden dienst.

Ze keek bezorgd. 'Wat ga je nu doen?'

Ik keek uit over het grasveld, liet mijn verbeelding over de donkere, kronkelende paden van het bos lopen. De emotionele intimiteit tussen ons was vervlogen sinds de dag dat ze had gezegd dat ik de baby weg moest laten halen. Ik had haar nog steeds niet vergeven dat ze me zo compleet verkeerd had begrepen. Natuurlijk was het al lang geleden, maar ik kon niet anders dan haar de schuld geven van onze verwijdering. Ze was zo overtuigd geweest dat ik mijn onafhankelijkheid moest grijpen – en gegrepen had ik die, volledig, met beide handen. Ze had niet verwacht dat de consequentie ervan het verbreken van de band tussen ons zou zijn.

'Ik wilde dat je alles zou hebben.'

Ze had een onnavolgbaar vermogen om mijn gedachten te lezen.

'Misschien was de prijs te hoog,' zei ik.

Ava antwoordde niet.

'Het spijt me als je vindt dat je experiment niet is geslaagd.'

Ze leek oprecht verbaasd. 'Experiment?'

'Waren we dat dan niet, als kinderen van jullie revolutie?'

Ze glimlachte bedroefd. 'Misschien is je obsessie met jezelf wel aan ons te wijten.'

Ik voelde hoe de spieren in mijn keel samentrokken. Ze zag mijn opvoeding nog steeds als een collectieve verantwoordelijkheid. 'Ava, in mijn werk gaat het vooral om de obsessie die de maatschappij met zichzelf heeft, niet om mijn eigen obsessies. Zie je dat dan niet?'

Ze knikte veelbetekenend. 'Ik zie veel dingen, net als jij overigens, Esther. Het enige wat ik niet zie is mijn dochter.'

Ze was nooit te beroerd voor wat melodrama.

'Waarom moet je alles op dit moment oprakelen?' vroeg ik.

Ze keek me recht in de ogen, bevroor me met haar stalen blik. 'Omdat ik me zorgen maak om jou, Esther. En omdat ik je wil helpen.'

Ik lachte luidkeels. 'Ik dacht dat ik op eigen benen moest leren staan.'

'Dat heb ik geprobeerd je bij te brengen, ja. En daarom is het des te ironischer dat je je hebt verscholen achter een miljoen identiteiten en op de koop toe afhankelijk bent geworden van mannen – zowel seksueel als financieel.'

Voordat ik de kans kreeg te antwoorden vulde de lucht zich met het geluid van een motorfiets: we werden gered van elkaar door de timmerman. Voorlopig, tenminste.

Omdat mijn mobieltje geen bereik had en er in het huis geen telefoon was, smeekte ik Jacques om mij na de lunch naar het dorp te rijden, waar ik het vliegveld kon bellen om een vlucht naar huis te boeken. Ik weet niet of hij met mijn moeder onder één hoedje speelde, maar hij weigerde het, deze keer met het excuus dat hij geen extra helm had. Hij beloofde er eentje mee te nemen, de volgende dag. Dus moest ik nog eens 24 uur stukslaan. Het was gloeiend heet, maar ik voelde me nog steeds ziek. Misschien had ik gisteren kougevat. Dus ging ik maar weer naar bed. Dat was tenminste één manier om het volgende openhartige gesprek met mijn moeder te ontlopen.

Toen ik wakker werd was ze weg, evenals de motor van Jacques.

'Je moeder is naar de markt,' zei hij grijnzend.

Waarom had ik dat niet zelf bedacht? Ik bracht de tijd door met het lezen van de krantenknipsels. Ik moest de media een koekje van eigen deeg geven. Noch over mij, noch over mijn vrouwen zou zo denigrerend geschreven mogen worden, noch mochten wij zo gereduceerd worden tot platte symbolen van wellust. We waren stuk voor stuk meer waard dan dat. Ik moest een manier vinden om de serie af te sluiten, voor hen allemaal, voor mij en voor Jasmine.

Het werd alweer donker toen Ava terugkwam met afgeladen zijtassen. John had zich nog niet vertoond en ik was niet van plan te vragen waar hij uithing. Het kon me niet schelen. Ava deed gespeeld opgewekt, negeerde mijn norsheid en babbelde in overdreven geschoold Frans tegen Jacques – over de markt, de prachtige groenten, de lage prijzen. Ze probeerde hem over te halen om te blijven eten, maar hij excuseerde zich en tot mijn spijt pruttelde hij er al snel vandoor en liet ons weer aan elkaar over.

Ava had het stadje bijna letterlijk leeggekocht: ze had asperges, gekonfijte eend, wilde aardbeitjes en een koppige plaatselijke rode wijn meegenomen. Ze dekte de tafel met een lichtblauw tafelkleed en stak wat kaarsen aan. Ik begreep dat er niet aan te ontkomen was maar bleef mokken. John logeerde een paar dagen bij een vriend in Cahors, vertelde ze, 'om ons de ruimte te geven'. Mijn gezicht betrok bij het vooruitzicht. Ik had me voorgenomen om de volgende ochtend te vertrekken, zelfs al moest ik naar het stadje lopen en de hulp van een bewoner inroepen.

Halverwege het avondeten legde Ava, zoals verwacht, opeens haar mes en vork neer. Ik wist wel dat we niet samen konden eten zonder op het onderwerp terug te komen. Maar tot mijn verbazing klonk ze verontschuldigend.

'Het spijt me, Esther,' begon ze vriendelijk. 'Ik heb je eerder te hard veroordeeld.'

'Ik lig niet in puin, hoor,' zei ik koeltjes.

'Ik denk gewoon dat je jezelf niet genoeg op waarde schat. Je werk doet je tekort.'

'Hoezo?' Ik begreep niet wat ze bedoelde.

'Je verschuilt je achter andere identiteiten. Die zijn minder waardevol dan wie je werkelijk bent.'

Op dit punt kon ik haar tenminste corrigeren. 'Maar het zijn meesterwerken deze keer, Ava. Hoe kunnen die in hemelsnaam minder waard zijn dan ik?'

'Ik heb het niet over geld. Ze zijn minder waard omdat ze dood zijn, Esther, snap je dat dan niet?'

Ik zweeg. We raakten de essentie van de zaak: esthetische waarde boven de werkelijke waarde. Welke was hoger? Ik wist waarin ik geloofde. Dat dacht ik tenminste.

'Waarom laat je de waarde van je kunst prevaleren over de waarde van je eigen leven? Of is dat alleen maar een ontsnappingsmechanisme?'

Ze was weer bezig achteraf haar gelijk te halen, bezig mijn gedachtewereld te ontleden – en dat lukte aardig, maar ze had het bij het verkeerde eind.

'Ontsnappen, waaraan?'

'Kijk maar eens goed naar jezelf, Esther. Naar wie je bent en wat je wilt.'

'Dat doet er niet toe.'

Ava keek me taxerend aan. Ze zag er oprecht verdrietig uit. 'Het doet er meer toe dan wat dan ook. Je kunt geen rolmodel zijn voor anderen als je niet weet wie je bent en wat je voor jezelf wilt hebben. En op termijn verkwansel je ook de waarde van de vrouwen voor wie je staat, als je alleen maar terugkijkt. Je moet laten zien hoe je de toekomst ziet, in het belang van alle vrouwen die nu leven en degenen die na je komen.'

Ik dacht terug aan het begin van het project, hoe ik had gezegd dat ik de kinderen van mijn eigen idiosyncratische revolutie, de dochters die me bewonderden – mijn eigen dochter in feite – iets wilde leren over de waarde van kunst en de waarde van vrouwen. Ik vond het vreselijk om het toe te moeten geven, maar Ava had een punt. Maar ik worstelde met het laatste deel van mijn vergelijking. Ik begreep de waarde van de kunst, van de echte vrouwen in de meesterwerken: ze waren inmiddels allemaal persoonlijke heldinnen van me geworden en ik dacht dat het mij, door hen kortstondig weer tot leven te wekken, was gelukt om iets van hun werkelijke waarde bloot te leggen. Maar wat mijn eigen waarde betrof? De toekomstige levens van vrouwen? Hier waren minder zekerheden te vinden, dat was waar. Ik had mezelf nooit echt vergeven voor wat ik al die jaren geleden had gedaan. In plaats daarvan had ik weinig oog gehad voor wie ik was, maakte nieuwe kostuums om mezelf opnieuw te definiëren en vermeed daarmee dat ik te diep in mezelf moest graven. Ik vroeg me af wat Ava van het artikel in de *Clarion* vond. Ik vroeg me af of ze het wist.

'Het moest zo zijn, Esther, anders hadden we geen plek voor onszelf op kunnen eisen. En je mag jezelf gelukkig prijzen dat je die ruimte nu hebt. Maar het betekent niet dat er echte gelijkheid is. Je staat nog steeds op de drempel.'

Whistler's beeld van Frances Leyland die over haar schouder achteromkijkt schoot even door mijn gedachten. 'Ik maak geen feministische kunst. Het feminisme is hooguit een achtergrond.'

'Maar Esther, of je jezelf nu een feministe noemt of niet, je blijft een vrouw. Je worstelt met dezelfde problemen van waarde en eigendom als elke andere vrouw. Als dat niet zo was, was je niet aan zo'n gewaagd en moedig project begonnen.'

Haar loftuitingen verrasten me. 'Gewaagd?'

Ze keek me zwijgend aan, met een blik waarin zo'n diepe genegenheid lag dat ik me niet kon herinneren wanneer ik die voor 't laatst had gezien. 'Ik ben zo trots op wat je hebt gedaan. Maar laat de media, de mannen in je leven het niet kapotmaken. Zorg dat het een succes wordt, zorg dat het iets wordt waar je verder mee kunt.'

'Ik begrijp niet waarom ze zoveel moeite doen om me onderuit te halen. Ik wilde alleen maar de kern van de zaak blootleggen.'

Ze lachte. 'Daar heb je gelijk al het antwoord op je vraag. Je bent op de barricaden geklommen en uit pure vrekkigheid zullen ze hun best doen om je kapot te maken. Jouw waarde is hoger dan die van hen en daar willen ze iets van terugkapen. Maar uiteindelijk zijn zij degenen die je ondergang zullen beklagen, dat is het idiote ervan.'

'Ik weet niet hoe ik verder moet gaan,' zei ik.

'Om te beginnen moet je maar eens goed uitrusten,' zei ze. 'Vooruit, naar bed.'

Ze had gelijk. Ik was erg moe. Die misselijkheid zoog op een of andere manier al mijn kracht uit me. Maar de storm tussen ons was gaan liggen, het was goed om zo'n gesprek te hebben, het was al jaren geleden. Het was misschien nog maar het begin, maar we waren tenminste begonnen. Maar op dit moment moest ik gaan slapen, ik had geen keuze.

Ava glimlachte vriendelijk. 'Ga maar naar bed,' drong ze aan. 'Ik begrijp het wel.'

Ze legde een koude lap in mijn nek, terwijl ik gal uitbraakte.

'Hoeveel weken ben je heen?' vroeg ze.

Ik keek haar vragend aan.

'Ik was er net zo aan toe, met jou,' ging ze verder. ''s Ochtends, 's middags en 's nachts.'

Met haar woorden begon het me te dagen en viel de specifieke herinnering van de smaak diep achter op mijn gehemelte op z'n plaats. Het was weer zover. En ik wist dat ze gelijk had.

'Heb je gelezen over mijn zwangerschap?' vroeg ik.

Ze antwoordde niet.

'Ik bedoel de vorige, toen ik zestien was?'

Ava sloeg haar arm om mijn middel en ik keek haar aan. Ik zag hoe haar ogen volliepen met tranen. Ze kon niets uitbrengen en haar schouders begonnen te schudden.

Er zat niets anders op dan in bed te blijven. Ik kon me gewoon niet meer bewegen. Ik voelde me letterlijk overgenomen door de kleine, nieuwe foetus die in me groeide. Ava probeerde me zes keer per dag met hapjes tot eten te verleiden. Elke keer trok het idee me aan, maar stootte de werkelijkheid me af. Mijn maag kwam in opstand, mijn ledematen deden pijn.

Naarmate de week verstreek, vertelde ik Ava stukje bij beetje over Jasmine, over mijn beslissing haar niet weg te laten halen en hoe depressief ik was geworden toen ik haar eenmaal had afgestaan. Ava luisterde serieus, zonder te veroordelen of commentaar te leveren, waardoor ik de kans kreeg het verhaal dat ik zo lang verborgen had gehouden eindelijk op mijn eigen manier te vertellen.

Zes dagen gingen zo voorbij. En op de zevende werd ik wakker met het vreemde gevoel dat zich iets in mij had genesteld; en met de kracht om een besluit te nemen. Ik zou Jasmine schrijven. Ik moest haar laten weten dat ik er voor haar was, als ze dat wilde. Iedere dag werd het gemakkelijker om positief over haar te denken – ten dele misschien omdat Jasmine, door met Ava over haar te praten, tastbaarder was geworden in mijn gedachten en misschien ook omdat mijn nieuwe zwangerschap de herinneringen aan de laatste scherper naar boven haalde. Ik kon geen beslissing nemen over mijn toekomst tot ik wist of Jasmine me wel of niet nodig had.

Ik ging in mijn kamer aan een tafeltje zitten en keek uit over het grasveld, toen verder, naar de bosrand. De zon won aan sterkte naarmate de dag verstreek. Ava kwam terug van haar ochtendwandeling, sprokkelhout in haar armen. Ze zag er oud en vermoeid uit, losstaand van het landschap dat haar omringde. Ik vroeg me af of we nog tijd hadden om weer vertrouwen in elkaar te krijgen, of onze relatie nog een derde fase zou beleven, gebaseerd op wederzijds begrip en een gedeelde aandacht en interesse in mijn kinderen, haar kleinkinderen.

Ik pakte mijn pen.

Lieve Jasmine,

Het is moeilijk deze brief te schrijven, maar ongetwijfeld nog moeilijker om hem te moeten ontvangen. Ik heet Esther en ik ben je biologische moeder. Ik weet niet hoeveel je weet over je adoptie of over wie je echte ouders zijn en ik weet ook niet of je dat wel wílt weten. Maar nu je zestien bent voel ik me genoodzaakt om contact met je op te nemen en je te vertellen dat ik van je hou. En dat ik, als je je ooit eenzaam voelt, of meer te weten wilt komen over het verleden waaruit je bent ontstaan, er altijd voor je wil zijn.

Misschien wil je me niet ontmoeten, voel je je al gelukkig en compleet in je eigen wereld, met je moeder en vader en het leven dat ze je gegeven hebben, en is er geen plaats voor mij daarin. Als dat zo is, zal ik dat begrijpen en moet ik blij zijn dat ze al je verlangens hebben vervuld.

Toen jij geboren werd was ik een eenzaam, zestienjarig meisje dat zojuist haar vader had verloren. Ik was erg verward en werd overstelpt door mijn onverwachte toestand. Je biologische vader was mijn eerste vriendje: een prachtige, brutale jongen met wilde ogen en een rusteloze geest, die ik niet kon temmen. Toen ik erachter kwam dat ik zwanger was, was hij al uit mijn leven weggevlogen.

Maar alsjeblieft, geloof me als ik zeg dat ik er met mijn hele hart van hield om je in me te dragen en dat ik je niet wilde laten gaan. Maar ik zag geen enkele andere mogelijkheid. Ik heb aan je gedacht, elke dag sinds je geboren bent en heb me eindeloos afgevraagd hoe je leven eruitziet, of je gelukkig bent, hoe je jezelf en je eigen identiteit ziet.

Bel me, of schrijf me, als en wanneer je daar klaar voor bent.

Met al mijn liefde,
Esther

Rond het middaguur liep ik naar beneden, ging opgekruld op de bank liggen en keek naar Jacques' vaardige handen die aan het werk waren. In de tussenliggende dagen, onderbroken door boodschappen die hij voor ons deed, had hij zijn karwei bijna afgerond. Hij smeerde olie in het hout met een doek, die hij zachtjes met zijn onbevlekte handen vasthield. Hij leek zo vredig als hij aan het werk was. Ik bekeek hem en begreep waarom. Er zat een grote eenvoud in zijn handelingen en hij genoot van de kleinste dingen: de kleur en de nerfstructuur van het hout, het perfecte evenwicht van zijn ontwerp. Het was een ambacht dat hij zich meester had gemaakt en dat zijn geest bevredigde.

Toen hij zijn gereedschap neerlegde voor de lunch, sprongen mijn gedachten weer naar een ander onderwerp.

Het was noodzakelijk dat ik terugging naar Londen. Ik had nog maar vijftien dagen voor de opening van de tentoonstelling en ik moest de *Possession*-serie nog afmaken. Maar eerst moest ik nog iemand opzoeken. Dringend. Ik moest nog één laatste keer afreizen naar Parijs.

46

Ze is beroemder dan welk ander schilderij van een vrouw dan ook – en dat was precies waarom ik haar niet voor mijn serie had gekozen. Het leek te voorspelbaar, op audiëntie bij de *Mona Lisa* te gaan. Toch, hoe ik het ook wendde of keerde, leidde elke penseelstreek in de *Possession*-serie haar gezicht. Elk van mijn onderwerpen leek wel een link te hebben met Leonardo da Vinci's meesterwerk. Ik had eerder nooit begrepen waarom ze zo essentieel was voor de geschiedenis van de kunst, waarom ze zo beroemd was en geroemd werd, waarom ze onbetaalbaar was. Ik had haar reputatie – evenals de mijne – geweten aan opgeblazen waardering en mediahype.

De door mij geselecteerde portretten benadrukten allemaal één uniek aspect van vrouwelijkheid, terwijl ik nu inzag dat de *Mona Lisa* ze moeiteloos allemaal omspande: schoonheid, politiek, seksualiteit, zuiverheid, esthetiek en mythe – alles kwam tot uitdrukking in haar gezicht. Tenminste, afhankelijk van hoe je naar haar keek. En dat was volgens mij de sleutel tot haar succes – en mijn mislukking, op dit moment. De werkelijke waarde van kunst wordt helemaal niet bepaald door het onderwerp op het schildersdoek, maar wordt bepaald door het effect ervan op de kijker. Het draaide niet alleen om de schilder en de geschilderde. De kritieke factor was de objectieve kijker tussen hen in. Echte meesterwerken, begreep ik nu, gaven de kijker de kans om inzicht in zichzelf te krijgen.

Alleen God weet waaraan Mona Lisa dacht toen ze model zat

voor Leonardo. Ze was in elk geval een dubbelzijdige spiegel. Kijk naar haar en je kijkt naar jezelf. Ava had me scherp aangevallen op het punt van mijn eigen identiteit. En terwijl ik opgekruld lag in John's huis in Frankrijk, zeven dagen en zeven nachten lang, gekweld door het ontstaan van een menselijk wezen in me, bleef Leonardo's meesterwerk verschijnen voor mijn geestesoog. Hoe hard ik het ook probeerde, ik kon haar niet uit mijn gedachten bannen. Ze was gul en assertief, kalm en zeker, alwetend en eeuwig. Ze leek te begrijpen waar ik doorheen ging en nam me vasthoudend mee, dieper in mezelf. En daar begon ik eindelijk antwoorden te vinden.

Ik herinnerde me de wijze woorden van Guy, toen we in Parijs samen voor Leonardo's tekening van Isabella d'Este stonden. Ik had instinctief gevraagd of Isabella zwanger was toen hij haar tekende, door mijn affiniteit met haar bijna mijn geheim verradend. Guy leek het niet op te merken en antwoordde nadrukkelijk dat sommige kunsthistorici geloofden dat zowel zij, als Mona Lisa zwanger was.

'Kijk maar naar hun ronde gezicht en figuur,' had hij gezegd, 'en kijk, geen van beiden draagt een ring.'

Ironisch genoeg was het onmogelijk om de ware kwaliteiten van de *Mona Lisa* in me op te nemen. Toen ik in het Louvre kwam was de ruimte voor haar volgepakt met toeristen die hun camera's hoog boven zich hielden en hun flitsers in haar gezicht af lieten gaan. De atmosfeer rondom haar was elektrisch geladen, iedereen wist zich in de nabijheid van een icoon. Maar niemand zag haar echt – ze waren allemaal te druk met het kijken naar een beroemd meesterwerk door hun lenzen. Ik dacht terug aan alle vooruitblikken in de pers, de veiling, aan hoe de camera's mijn stalkers, mijn schaduwen waren geworden en ik voelde sympathie voor Mona Lisa, hier opgesloten, gevangen achter kogelvrij glas.

Langzaam maar vastbesloten baande ik me een weg naar voren door de menigte, totdat ik recht voor het schilderij stond. Mensen duwden, trokken aan me om hun camera's goed te kunnen richten, maar ik liet me niet van mijn plaats verdringen. Mona Lisa leek me direct op te merken, leek alle andere ogen die haar bekeken te negeren. Ze symboliseerde duidelijk een moederlijk begrip en straalde een innerlijke warmte uit, die haar zwangere toestand suggereerde. Ze keek me veelbetekenend aan en leek te weten dat we een geheim deelden. Op dat moment werd ze impliciet onderdeel van mijn serie. Na een poosje liet ik haar alleen en liep ik door de prachtige hallen van het museum, zonder ook maar een blik op de andere schilderijen te werpen. Ik stapte in de Parijse zonneschijn en nam een lange, diepe ademtocht.

Hoe ik de *Mona Lisa* in mijn uiteindelijke tentoonstelling moest verwerken was moeilijker te bepalen. Maar één ding was duidelijk: ze moest er deel van uitmaken, omdat zij uiteindelijk degene was die bezit van me had genomen. En ik begreep nu dat haar impact alomtegenwoordig was: niet alleen op haar vaste adres in het Louvre, of zelfs in de portretten van mijn vrouwen, die zich op wat voor manier dan ook een stukje van haar hadden toegeëigend. Ze werd niet alleen weerspiegeld in gezichten van vrouwen, ze was zowel vrouwelijk als mannelijk. Sterker nog, haar geest was zichtbaar in elk gezicht, in elk dorpje, plaatsje of stad op deze wereld. In haar complexe, menselijke waarden lagen al de onze.

De *Mona Lisa* is vaker dan elk ander schilderij gebruikt in advertenties en op dat gebied vond ik dan ook de 'lijm' om mijn serie bij elkaar te houden. Subliminale advertenties zijn gevaarlijk en in sommige gevallen zelfs verboden. Maar als het om kunst ging, was er voorzover ik wist geen wet die me verbood om een beeld gedurende een fractie van een seconde op een muur te projecteren. Dus besloot ik dat te doen. In de complimenteuze, royale ruimte die Tate Modern voor mijn project had vrijgemaakt, installeerde ik projectoren die een negatiefbeeld van *Mona Lisa* op de muur wierpen, tussen de films van mijn zeven vrouwen door. Ze verscheen en verdween zo snel dat je gedachten geen kans kregen haar te herkennen of op haar te reageren – tot ze weer weg was.

Elke film begon met het beeld van het betreffende meesterwerk dat daarna vervaagde, waarna mijn eigenlijke performance werd vertoond. Tussen de verschillende projectieschermen waren de bezittingen van mijn vrouwen tentoongesteld: etalagepoppen showden hun kostuums, naast hun verschillende, kleurrijke accessoires en hun eigen, geopende boek. Ik had de geschiedenis van elk meesterwerk in een minimaal tekstje gevat, verteld vanuit mijn perspectief, niet vanuit dat van de kunsthistorie. Daarom kon het publiek nu lezen over Christina's lange en eenzame leven, kon het de waarheid lezen over de nederige afkomst van Marie, over haar ophanden zijnde huwelijk dat nooit werd geconsummeerd, over de steekpartij op zolder. Ze konden Victorine zien, oud en alleen, terwijl haar esthetische waarde omhoogschoot, konden zich afvragen wat de werkelijke waarde van Maria als icoon was. Daarna konden ze nadenken over de macht van geld in de wereld van Isabella en over de prijs van liefde en schoonheid in de woonkamer van Frances Leyland, voordat ze als laatste het tweezijdig geslepen zwaard, geïnspireerd door de mythe van Judith, te zien kregen.

Aan het einde van mijn uitstalling lag mijn hutkoffer, open en bloot. Het enige dat erin achtergebleven was, waren de goudgedrukte initialen en de lege vakjes. In het midden van de expositieruimte had ik een zelfontworpen, glazen obelisk neergezet; de kanten waren geslepen als kristal en weerspiegelden vluchtig het licht, het publiek en de geprojecteerde beelden. In de zijkanten stond mijn waarde geëtst, uitgedrukt in de rekensom: £665.000 : 63kg = £10.555,55 per kilo.

Dit was ik: een stuk glas – een grapje over mijn achternaam – en een leeg vat dat wachtte om gevuld te worden, zowel met de weerspiegelingen van de kijkers als met die van mijn zeven onderwerpen, die met hun films mijn oppervlak kleurden en prisma's van licht door me heen straalden. Wat mijn eigen identiteit betrof: dit zou de laatste keer zijn dat ik me zo blootgaf voor mijn publiek. Ik hoopte dat ik niet zou falen, of mijn fans zou teleurstellen. Maar ik wist dat de tijd eindelijk was gekomen om te stoppen met het door elkaar husselen van representatie en realiteit. Het was noodzakelijk om een statement vanuit mezelf te maken.

47

Tot mijn teleurstelling was Aidan alweer naar New York teruggegaan toen ik weer aankwam in Londen. Hij had een bericht achtergelaten, zei dat hij er maar een paar dagen zou blijven, dat hij Sam wilde zien en dat hij de plannen met Ben en Greg zou uitstellen totdat ik eraan toe was om een beslissing te nemen. Er was ook een berichtje van Billy, die me vroeg om bij hem langs te komen in de National Gallery. Billy was een warhoofd. Hij belde nooit, tenzij hij iets van me gedaan wilde krijgen. Ik had sterk het gevoel dat Aidan achter zijn belletje zat.

Ik kreeg gelijk.

'Je hebt het helemaal verkeerd, weet je dat wel?'

Billy's schildersdoek was nu bedekt met een fotorealistisch olieverfschilderij van golvend bont en zwart fluweel. Aan de kapstok hingen niet langer de konijnenvellen, maar een Barbour-jas. Het leek erop dat Billy echt bezig was de landheer uit te hangen.

'Is het dat waarover je het met mij wilde hebben?' zei ik.

Billy ging door met zijn werk, maakte kwasten schoon in terpentijn. Ik keek naar hem vanaf de andere kant van de studio. Ik hoorde het zoemende geluid van het verkeer dat buiten langsraasde. Het was zijn laatste week als kunstenaar-in-residentie in de National Gallery.

'Ik zal het missen, hier,' zei hij zachtjes en peinzend. 'Ik ben nu helemaal gewend om tussen de oude meesters te werken. Telkens als ik vastloop, stap ik gewoon het museum binnen en put ik uit de bron. Verdomme, wat is dat toch geweldig.'

Ik ging op een houten stoel zitten en wachtte tot hij klaar was. Uiteindelijk legde hij de kwasten keurig in het gelid op een tafeltje aan de zijkant, pakte een kruk en ging tegenover me zitten. Hij nam mijn handen in de zijne, ze voelden verrassend ruw aan.

'Esther, ik denk dat je het helemaal verkeerd hebt begrepen.'

Ik was verbaasd door de oprechtheid, die zijn woorden gewicht gaf. Ik vroeg me af hoe vaak hij deze scène had gerepeteerd – mogelijk zelfs in het bijzijn van Aidan.

'Vertel,' zei ik op mijn hoede.

'Aidan heeft alleen maar zijn werk gedaan. Hij probeert er 't beste van te maken, voor jou. Ik denk dat je niet beseft hoe moeilijk dat is. Hij is geniaal bezig, op zijn manier.'

Ik had natuurlijk verwacht dat dit onderwerp ter sprake zou komen. Aidan en Billy waren altijd al twee handen op één buik geweest. En net als Aidan hield Billy ervan het spel te spelen. Het was bovendien in Billy's voordeel als ik in Aidan's nieuwe project zou investeren. Maar dat deed er allemaal niet meer toe. Ik was blij dat Aidan de zakelijke kant voor me regelde, voor dit moment, zolang ik er maar buiten kon blijven en me kon concentreren op wat werkelijk belangrijk was: ons echte leven. Maar ik was niet van plan dat tegen Billy te zeggen: ik kon het alleen met Aidan bespreken.

'Petra heeft me gewaarschuwd, weet je, in Parijs, nog voor de veiling. Ze zei dat het geld het evenwicht tussen ons zou verstoren. En misschien is dat voor een deel wel waarom ik die uitdaging überhaupt ben aangegaan. Ik wilde... nee, het was nódig om ons over de rand te duwen. Zelfs al had ik het effect van het eindresultaat niet bepaald verwacht.'

'Misschien is Petra alleen maar jaloers op jou en Aidan?' Billy's toontje werd harder.

Ik lachte denigrerend.

'Ik maak geen grapje, Esther.' Hij klonk gepassioneerd. 'Petra wil altijd hebben wat jij hebt. Aidan maakt daar een belangrijk deel van uit voor haar, dat weet ik zeker.'

Ik geloofde Billy niet. Tenminste, ik wilde hem niet geloven. Ik vroeg me af of hij probeerde mijn tere plek te vinden, in de hoop me aan het wankelen te brengen. Immers, als ik me terug zou trekken uit de plannen van Aidan, zou dat gevolgen hebben voor alle kunstenaars van de galerie – en dat wisten we allebei.

'Weet je nog wat je tegen me zei, een tijdje terug, dat we allemaal wel wat verandering konden gebruiken?'

Billy liet mijn handen los en liet zijn vingers door zijn haar gaan. 'Verandering ja, niet het einde der tijden.'

'Misschien vind je me naïef,' ging ik verder, 'en misschien ben ik dat ook wel geweest. Maar ik ben grootgebracht op idealen en voor het eerst in een heel lange tijd begin ik daar het nut van in te zien. Ik wil niet meer het eigendom zijn van een galeriehouder – niet professioneel, voor geen geld. Je hoeft me niet te vertellen dat Aidan zo geweldig is. Dat weet ik wel. Maar de manier waarop de kunstwereld functioneert, daar kan ik nu even niets mee. Ik moet een nieuwe richting inslaan. Bij voorkeur een waar de media me niet achtervolgen.'

Billy pakte mijn handen weer, hield ze steviger vast. 'Hij gaat eraan onderdoor, Est. Hij houdt van je, dat weet je toch? Aanbidt je. Hij zal niet weten wat te doen, als jij bij hem weggaat.'

'Wie heeft gezegd dat ik bij hem wegga?' zei ik.

Even leek Billy in verwarring, toen bedekte hij zijn mond met zijn hand, om een grijns te verbergen. 'Wat? Bedoel je verdomme dat je niet bij hem weggaat?'

'Moet je de hele tijd vloeken?'

'Ja, verdomme. Dat moet.' Hij lachte, trok me toen naar zich toe en omhelsde me.

'Jezus, Esther, je hebt Aidan verdomme wel de stuipen op het lijf weten te jagen.'

Ik deed een stapje terug. 'Wacht eens even, Billy. Ik heb dit nog niet met hem besproken. Misschien wil Aidan wel bij mij weg, als hij mijn nieuwe voorwaarden hoort.'

Ik wist op dit punt wat ik wilde voor de toekomst. Als ik volledig mijn zin zou krijgen, zou ik met Aidan trouwen en zouden we ons permanent in Londen vestigen. Ik wilde Jasmine ontmoeten en wilde dat ze deel van ons leven zou gaan uitmaken, het liefst nog voor mijn bevalling. En als we het ons konden veroorloven, wilde ik een nieuw appartement voor ons in New York, waar we elke derde of vierde week met Sam konden wonen. Hij zou ook naar Londen kunnen komen, kon misschien wel bij ons komen wonen en hier naar school gaan, als Carolyn en Sonia dat goed zouden vinden. We zouden de twee woningen in Londen kunnen verkopen en een echt huis kopen – een huis met slaapkamers voor Sam, voor Jasmine, en voor hun beider broertje of zusje als dat eenmaal geboren was. En met een studio voor mij: een kleine ruimte met goed licht, een plek waar ik weer zou kunnen beginnen met schilderen.

Dat waren mijn nieuwe dromen, maar voor het eerst in mijn leven waren het ook duidelijke doelen. Er waren niettemin twee obstakels. Het eerste was dat Aidan in New York was en dat hij daar, zo leek het, ook graag wilde blijven wonen en het tweede was Jasmine. Er was al een week verstreken sinds ik mijn brief op de post had gedaan en ik had nog niets van haar gehoord, nog helemaal niets. Ik wist dat ik geduldig moest zijn, het was nog maar kort dag, maar ik voelde hoe de somberheid zich alweer meester van me maakte. Ik had nog maar zes dagen voor de opening en ik was vreselijk druk met de installatie van de *Possession*-serie. Normaal overschaduwde mijn werk al mijn andere zorgen, maar nu was dat anders: Jasmine was tot in het diepst van mijn wezen doorgedrongen.

48

Lincoln Sterne gaf me een dvd en grijnsde voorzichtig, als een schooljongen.

'Ik hoop voor jou dat je me niet belazerd hebt, Linc,' dreigde ik, maar hij zag dat ik glimlachte.

Hij haalde zijn schouders op en zei met een grijns: 'We hebben ons best gedaan.'

'Ik laat je wel weten of dat goed genoeg was nadat ik het zelf heb gezien.'

Petra was in Londen en we hadden een avond gepland om samen op mijn roze bank naar de documentaire te kijken. Ze kwam mijn flat binnen en barstte meteen in tranen uit. Het had geen zin om over mijn ellende te beginnen: ze had zelf al genoeg sores aan haar hoofd.

'Ik vond 'm toch al niet goed genoeg.'

Ze keek me gekwetst aan.

'Ik probeer alleen maar eerlijk te zijn.'

Ze glimlachte flauwtjes, maar begon toen weer te huilen.

'Kom op, laten we kijken hoe Ava en Lincoln proberen mijn carrière de grond in te boren. Daar word je vast wel vrolijk van.'

De documentaire begon met een stukje smalfilm van mij als zesjarige, hangend aan een boomtak, in een spijkerbroek met wijde pijpen en een gebloemd topje. Mijn haar was lang, bruin en golvend. Ik had net zo goed een jongetje kunnen zijn. Mick Jagger's rokerige uitvoering van 'Wild Horses' werd naar de achtergrond gemixt en overstemd door Lincoln's stem als voice-over: 'Esther Glass werd opgevoed door haar moeder, de beroemde feministische schrijfster Ava Glass, op Ickfield Folly in Oxfordshire, een van de eerste en langst overlevende communes die aan het einde van de jaren zestig ontstonden.'

Ik kreunde en verborg mijn hoofd onder de kussens. Zoals voorspeld gilde Petra het uit van het lachen. De film ging zo dynamisch verder met het in kaart brengen van mijn kindertijd, dat het iets magisch kreeg. Ava had alle registers opengetrokken als het om foto's ging. We zagen foto's van mij, van ons, van de rest van de groep, uit mijn hele kindertijd en puberteit. Af en toe kwam Ava zelf in beeld, ofwel toentertijd geïnterviewd, of in de afgelopen winter, zittend in haar leunstoel naast haar gashaard. Terwijl ik keek hoe mijn jeugd zich opnieuw afspeelde op film, leek mijn genegenheid voor die tijd te groeien. Ava sprak vriendelijk en ruimhartig over me. Ze zag er beeldschoon uit in die oude films. Ik begon me dingen over haar te herinneren die ik was vergeten: hoe ze mijn haar uit mijn gezicht streek als ze me 's ochtends wakker maakte, hoe we gekke, zelfbedachte liedjes zongen terwijl ze me naar school bracht. Ava vertelde in de film over mijn passie voor vrijheid, mijn afschuw voor hypocrisie, mijn onvermoeibare zoektocht naar de essentie van het leven en mijn onstilbare honger naar kunst. Ze beschreef hoe die eigenschappen zich al op zeer jonge leeftijd hadden gemanifesteerd. Haar woorden waren krachtig, vol trots en liefde. Terwijl ik luisterde, ontstond een beeld van iemand die ik niet leek te kennen.

Was ik werkelijk zoals zij me voorstelde? En als dat zo was, wanneer was ik dan dat zelfvertrouwen waarover zij met zoveel enthousiasme sprak kwijtgeraakt? Voor het grote publiek had ik het waarschijnlijk nog steeds. Maar ergens halverwege was Jasmine gekomen en dat had me doen twijfelen aan mijn zelfbeeld. Was het gewoon de realiteit, en niet de representatie die een wissel op me had getrokken, de scherpe randjes van mijn idealisme had afgeslepen? Ik herinnerde me opeens alle verzonnen spelletjes die we speelden en begreep dat ik als kind – een tijdje, tenminste – ontzettend en onmetelijk gelukkig was geweest.

49

Aidan klonk vermoeid. Hij was net aangekomen uit New York.

'Kan ik je zien?' smeekte ik.

'Tuurlijk, Esther. Waar?'

'In de flat in Soho. Vanavond,' zei ik.

Ik trok mijn burqa weer aan en ging op weg vanuit Bow. Er waren tien dagen verstreken sinds ik de brief had verstuurd, maar ik had nog steeds niets van Jasmine gehoord. Hoewel ik wist dat de procedure die de brief zou moeten doorlopen bewerkelijk was – eerst zou het adoptiebureau hem ontvangen en moeten doorsturen en wie weet, misschien hadden haar ouders de brief wel onderschept – maakte het me neerslachtig.

Ik belde aan en Aidan zoemde de deur open. Ik trok mijn burqa uit en we gingen samen zwijgend op bed liggen. Aidan raakte me niet aan, hield zijn handen achter zijn hoofd gevouwen. Hij was magerder geworden.

'Ik ben gekomen om je te bedanken en om mijn excuses aan te bieden,' begon ik.

Aidan antwoordde niet. Hij zuchtte diep en deed zijn ogen dicht.

'Aidan, er is zoveel dat ik al zo lang verborgen heb gehouden.'

Hij opende zijn ogen en keek me vragend aan. 'Heb je iemand anders?'

Ik schudde verdrietig mijn hoofd. 'Er is niemand anders, Aidan. Nooit geweest ook.' Ik wachtte even. Het was moeilijk om te beginnen. 'Als eerste is er mijn ware ik,' zei ik, 'en bij dat persoon-tje hoort een hele geschiedenis en een verhaal over iemand die er was, nog voordat ik jou leerde kennen.'

Naarmate de avond verstreek, probeerde ik Aidan meer over Jasmine te vertellen. Dat was heel erg moeilijk: er leek zo veel te vertellen, maar tegelijk zo weinig. Ze was lang geleden uit mijn handen geglipt en ik had nog slechts snippertjes informatie om haar verhaal te reconstrueren. Toen ik het gevoel had alles verteld te hebben, kwamen de geluiden van een matineus Soho onder de deur doorgesijpeld. En terwijl het licht zijn best deed door de gordijnen te dringen herinnerde ik me een andere nacht, jaren geleden, om de hoek, in Beak Street. Toen had Aidan me deelge-noot gemaakt van de pijn om zijn recente verleden, had hij me zijn wonden laten zien. Waarom had het een decennium ge-duurd voordat ik genoeg in hem en in mezelf geloofde om hem hetzelfde vertrouwen te kunnen schenken?

'Maar wat wil je nu verder doen, Esther? Kan ik je helpen haar te vinden?' vroeg hij, toen ik eindelijk klaar was met mijn ver-haal.

'Ik wil alleen maar weten of het goed gaat met haar, dat ze me niet nodig heeft, voordat wij samen besluiten grote stappen te gaan nemen,' zei ik.

'Dat begrijp ik. En ik zal alles doen om je te helpen. Ben is erop gebrand zich als je mecenas op te werpen, waar je ook woont,' zei hij, 'maar ik voel nog steeds erg veel voor het opzetten van de stichting.'

We zaten rechtop in bed. Aidan zat achter me, zijn benen om me heen geslagen, mijn rug tegen zijn borstkas.

Ik zweeg een tijdje. Toen zei ik: 'En ik wil dat je je volledig wijdt aan je taak als vader van ons kind.'

'Wil je nog een kind? Weet je zeker dat je daar aan toe bent?' zei hij zachtjes.

'Het is een beetje laat om die vraag nu nog te stellen.'

Ik voelde hoe Aidan's lichaam verstarde.

'Ben je zwanger?'

'Zeker weten.' Ik draaide me om, keek in Aidan's prachtige ogen en zag dat ze zich met tranen vulden. 'Waarom begint toch iedereen te huilen als ik goed nieuws vertel?' zei ik. Toen merkte ik dat ook ik mijn emoties niet de baas kon blijven en barstte even in snikken uit.

Toen we genoeg gekalmeerd waren om weer te praten vertelde ik Aidan over mijn dromen. We zouden ze hoe dan ook in vervulling laten gaan, beloofde hij, ook als het ons niet lukte om elk stukje van de puzzel op z'n plaats te krijgen. We moesten allebei accepteren dat sommige beslissingen nu eenmaal niet aan ons waren.

50

'Wat ga je aantrekken?'
  'Ik wil knallend eindigen.'
  'Eindigen?'
  'Geen nood, je zult het snel begrijpen.'
  'Zal ik iets nieuws voor je ontwerpen?'
  'Wat? Met nog maar vijf dagen te gaan?'
  'Je weet dat ik alles uit de kast zou halen.'
  'Nee, maak je geen zorgen, Petra. Het moet Marie zijn. Zij is degene met wie het allemaal begon.'

Ik hoorde niets van Jasmine, geen kik.

De menigte juichte toen Aidan en ik uit de auto stapten en over de rode loper voor vips tussen de opengesperde kaken van de ingang naar het Tate Modern liepen. Ik stopte en poseerde, eerst voor de linkerkant, toen voor rechts. De pers was hongerig en een grote groep ongenodigden maakte al de nodige herrie. Als ik het goed verstond scandeerden ze mijn naam.

Het voelde goed om mevrouw De Senonnes weer terug te hebben. Ik had me voorgenomen om te genieten van dit moment met de pers en het publiek. Het zou weleens het laatste kunnen zijn, voor een lange tijd. Ik voelde me vreemd genoeg thuis in Marie's kostuum, hoewel de naden strakker stonden en mijn borsten prominenter waren dan toen ik ze de laatste keer in Petra's ingenieus ontworpen lijfje had gesjord. Ik was nog dankbaarder voor de antieke ivoorkleurige Ingres-sjaal dan de vorige keer. Ik had 'm als een talisman voor mijn veiligheid om me heen geslagen.

De genodigden drentelden al rond in de enorme turbinehal. Niemand werd toegelaten tot de tentoonstelling voordat de exposerende kunstenaars waren aangekomen en de kans hadden gehad voor een eigen bezichtiging. We werden snel langs de genodigden geleid. Aidan hield één hand plat tegen de onderkant van mijn rug en ik voelde hoe hij trilde. We gingen met de lift naar de tweede verdieping, die was toegewezen aan The International Contemporaries-expositie. Ik dacht terug aan mijn laatste verschijning voor publiek hier, die keer met Guy. De ruimte was leeg, op de directeur van Tate na, in gezelschap van zes gastconservatoren die de tentoonstelling deels hadden georganiseerd. Ze liepen rond op de expositie voordat de plunderende massa werd binnengelaten en hun serieuze overpeinzingen bij de werken zou verstoren.

De directeur kreeg me in de gaten en glimlachte ongewoon warm voor zijn doen. Hij kwam snel op me af en pakte mijn hand. 'Esther, ik moet je complimenteren met je voorbeeldige serie,' zei hij stellig.

Ik was die ochtend al met Jane en Petra op de expositie geweest om de puntjes op de i te zetten. Maar nu ik er weer rondliep, in gezelschap van kunstkenners, merkte ik tot mijn genoegen dat de *Possession*-serie in de tussenliggende uren vaste vorm had gekregen. Alles was volmaakt samengekomen. Op dat moment schoot het gezicht van Mona Lisa door mijn gedachten.

De gasten begonnen binnen te stromen. Ik zag Ava binnenkomen, gearmd met Lincoln. Ze bruiste van opwinding, waardoor haar huid leek te gloeien en haar ogen even helder straalden als vroeger.

Terwijl ze me omhelsde vroeg ze nerveus: 'Vond je het in orde? Echt?'

Ik knikte.

Lincoln glom van trots. 'Darling, ik wist dat je het licht zou zien.'

Ik werd afgeleid door de menigte, die zich als één man omdraaide naar de ingang. Er moest een belangrijk persoon zijn aangekomen. Petra schreed binnen met de zeggingskracht van een metafysisch gedicht. Ze had geen steekje laten vallen bij het ontwerpen van haar kostuum. Ze zag er oogverblindend uit, gekleed in een creatie die iets weg had van de binnenkant van een oester, waarin zij uiteraard de parel was. Haar binnenkomst werd begroet met een ovatie. Ze onderging haar nieuw verworven roem met het gemak waarmee ze een van haar creaties droeg. Voor haar zou een sterrenstatus nooit een probleem vormen. Anders dan ik was Petra geboren om beroemd te zijn.

De volgende die binnenkwam was Ben. Hij zag er kleiner en nederiger uit, zo buiten zijn eigen wereldje. Toen hij me zag, verscheen er een brede glimlach op zijn gezicht. Hij kwam op me af en gaf me een geruststellende omhelzing. We hadden elkaar eerder die middag gezien om mijn toekomst te bespreken. Hij kende mijn verlanglijstje en we hadden bepaalde afspraken vastgelegd, tot ons beider tevredenheid. Toen zag ik de vrouw met kastanjebruin haar aan zijn zijde. Ze had een amandelvormig gezicht en grijsgroene ogen. Ze had wel iets van Isabella d'Este.

'Mag ik je voorstellen aan Penny?' zei hij.

De vrouw glimlachte bewonderend toen ze naar Ben keek. Hij sloeg zijn arm om haar heen en trok haar naar zich toe.

Daarna kwam Guy, met Jeanne, op de voet gevolgd door het clubje New Yorkers: Carolyn, Sonia, Sam en Greg, die tot mijn verbazing allemaal ingevlogen waren. Aidan had hun komst geheim gehouden. Het was moeilijk om te beslissen wie ik als eerste moest begroeten. Ik wilde echt even met Guy praten, maar die was opeens verdwenen in de menigte. In plaats daarvan werd ik omringd door het kringetje uit Manhattan en verbaasde me over de geruststelling die van hun aanwezigheid uitging.

'We willen je terug,' smeekte Sonia.

'Wanneer komen jullie voor altijd bij ons wonen?' zei Carolyn lachend en toen sloeg Sam tot mijn verbazing zijn arm om me heen.

'Gaan jij en pappa trouwen?' vroeg hij brutaal.

Iedereen keek me vol verwachting aan.

'Nou, als we dat gaan doen, beloof ik dat jij de eerste bent die we het vertellen.'

Hij trok me naar beneden, tot vlak bij zijn gezicht en fluisterde in mijn oor: 'Hij heeft me al verteld over de baby. Het is ons geheimpje. Ik heb het zelfs nog niet aan mamma verteld.'

Ik zag Jane, de conservator, naderen. Ik hield Sam's hand vast en keek rond waar Aidan was. Hij zag me en kwam snel op me af.

'Ben je klaar voor je toespraak?' vroeg Jane.

Ik knikte en met Aidan aan één kant en Sam aan mijn andere zijde volgde ik haar naar een klein podium, waarop een microfoon klaarstond. Toen het publiek zag dat we naar het podium liepen, dromden de mensen daar samen om te horen wat ik te zeggen had. Eerst hield de directeur van Tate Modern een korte inleiding over de tentoonstelling in het algemeen, toen vertelde hij dat ik had gevraagd iets te mogen zeggen en gaf me de microfoon. Langzaam kwam ik overeind, in de wetenschap dat dit de moeilijkste performance van mijn carrière tot dusver zou worden.

Ik bekeek het publiek, glimlachte en stak van wal.

'De *Possession*-serie is een persoonlijke ontdekkingstocht voor me geweest,' zei ik, onbedoeld zachtjes. 'Tot voor kort gaf mijn kunst me de kans om me te verbergen achter de identiteiten van fictieve vrouwen, vrouwen die door mij verzonnen waren, over wie ik verhalen vertelde en die ik met veel plezier speelde. En toen maakte ik *The Painted Nude*. Die serie duwde me in een nieuwe richting omdat ik mezelf als inspiratiebron nam, de schrijfsels op mijn huid waren gebaseerd op mijn eigen gedachten. Maar de serie duwde me ook in de schijnwerpers, op een manier die ik niet had verwacht. De *Possession*-serie is mijn reactie op die ervaring. Onder mijn oppervlak en die van de door mij gekozen meesterwerken liggen de levens van echte vrouwen, die voor kernwaarden staan die we allemaal delen – waarden die zijn gemanipuleerd of verkeerd begrepen door het grote publiek en de pers.

Ik wachtte even. Het leek erop dat ik de onverdeelde aandacht van het publiek had, voor nu tenminste. Mijn mond was droog. Ik ving een glimp op van Aidan, die me bemoedigend toelachte.

'Ik hoopte hun ware identiteit te vinden, onder het oppervlak van de verf. Maar ik had ook een heel persoonlijke reden om dit project te doen. Ik kwam er al snel achter dat ik ook op zoek was naar mijn eigen identiteit. Als vrouw en als kunstenaar heb ik lang feiten en fictie door elkaar geroerd en ergens in dat proces ben ik kwijtgeraakt wie ik werkelijk ben. En als ik eerlijk ben, dat verlies voelde lange tijd als een verlossing – en als een verademing. Maar recentelijk ben ik in gaan zien dat ik veel roekeloze risico's heb genomen, misschien omdat ik nooit in staat ben gebleken veel om mezelf te geven.'

De hal was doodstil. Mensen zijn verzot op hartverscheurende bekentenissen, dacht ik. Aidan keek me recht in mijn ogen.

'En dan nu wat berichten uit huiselijke kring.'

Ik glimlachte en het publiek reageerde dienovereenkomstig. Ik was onder vrienden.

'Dit is de laatste serie die ik de komende tijd zal maken. Aidan Jeroke, mijn galeriehouder, en ik verwachten een kind. Ik ben van plan om mijn nieuwe rol als moeder met beide handen aan te grijpen en ik hoop dat ik de kans krijg van deze ervaring te genieten zonder spiedende camera's.

Er klonk wat geroezemoes in het publiek en ik stak mijn hand nog een keer op.

'En als laatste en belangrijkste...' Mijn keel was droog, voelde aan alsof hij samen zou trekken. '... wil ik deze tentoonstelling opdragen aan een jong lid van mijn gezin. Ze heet Jasmine. De *Possession*-serie is uiteindelijk bedoeld voor haar en voor alle vrouwen van haar generatie. Ik hoop dat ze door dit werk iets zullen leren wat mij 32 jaar gekost heeft om het te begrijpen – en dat is hoe belangrijk de waarde van zelfbeschikking is, van sterk zijn, moedig en onafhankelijk zijn, maar ook van liefde en respect voor jezelf, wie je ook bent en wat je levensgeschiedenis ook van je heeft gemaakt.'

Mijn concentratie werd verbroken door een hard geluid uit het publiek, een langzaam, regelmatig geklap. Ik keek rond, vond de oorsprong van het geluid: een jonge vrouw, die alleen achter in het publiek stond. Ze was lang, met een peervormig figuur, had lang, donker krullend haar en een etherisch, ovaal gezicht. Ook het publiek draaide zich om en staarde.

Ik stapte van het podium af, terwijl anderen haar applaus overnamen en liep door de menigte die uiteenweek snel naar haar toe. Naarmate ik dichterbij kwam werd haar gezicht duidelijker. Ze leek op Christina van Denemarken. Misschien was het de raadselachtige blik of haar volle onderlip, of wellicht deelden ze een inherente kwetsbaarheid, veroorzaakt door hun onmiskenbare jeugd en hun angst voor wat de toekomst nog voor hen in petto zou hebben. Na nog een paar stappen kon ik de kleur van haar ogen zien. Ze waren van een onbestemd grijsblauw, gespikkeld met vlokjes groen. Toen ik voor haar stilstond, richtte ze die ogen op mij. Holbein's meesterwerk werd rechts van haar op de muur geprojecteerd, de kunst en het leven bestonden nu naast elkaar – en ik wist meteen welke creatie grootser was. Ik wist ook welk werk naar mijn evenbeeld was geschapen.

Ik nam haar hand in de mijne en het was alsof ik mijn eigen, of mijn moeders hand vastpakte, want deze was van hetzelfde vlees en bloed. Toen ik hem aanraakte voelde ik me compleet. Ik keek lang in haar ogen en de jonge vrouw liet een bevend lachje om haar mond spelen. Onmiddellijk wist ik met volledige zekerheid dat ik eindelijk had gevonden waar ik zoveel jaren naar had gezocht: ik was zojuist oog in oog komen te staan met mijn eigen, levende, ademende meesterwerk.

Noot van de auteur

De ontdekkingstocht van Esther Glass is zuiver fictioneel, maar de schilderijen waarnaar wordt verwezen in de tekst zijn allemaal bestaande kunstwerken. De verhalen over de geportretteerde vrouwen zijn op feiten gebaseerd, maar in sommige gevallen is het de gefictionaliseerde wereld gelukt binnen te dringen. Een voorbeeld hiervan is de verzonnen verkoop van *Mona Rossa*, Rossetti's geweldige schilderij van Frances Leyland, aan Ben Jamieson. Er doen veel geruchten de ronde over foto's van Victorine Meurent. Jammer genoeg kwam ik ze niet tegen tijdens mijn research; de ontdekking ervan door Guy is simpelweg wishful thinking. Daar staat tegenover dat de sjaal in de stijl van Ingres, die Petra op internet vond, ook werkelijk te koop werd aangeboden toen ik het boek schreef. Had ik maar, zoals Esther, genoeg geld gehad om 'm te kopen.

Dankwoord

Mijn welgemeende dank gaat uit naar Mam, Dave, Rosie, Daisy en Luke, die het aandurfden voor me te lezen en naar Katie Owen voor haar messcherpe inzichten. Ook wil ik mijn vader, wijlen David Leitch, bedanken voor zijn wijsheid en steun. Zonder Maggi Russell zou dit boek niet tot stand zijn gekomen. En ook wil ik Charlie Viney, mijn agent en vriend, bedanken voor zijn vurige doorzettingsvermogen en geloof in mij. Francesca Liversidge, bedankt voor je buitengewone talenten en ook wil ik Nicky Jeanes bedanken, voor haar vaardigheden als redacteur, evenals het team bij Transworld, die het uitgeefproces pijnloos lieten verlopen. Simon Stillwell, bedankt voor je tips over hedgefondsen en Henrietta Green, voor je draadloze verbinding toen 't erop aankwam. En als laatste, maar zeker niet als minste: Fen en Jessie-May, bedankt dat jullie je moeder de kans gaven om dit boek te schrijven.

Bibliografie

Archer, Michael. *Art Since 1960*. Thames and Hudson, 1997

Buck, Stephanie, and Jochen Sander. *Hans Holbein the Younger: Painter at the Court of Henry VIII*. Thames and Hudson, 2003

Hope, Charles. *Titian*. Chaucer Press, 2003

Kovachevski, Christo. *The Madonna in Western Painting*. Alpine Fine Arts Collection, 1991

MacDonald, Margaret F., Susan Grace Galassi, Aileen Ribeiro and Patricia de Montfort. *Whistler, Women and Fashion*. Yale University Press, 2003

Neret, Charles. *Klimt*. Taschen, 2000

Ribeiro, Aileen. *Ingres in Fashion: Representations of Dress and Appearance in Ingres' Images of Women*. Yale University Press, 1999

Sassoon, Donald. *Mona Lisa: The History of the World's Most Famous Painting*. HarperCollins, 2001

Warner, Marina. *Alone of All Her Sex: Cult of the Virgin Mary*. Vintage, 2000

Beeldrechten

Hans Holbein. *Christina van Denemarken*, ca. 1538. National Gallery, Londen

Edouard Manet. *Olympia*, 1863. Musée d'Orsay, Parijs. Giraudon/www.bridgeman.co.uk

Jean Auguste Dominique Ingres. *Madame de Senonnes*, 1814-1816. Musée des Beaux-Arts, Nantes. Giraudon/www.bridgeman.co.uk

Raphael (Raffaello Sanzio). *De Madonna met de Anjelieren*, ca.1506-09. National Gallery, Londen

James Abbott McNeill Whistler. *Symphony in Flesh Colour and Pink: Portrait of Mrs Frances Leyland*, 1872-1873. © The Frick Collection, New York

Leonardo da Vinci. *Isabella d'Este*, 1499-1500. Musée du Louvre, Parijs. Giraudon/www.bridgeman.co.uk

Gustav Klimt. *Judith en Holofernes II*, 1909, Museo d'Arte Moderna, Venetië. www.bridgeman.co.uk

Leonardo da Vinci. *Mona Lisa*, ca.1503-1506. Musée du Louvre, Parijs. Giraudon/www.bridgeman.co.uk